W0412806

KNAUR

*Über die Autorin:*
Mette Thansen lebt auf dem abgeschiedenen Bauernhof ihrer Kindheit. Nach 20 Jahren Großstadt zog sie zurück aufs Land und baute eine ehemalige Scheune für sich aus. Von hier aus arbeitet die 48-Jährige als Redakteurin und Autorin.

METTE THANSEN

# DER GESCHMACK DES LEBENS

ROMAN

KNAUR

Alle Orte und Landschaften, die in diesem Roman genannt werden, existieren in der Realität. Alle Personen und Tiere, Höfe und Häuser, Läden und Lokale sind fiktiv.

**Besuchen Sie uns im Internet:**
**www.knaur.de**

Aus Verantwortung für die Umwelt hat sich die Verlagsgruppe Droemer Knaur zu einer nachhaltigen Buchproduktion verpflichtet. Der bewusste Umgang mit unseren Ressourcen, der Schutz unseres Klimas und der Natur gehören zu unseren obersten Unternehmenszielen. Gemeinsam mit unseren Partnern und Lieferanten setzen wir uns für eine klimaneutrale Buchproduktion ein, die den Erwerb von Klimazertifikaten zur Kompensation des $CO_2$-Ausstoßes einschließt. Weitere Informationen finden Sie unter: www.klimaneutralerverlag.de

FSC www.fsc.org
MIX
Papier | Fördert gute Waldnutzung
FSC® C083411

Originalausgabe Oktober 2023
Knaur Taschenbuch
© 2023 Knaur Verlag
Ein Imprint der Verlagsgruppe
Droemer Knaur GmbH & Co. KG, München
Alle Rechte vorbehalten. Das Werk darf – auch teilweise – nur mit Genehmigung des Verlags wiedergegeben werden.
Redaktion: Heike Fischer
Das Zitat von Albert Camus stammt aus: Albert Camus, *Der Fall.* In der Übersetzung von Guido M. Meister
© 1957, Rowohlt Verlag GmbH, Hamburg.
Covergestaltung: Atelier Sanna, Claudia Sanna
Coverabbildung: Atelier Sanna, Claudia Sanna
Satz: Sandra Hacke, Dachau
Druck und Bindung: CPI books GmbH, Leck
ISBN 978-3-426-21789-4

2 4 5 3 1

*Für alle Frauen,*
*die Neuland erobern.*

# Dreikäsehoch

Und hiervon nehme ich auch noch etwas mit.«
Meine Augen wandern über die zahllosen Käsesorten, die sich vor mir auftun. Ein Marktstand voller Köstlichkeiten.

»… mit Heidekräutern, Pistazien, Trüffeln, Steinpilzen«, murmele ich, die Etiketten studierend, vor mich hin. Hilfe, wie soll man sich denn da entscheiden?

»Woraus ist der Frischkäse denn gemacht?«, frage ich die Marktfrau, um ein bisschen Zeit zu schinden.

»Aus Ziegenmilch. Bei uns ist alles aus Ziegenmilch. Wir haben keine andere.«

Verwundert blicke ich auf und schaue hinein in ein sommersprossiges Gesicht, auf dem immer noch die Bräune des Sommers liegt.

»Ziegen in der Lüneburger Heide?«, frage ich. »Ich dachte, hier leben nur Schafe.«

Die Sommersprossen fangen an zu tanzen. »Nein«, mein Gegenüber schüttelt fröhlich den Kopf, »hier gibt es auch hundertfünfzig Ziegen – nämlich meine. Aus der ganzen Milch, die sie geben, machen wir den Käse hier.«

In einem formvollendeten Halbkreis schwingt ihre Hand über die Auslage. Dann tippt sie gegen das Plakat, das hinter ihr hängt. Darauf tummelt sich eine Heerschar schneeweißer Gestalten: Ziegen mit hoch erhobenen Köpfen und Hörnern, mit fransigen Bärten und hellwachen Augen. Lebensfroh, fast schon vorwitzig blicken sie in die Kamera.

»Das ist der neue Offenstall, den wir im letzten Jahr gebaut haben, und hier«, ihr Zeigefinger wandert über die bunt zusammengestellte Fotocollage, »hier grast die Herde auf den Sommerweiden.«

Ich nicke mehrmals hintereinander, sage leise: »Wow!«

»Und das bin ich!«

Plötzlich, irgendwo aus den Untiefen des Verkaufswagens, schnellt ein kleines Mädchen hervor. Sie reckt sich empor, ihren Zeigefinger hat sie kraftvoll ausgestreckt, wie auch ihren ganzen Körper.

»Hier bin ich, als ich noch klein war.«

Jetzt stellt sie sich auf die Zehenspitzen und erreicht so ein Foto, das einen roten Kinderwagen inmitten einer Ziegenherde zeigt. Die Marktfrau und ich lachen.

»Genau«, sie streicht dem Kind zärtlich, fast genussvoll über das kastanienbraune Haar, »das bist du, als du noch klein warst.«

»Mama«, das Mädchen hat sich angekuschelt und legt seinen Kopf in den Nacken, »haben wir den Kinderwagen aufgehoben?«

»Ja, Valerie, er steht oben auf dem Speicher. Wieso fragst du?«

»Weil wir ihn doch brauchen, wenn meine Schwester kommt.«

Die Ziegenbäuerin rollt kurz die Augen, schmunzelt und blickt dann zu mir.

»Davon fängt sie immer wieder an. Valerie wünscht sich nichts sehnlicher als eine Schwester.«

»Na ja«, ich blinzle der Kleinen verschwörerisch zu, »so was lässt sich doch machen.«

Ich ernte von Valerie ein begeistertes Strahlen, das mich eine breite Zahnlücke sehen lässt. Vermutlich ist die Kleine gerade in die Schule gekommen, sie hat die ersten Milchzähne verloren – das macht sie nur noch niedlicher. Was für ein hinreißendes Geschöpf. Auch sie ist braun gebrannt, ihre schmalen Schultern stecken in einem bunt gestreiften Sommerkleid.

»Mama … bekomme ich denn ein Schwesterchen?«

Irgendetwas in ihrem Tonfall rührt mich urplötzlich an. Dieses leichte Kippen der Stimme. Dieses Bitten, dieser flehende Wunsch. Ich muss schlucken und senke rasch meinen Blick. Wie oft hatte ich früher genauso vor meinen Eltern gestanden. Wie sehr hatte ich mir ebenfalls eine Schwester gewünscht.

»Valerie, ich muss jetzt weiterarbeiten.« Ohne weiter auf das Thema einzugehen, beugt sich die junge Mutter vor, streicht ihrer Tochter die Haare aus der Stirn und küsst sie. »Magst du noch ein bisschen Ponyhof spielen?«

Ohne jeden Widerspruch verschwindet die Kleine hinter der Verkaufstheke.

»Aber nicht wieder auf Bella und Lucy treten«, tönt es von unten.

»Valerie hat ihre Spielzeug-Pferde mitgebracht«, erklärt ihre Mutter. »Wir haben nämlich heute«, jetzt beugt sie sich nach vorne und senkt dabei die Stimme, »ein kleines Betreuungsproblem.«

»Aha.« Ich nicke verständnisvoll und blicke zurück auf die Auslage. »Jetzt bin ich mit meiner Käseauswahl aber immer noch nicht weiter.«

»Nimm den mit Heidekräutern.« Valeries Stimme erschallt von unten. »Den mag ich auch.«

»Na, wenn das so ist.« Ich bin erleichtert, dass die Entscheidung gefallen ist. »Dann bitte einmal Frischkäse mit Heidekräutern.«

Voller Vorfreude schaue ich zu, wie das kleine Schmuckstück in meinen Einkaufskorb wandert. In dem liegen bereits ein köstlicher Schnittkäse, ein ansehnliches Stück Brie und ein Camembert.

»War's das?«

Ich nicke, und während die sommersprossige Ziegenbäuerin alle Preise zusammenrechnet, mustere ich sie unauffällig. Wie alt mag sie sein? Ende zwanzig? Anfang dreißig? In jedem Fall: blutjung. Und trotzdem besitzt sie einen eigenen Ziegenhof. Erstaunlich. Und eine zuckersüße Tochter.

Noch einmal wandert mein Blick hinüber zu den Fotografien auf dem Plakat. Auch Motive aus der Käserei sind dabei. Ich erkenne edelstahlglänzende Rührkessel, einen Reifekeller mit langen Holzregalen, Kisten, in denen sich fertig verpackte Waren stapeln.

»Dann bekomme ich dreiundzwanzig Euro, bitte.«

Ich suche in meiner Handtasche nach meinem Portemonnaie.

»Na, Ziege, nimmst du wieder arme Touristen aus?«

Überrascht blicke ich zur Seite, in ein vollbärtiges Gesicht. Wer ist denn das?

»Du sollst mich nicht immer Ziege nennen, Klaas, das ist unverschämt«, begehrt die junge Frau auf – und erntet ein sichtlich zufriedenes Grinsen. »Hau schon ab, du musst eh längst im Bett liegen.«

»Aye, aye!« Er tippt sich an seine Schirmmütze und läuft weiter. Etwas irritiert schaue ich der hochgewachsenen Gestalt nach, wie sie sich zwischen den Marktbesuchern verliert. Ein winziger Rauhaardackel folgt ihr dicht auf den Fersen. Was für ein kurioses Paar.

»Wer war das denn?«, frage ich.

»Klaas, der frechste, aber auch der beste Bäcker der Stadt. Ach, was sag ich, der beste Bäcker im ganzen Landkreis. Er steht jede Nacht um vier Uhr auf, um sein Brot zu backen. Mittags legt er sich dann noch einmal hin.«

»Aha.« Ich zähle Kleingeld ab und reiche es zusammen mit zwei Scheinen über die Ladentheke.

»Stimmt genau, danke sehr.«

Kurz hebe ich die Hand zum Gruß, und während ich mich abwende, fällt mir noch etwas ein.

»Ach, wo finde ich denn die Bäckerei von diesem … Klaas? Zu all dem Käse brauche ich ja noch eine Beilage.«

»Einfach am Rathaus vorbei und dann immer geradeaus. Der Laden ist nicht zu verfehlen.«

Ich bedanke mich und schnalle meinen mit allen Markteinkäufen gefüllten Korb auf meinem Leihrad fest. *Etwas wackelig*, denke ich, als ich meinen voll beladenen Gepäckträger betrachte, *müsste aber halten.*

»Grüßen Sie mir Ihren Dreikäsehoch, wenn er wieder auftaucht!«, rufe ich der Ziegenbäuerin noch zu, dann schiebe ich mein Rad holpernd über Lüneburgs Kopfsteinpflaster davon.

*Es war eine gute Idee, hier meinen Anker zu werfen und einfach ein paar Tage auszuspannen*, denke ich. *Wie schön diese kleine Hansestadt doch ist, geradezu beschaulich.* Ich hebe meinen Blick und lasse ihn über die Fassaden gleiten. Fast jedes Gebäude scheint unter Denkmalschutz zu stehen, hier in der Altstadt schmiegt sich eine Backsteinschönheit an die nächste. Viele der Giebelhäuser stammen, wie die verwinkelten Gassen auch, aus dem Mittelalter. Das jedenfalls habe ich gestern bei der Stadtführung erfahren, die direkt vor meiner Ferienwohnung Station gemacht hat. Ich musste gar nicht erst lauschen, dank meines offen stehenden Küchenfensters war jedes Wort bestens zu verstehen. Und so hörte ich auch von dem Wochenmarkt, der immer mittwochs und samstags vor dem historischen Rathaus stattfindet.

*Ein richtig guter Tipp*, denke ich jetzt, dann reißt mich ein Klingeln aus den Gedanken. Mein Handy. *Oh, bitte, lass es nichts Geschäftliches sein*, flehe ich in Richtung Himmel, *lass mich noch ein bisschen Urlaub machen.*

Rasch lehne ich mein Rad gegen die nächste Hauswand und fische mit der frei gewordenen Hand in meiner bauchigen Tasche herum. Drei Klingeltöne später habe ich das verflixte Ding gefunden. Zum Glück leuchtet eine völlig gefahrlose »Betty« auf dem Display auf.

»Das ist ja ein schöner Anruf«, begrüße ich meine Freundin.

»Hey, Frauke, wo erwische ich dich? New York, Berlin, Tokio?«

»Nein, in Lüneburg.«

»What?«

»Lüüüneeebuuurg«, wiederhole ich jetzt mit leicht erhobener Stimme.

»Wo, bitte sehr, ist das denn?«

»Südlich von Hamburg. Vielleicht hast du schon mal was von der Lüneburger Heide gehört, von Heidschnucken und Heidekraut?«

Am anderen Ende ist Stille eingekehrt. Erst Stille, dann folgt ein Kichern.

»Aber, Frauke, das ist in der Provinz. Was tust du da? Du bist doch, wenn überhaupt, eine Stadtpflanze und kein Heide-Dingsda.«

*Betty, wie sie leibt und lebt,* denke ich gut gelaunt und lehne mich neben mein Rad an die wohltemperierte Backsteinfassade. Obwohl es schon Ende September ist, hat die Sonne sie aufgeheizt, wohlig strömt ihre Wärme in meinen Rücken.

»Ach, das ist eine komplizierte Geschichte ... ich ... also ... es ist so, dass ...«, ich gerate ins Stolpern, fange mich aber wieder, »... um es kurz zu machen: Ich bin im Urlaub.«

»Sag mal, ist alles in Ordnung? Ist Justus bei dir?«

»Nein. Wieso fragst du? Mir geht es ausgezeichnet. Die Sonne scheint, und ich bin bester Stimmung.«

»Ich darf einmal zusammenfassen: Du bist, erstens, auf dem Land, du machst, zweitens, Ferien, und das, drittens, alles ohne deinen Mann. Du!« Betty holt tief Luft. »Das ist seltsam! Das hört sich nach allem an, aber gewiss nicht nach meiner Frauke.«

»Mir geht es wirklich gut, echt, kein Grund zur Sorge.«

Bei den letzten Worten erhebe ich erneut meine Stimme, denn auf Lüneburgs Straßen ist es laut geworden.

»Was ist denn jetzt los? Ich versteh gar nichts mehr ...«

Auch da hat Betty recht. Denn pünktlich um zwölf Uhr ertönt das Glockenspiel im Rathausturm – und der erhebt sich direkt gegenüber.

»Meißner Porzellan!«, rufe ich in mein Smartphone, das ich mir jetzt direkt vor den Mund halte. Auch diese Info habe ich gestern dem Stadtführer abgelauscht. »Lüneburg hat ein Glockenspiel aus Meißner Porzellan. Das spielt dreimal am Tag.«

Ich höre ein vieldeutiges »Aha« und dann: »Meinst du nicht, dass ich …«

Rabatz! Ein gewaltiges Krachen reißt mich aus dem Telefonat, und ein Camembert, gefolgt von zwei Äpfeln, Möhren und einer roten Zwiebel, kullert über das Kopfsteinpflaster.

»Oje, ich muss Schluss machen, sorry!« Im nächsten Augenblick habe ich meine Freundin weggedrückt und eile meinen Einkäufen hinterher. Mist, meine Gepäckträgerkonstruktion hat doch nicht gehalten. Schnell hebe ich meinen Korb vom Pflaster auf und greife nach den verlorenen Stücken. Bei der letzten Karotte allerdings kommt mir eine Hundeschnauze zuvor.

»Fichte! Fichte, lass das!«

Überrascht blicke ich erst auf, dann einem schnellen Mann und einem noch schnelleren Dackel hinterher.

»So ein Miststück!« Der Zweibeiner hat gestoppt, und der ihm nun vorauseilende Hund verschwindet – hoch erhobenen Hauptes – in einem Eckhaus. Inklusive Möhre.

»Dieses Vieh macht mich noch verrückt.« Das offensichtliche Herrchen hat sich umgedreht, den Blick zum Himmel gerichtet. Und jetzt erkenne ich ihn: Es ist Klaas, der vollbärtige Bäcker. Ich spare mir einen Kommentar à la »Wie der Herr, so 's Gescherr« und richte mich langsam auf.

»Ist ja nicht so schlimm. Es war ja nur eine Möhre«, versuche ich stattdessen zu beschwichtigen, und schiebe mit einem »Bekommt Ihr Hund denn nicht satt zu essen?« einen kleinen, durchaus versöhnlichen Scherz hinterher – freundlich und zuvorkommend, wie ich nun mal bin.

»Blödsinn«, lautet seine harsche, seine einzige Reaktion.

*Das ist ja allerhand,* denke ich entrüstet. *Charmant ist definitiv anders.*

Immerhin lässt es sich der Typ nicht nehmen, mein Rad aufzustellen und es mir in die Hand zu drücken. Dann – ohne ein Wort des Grußes oder gar einer Entschuldigung – macht er sich von dannen. Den halblauten »Chauvi« kann ich mir einfach nicht verkneifen, worauf er »Das habe ich gehört« über die Schulter zurückwirft.

Dieser Kerl ist unverschämt, die Ziegenbäuerin hatte völlig recht, ein ungehobelter Klotz. *Der sollte mir im Business mal zwischen die Finger kommen, aus dem würde ich Kleinholz machen,* denke ich angriffslustig und schiebe mein Fahrrad energisch voran. Seit ich mich als Kommunikationstrainerin selbstständig gemacht habe, sind das wertschätzende Miteinander und achtsame Höflichkeit meine Sache. Von all dem hat dieser Mensch nun wirklich nichts. Nichts! So etwas wie eine gute Kinderstube hat der nie von innen gesehen. Und was das Schlimmste an all dem ist: Ihm fällt es noch nicht einmal auf! Typen wie ihm ist der Selbstzweifel ebenso fremd wie die Selbstreflexion. Die pflügen durch ihr Leben wie ein tumbes Nashorn und fühlen sich auch noch gut dabei. Selbstherrliche Egomanen, die …

Mit einem Mal steigt mir ein köstlicher Duft in die Nase und verdrängt meine Gedanken, die mich zunehmend in Rage versetzen. Aber jetzt ist da dieser unnachahmliche Geruch von frisch gebackenem Brot. Wie ein Versprechen schwebt er durch die Luft.

Mein Ziegenkäse kommt mir in den Sinn, ich sehe bildlich vor mir, wie sich eine Scheibe davon über eine kräftige Brotkruste legt, spüre beides, das eine kross, das andere buttrig weich auf …

Hilfe! Angesichts solch kulinarischer Hochgenüsse kann ich nur die weiße Fahne schwenken.

Natürlich kann ich mir zusammenreimen, dass diesem Klaas die Bäckerei gehört, die mir gerade meine Sinne vernebelt, genau diesem frechen, ungehobelten Kerl, dem ich soeben noch eine Abreibung vom Feinsten verpassen wollte. Und doch verbannt mich dieser köstliche Duft in meine eigene Machtlosigkeit.

Wie hypnotisiert parke ich mein Rad, sicherheitshalber im Fahrradständer, und trete in das olfaktorische Schlaraffenland hinein.

Mein Mann, Justus, das weiß ich genau, würde jetzt diesen gewissen, leicht spöttischen Gesichtsausdruck aufsetzen: beide Augenbrauen angehoben, den rechten Mundwinkel eingezogen, den Blick in eine leere Weite gerichtet. Und dann, nach einer kleinen Kunstpause, würde er sagen: »Wieder denkst du nur ans Essen. Dabei würden dir zwei, drei Kilo weniger wirklich guttun.«

Ja, genauso wäre es, aber Justus ist fern – und ich bin im Himmelreich. Denn schon ist sie da, die ausladende Theke mit ihren herrlichen, eindeutig handgemachten Broten, die sich verheißungsvoll vor mir aufreihen. Auf den ersten Blick weiß ich, welches am besten zu meiner Käseauswahl passen wird. Vom »Bäcker himself« ist – zum Glück – nichts, aber auch gar nichts zu sehen.

»Ich nehme das kleine Roggenbrot dort«, stoße ich hervor, kaum dass mich die Verkäuferin ansieht.

»Gerne«, antwortet sie routiniert und schlägt meinen Favoriten in ein braunes, seltsam durchlöchertes Packpapier ein. »Bewahren Sie es am besten hierin auf, dann bleibt es lange frisch«, erklärt sie, als ihr mein skeptischer Blick auffällt, »wir haben das Papier selbst entwickelt.«

»Das ist ja interessant, vielen Dank.« Ich greife nach dem Päckchen, das sie mir entgegenreicht, und lege es ganz oben auf meinen

Einkaufskorb. »Und jetzt könnte ich noch etwas Süßes für heute Nachmittag gebrauchen. Was für Kuchen haben Sie?«

»Wir haben keine Kuchen. Wir backen nur Brot.«

Was ist das denn? Ich bin irritiert.

»Aber Sie werden doch süße Teilchen haben, wenigstens ein paar Croissants oder Milchbrötchen.«

»Nein, wirklich, wir backen und verkaufen nur Brote.« Die Verkäuferin wird nachdrücklich und blickt bereits den neu eingetretenen Kunden entgehen. So zähle ich, begleitet von einem dahingemurmelten »Na, wenn das so ist«, mein Kleingeld auf die Theke und mache Platz. Dabei spüre ich, dass ich neuen Stoff zum Nachdenken habe: Denn was für ein seltsamer Typ ist dieser Klaas eigentlich? Ein Bäcker, der nur Brot backt? Ein selbstgefälliger Eigenbrötler, der macht und tut, was er will? Höchst seltsam.

Als ich, den Kopf voller Gedanken, den Laden fast schon verlassen habe, fällt mir ein leises Schmatzen auf. In einer Nische neben der Eingangstür liegt, gebettet auf einem kleinen Kissen, der räuberische Dackel. Höchst zufrieden, mit einem samtigen Glanz in den Augen knabbert er an meiner Möhre. Bis zu diesem Moment wusste ich nicht, dass Hunde auch Gemüse mögen. Aber die genussvolle Zufriedenheit, die von diesem kleinen Tier ausgeht, die kenne ich nur zu gut. So lächle ich ihm verschwörerisch zu und flüstere: »Lass es dir schmecken.« Dann gehe ich hinaus zu meinem Fahrrad.

# VERMALEDEIT

Grün ist sie noch, die Eiche, die ihre Äste vom Hinterhof aus sacht über meiner Dachterrasse ausbreitet. Ihr scheint der nahende Herbst nichts anhaben zu können, auch wenn die anderen Laubbäume längst gelbe und braune Blattspitzen zeigen. Und so genieße ich meine grüne Laube, strecke mich wohlig auf meinem Deckchair aus.

Diese Ferienwohnung, die ich so mir nichts, dir nichts gebucht habe, ist der Hit. Ein Glücksgriff. Eine schnuckelige Mansarde in einem dieser prächtigen Giebelhäuser, die Lüneburgs Gesicht prägen.

Ganz oben im Spitzboden ist mein Schlafzimmer untergebracht: ein Traum in Weiß mit offen gelegten, gekalkten Balken, dazu ein schlichtes, französisches Bett mit schwerer Baumwollwäsche, ein Boden aus gewachsten Bohlen, eine Kommode – mehr nicht. Großartig. Ich kann nur in der Mitte des Zimmers, unter dem Dachfirst, aufrecht stehen, so niedrig ist es – und so gemütlich.

In der Etage darunter befindet sich nicht nur die Terrasse mit dem Deckchair, sondern auch ein hübsches, hellblau gestrichenes Wohnzimmer mit offener Küche. Ihr Design ist schlicht und versteht sich deshalb exzellent mit einem antiken Büfett aus Weichholz, das geschickt in sie integriert ist. Gleich hinter ihm wird es gemütlich: ein hellgraues Stoffsofa, bezogen mit weichem, gewaschenem Leinen, ein Lesesessel mit Fußbänkchen, dazu ein Kaminofen und wunderschöne dänische Sprossenfenster. Die Raumaufteilung ist übersichtlich, aber wohlüberlegt. Sogar ein kleiner Sekretär findet neben der Terrassentür noch Platz.

*Mehr Wohnung braucht kein Mensch*, denke ich und wackele gut gelaunt mit meinen Fußzehen, deren Nägel soeben einen frischen, hellroten Lack bekommen haben. Dann greife ich zu meinem Handy, um die Wetterprognose zu checken. Für morgen plane ich eine Fahrradtour – und die am liebsten im Sonnenschein. Nur komme ich gar nicht bis zum Wetter, denn Betty hat geschrieben. Dreimal, um genau zu sein:

Was ist los bei dir? Warum drückst du mich weg?

Kannst du dich bitte noch mal melden.

Und zuletzt, vor knapp einer Minute:

Frauke, ruf mich an!

Ich spüre ein schlechtes Gewissen in mir aufsteigen und wähle Bettys Nummer, lasse es sieben Mal klingeln, dann lege ich unverrichteter Dinge wieder auf. Dafür schicke ich ihr meinen aktuellen Standort, ein paar Bilder von der Ferienwohnung, die ich bezogen habe, und ein Foto von meinen frisch lackierten Fußnägeln. So, das muss zur Beruhigung genügen.

Ich lasse mein Handy sinken und streiche mir ein paar Brotkrümel, die sich auf meinem Schoß verteilen, vom Kleid. Die kleine Ziegenkäseauswahl, die ich soeben vernascht habe, war himmlisch. Und dazu dieses traumhafte Roggenbrot – ein Gedicht: innen weich, fast schon saftig, außen kross und fest. Es hat, kaum zu fassen, noch besser geschmeckt als gerochen.

Dieser eigenwillige Bäcker versteht sein Handwerk, das muss ich ihm lassen. Und ja, vermutlich, muss ich seinen Laden noch das eine oder andere Mal aufsuchen, solange ich hier in Lüneburg meine Zelte aufgeschlagen habe.

Jetzt aber könnte ich mir ein dezentes Glas Rotwein gönnen. Die Flasche, die offen in der Küche steht, ist gewiss noch halb voll. Oder ist es noch zu früh für Wein? Als ich nach meinem Handy greife, um nach der Uhrzeit zu sehen, blinkt es auf. Betty! Ich tippe auf den grünen Hörer.

»Frauke, Frauke, was treibst du nur?«, begrüßt sie mich.

»In der Sonne sitzen, Nägel lackieren, mit meiner besten Freundin quatschen – so was halt.«

»Und das an einem Mittwoch. Sorry, ich kann mir das bei dir einfach nicht vorstellen, wo du doch das fleißigste Bienchen unter Gottes Sonne bist. Komm, sag«, Betty holt geräuschvoll Luft, »was ist los?«

»...«

»Hm, du schweigst, dann lass mich nachdenken: Müsstest du jetzt nicht in Hamburg sein? Hatte dich nicht diese große Reederei für mehrere Trainings gebucht? Du hast mir doch davon erzählt, genau, jetzt erinnere ich mich wieder: Du solltest die ganze Crew coachen. Es gab da Probleme, weil die Passagiere, die auf diesen Luxuslinern durch die Weltgeschichte dampfen, immer komplizierter werden ...«

»... anspruchsvoller«, hake ich ein, »sie werden anspruchsvoller. Wer ›kompliziert‹ nur denkt, hat in der Kundenkommunikation schon verloren.«

»Aha, da bist du also wieder.« Ich sehe förmlich, wie sich ein Gewinnerlächeln auf ihrem Gesicht ausbreitet. »Was ist nun also mit diesen – ich betone – anspruchsvollen Passagieren und den nicht minder schicken Stewards dieser Reederei? Warum bist du nicht bei ihnen?«

»Die Hamburger haben abgesagt. Einfach so. Acht Trainingstage, ein richtig dicker Auftrag.«

»Nein«, Betty zieht das Wort in die Länge, »aber das geht doch nicht.«

»Leider doch, ich war schon auf der Autobahn Richtung Hamburg, da klingelte mein Telefon, Frau von Mallinckrodt, die Geschäftsführerin, war dran.«

»Was hat sie gesagt? Sie muss doch einen Grund genannt haben.«

»Personalabbau. Die Eignerfamilie der Reederei hatte eine Unternehmensberatung im Haus und will jetzt erst mal schlanker werden. Schlanker und smarter und jünger und dynamischer – und weiß der Henker, was noch alles.«

Ich spüre, wie ich ärgerlich werde, deshalb rappele ich mich aus meinem Liegestuhl hoch und laufe in die Küche, vorsichtig, denn der Nagellack ist noch nicht ganz trocken.

»Aber du warst doch fest gebucht. Hast du keine Auftragsbestätigung geschrieben? In deinen AGBs sind Stornogebühren definiert. Hast du die schon abgerechnet?«

Betty, das muss spätestens jetzt erwähnt werden, ist nicht nur meine beste Freundin, sondern auch meine Frau für alles Finanzielle. Sie hat sich mit ihrer Steuer- und Wirtschaftsberatung auf die Branchen Kommunikation und Kunst spezialisiert. Ein einträgliches Geschäft, spätestens seitdem der Kunstmarkt boomt.

»Offiziell«, jetzt bin ich diejenige, die die Wörter lang zieht, »offiziell sind die Trainings nur verschoben. Sobald sich die See wieder beruhigt hat, will das Human Resources Management selbstverständlich weiter mit mir zusammenarbeiten. Auf eine derart kostbare Expertin wie mich will man auf keinen Fall verzichten, wo wir doch so eine vertrauensvolle und sicher auch belastbare Geschäftsbeziehung pflegen …«

»Das hat dir die Geschäftsführerin gesagt?« Betty unterbricht mich.

»Originalton.«

»Hm.«

»Genau: hm.«

»Das heißt auf Deutsch: Du sollst brav die Füße stillhalten und bloß nicht irgendwelche Kosten geltend machen, sonst ist dein Kunde futsch.«

»Liebe Betty, ich hätte die Situation nicht besser zusammenfassen können.« Mittlerweile stehe ich vor dem Küchenbüfett, stelle mein Handy auf laut und ziehe den Korken aus der Weinflasche. Mit viel Schwung befülle ich ein Glas. Mit ihm, meinem Smartphone und natürlich Betty geht es zurück auf die Terrasse.

»Und jetzt?«, fragt sie.

»Jetzt nutze ich die Gunst der Stunde und mache ein paar Tage Urlaub.«

»In Lüneburg?«

»In Lüneburg«, bestätige ich frohgemut.

»Und was macht man da so? So ganz allein?«

»Oh, ich fühle mich nicht allein. Hast du nicht die süße Wohnung gesehen, die ich gemietet habe? Außerdem gibt es hier eine Menge interessanter Leute. Heute Vormittag habe ich auf dem Markt beispielsweise eine Ziegenbäuerin kennengelernt, die fantastischen Käse herstellt, und es gibt hier einen Bäcker, ich sag dir, der backt ...«

»Okay, okay, ich sehe, du bist wohlauf. Solange du ans Essen denkst, ist alles in Ordnung.«

»Haha.« Jetzt bin ich doch ein bisschen pikiert. Bin ich für mein Umfeld wirklich derart durchschaubar? Eigentlich reicht es mir schon, dass Justus auf meinem »kulinarischen Spleen«, wie er sagt, herumreitet. Betty muss es nicht auch noch tun.

»Also, Frauke, ich muss jetzt auflegen.« Meine Freundin wechselt in ihren geschäftlichen Tonfall. »Auf mich wartet das nächste Meeting.«

Ein kurzes »Tschüss«, und unser Gespräch ist so abrupt beendet, wie es begonnen hat. Betty eben.

Als ich mein Telefon auf dem kleinen Bistrotisch ablege, den ich neben meinem Deckchair positioniert habe, ist es still geworden. Seltsam still. Ich lausche hoch zur Eiche. Kein Lüftchen geht. Kein Blatt raschelt.

Dafür räuspere ich mich, nehme einen Schluck Wein und lasse meinen Kopf nach hinten sinken. Vielleicht hätte ich Betty doch alles erzählen sollen. Ich schließe die Augen. Vielleicht wäre es besser gewesen.

Mit einem Mal ist meine gute Laune verflogen. Vor meinem inneren Auge sehe ich mich wieder auf diesem Autobahnparkplatz der A7 stehen, kurz nach Hannover. Auf meiner Windschutzscheibe liegt Nieselregen. Während die Lkw-Fahrer draußen aussteigen und ungeniert gegen alles pinkeln, was nicht weglaufen kann, sitze ich im Wagen und heule mir die Augen aus dem Kopf. Nicht wegen der Reederei, die mir gerade eine arrogante, ja, eine richtig fiese Absage erteilt hat, nein, ich heule wegen des letzten Tropfens, der das Fass zum Überlaufen gebracht hat.

Das Fass, das sich seit Monaten füllt und füllt. Das mich immer angespannter werden ließ und vor lauter Panik immer fröhlicher, lauter, aktiver. Ich bin ein Harmoniemensch, ich kann es nicht ertragen, wenn der Haussegen schief hängt. Dann tue ich alles, um ihn wieder geradezurücken.

Aber diesmal ist es mir nicht mehr gelungen. Diesmal ist Justus nur noch schweigsamer geworden, und am Ende hat er gar nichts mehr gesagt. Nichts, bis auf diesen einen Satz: »Ich ziehe aus.«

Ich ziehe aus. Das war am Sonntag. Montagfrüh schon musste ich nach Hamburg, zum Training bei dieser vermaledeiten Reederei. Ich bin ein Profi, und natürlich habe ich mich – nach einer durchwachten, schrecklichen Nacht – auf den Weg in die Hansestadt gemacht. Und ich war froh darüber! Was sollte ich auch zu Hause? Meinem Verflossenen dabei helfen, die Koffer zu packen?

Nein, ich war erleichtert, als Frankfurt hinter mir verschwand. Aber als plötzlich die Hamburger anriefen und mir auch noch eine Absage erteilten, eine Abfuhr, als sei ich der letzte dahergelaufene Depp, da war es um meine Selbstbeherrschung geschehen. Ich beendete das Telefonat mit einem letzten Rest von Haltung – und schluchzte los. Haltlos. Um keinen Unfall zu riskieren, steuerte ich den nächsten Autobahnparkplatz an, spätestens da waren alle Schotten offen.

Ich hatte, wie so oft in letzter Zeit, das Gefühl, alles, aber auch wirklich alles in meinem Leben falsch gemacht zu haben.

Irgendwann später wischte ich mir die Tränen vom Gesicht, startete den Motor erneut und betätigte die Scheibenwischer. Ich verließ den Parkplatz, fuhr bis zur nächsten Autobahnabfahrt, um zu wenden und zurück nach Frankfurt zu fahren. Doch dann sah ich das Schild, dieses Hinweisschild neben der Abfahrt: Lüneburg.

Lüneburg. In Sekundenschnelle ließ dieses eine Wort einen ganzen Film vor mir ablaufen: ein reetgedeckter Bauernhof, samtweiche Kaninchen, Hühner, ein Pony. Meine Eltern. Endlose Sommerferien. In der Lüneburger Heide hatten wir einige Familienurlaube verbracht, wunderschön waren sie, damals, in längst vergangener Zeit.

Einem Impuls folgend, lenkte ich meinen Wagen erneut an den Fahrbahnrand und brachte ihn zum Stehen. Dann öffnete ich den Internetbrowser meines Handys, tippte »Lüneburg« und »Ferienwohnung« hinein. Denn was, bitte schön, was sollte ich zu Hause? In einer Wohnung, die ich schon immer als zu groß, als unterkühlt empfunden hatte, und die mich jetzt – ohne meinen Mann – erdrücken würde. Nein, ich wollte überallhin, aber bestimmt nicht in ein kaltes, leer geräumtes Zuhause.

Mit dem Daumen scrollte ich durch die Suchergebnisse. Es dauerte nicht lang, und ich fand es, mein Nest. Eine hinreißend schöne Maisonette-Ferienwohnung, zwei Zimmer in der Mansarde, dazu eine Dachterrasse, die wie ein Vogelnest in die Krone einer Eiche überzugehen schien. Die Fotos allein reichten, um mich zu überzeugen. Sofort rief ich die Vermieterin an, und, ja, ich hatte Glück, die Wohnung war frei und sofort verfügbar.

Ich startete den Wagen, schon ging es mir wieder besser. Vor allem, als ich die seltsam vertraute Landschaft der Lüneburger Heide erblickte, die nun vor meiner Windschutzscheibe auftauchte: das weite Land, seine ausgedehnten Kiefern- und Buchenwälder, unterbrochen von verträumten Wiesen und Weilern.

Als ich die kleine Stadt erreichte, war ich bereit, dort zu stranden. Im wahrsten Sinne des Wortes, denn wie sich herausstellte, lag meine Wohnung direkt an der Ilmenau, Lüneburgs Fluss, an dessen Namen ich mich tatsächlich noch erinnern konnte. Der Bauernhof, auf dem ich in Kindertagen meine Ferien verbracht hatte, befand sich auch nicht weit von seinem Ufer entfernt.

Meine Vermieterin Frau Anderson, die direkt im Nebenhaus wohnt, nahm mich mit einem herzhaften »Moin« in Empfang. Auch das hatte ich fast vergessen: das norddeutsche, allgegenwärtige Moin.

Mit einem Blick schien meine lebenskluge Vermieterin meinen Zustand zu erkennen. Sie stellte keine Fragen. Nach einem kurzen Rundgang übergab sie mir die Schlüssel, drückte einmal warm meine Hand und zog leise die Tür hinter sich zu.

Und dann kam ich an. Ich bekam meine Zeit und hatte meinen Raum.

Später, als mich der Hunger drückte und ich wieder in den Hausflur trat, sah ich eine Flasche Rotwein neben meiner Fußmatte stehen, die auf mich wartete. »Willkommen bei uns in Lüneburg« stand in krakliger Handschrift auf dem Post-it, das auf ihrem Bauch klebte. Das rührte mich so sehr, dass mir erneut die Tränen in die Augen stiegen.

So auch jetzt. Jetzt aber schlucke ich sie hinunter, räuspere mich und richte mich auf. Denn eine Bewegung, etwas Lebendiges erregt meine Aufmerksamkeit. Da hat sich etwas Grünes in der Eiche niedergelassen: Auf einem Ast schräg über mir sitzt ein recht großer Vogel, eine rote Haube ziert seinen Kopf. Energisch pickt er in die raue Baumrinde. Ob das ein Specht ist? Ich schäme mich ein bisschen, da ich das nicht weiß, und bemühe kurzerhand die Bildersuche von Google. Tatsächlich ein Grünspecht.

Und er bleibt nicht allein: Es dauert nicht lang, und ein zweiter kommt hinzugeflogen. Ist das ein Pärchen? Leben Spechte monogam? Ich widerstehe dem Impuls, Wikipedia danach zu fragen. Dafür kommt mir eine Geschichte in den Sinn, die mir meine Mutter einst von den Waldkäuzchen erzählte, damals auf dem Bauernhof. Wenn es Nacht wurde, hörte man dort die Eulen rufen, ihr lang gezogenes »Huu-hu-huhuhuhuu« klang in den Ohren eines Stadtkindes ganz schön unheimlich. Vermutlich um mich zu beruhigen, erfand meine Mutter eine weitere ihrer zahllosen Gutenachtgeschichten. Sie handelte von zwei Käuzchen, die nach gemeinsam bestandenen Abenteuern in eine gemütliche Baumhöhle zogen und ein Leben lang beieinanderblieben. In meiner Erinnerung sind Waldkäuzchen die treuesten Tiere der Welt, und wenn sie ihr »Huu-hu-huhuhuhuu« rufen, dann nur, um dem anderen zu sagen: »Ich bin da, ich bin immer für dich da.«

Ob das wirklich stimmt, weiß ich nicht. Ich habe Google nie nach der Treue von Waldkäuzchen befragt – und werde es auch jetzt nicht tun. Viel lieber schaue ich den beiden Grünspechten hinterher, wie sie, einander folgend, durch die Baumkrone hüpfen. Und ich nehme es als ein Omen, als ein versöhnliches Zeichen.

Vielleicht wird ja alles wieder gut. Ja, vielleicht.

# HEINI

Als ich mein Ziel, die Teufelsbrücke, erreiche, lege ich eine wohlverdiente Pause ein. Puh, meine kleine Radtour, die ich für heute geplant hatte, hat sich zu einem tagesfüllenden Programm ausgeweitet. Ich lehne mein Fahrrad gegen das grün gestrichene Geländer und schaue dem Flusslauf nach. Die Ilmenau mäandert als breites, blaues Band durch ein grünes Bilderbuch. An ihren Ufern wechseln sich Wiesenauen, Schilffelder und Pferdekoppeln ab. Dahinter: lang gestreckte Kiefernwälder. Die Landschaft, die mich umgibt, ist malerisch. Und sie entführt mich zurück in meine Kindheit, zurück zu unseren Lüneburg-Ferien:

Da drüben, da am Ufer, sehe ich meinen Vater sitzen. Er hat seine Staffelei ausgepackt und vor sich aufgebaut. Nicht die kleine, nein, die große. Seine Leinwand misst einen Meter mal eins vierzig, um exakt zu sein. Denn er hat Großes vor. Ich kenne die Maße so genau, da das Bild, das hier an dieser Stelle entstand, in meiner Wohnung hängt. Zigmal ist es schon, wie alle Werke meines Vaters, mit mir umgezogen, und jetzt, jetzt, stehe ich wieder am Originalschauplatz.

Ich schließe die Augen und schmecke selbst gemachte Zitronenlimonade, die von früher, die es eben nur damals gab. Meine Mutter und ich haben es uns auf der Wiese bequem gemacht: auf einer Picknickdecke, versunken in unsere Bücher, von denen wir beide nie genug bekommen konnten. Wenn es uns, dann und wann, zu heiß wird, steigen wir in die Ilmenau. Herrlich kühl umschmeichelt ihr Wasser meine Knie und Schenkel, unerlässlich fließend, strömend. Jedes Zuviel an Sommerhitze zieht es mir aus dem Leib, reißt es mit sich.

»Darf ich mal gucken?« Keine Frage habe ich meinem Vater öfter gestellt als diese. Mit tropfnassen Beinen und in sicherer Entfernung stehe ich hinter ihm und linse auf die Leinwand. Er mag es nicht, halb fertige Bilder zu zeigen. Nur ich darf hin und wieder einen Blick darauf werfen.

Er breitet seinen rechten Arm schwungvoll aus, das ist Antwort genug. Ich flitze zu ihm, setze mich auf einen seiner Oberschenkel. Und dann *schauen* wir.

»Schauen ist das Wichtigste«, sagt er, das sagte er immer. Er zeigt mit seinem Pinsel auf den Fluss vor uns, auf seine unzähligen, winzigen Wellen, auf die sich abwechselnden Blautöne, auf ihre Grünschattierungen, auf den Schatten der Bäume, die dunkel auf den Fluss fallen, auf die Sonnenstrahlen, die sich durch ihr Laub mogeln, auf die Lichtreflexe, die auf den Wellen tanzen. Und dann betrachten wir all das auf seinem Bild, finden all das wieder.

Zuerst malte er die Ilmenau, dann das Ufer mit all seinem Grün, dann die Teufelsbrücke. Ich weiß es noch genau. Mehr noch: Ich sehe vor mir, wie das Bild entstand – gleich einem Film, den ich im Schnelldurchlauf abrufen kann.

In jedem Urlaub, den wir in der Lüneburger Heide verbrachten, malte mein Vater unzählige Bilder. Bilder, die unverwechselbar seine Handschrift trugen, die so ganz und gar sein Eigen waren. Unter Tausenden hätte ich sie erkannt.

Ich stoße mich vom Brückengeländer ab. Es ist doch verrückt, was mir alles einfällt, seitdem ich wieder in Lüneburg bin. Als ich heute Morgen aufgewacht bin, wusste ich, dass ich unbedingt zur Teufelsbrücke muss. Plötzlich waren sie alle da, all diese Kindheitserinnerungen. Und wie schön sie sind.

»Da drüben sind ja Ponys.« Eine Kinderstimme reißt mich aus meinen Gedanken.

»Oh, wie cool! Ich bin als Erste da.«

Zwei Mädchen rasen mit ihren Fahrrädern an mir vorbei und weiter in Richtung Pferdekoppel, die ein Stück flussabwärts liegt. Sie liefern sich ein Wettrennen. Lächelnd blicke ich ihren wehenden Röcken hinterher, die beiden tragen die identischen hell geblümten T-Shirts. Zwillinge, eindeutig.

Ich grüße die Eltern, die im gemächlichen Tempo hinterherradeln, und die kleine Valerie kommt mir in den Sinn, die Tochter der Ziegenbäuerin.

»Mama ... bekomme ich ein Schwesterchen?«, höre ich sie wieder fragen – in all ihrer Treuherzigkeit. Und wie gut ich sie verstehen kann. Was mir immer fehlte, auch bei meinen Ferien in der Lüneburger Heide, war eine Spielgefährtin, eine Schwester. Immer und immer fehlte sie, und immer und immer habe ich gehofft, dass sie noch kommen würde. Aber sie kam nicht.

Ich verziehe meinen Mund, spüre Trockenheit im Hals, greife nach der Wasserflasche, die in meinem Fahrradkorb liegt, trinke in großen Schlucken.

Ob das wohl allen Einzelkindern so geht? Ich setze die Flasche ab. Ob sie sich alle ein Geschwister wünschen? *Zu zweit wäre jedenfalls alles anders gekommen,* überlege ich. *Hätte ich eine Schwester, dann gäbe es sie noch. Dann hätte ich, obwohl meine Eltern längst tot sind, immer noch ein kleines Stückchen Familie.*

Ich nehme einen letzten Schluck, drehe die Flasche zu und werfe sie schwungvoll in den Fahrradkorb. Jetzt nur nicht sentimental werden!

Aber vermutlich lässt sich das bei so viel Vergangenheit, der ich heute auf der Spur bin, nicht vermeiden. Den ganzen Tag habe ich damit verbracht, den Bauernhof zu suchen, auf dem wir früher unsere Ferien verbrachten. Erfolglos! Er ist wie vom Erdboden verschluckt. An sein Aussehen, an das alte Haus, die Ställe erinnere ich mich noch genau. Aber sein Name will und will mir nicht mehr einfallen. Den ganzen Tag über bin ich umhergeradelt, habe Wegweiser und Ortsschilder studiert, in der Hoffnung, irgendwo eine Fährte zu finden.

Aber vergebens – und nun reicht es mir. Ich beschließe, es für heute gut sein zu lassen. Genug der Erinnerungen, genug der Gedankenschieberei. Entschlossen umfasse ich den Fahrradlenker, stoße mich vom Boden ab und folge dem schmalen Weg vor mir. *Weit kann es bis zur Stadt nicht mehr sein,* denke ich und trete kräftig in die Pedale.

Wie gut das tut. Ich lasse mich vom Fahrtwind tüchtig durchlüften, genieße das Entlanggleiten auf dem festen Uferweg. Sofort kommen auch meine Gedanken in Schwung, sie wandern zu meinem Nest, zu meiner schönen Terrasse unter dem Eichendach, die auf mich wartet.

*Radfahren gehört schon immer zu den Dingen,* denke ich, *die mir verlässlich gute Laune bereiten.* Zumal mir in dieser Landschaft keine ernsthaften Berge dazwischengeraten. Ganz im Gegenteil: Auf meinem Hollandrad lässt es sich herrlich dahinflanieren.

Keine zwanzig Minuten später habe ich Lüneburg und das Wasserviertel, in dem meine Wohnung liegt, erreicht. Spontan beschließe ich, Klaas' Bäckerei einen kurzen Besuch abzustatten. Ich habe Hunger und will doch mal sehen, was er brottechnisch noch so auf dem Kasten hat. Schwungvoll parke ich mein Rad im bewährten Fahrradständer und laufe die drei Stufen zur Eingangstür empor. Als ich sie aufstoßen will, bleibt sie jedoch fest verschlossen. Was ist denn das? Irritiert blicke ich auf. Haben wir denn schon Ladenschluss? *Das kann nicht sein,* überlege ich, *es ist frühestens halb sechs.*

Und da sehe ich es. Ein kleines Schild, das von innen an der Glastür baumelt und auf dem geschrieben steht:

*Geschlossen! Für heute haben wir ausverkauft.*

Ja, das gibt es doch nicht! Ich kann nicht fassen, was ich da lese. Irritiert linse ich, eine Hand schützend über die Augen gelegt, in das dunkle Ladenlokal hinein und, tatsächlich, alle Regale sind leer gefegt – im wahrsten Sinne des Wortes. Entrüstet schüttele ich den Kopf. Wie kann man denn einfach seinen Laden zusperren? Wie kann man denn dermaßen schlecht planen, dass alle Waren schon vor Geschäftsschluss ausverkauft sind? Was ist dieser Bäcker eigentlich für ein komischer Heini?

»Kann ich helfen?« Ein Bariton ertönt hinter mir.

Ich löse Blick und Hand von der Glastür, drehe mich um und sehe Klaas, den Bäcker, höchstpersönlich hinter mir. Und das ziemlich breitbeinig.

»Sie haben geschlossen«, antworte ich vorwurfsvoll und in der klaren Annahme, nun nichts anderes als eine vollmundige Entschuldigung entgegenzunehmen. Aber nichts dergleichen. Dieser Klaas schaut mich einfach nur an. Einfach und geradeaus und so, als würde das Eigentliche noch fehlen, als sei das Wesentliche noch nicht gesagt.

Dabei fallen mir, wie irritierend, seine dunkelbraunen Augen auf, die mich unter seiner Schirmmütze heraus mustern. Und während ich an diesen Augen kleben bleibe wie ein Brummer am Fliegenfänger, spüre ich zwei Pfoten an meinen Knien. Zwei nasse Pfoten. Bevor ich zurückweichen kann, rutschen sie hinab bis zu meinen Knöcheln und hinterlassen erdfarbene Schleifspuren. Der Dackel. Er steht vor mir und blickt freudig, sich keiner Schuld bewusst, zu mir empor, als wären wir zwei die dicksten Freunde.

»Dieses Vieh macht mich noch kirre!« Klaas hebt seinen Blick flehend zum Himmel, eine Geste, die mir irgendwie bekannt vorkommt.

»Mich, ehrlich gesagt, auch«, gebe ich leise zurück und überschaue das Malheur, das sich auf meiner weißen 7/8-Hose ausbreitet. Zum Glück sind meine Mokassins davongekommen. Das helle Wildleder hätte ich nie wieder sauber bekommen.

»Sie sind aber auch viel zu schick gekleidet. Wer geht denn so zum Fahrradfahren? Das kann ja nicht gut gehen!«

Das glaube ich jetzt nicht, was für ein grober Klotz. Jetzt liegt es also an mir, dass meine Hose ruiniert ist?

»Ist das alles, was Sie zu sagen haben?«, kontere ich.

»Nein, aber wenn Sie mich schon fragen«, schießt Klaas unmittelbar zurück, »haben Sie schon was gegessen?«

Jetzt bin ich perplex. Was soll das denn jetzt? Kampfeslustig laufe ich die drei Stufen hinunter, wobei ich, zu meinem großen Erstaunen, im Vergleich mit ihm ganz schön klein werde. Irritiert halte ich inne. Mit meinen eins achtundachtzig überrage ich die meisten locker. Die für eine Frau ungewöhnliche Körpergröße habe ich von meinem Vater geerbt – und war nicht immer glücklich darüber. Oft genug waren die interessanten Männer kleiner als ich. Nicht so Klaas: Er ist riesig und muss die Zwei-Meter-Marke knapp touchieren.

»Was soll das heißen?« Ich habe mich gefangen und stehe mit durchgestrecktem Rücken vor ihm.

Klaas verdreht kurz die Augen. »Das heißt, ob Sie Hunger haben? H-u-n-g-e-r.«

Ich stutze. Eine Einladung zum Essen? Von diesem Kerl? Mein verräterischer Magen nimmt mir die Antwort ab. Er knurrt dermaßen laut, dass sich mein Gegenüber schwungvoll umdreht und mir mit einer lässigen Handbewegung bedeutet, ihm zu folgen.

»So?«, rufe ich ihm nach und deute mit beiden Daumen auf die Schlammspuren auf meiner Hose. »So soll ich mit Ihnen essen gehen?«

Klaas bleibt stehen und wendet sich zu mir um. »Da, wo wir hingehen, stört das niemanden, glauben Sie mir.« Dann hält er inne, scheint sich zu besinnen. Er schiebt seine Tweedmütze nach hinten, reibt sich langsam über die Stirn und senkt seinen Blick.

»Mein Hund hat sich Ihnen gegenüber nun schon zum zweiten Mal unmöglich benommen.« Sein Ton ist deutlich sanfter geworden. »Das möchte ich wiedergutmachen. Würden Sie mir also die Freude bereiten und mich zum Essen begleiten?«

Ich weiß nicht, was mich tatsächlich mitkommen lässt. Ist es die Überraschung darüber, dass dieser Mensch derart viele Worte machen kann, noch dazu höfliche, oder ist es der lebensfrohe Dackel, der immer noch vor mir auf- und niederhopst? Oder auch die winzigen Lachfältchen, die zwei dunkelbraune Augen umkränzen …

Sei's drum. Keine zwei Gassen weiter erreichen Klaas, der Dackel und ich eine kleine Holzterrasse, die sich in einem verwinkelten Innenhof versteckt. Zwischen den Giebeln der Vorderhäuser scheint die Sonne hinein, es ist warm genug, um draußen zu sitzen.

»Bitte, nehmen Sie Platz.« Klaas zeigt auf einen der Teakholztische. Wir sind die ersten Gäste, für den Abendtisch ist es noch recht früh.

Eine Asiatin mit unfassbar langem, schwarz gelacktem Haar kommt heraus und begrüßt uns in aller Liebenswürdigkeit. Klaas scheint hier Stammgast zu sein. Sie nimmt unsere Getränkewünsche auf und lässt zwei Holztafeln, auf denen lindgrüne Zettel klemmen, zurück. Ich greife nach einer der Speisekarten und überfliege sie rasch. Dabei mustere ich Klaas aus den Augenwinkeln: Das hatte ich ihm nicht zugetraut. In meiner Vorstellung sah ich uns schon bei Bratkartoffeln mit Speck und Spiegelei sitzen, nicht aber in einem Lokal wie diesem. Die Speisenauswahl des asiatischen Restaurants ist fein, frisch und leicht. Es hätte gut nach Berlin gepasst, als Szenetipp in irgendeinem Hinterhaus.

»Sind Sie häufig hier?«, beginne ich das Gespräch.

»Die Besitzerin und ich«, sein Kinn weist Richtung Terrassentür, »kennen uns seit vielen Jahren. Ich schätze die vietnamesische Küche.«

Ich nicke zustimmend und entscheide mich, als die Kellnerin zurückkehrt, für ein scharfes Curry mit Hühnchen, Zuckerschoten und Zitronengras. Zuvor nehme ich Dumplings. Ich liebe diese kunstvoll gefüllten, im Dampf gegarten Teigtaschen, die viel Arbeit machen und es deshalb nur selten auf eine Speisekarte schaffen.

»Für mich die Pho Bo, bitte, und nach der Suppe hätte ich gerne die Reis-Bowl mit Avocado, Wakame und gerösteten Cashewkernen.« Klaas legt unsere Speisekarten zusammen und reicht sie weiter. »Danke dir, Nhi.« Sein Tonfall ist jetzt sanft, fast zärtlich.

Als er sich mir zuwendet, ist die alte Festigkeit zurück. »Was machen Sie bei uns in Lüneburg? Ferien?«

»Sieht man mir die Touristin so sehr an?« Ich fühle mich ertappt.

»Nun ja …«

»Sie haben recht, ich spanne ein paar Tage aus, ein spontaner Entschluss. Ich«, nun gerate ich kurz ins Stocken, »ich bin hier irgendwie gestrandet.«

»Gestrandet sagen Sie.« Während ich mich noch über meine Offenheit wundere, greift Klaas das Stichwort auf. »Gestrandet bin ich hier eigentlich auch.«

»Jetzt verblüffen Sie mich aber. Ich hatte fest damit gerechnet, dass Ihre Familie seit mindestens fünf Generationen das hiesige Bäckerhandwerk aufrechterhält.«

Ich ernte ein schiefes Lächeln. »Nicht ganz«, antwortet er und streckt mir dann seine Hand entgegen. »Ich bin übrigens Klaas.«

»Frauke«, ich schlage ein, »wir können uns gerne duzen.«

Mein Gegenüber nickt knapp.

»Es tut mir wirklich leid, dass sich mein Hund so aufgeführt hat, ich hoffe, du bekommst die Hose wieder sauber.« Sein Blick geht unter den Tisch, wo sich nicht nur die fraglichen Hosenbeine befinden, sondern auch das besagte Tier. »So ein Rauhaardackel hat den dicksten Sturkopf, den man sich überhaupt vorstellen kann. Sie reagiert resistent auf alle Erziehungsversuche.«

»Sie?«

»Ja, Fichte ist eine Hündin.«

»Aha.« Jetzt blicke auch ich unter die Tischplatte. »Sie trägt einen interessanten Namen: Fichte, wie der Philosoph?«

»Nein, wie der Baum«, antwortet er knapp. Und da ist es wieder, das Raubein, ich mustere mein Gegenüber, den raubeinigen Besitzer des Rauhaardackels.

Dann erobert Nhi meine Aufmerksamkeit. Nahezu geräuschlos ist sie erneut an unseren Tisch getreten, stellt eine türkisfarben gemusterte Suppenschale vor Klaas ab und einen goldumrandeten Steingutteller vor mir. Fünf kunstvoll gedrehte Dumplings gruppieren sich auf ihm.

»Wie geschmackvoll«, murmele ich und streiche bewundernd über das schöne Geschirr. Dabei fällt mir auf, dass Nhi und Klaas ein paar Worte miteinander wechseln. Schnell, leise, vertraut. Und in einer Sprache, die ich nicht kenne.

»War das Vietnamesisch?«, frage ich unsicher, als Nhi sich entfernt hat.

»Ja, ich habe ein paar Jahre in Hanoi gelebt.«

Und wieder überrascht mich Klaas. Ja, ich muss zugeben, dass ich ihn zum ungehobelten Klotz abgestempelt habe, zu einem einfältigen Landei, das es nicht weiter als bis zum nächsten Dorfplatz geschafft hat. Aber er ist anders. Klaas ist wie eine Wundertüte – und deren Inhalt macht mich neugierig.

»Wie kommt man von Vietnam nach Lüneburg?« Ich schiebe mir die erste Teigtasche in den Mund und muss kurz die Augen schließen, so fein schmiegt sich ihr Teig an meinen Gaumen.

»Über Los Angeles, Sylt, die Schweiz und Hamburg.«

»Eine durchaus interessante Reiseroute.« Ich muss lächeln. »Was hast du dort getrieben?«

»Das, was ich hier auch mache.« Klaas taucht seinen Löffel vorsichtig in die heiße Suppe. »Ich habe gebacken. Als deutscher Bäcker kann man überall arbeiten. Als ich genug von all der Reiserei hatte, eröffnete ich in Lüneburg meinen eigenen Laden. Mit den besten Rezepten, die ich auf der ganzen Welt finden konnte.«

»Erstaunlich. Aber sag mal, stimmt es wirklich, dass du nur Brot backst?«

»Das stimmt. Aber ich backe nicht allein, wir stehen zu viert in der Backstube. Da machen wir ein Dutzend Sorten, und die so gut, wie wir nur können.«

»Das glaube ich dir aufs Wort. Aber lässt sich davon denn leben? Die Konkurrenz schläft ja nicht.«

Klaas lässt sich schwer gegen seine Stuhllehne fallen. Er scheint die Frage schon zu kennen – und er mag sie nicht.

»Als ich mich vor drei Jahren mit der Idee selbstständig machte, eine Bäckerei allein für Brot zu eröffnen, da haben mich alle für verrückt erklärt. ›Das klappt niemals‹, haben diese Klugscheißer gesagt, und es war ein ziemlicher Angang, bis ich eine Bank fand, die mir einen Kredit dafür gab. Und heute«, er beugt sich wieder nach vorn, »sind wir nachmittags schon ausverkauft, obwohl wir so viel produzieren, wie unsere Backstube hergibt. Wir sind ausverkauft, weil die Qualität stimmt, weil sie jeder, wirklich *jeder*, schmecken kann. Ich muss nichts erklären, ich brauche kein Marketing, kein Bla, bla. Der Geschmack ist da – und fertig.«

Ich zerteile meinen letzten Dumpling und bin hin- und hergerissen. Von Klaas geht enorm viel Überzeugungskraft aus, doch irgendwie bin ich noch nicht fertig mit ihm und seiner Geschäftsidee.

»Das ist wirklich beeindruckend und, ja, ich kann dir nur recht geben: Ihr stellt ungeheuer gutes Brot her. Deshalb könntest du auch expandieren: mehr Mitarbeiter, weitere Ladenlokale, bau eine große Halle für die Herstellung«, zähle ich auf.

»Das will ich aber nicht.« Klaas schüttelt energisch den Kopf. »Ich will mit meinen Leuten, die ich kenne, denen ich vertraue, das beste Brot backen, das man überhaupt nur backen kann. Und ich will es selbst tun, mit meinen Händen.« Er streckt seine Finger wie Sonnenstrahlen aus. »Ich bin Bäcker! Kein Bürohengst, der in irgendeinem seelenlosen Industriegebiet über seinen Mails hockt, über seinen Bestellungen und Abrechnungen, seinen Steuern und Stellenanzeigen. Ich habe da null Bock drauf, aber so was von null.«

Klaas ist in Fahrt geraten, seine Augen blitzen angriffslustig.

»Sag mir, was für ein Brot hast du bei uns im Laden gekauft?«

»Ein Roggenbrot.«

»Ein Roggenbrot! Das ist eine gute Wahl. Aber beim nächsten Mal nimmt du ein Sauerteigbrot. Bei dem schmeckst du all die *Zeit*, die wir hineingebacken haben.«

Die Zeit? Ich horche auf. Klaas, ein Poet, der Zeit backen kann? *Momo* fällt mir ein, Michael Endes großer Bucherfolg – und ich höre weiter zu.

»Wir setzen den Sauerteig vier Tage lang an«, beginnt er. »Es gibt den eigentlichen Brotteig und den Vorteig, von dem wir immer etwas in der Kühlung behalten, wo wir ihn jeden Tag pflegen und füttern. Beide Teige brauchen Mehl, Wasser und Salz. Eigentlich wenig, fast nichts, nicht wahr? Das Geheimnis des Geschmacks liegt nämlich in der *Zeit*, die wir dem Brot zum Reifen geben, in unserer Aufmerksamkeit für den Teig, in seiner Konsistenz, darin, wie er sich anfühlt, wenn er weiteres Mehl braucht, darin, wie er aussieht, wenn die Temperatur stimmt, wenn er – wie ein Lebewesen – zu wachsen beginnt. So ein Teig braucht Ruhe und Luft. Man muss ihn immer wieder ausbreiten, sanft, man darf ihn aber nicht kneten. Niemals! Ein Sauerteig verzeiht nichts. Wenn der Teig fertig und der Backtag gekommen ist, heizen wir den Ofen auf zweihundertdreißig Grad vor und halten ihn feucht, indem wir einen kleinen Tontopf mit Wasser hineinstellen. Dann kühlen wir ihn runter auf zweihundert Grad, jetzt muss das Wasser raus und das Brot rein. Es backt eine gute halbe Stunde und braucht dann bei geöffneter Tür noch ein wenig Zeit, bis wir es herausholen dürfen. Wie gesagt, ein Sauerteig verzeiht nichts. Man muss ihn respektieren. Verstehst du jetzt, was ich meine, wenn ich vom *Backen* spreche? Verstehst du, was es bedeutet, ein Brot zu backen, das besser nicht sein kann?«

Als Klaas zum Ende kommt, brennt er lichterloh. Er glüht vor Leidenschaft. Sein Körper, sein ganzes Wesen sind in Höchstspannung. Das Wort »Passion« kommt mir in den Sinn. Klaas hat seine Passion gefunden, da gibt da keinen Zweifel.

Nhi ist still hinter ihn getreten. Als sie nach seiner leeren Suppenschale greift, verwandelt sich der soeben noch aufbrausende Mann: Sein Kopf neigt sich zur Seite, seine Lider senken sich leicht. Mit einem Mal erinnert er mich an einen Kater, der wohlig, in Erwartung einer Streicheleinheit, seinen Rücken krümmt. Ein Faszinosum, das ich staunend verfolge, und als uns Nhi wieder verlässt, da ist es, als habe sich ihre Sanftheit wie einen Seidenschal um Klaas' Schultern gelegt.

Ich räuspere mich und falte meine Hände auf der Tischplatte zusammen. Dabei muss ich an Justus denken. Justus, den Investor, der durch die Lande zieht und genau solche Goldnuggets wie Klaas' Bäckerei sucht. Hat er sie dann am Haken, pumpt er Geld hinein. Er schickt seine Berater, optimiert die Betriebsprozesse, baut Marken und Vertriebsstrukturen auf. Expandiert.

»Hat bei dir denn noch nie ein Investor angeklopft?« Diese eine, letzte Frage muss ich Klaas noch stellen.

Er winkt müde ab. »Nicht nur einer. Wenn es nach denen ginge, dann hätte ich schon eine Franchise-Kette. Wobei das natürlich nicht stimmt: Ich wäre lediglich Geschäftsführer, ich hätte Anteile, gehören würde mir der Laden längst nicht mehr. Dafür müsste ich jedes Jahr bessere Zahlen liefern – getrieben vom eigenen Erfolg. Und auch darauf habe ich: null Bock.«

Ich presse die Lippen aufeinander und nicke, immer wieder. Stumm. Meine Augen ruhen auf der gemaserten Tischplatte vor mir, während die Gedanken nur so durch meinen Kopf rauschen, frei und leicht, als hätte zuvor jemand die quer liegenden Balken aus ihm herausgeräumt.

»So nachdenklich?« Er hat sich weit nach vorne gebeugt, und als ich aufschaue, erblicke ich tiefe Lachfalten. Wie alt mag er sein, dieser Klaas?

»Wie alt bist du?« Über meine direkte Frage bin ich selbst überrascht, aber was raus ist, ist raus.

»Dreiundvierzig. Und du?«

»Zweiundvierzig.«

»Hm.

»Was heißt jetzt ›hm‹?«

»Das heißt, dass wir beide in einem Alter sind«, er stützt sein Kinn auf eine Hand, »in dem man wissen sollte, was man mit seiner Lebenszeit noch anstellen will.«

Das ist der Moment, in dem mir heiß wird. Nicht nur, weil dieser Mann erneut ungeheure Präsenz entwickelt, sondern auch, weil er all die Fragen thematisiert, die mir schwer zu schaffen machen: Was will ich von meinem Leben? Was macht für mich Sinn? Die Krise, die ich gerade mit Justus erlebe, spült genau diese Themen schmerzhaft an die Oberfläche.

Erleichtert blicke ich Nhi entgegen, die, unseren Hauptgang in den Händen, aus der Terrassentür tritt. Sie schenkt mir ein zauberhaftes Lächeln und serviert mit schwerelosen Bewegungen. Begeistert schaue ich in die Bowl, die nun vor mir steht, lasse mir den Curryduft in die Nase steigen. Und als ich mit einem gut gelaunten

»Guten Appetit« auf Klaas blicke, da strahlt auch er. Essen gehört definitiv zu den Dingen, die zu zweit doppelt Freude machen.

Viel später, als Klaas bezahlt und wir uns auf den Weg machen, hat sich Nhis Terrasse gefüllt. Auf ihren Tischen brennen die Windlichter, es dämmert, und in meiner dünnen Bluse wird mir langsam kühl. Wir schlendern – der Dackel voraus – zurück zur Bäckerei, wo mein Fahrrad auf mich wartet. Als ich es aus dem Ständer ziehe, sehe ich Fichte am Ladengeschäft vorbei zu einem kleinen Nebeneingang laufen.

»Wo will sie hin?«, frage ich.

»Nach Hause.« Klaas weist auf die Fenster der oberen Etage. »Wir wohnen über der Bäckerei.«

»Ja, dann …«, ich räuspere mich, »dann schlaft mal gut, ihr beiden. Du musst morgen sicher wieder früh raus.«

Er nickt stumm, dann legt er ganz leicht den Kopf zur Seite. »Ich meinte das vorhin übrigens ernst.« Seine Stimme rutscht in eine tiefere Tonlage.

»Was denn?«

»Du bist fürs Fahrradfahren viel zu schick gekleidet.« Seine Lider senken sich etwas, und seine Augen werden dunkel. »Aber es steht dir fantastisch.«

# KORINTHENKACKER

Ich nehme die weißen.«

Als ich mein Spiegelbild betrachte, ist die Sache klar. Vielleicht eignen sich die dunkelblauen Sneakers besser für mein heutiges Tagesprogramm, aber die weißen sehen besser aus. Ganz einfach.

»Würden Sie bitte auch die Schuhe für mich einpacken?«

»Aber natürlich.« Die junge Verkäuferin nickt begeistert. Dazu hat sie auch allen Grund. Es ist noch nicht einmal halb elf, und ich habe ihr schon den halben Laden leer gekauft. Auf dem Verkaufstresen reihen sich bereits: eine knöchellange Jeans, eine Leinenbluse, die ich, da sie genial geschnitten ist, nicht nur in Weiß, sondern gleich noch in Hellblau mitnehme, eine superleichte Windjacke, eine sportliche Crossbody-Schultertasche mit breitem, niedlich gemustertem Stoffriemen in Neonfarben und jetzt noch die Sneakers.

»Kurze Strümpfe brauche ich auch«, murmele ich und picke mir zwei Paar aus der Auslage.

Die guten Stücke wandern allesamt in eine große Papiertüte, auf der das verschnörkelte Logo der Boutique prangt. Ich reiche meine Kreditkarte über die Theke und stehe kurz darauf wieder auf der Heiligengeiststraße. Sie gehört zu den wirklich hübschen Einkaufsecken Lüneburgs, in denen sich nicht die allerorts gleichen Filialketten aufreihen, sondern ein feiner Einzelhandel mit einem handverlesenen Sortiment zu finden ist. Ich bummele noch ein wenig an den Schaufenstern vorbei, bewundere die beeindruckenden Backsteinfassaden der alten Häuser, laufe in Richtung Stintmarkt, kaufe mir unterwegs ein Eis und schlendere zurück nach Hause. Dort packe ich meine Beutestücke aus und suche in der Küche nach einer Schere, um die Preisschilder herauszutrennen.

Klaas hat recht: Ich bin für meine Spontanferien, für meine Erkundungsfahrten auf dem Rad viel zu elegant gekleidet oder, wie er so süß sagte, »zu schick«. Kein Wunder, immerhin bin ich in Lüneburg mit kompletter Business-Montur gestrandet und nicht mit einem Urlaubskoffer. Als ich an den gestrigen Abend denke, stiehlt sich ein Lächeln auf meine Lippen, ganz besonders als mir Klaas' Worte »es steht dir fantastisch« einfallen.

Wann habe ich eigentlich das letzte Kompliment von Justus bekommen? Ich halte in meiner Arbeit inne und überlege angestrengt, aber, verflixt, sosehr ich auch grübele, ich erinnere mich ausschließlich an Halbsätze wie: »Wann bist du endlich fertig?« oder »Schon wieder was Neues?« und »Denke doch nicht immer ans Essen«.

»Eigentlich unverschämt«, brumme ich und ziehe eine der Blusen aus der Papiertüte. Vor allem seine Anspielungen auf meine Figur sind, genau genommen, eine Frechheit. Ja, es stimmt, ich habe Freude an gutem Essen, aber bin ich deswegen gleich zu dick?

Mit der Schere trenne ich das Preisschild heraus, halte mir die Bluse vor die Brust, dann blicke ich an mir herab. *Genau genommen,* überlege ich, *fühle ich mich, seit ich in den Vierzigern bin, so wohl wie nie zuvor.*

*Und was ist eigentlich so schlimm daran, Freude an Mode zu haben, an schönen Kleidern?*

Ich nehme mir die restlichen Stücke vor, packe sie dann zusammen und trage sie hinauf in mein Schlafzimmer. Rasch schlüpfe ich in meine neuen Jeans und die weiße Bluse und stelle mich prüfend vor den großen Spiegel: Ich sehe eine große Frau, an der man nicht so leicht vorbeikommt, mit frischem Teint und einigen Sommersprossen, einem schönen Dekolleté, langen Beinen, wirklich hübschen Waden und schlanken Fesseln. Super zur Geltung bringen dies die knöchellange, wahnsinnig bequeme Stretchhose und die hoch geschlitzte Leinenbluse, die locker über Po und Oberschenkel fällt.

Ich zucke mit den Schultern. Ich weiß wirklich nicht, was Justus hat. Natürlich bin ich bei Weitem nicht so sportlich wie er, und ja, natürlich kann ich meiner Körpergröße dankbar sein, dank der sich das ein oder andere Pfund zu viel gut verteilen kann. Aber wo ist das Problem?

Ich setze mich auf mein Bett, denke an Klaas und probiere die neuen Sneakers. Wow, auch die sind klasse – und, wer weiß, ein neuer Mann wäre es ja vielleicht auch. Als ich, etwas trotzig, den zweiten Schuh zubinde, klingelt es.

Wer kann das sein? In Lüneburg kennt mich doch niemand. Niemand bis auf Klaas! Hatte ich ihm gestern etwa erzählt, wo ich wohne? Nervös springe ich auf und nehme die Treppe nach unten. Dort angekommen, wird mir plötzlich heiß.

»Frau Anderson, Sie sind es«, begrüße ich meine Vermieterin, als ich die Wohnungstür öffne, und bemühe mich, nicht allzu enttäuscht zu wirken.

»Moin! Schön, dass ich Sie direkt antreffe. Sie sehen aus, als wären Sie im Aufbruch.«

»Das stimmt. Ich möchte heute Nachmittag Wilsede besuchen.«

»Eine gute Idee, das alte Dorf liegt so wunderschön in der Heide. Noch blüht sie, das müssen Sie ausnutzen.« Die alte Dame ist direkt in ihrem Element. »Darf ich Ihnen ein paar Tipps mitgeben?«

»Aber gerne!«

»Also, am besten parken Sie in Niederhaverbeck. Von dort aus unternehmen Sie einen schönen Heidespaziergang bis nach Wilsede. Dort können Sie einkehren, ein Stück Kuchen essen oder was Sie mögen. Wenn Sie mich fragen, dann legen Sie aber vorher noch einen Schlenker zum Totengrund ein.« Ihr Blick wirkt auf einmal verträumt. »Es gibt in der Heide keinen schöneren Ort als den Totengrund. Und haben Sie keine Angst, sich dort allein zu verlaufen, die Wanderwege sind bestens ausgeschildert. Da kann Ihnen gar nichts passieren.«

*Na, das will ich auch hoffen,* denke ich im Stillen, *wer will sich schon im Totengrund verirren?*

»Sie wissen doch, dass Wilsede autofrei ist?« Frau Anderson mustert mich prüfend.

Nein, ehrlich gesagt wusste ich das nicht, also gut, dass sie es sagt. Ich lächle gewinnend und bedanke mich für ihre guten Tipps.

»Aber warum habe ich eigentlich bei Ihnen geklingelt?« Frau Anderson ist ernst geworden. »Ach ja, wissen Sie schon, wie lang Sie in Lüneburg bleiben werden?«

»Nein, ich, ähm, ich bin mir nicht sicher. Sagten Sie nicht, die Wohnung sei bis auf Weiteres frei?«

»In der Tat«, meine Vermieterin reibt sich den Hals, nervöse Flecken haben sich auf ihm ausgebreitet, »das habe ich wohl. Aber jetzt hat sich mein Sohn gemeldet. Wissen Sie, ich möchte mich aus der Ferienwohnung-Vermietung zurückziehen, mir wird das alles zu viel. Mein Sohn will das Haus übernehmen. Er möchte anbauen und etwas ganz Neues aufziehen, ein Boardinghaus, sagt er. Fragen Sie mich nicht, was das genau ist, ich kenne mich damit nicht aus.«

Ich kommentiere ihre Erklärung mit einem lang gezogenen »Aha« und warte auf den springenden Punkt.

»Jedenfalls müssen alle Ferienwohnungen hier im Haus leer sein. Selbst aus dem Friseursalon unten im Parterre will er etwas machen. Ich komme da nicht mehr mit. Zum Glück zieht die Frau Peter, die von Peters Haarmoden, ohnehin aus. Sie geht zum

Monatsende in Ruhestand, vorzeitig. Die Hüfte, das ganze Stehen ein Leben lang, das geht auf die Knochen, wissen Sie.«

Ja, ich weiß, und langsam macht mich Frau Andersons umständliche Art nervös. Ich mag die alte Dame, ihre Betulichkeit, werde aber das Gefühl nicht los, dass sie gerade um den heißen Brei herumredet.

»Mein Sohn und ich hatten eigentlich besprochen, dass ich nach den Sommerferien nicht mehr vermiete«, erklärt Frau Anderson weiter, »aber als Sie so plötzlich anriefen und die Wohnung ja auch leer stand, da dachte ich, es ist noch Zeit.«

»Aber jetzt sieht die Sache anders aus.«

Sie nickt und blickt betreten auf ihre Schuhspitzen. »Nächste Woche soll es hier losgehen. Warum nur diese Hetze? Ich verstehe das nicht. Aber mein Sohn hat schon Termine vereinbart, mit dem Architekten, den Handwerkern, mit ...«

»Wann soll ich abreisen?«, falle ich ihr ins Wort, meine Stimme klingt belegt. Ein Kloß steckt plötzlich in meinem Hals. Ist das Ende meiner Schonzeit schon gekommen? Muss ich zurück nach Frankfurt? Zurück in ein leeres Zuhause?

»Spätestens Sonntag, es tut mir leid.«

Sonntag. Das ist übermorgen. Schon übermorgen.

»Das wird kein Problem sein, Frau Anderson«, höre ich mich in meiner immer freundlichen, stets hilfsbereiten Art sagen, »machen Sie sich keine Sorgen. Sonntagabend ist Ihre Wohnung frei.«

Kurz darauf schließe ich die Tür – und muss mich erst mal setzen. Die ganzen letzten Tage ging es mir richtig gut. Ich fühlte mich in Lüneburg, in meinem kleinen Nest so wohl, dass Justus in weite Ferne gerückt war. Eigentlich komisch, dass er mir gar nicht fehlt, ich habe sogar, wenn ich es mir recht überlege, kaum an ihn gedacht.

»Das ist doch eine interessante Information«, würde Betty jetzt wohl einwerfen, wenn, ja, wenn sie von all dem wüsste. Und wenn ich ihr von Klaas, der mir seit gestern Abend durch den Kopf spukt, erzählen würde, hätte sie noch ganz andere Kommentare parat. Zum Beispiel: »Wenn dich ein einziges Kompliment schon dermaßen umhaut, dann weißt du, wie schlecht dich dein Mann behandelt hat.« Oder: »Meinst du, das ist Zufall, dass dir gerade jetzt so ein charismatischer Typ über den Weg läuft?« Oder: »Justus, dieser Korinthenkacker, der hat dich eh nie verdient.« Ich kenne Bettys Meinung über meinen Mann. Sie hat ihn von der ersten Stunde an nicht leiden mögen.

Ich stütze beide Ellbogen auf die Knie und fühle mich wie ein Fisch, der an einem Haken festhängt. Was ich jetzt brauche, ist: Freilauf, Bewegung, Ablenkung und dann ein großes Stück Torte.

Hastig springe ich auf, laufe in die Küche, ziehe eine kleine Flasche Wasser aus dem Kühlschrank und werfe sie in meine neue Crossbody-Tasche. Dazu die Windjacke, mein Portemonnaie, die Schlüssel, das Handy, einen Lippenstift – und los. Eigentlich wollte ich meine heutige Tour noch ein bisschen planen, ein wenig herumgoogeln, um nach einem idyllischen Landgasthof oder netten Café Ausschau zu halten. Aber dafür habe ich jetzt keine Ruhe. Nein, ich absolviere genau das Heide-Programm, das mir Frau Anderson soeben empfohlen hat. Bloß raus und an die frische Luft.

# PUSTEKUCHEN

Eine Landschaft, die nicht von dieser Welt ist. Ich stehe auf einer Anhöhe und traue meinen Augen nicht: Vor mir breitet sich ein violettes Meer aus, ein Kessel, überzogen von lila Heideblüten, umfasst von schmalen Sandwegen. Dunkelgrüne Wacholderbüsche ragen wie Skulpturen aus ihm empor. Kleine Laubwälder und einzelne Baumgruppen rahmen das schöne Bild, das sich von hier oben auftut. Ich stehe am Rande des Totengrunds – und bin von den Socken.

An einem lichten, warmen Septembertag wie heute betört dieser Ort mit all seiner Schönheit. Unheimlich ist hier nun wirklich gar nichts. Wobei das an einem nebligen Novemberabend schon anders aussehen mag. Es bedarf nicht viel Vorstellungskraft, um sich eine verwunschene Szenerie auszumalen. Im Winter, da bin ich mir sicher, entfaltet dieser Ort seine mystische Kraft.

Aber nicht heute. Heute lacht mir die Sonne entgegen – und ein grüner Wegweiser, der mich geradewegs nach Wilsede führt. Zwei Kilometer sollen es noch bis zum Dorf sein. Das schaffe ich locker, auch wenn, zugegeben, meine neuen Sneakers ganz schön scheuern. An der nächsten Bank mache ich halt, ziehe beide Schuhe aus und schüttele etwas Sand heraus. Dabei fällt mir auf, dass ich mir die rechte Achillessehne wund gelaufen habe. Es braucht nicht mehr viel, und sie wird zu bluten beginnen.

»So ein Mist«, knurre ich, trinke einen Schluck Wasser, dann ziehe ich mir die Schuhe wieder an. Denn weiter muss ich, und das geht hier nun einmal nur zu Fuß.

Als ich Wilsede erreiche, verkneife ich mir das Humpeln. Mein rechter Fuß tut richtig weh. Zum Glück ist das Örtchen winzig, und ich muss gar nicht erst nach einem Café suchen. Mit einem leisen Stöhnen lasse ich mich auf den erstbesten Stuhl nieder. Und schließe die Augen. Das tut gut.

Als ich sie wieder öffne, sehe ich Pink. Eine pinke Handtasche in XL steht vor mir auf dem Tisch. Ich blicke auf und bin geradezu geblendet von einer kanariengelben Bluse mit sensationellen Ballonärmeln und einer strahlend weißen Haarpracht. Darunter: eine dick gerahmte Brille in Taupe und ein ausgesprochen freundliches Gesicht.

»Ist bei Ihnen noch ein Plätzchen frei?«, fragt es mich.

Ich schaue mich überrascht um, und tatsächlich, ich habe den letzten freien Gartentisch ergattert.

»Aber bitte.« Ich zeige auf den Stuhl mir gegenüber und greife nach der Speisekarte.

»Nehmen Sie die Himbeertorte, die mit Baiser schmeckt unglaublich lecker.« Meine Tischnachbarin hat sich niedergelassen und schaut mich erwartungsvoll an.

»Warum nicht?« Ich klappe die Karte zu. »Himbeertorte hört sich gut an. Sind Sie öfters hier?«

»Jedes Jahr, immer zur Heideblüte.« Sie verzieht angewidert ihr Gesicht. »Meine Töchter legen dann Wert auf einen gemeinsamen Familienausflug mit Kind und Kegel. Wir mieten ein Pferdefuhrwerk, quetschen uns alle hinein und lassen uns durch die Gegend kutschieren. Unterwegs breiten wir mit viel Tamtam eine Decke aus und veranstalten ein Picknick, zu dem jeder etwas mitbringen muss – ausgesprochen lästig. Ich weiß ja nicht, wie es Ihnen geht«, sie hat nun ihren Kopf gesenkt und wechselt in den Flüsterton, »aber für mich ist das einfach nichts.«

Ich muss schmunzeln, was für eine Spezies hat sich denn da zu mir gesellt?

»Ich bin übrigens Frauke.« Ich strecke ihr meine Hand entgegen. »Hallo.«

»Ich freue mich sehr, Sie kennenzulernen, Frauke. Ich heiße Katinka und komme aus Hamburg.«

*Ja, genau,* denke ich, *genau so sieht eine waschechte Hamburgerin aus.* Ich schätze Katinka auf um die siebzig. Sie trägt einen Kurzhaarschnitt in reinem Weiß, der vorne deutlich länger ausfällt und in die Höhe toupiert ist. Ihr Make-up ist tadellos, der pinkfarbene Lippenstift korrespondiert mit ihrer Handtasche und der fahlgrüne Lidschatten mit dem Jade-Stein, der an ihrer Halskette baumelt. Und wenn sie lacht, so wie jetzt, dann macht sie jeder Nachrichtensprecherin Konkurrenz.

»Und nun? Wo haben Sie Ihre Familie gelassen?« Ich blinzle ihr verschwörerisch zu. »Sind Sie etwa ausgebüxt?«

»Der ganze Tross ist zum Heimatmuseum gepilgert. Aber mich interessiert das alte Zeug nicht, ich brauche einen anständigen Cappuccino.« Sie streckt ihre Hand nach oben und winkt der Kellnerin.

Nachdem wir bestellt haben, stellt sie die Frage aller Fragen: »Haben Sie auch Kinder?«

Ich lächle verbindlich, aber bevor ich verneinen kann, wirft sie bereits ein herzhaftes »Seien Sie froh!« hinterher und macht eine wegwerfende Handbewegung. Das allerdings hat mir noch niemand gesagt – und ich muss grinsen. Katinka gefällt mir, sie gefällt mir sogar sehr.

»Na, Sie haben heute aber wirklich eine Überdosis Familie abbekommen«, bemerke ich, »die Diagnose ist eindeutig.«

»Das will ich meinen«, brummt sie. Dann reckt sie noch einmal ihre Hand empor, winkt, und als sich die Kellnerin umdreht, ruft sie ihr: »Noch zwei Piccolo, bitte!«, hinterher.

»Sie trinken doch einen mit?«, fragt sie mich mit einem Blick, der jeden Hundewelpen in den Schatten stellen würde. Ich lasse mich nur zu gerne überreden und nicke gut gelaunt.

»Sagen Sie, stört es Sie, wenn ich meine Schuhe ausziehe?«

Katinka hebt eine Augenbraue. »Sollte es das?«

»Nein, nicht wirklich.« Ich winke ab. »Ich habe mir nur einen Fuß wund gelaufen. Wissen Sie, die Sneakers habe ich heute erst gekauft …«

»… und Ihnen hat noch niemand gesagt, dass man mit neuen Schuhen keine langen Spaziergänge unternimmt?«

»Jetzt klingen Sie wie mein Mann.« Ich verschwinde kurz unter dem Tisch und ziehe mir meinen rechten Schuh vom Fuß. »Das hätte ich Ihnen gar nicht zugetraut.«

»Oh, oh, da hängt also noch ein Haussegen schief.«

»Das ist noch harmlos ausgedrückt.« Ich richte mich auf und spare mir die weiteren Details. »Jedenfalls wäre das Justus, so heißt er, niemals passiert. Wund gelaufene Füße, was für ein Fauxpas! Justus rennt einen Marathon nach dem anderen und hat dabei wirklich alles im Griff: seine Herzfrequenz, seinen Puls und natürlich sein Equipment.«

»Das hört sich ja sehr unsympathisch an.« Katinka macht ein Gesicht, als sei sie auf etwas Hässliches getreten. Dann kramt sie aus ihrem gigantischen Shopper einen Taschenspiegel und einen Lippenstift mit goldglänzender Hülse heraus.

»Mein Mann ist ein Zahlenmensch«, erzähle ich weiter, fast schon entschuldigend, »und wahrscheinlich auch ein Kontrollfreak.«

Katinka zieht ihr Lippenrot nach.

»Wissen Sie was?« Ich beuge mich verschwörerisch zu ihr vor. »Er trackt – von morgens bis abends – seinen Kalorienverbrauch und seine Schrittmenge. Er führt darüber eine Excelliste, und wenn es da zu Ausreißern kommt, dann hat er sofort schlechte Laune. Seit Neuestem überwacht eine App seinen Schlaf, er kann morgens auf seiner *Uhr* ablesen, ob er sich gut erholt hat.« Ein vielsagender Blick geht über die Tischplatte. »Mein Mann kennt den Proteingehalt seiner Eiweißdrinks genauso auswendig wie die Wassersäule seiner Funktionsjacke. Ach, was sag ich, seiner *Funktionsjacken*! Plural! Justus besitzt seine komplette Laufgarderobe in mehrfacher Ausführung. Ganze Kollektionen! Glauben Sie mir, da gibt es Funktionen, die haben mit Kleidung nun wirklich nichts mehr zu tun.«

Ich bin in Wallung geraten und spüre, wie gut es tut, aus dem Nähkästchen der alltäglichen Genervtheit zu plaudern. Mit einem tiefen Ausatmen lasse ich weiteren Dampf ab.

Die Kellnerin ist zurück. Begleitet von vielversprechendem Geklimper serviert sie Kuchen, Kaffee und Prosecco. Katinka dreht die erste der beiden Piccoloflaschen auf und verteilt ihren Inhalt auf zwei Gläser.

»Dann trinken wir jetzt auf Ihre Freiheit.« Sie hebt ihren Sekt in die Höhe und setzt einen feierlichen Gesichtsausdruck auf.

»Auf *was* trinken wir?«

»Auf Ihre Freiheit!«, wiederholt sie nachdrücklich. »Sie wollen mit diesem Ekel doch wohl nicht den Rest Ihres Lebens verbringen.«

Nein, wohl nicht. Das Problem ist nur, dass Justus genau danach gerade nicht fragt. Und ich? Was ist mit mir? Was will ich? Ich stöhne leise und habe, ehrlich gesagt, keine Ahnung. Kopfschüttelnd greife auch ich nach meinem Glas, stoße mit Katinka an und lasse den Sekt meine Kehle hinabfließen. Wie gut das tut. So gut. Ich lasse das kühle Nass auf all meine unbeantworteten Fragen tropfen und spüre, wie sich mein Innenleben in Sekundenschnelle entspannt.

»So ein Piccolo wirkt Wunder.« Katinka scheint genau zu wissen, wie es um mich bestellt ist. »Und jetzt sag ich Ihnen was: Nicht jeder Mann kann so eine Frau wie Sie neben sich ertragen.«

Ich blicke neugierig auf.

»Schauen Sie sich doch mal an!« Sie vollführt eine ausladende

Handbewegung. »Sie haben Klasse. Sie haben Stil. Sie besitzen Charisma …«

Jetzt ist der Moment gekommen, in dem mir das Blut in die Wangen steigt, ich spüre es genau.

»… und hinreißend sind Sie auch noch«, fügt sie hinzu, als sie es bemerkt.

Ich greife zur Kuchengabel, kappe die Spitze meines Tortenstücks und schiebe den ersten Bissen in meinen Mund. So viele Komplimente, ich muss mich ablenken. Das Baiser schafft das mit Bravour, es zerplatzt süß auf meiner Zunge, dazu die säuerliche Frische der Himbeeren und der federleichte Biskuit – eine gelungene Komposition.

»Das hier würde Justus jedenfalls gar nicht gefallen.« Ich zeige mit der Gabel erst auf den Kuchen und dann auf das Sektglas. »Er meint ja immer, ein paar Pfund weniger würden mir ganz guttun.«

»Kindchen, Sie müssen damit aufhören …«

*Womit denn?*, frage ich mich im Stillen, denn mein Mund ist gerade voll.

»… betrachten Sie sich selbst nicht mit den Augen Ihres Mannes. Sie machen sich klein – und das sind Sie nun wirklich nicht! Sie sind eine sinnliche, wunderschöne Frau, die das Leben liebt.«

Jetzt kommen mir die Tränen. Wann hat mir jemand jemals so etwas Schönes gesagt?

»Darf ich Ihnen eine kleine Geschichte von mir erzählen?«, fragt Katinka und mustert mich eindringlich, worauf ich meine Rührung herunterschlucke. »Ich habe zweiunddreißig Jahre mit meinem Mann zusammengelebt. Ich würde sagen, ich war eine Ehefrau, wie sie zu meiner Zeit noch typisch war: die gute Seele des Hauses, die aufopferungswillige Mutter, die treusorgende Tochter meiner gebrechlichen Eltern. Angepasst. Immer freundlich. Bemüht, es allen recht zu machen. Haben Sie ein Bild vor Augen?«

Ich nicke, ja, da kommt mir manches bekannt vor.

»Irgendwann ergab es sich, dass mich eine Freundin, die mit ihrem Blumengeschäft in ein neues Ladenlokal zog, um Hilfe bat. Sie war sich unsicher mit der Wandfarbe, eigentlich mit der ganzen Raumgestaltung. Wissen Sie, was meine erste Reaktion war, als Sie um meinen Ratschlag bat?«

Ich schüttele den Kopf und nippe gespannt an meinem Sekt.

»Ich sagte: ›Da kann ich dir nicht helfen, ich bin doch gar nicht kreativ.‹ Denn immer, ob früher bei meinen Eltern oder später in meiner Ehe, wurden alle ungewöhnlichen Einfälle, die ich hatte, belächelt, um sie dann, peinlich berührt, zu den Akten zu legen. Mit der Zeit habe ich mir daraus mein eigenes Selbstbild zusammengeschustert – und das war nun wirklich nicht kreativ.«

»Wie hat Ihre Freundin reagiert?«

»Sie sagte: ›Das ist aber komisch, denn ich kenne niemanden, der kreativer und farbenfroher gekleidet ist als du‹.«

Jetzt wirft Katinka ihren Kopf in den Nacken und lacht – laut und schallend. Ein Feuerwerk in Kanariengelb, gesprenkelt mit pinken und jadegrünen Tupfern, so mitreißend, dass auch ich einfalle.

»Mir war das bis dahin gar nicht aufgefallen!« Sie ringt nach Luft. »Ich dachte immer: Och, so ein bisschen Farbe, das kann doch jeder. Aber Pustekuchen!«

»Was geschah dann?« Ich hänge mittlerweile an ihren Lippen und warte neugierig auf die Fortsetzung.

»Ich habe noch am gleichen Tag mit dem neuen Blumenladen losgelegt und war direkt«, ihre Hände malen eine Leuchtreklame in die Luft, *»on fire.«*

»Wenn es ein bisschen genauer sein dürfte, bitte.« Ich werde ungeduldig. »Was haben Sie getan?«

»Wir haben die Wände des Geschäfts nachtblau gestrichen, mit matter Kreidefarbe. Heute ist das ein alter Hut, aber damals hat sich das noch niemand getraut. Nur ich sah das Ergebnis vor mir, sofort, von der ersten Minute an. Ich wusste, dass die Blüten mit ihren prächtigen Farben eine Plattform benötigen, einen dunklen Hintergrund, vor dem sie wirken, ja, *strahlen* können – wie Sterne am Nachthimmel. Dazu brauchte es natürlich noch ein Eins-a-Lichtkonzept, einen warmen Holzboden, ein paar goldene Akzente hier und da, aber das war es dann auch schon.«

»Ist der Plan aufgegangen? Hatte der Laden Erfolg?«

»Ich sag Ihnen was: Die Kunden haben uns die Bude eingerannt. Denn auch meine Freundin wurde in ihrer Arbeit als Floristin viel mutiger: Sie kreierte üppige Arrangements, die sie an Büros und Restaurants verkaufte, sie fand Lieferanten, die neue, spannende Blumen im Angebot hatten. Das Ganze wurde zum Selbstläufer.«

Katinka greift zum zweiten Piccolo und füllt unsere Gläser bis knapp unter den Rand.

»Wissen Sie, mein Leben nahm von da an eine Wende. Ständig wurde meine Freundin nach ihrer *Innenarchitektin* gefragt. Ich bekam plötzlich Aufträge für Boutiquen, Cafés, Hotels, alles, was Sie sich nur vorstellen können. Bald hatte ich so viel zu tun, dass ich ein Büro und Mitarbeiter brauchte. Heute entwerfe ich Stoffe, Möbel, bald kommt meine erste Brillenkollektion«, sie tippt sich an ihren rechten Bügel, »auf den Markt. Es geht immer weiter.«

»Ach, Mutter, hier bist du!«, schallt es plötzlich von hinten. Eine Frau in einem wallenden Sommerkleid kommt über die Terrasse gelaufen. »Wir haben dich überall gesucht.«

Katinka ignoriert sie resolut, greift stattdessen nach ihrem Glas und leert es in einem Zug.

»Da haben wir den Salat, meine Töchter haben mich gefunden. Aber was mache ich jetzt mit Ihnen?« Sie beugt sich nach unten und begutachtet meine wunde Achillessehne. »Wissen Sie was,

Sie kommen einfach mit uns. Auf dem Kutschbock ist noch ein Platz frei, wir können Sie an Ihrem Auto absetzen.«

Ganz und gar dankbar nehme ich ihr Angebot an und komme bald darauf in den Genuss, meine weitere Fortbewegung an zwei mächtige Kaltblüter abgeben zu dürfen. Bei der Gelegenheit lerne ich auch Katinkas ausgesprochen sympathische Familie kennen, und als sie mich mit großem Hallo an meinem Auto verabschiedet, verstaue ich Katinkas Visitenkarte sorgfältig in meinem Portemonnaie. Sie besteht aus festem, hellgrauem Karton. Der aufgedruckte Name ist lackiert – in einem strahlenden Kanariengelb. Und ich habe so eine Ahnung, dass ich sie noch einmal brauchen werde.

# SPERENZCHEN

Sehr geehrte Frau von Mallinckrodt,
anbei übersende ich Ihnen meine Rechnung über achtzig Prozent Stornogebühren entsprechend Ihrer Seminarabsage.
Ich freue mich auf eine erneute Zusammenarbeit und bitte um baldige Begleichung.
Mit freundlichen Grüßen …

Ich klicke auf Senden, die Mail verschwindet aus meinem Postausgang, und ich bekomme rote Backen. Sofort. Denn so etwas habe ich noch nicht oft getan. Ich zeige klare Kante. Einen kurzen Moment bin ich stolz auf mich, stolz, der arroganten Reederei meine Storno-Rechnung geschickt zu haben, so wie Betty es mir geraten hat.

Aber war mein Wortlaut vielleicht nicht doch zu knapp, zu formal? Sind achtzig Prozent nicht etwas zu viel? Was ist, wenn Mallinckrodt nicht zahlt? Was mache ich dann? Einen Anwalt einschalten? Kann ich mir solche Sperenzchen überhaupt leisten, jetzt wo Justus weg ist? Oder ist es genau andersherum: Kann ich es mir ohne die finanzielle Unterstützung von Justus noch leisten, keine Storno-Gebühren abzurechnen?

Die Zweifel beginnen, an mir zu nagen. Ganz egal, welche. Immerzu malträtieren mich diese schrecklichen Zweifel.

Ich stehe hastig von dem Sekretär, an dem ich sitze, auf, laufe raus auf die Terrasse, zurück in die Küche. Ins Wohnzimmer. Setze mich dort auf das Sofa, ganz kurz, laufe die Treppe nach oben, hole mir eine Strickjacke, laufe wieder runter, starre auf meinen Laptop. Gehe zur Toilette, setze mich erneut an den Sekretär.

Warum lassen sich gesendete Mails eigentlich nicht nachträglich löschen? Ob die Mallinckrodt meine Rechnung schon entdeckt hat?

Shit! Ich stütze beide Ellbogen auf und fahre mir mit den Händen durch die Haare. Ich fühle mich schon wieder wie ein Fisch, der am Haken hängt. Das halte ich nicht aus. Nur raus hier. Raus an die Luft.

Keine fünf Minuten später sitze ich auf meinem Fahrrad, mit kräftigen Tritten fahre ich durch Lüneburgs Straßen. Schon habe ich St. Nicolai erreicht, jetzt sind es nur noch ein paar Meter bis zum Grünen. Als ich die alte Backsteinkirche passiere, erklingen Orgeltöne. Sie werden zu einem Donnerwetter. Wow! Ich stoppe und lausche der Musik, die nach draußen dringt. Ein Chor setzt ein. »Du meine Seele singe, wohlauf und singe schön …« Ich folge der Melodie, schnappe weitere Textbrocken auf. Dann bricht der Gesang ab, beginnt kurz darauf von Neuem.

Eine Chorprobe, vermute ich, lausche noch eine Weile, dann radele ich weiter. Dabei fällt mir auf, dass ich ruhiger geworden bin. Die jahrhundertealte Kirche, die gotische, schlank aufgerichtete Architektur, das Lied mit seinen einfachen, alten Worten, die viele Stimmen, die es sangen – sie haben meine Nervosität besänftigt. Der Fisch ist vom Haken gesprungen, die Welt ist wieder groß und weit.

»Wir trinken auf Ihre Freiheit!« Katinkas feierliches Gesicht taucht plötzlich vor mir auf. Die gestrige Begegnung mit ihr hat mich tief beeindruckt. Sie wirkte auf mich so mutig, so stark und so … so … wahnsinnig lebendig. Allein wie sie lachen konnte! Schallend – wie ein Jubelgesang.

In der Nacht habe ich von ihr geträumt: Katinka stand in Klaas' Bäckerei auf der Leiter und strich die Wände nachtblau. Als sie mich kommen hörte, drehte sie sich zu mir um. »Frauke, Sie sind viel zu angepasst, das bringt Sie nicht weiter. Helfen Sie mir lieber beim Streichen. Diese immer gleichen weißen Wände langweilen schrecklich.«

Als ich heute Morgen erwachte, wusste ich, was ich zu tun hatte. Ich zog mich an, machte mir einen Tee und setzte mich vor meinen Laptop, um meine Storno-Rechnung an die Hamburger Reederei zu schreiben. Um das einzufordern, was mir zusteht. Um das zu tun, was richtig ist. Ganz einfach.

Doch dann kamen all die Zweifel. Wie Dämonen kriechen sie immer wieder ans Licht. Schrecklich.

Ich trete fester in die Pedale und nehme die kleine Anhöhe zur Wallanlage und zum Liebesgrund, dem ehemaligen Stadtgraben und Wallgrund, der nunmehr Stadtpark ist. Das Ganze diente der einst so reichen Hansestadt als trutzige Schutzmauer. Oben empfängt mich eine Allee alter Bäume. Ich tauche in ihr Schattenspiel ein und lausche nach dem Wind, der in ihren Kronen spielt. Dabei erfreut sich mein Auge an den vielen Backsteinhäuschen, die ich von hier oben aus betrachten kann. Mein Blick gleitet über die eng gedrängten Giebel und Dächer, die wie eine überlebensgroße Puppenstube beieinanderstehen.

Am Ende der Allee lasse ich mein Rad hinunter in den einstigen Stadtgraben, den eigentlichen Liebesgrund, rollen. Dabei fällt mir auf, dass ich noch gar nicht gefrühstückt habe und dass, was für ein Zufall, ich mich bei Klaas mit frischem Brot versorgen könnte.

Guter Dinge radle ich weiter in die Innenstadt. Auf dem Weg dorthin fällt mir ein hübscher Friseursalon auf, der in einem niedlichen Giebelhaus mit Utluchten untergebracht ist, den hier so typischen, auf die Straße hinausgehenden Gebäudevorsprüngen. Ihre vielen Fenster erlauben – fast – eine Rundumsicht. Neben der Tür steht eine weiße Bank, zwei junge Frauen, deren Haar in Strähnchenfolien eingepackt ist, sitzen darauf und unterhalten sich lebhaft.

Mit einem Mal bekomme auch ich Lust auf ein bisschen Farbe. Große Lust! Ich parke spontan mein Rad, vielleicht habe ich ja Glück und komme sofort dran. Aber als ich den Laden betrete, fällt mein Plan in sich zusammen: Drinnen ist es proppenvoll.

»Heute können wir leider keine Kunden mehr annehmen«, erfahre ich auf mein Nachfragen. »Aber wie sieht es mit einem Termin in der nächsten Woche aus?« Die Inhaberin greift nach ihrem Kalender.

»Da bin ich schon wieder in Frankfurt, leider.« Ich zucke enttäuscht mit den Schultern und verabschiede mich.

Nun ja, einen Versuch war es wert, also direkt weiter zu Klaas. Als ich seine Bäckerei erreiche, erwartet mich der nächste Dämpfer: eine Schlange. Sie zieht sich in einem großzügigen Halbkreis vom Bürgersteig die Treppe hinauf bis in den Laden hinein. Das gibt es doch gar nicht! Was ist denn hier los?

Kopfschüttelnd schiebe ich mein Rad in den Fahrradständer und stelle mich an. Hinten. Ganz hinten. So was! Als wenn es in der ganzen Stadt nur eine Bäckerei geben würde.

»Entschuldigen Sie«, ich tippe meinem Vordermann auf die Schulter, »gibt es heute etwas Besonderes?«

»Nö«, der junge Typ zieht sich einen Stöpsel aus dem Ohr, »das geht hier samstags immer so.«

Dann verschwindet er unter seinem Hoodie und macht einen schwer gechillten Eindruck.

Na gut, dann warte ich eben. Warum auch nicht. Ich habe ja Urlaub. Kein Ding. Überhaupt nicht. Nicht, dass mich Warten nerven würde.

Um mir die Zeit zu vertreiben, mustere ich die Gesichter der Leute, die bereits die Treppe erreicht haben. Keiner von ihnen wirkt ungeduldig, niemand motzt, niemand macht einen ungehaltenen Eindruck. Ganz im Gegenteil. Viele scheinen sich zu kennen, sie nutzen die Gelegenheit für einen Plausch, es werden Neuigkeiten ausgetauscht, jemand lacht.

Ich rücke auf und hoffe derweil, dass der Laden nicht ausverkauft ist, bis ich an der Reihe bin. Klaas' Idee, sich ausschließlich auf Brot, auf exzellentes Brot zu spezialisieren, sein Eigensinn, nicht zu expandieren, sondern unterhalb der Nachfrage zu produzieren, also letztlich das Angebot zu verknappen, scheint aufzugehen. Die Bäckerei läuft wie Schmidts Katze.

Genau wie Katinka hat Klaas einfach das getan, woran er glaubt, wovon er tief in seinem Inneren wusste, dass es nur so und nicht anders gehen kann. Und er hatte Erfolg. Er hat sich nicht von irgendwelchen Schlaumeiern verwirren lassen, nicht verzettelt, er ist seiner Intuition gefolgt, auch wenn er damit erst mal angeeckt ist. Ob Klaas Zweifel kennt? Solche, wie ich sie so oft erlebe? Zweifel, die wie ein Tier von innen beißen und allen Mut auffressen?

»Was darf es für Sie sein?«

Endlich stehe ich vor der Ladentheke.

»Haben Sie noch ein Sauerteigbrot?«

Ohne zu antworten, greift die Verkäuferin in einen rechteckigen Korb und packt mir einen großen Laib ein. Schnell geht das Geld über die Theke. »Der Nächste, bitte!«, sagt sie, und schon stehe ich wieder auf der Straße.

Das ging flotter als gedacht, und schade, dass von Klaas nichts zu sehen war – und von Fichte auch nicht. Wirklich schade. Ich schaue mich noch einmal unauffällig um, verstaue dann mein Brot auf dem Gepäckträger, dabei schließe ich für einen Moment die Augen, so köstlich duftet es mir entgegen. Ich steige auf und radele eilig heim zum Frühstücken – um dort eine Überraschung zu erleben:

Als ich in *meine Straße* einbiege, sehe ich ein dunkelblaues Cabrio vor *meinem Haus* stehen. Ein schicker Audi mit Frankfurter Kennzeichen. Und ich weiß, wem er gehört.

# SCHNUCKELIG

Betty!«

Sie lehnt lässig an der Fahrerseite ihres Autos und blickt konzentriert auf ihren Handyscreen. Ich winke von Weitem und trete voller Kraft in die Pedale.

»Betty!«

»Da bist du ja!« Schwungvoll stößt sie sich vom Wagen ab und kommt mir entgegen. Ich bremse, klemme das Rad zwischen meine Beine und falle ihr in den Arm. Meine Güte, wie gut das tut.

»Dich schickt der Himmel!« Ich löse mich von ihr, aber nur kurz, um sie dann nur noch fester an mich zu drücken. »Was machst du hier?«

»Ich wollte mir unbedingt mal Lüneburg ansehen. Außerdem«, schiebt sie hinterher, als ihr mein skeptischer Seitenblick auffällt, »muss ich doch nachschauen, wie es dir geht.«

»Du bist verrückt! Deswegen kommst du den weiten Weg von Frankfurt angefahren?«

»Ich finde, das ist Grund genug. Aber ganz nebenbei habe ich am Montag einen Termin in Lübeck, also fast um die Ecke. Da lässt sich doch das Nützliche mit dem Angenehmen verbinden, nicht wahr?«

»Betty, du bist ein Schatz! Komm«, ich krame in meiner Schultertasche nach dem Schlüssel, »ich zeige dir mein Nest.«

Wir verstauen mein Rad, ich klemme mir das eingepackte Brot unter den Arm, und wir gehen ins Haus.

»Ist die Tasche neu?« Als wir im Treppenhaus nach oben steigen, tippt Betty an meinen neonbunten Schulterriemen.

»Ja, wieso?«

»Sportlich! So kenne ich dich gar nicht.«

»Ach, Betty, ich mich auch nicht. Es gibt schrecklich viel zu erzählen. Ich bin so froh, dass du da bist.« Ich stoße die Wohnungstür auf, »aber komm erst mal rein.«

Ohne dass ich sie erst dazu auffordern müsste, startet meine Freundin unmittelbar einen Rundgang durch alle Räume, um dann mit einem versonnenen Nicken zu mir in die Küche zu kommen. Ich habe inzwischen das frische Brot aufgeschnitten, Teewasser aufgesetzt und lausche auf sein Kochen.

»Und, was sagst du? Mein Nest ist doch toll, oder?«

»Schnuckelig, ja, wirklich. Ungewohnt, wenn man dein Leben sonst so kennt, aber die Wohnung passt irgendwie zu dir. Wie deine neue Tasche auch.«

Und dann wird sie still, meine Betty. Sie steht mir gegenüber, legt ihren Kopf ein wenig schräg und betrachtet mich nachdenklich.

»Nur beim Friseur warst du noch nicht«, sagt sie dann, halblaut, wie ein Detektiv, der eine Spur verfolgt.

»Wie meinst du das?« Ich fühle mich ertappt und schalte den Heißwasserkocher aus.

»Frauke«, ihre Stimme wird ernst, Betty bekommt ihren unangenehmen Röntgenblick, »was ist passiert?«

Sofort schießen mir Tränen in die Augen.

»Justus will ausziehen, vermutlich ist er es schon.« Ich lasse mich auf einen Stuhl sinken. »Er hat es mir Sonntagabend gesagt.«

»Puh, ich hatte so etwas geahnt.« Sie setzt sich neben mich, nimmt eine meiner Hände zwischen ihre und drückt sie sanft. Und dann hört sie mir zu, lauscht still, wie ich ihr mein Herz ausschütte und dabei ehrlich gesagt kein einziges gutes Haar an Justus lasse.

»Und jetzt?«, fragt sie schließlich.

Ich schluchze und zucke mit den Schultern.

»Frauke, vielleicht ist alles nur halb so schlimm. Ich weiß doch, wie viel du Justus bedeutest. Nur weil er auszieht, heißt das noch lange nicht, dass er dich nicht mehr liebt.«

»Was, bitte schön, soll das denn sonst heißen?«

»Dass ihr ein erhebliches Problem habt, dass eure Beziehung müde gelaufen ist, dass ihr beide unglücklich seid, all das. Aber überrascht das eine von uns beiden? Ist das etwas Neues in deinem Eheleben?«

Ich schüttele stumm den Kopf.

»Justus möchte nicht mehr so weitermachen wie bisher. Das ist die einzige Botschaft, die ich aus all dem herauslesen kann, was du mir erzählt hast.«

Ich blicke überrascht auf. So habe ich das noch gar nicht betrachtet, ein Funken Hoffnung glimmt in mir auf.

»Für mich stellt sich nur die Frage«, Bettys Stimme ist sanft geworden, »willst *du* ihn noch? Du wirkst auf mich oft so unzufrieden. Und das schon so lange. Bist du dir sicher, dass du das Leben, das du mit Justus hast, wirklich führen möchtest?«

Plötzlich überfällt mich Müdigkeit. Weinen strengt an. Ich schließe meine Augen, und wie auf einer inneren Leinwand tauchen – aus dem Nichts – Szenen auf: Empfänge in Abendgarderobe, Small Talk an Stehtischen, mächtige Männer an der Bar, teuer dekorierte Frauen in Loungemöbeln. Justus am Rednerpult. Justus in einem seiner Oldtimer, bei einer Rallye über Land, sein Ehrgeiz und meine Unfähigkeit, Landkarten zu lesen. Justus, der sich mit gebeugtem Rücken über sein omnipräsentes Handy beugt. Stundenlang. Plötzlich: ich. Ich auf unserer gigantischen Sofalandschaft, ich habe die Beine angezogen und friere. Weil es in diesem verdammten Penthaus ständig zieht.

»Ich weiß nicht, wie ich leben möchte«, murmele ich und denke: *Ich weiß nicht einmal mehr, wer ich eigentlich bin.*

»Und das musst du auch nicht wissen, zumindest nicht heute.«

Betty greift erneut nach meiner Hand. »Lass dir Zeit. Habt ihr beide denn mal telefoniert in den letzten Tagen?«

»…«

»Oder geschrieben?«

»…«

»Habt ihr euch eigentlich mal richtig ausgesprochen?«

Ich schüttele den Kopf.

Betty stöhnt. »Also, dafür, dass Kommunikation dein Geschäft ist, lost du gerade ganz schön.«

Ich überhöre den Kommentar, was soll ich auch sagen, und werde dafür praktisch. »Was schlägst du vor?«

»Wir machen uns jetzt erst mal ein schönes Wochenende, und du genießt hier dein schnuckeliges Nest. Danach rufst du Justus an. Verabrede dich, sprich dich mit ihm aus. Dann siehst du klarer.«

»Meinst du«, die Angst kriecht mir in die Glieder, »er hat eine andere?«

Betty zuckt teilnahmslos mit den Schultern. »Das glaube ich nicht, dafür ist er eigentlich nicht der Typ.«

»Betty«, jetzt bin ich es, die nach ihrer Hand greift, »ich danke dir …«

»… aber dafür sind Freundinnen doch da …«

»… ich meine, ich danke dir, dass du Justus so fair behandelst. Du hast ihn ja nie recht leiden mögen. Eigentlich habe ich erwartet, dass du sagst ›Sei froh, dass du den alten Langweiler endlich los bist‹.«

»Sei froh, dass du den alten Langweiler endlich los bist.«

»Hey!« Ich buffe ihr gegen den Oberarm.

»Siehst du, jetzt lächelst du schon wieder.« Betty reibt sich übertrieben den Bizeps. »Und jetzt ab ins Bad. Wasch dir die Tränen aus dem Gesicht, und dann zeigst du mir, wo du diese großartige Tasche gekauft hast. Ich will auch so eine.«

# SAHNESCHNITTE

Bitte sehr, die Damen«, der betagte Fahrradverleiher schiebt ein schwarzes Hollandrad auf Betty zu, »das hier dürfte passen.«

Sie greift nach dem Lenker, prüft die Sitzhöhe und startet zu einer Proberunde über den Hof. Angesichts meiner wund gelaufenen Füße, die aktuell in einem Paar ausgetretener Flipflops stecken, haben wir uns für die Fortbewegung per Rad entschieden. Was uns dazu noch fehlt, ist ein fahrbarer Untersatz für Betty.

»Das steht Ihnen aber gut«, ruft ihr mein Nebenmann hinterher, »wie lange brauchen Sie denn das gute Stück?«

»Bis morgen«, antworte ich stellvertretend.

»Aha«, antwortet er geistesabwesend, denn seine ganze Aufmerksamkeit liegt auf meiner Freundin. Sein Blick folgt ihr Runde um Runde.

Betty ist fünfzig und damit acht Jahre älter als ich. Sie gehört zu der Kategorie von Frauen, die von Jahr zu Jahr schöner, ausdrucksvoller werden. Gerade jetzt, wo sie ihre Kreise über den Hof zieht, fällt mir das einmal mehr auf. Ihre elastischen Bewegungen, ihr schlank bemuskelter Körper verraten, wie viele Stunden sie jede Woche auf der Yogamatte verbringt. Bettys Gesichtszüge sind klassisch, ihr Haar platinblond. Sie trägt es lang und offen, und falls sich darin weiße Strähnen befinden, fallen sie nicht auf. Sollte sie mit ihrem Büro eines Tages pleitegehen, wovon nicht auszugehen ist, könnte sie als Best-Ager-Modell anheuern. Ich bin mir sicher, dass sie genug Aufträge bekäme.

»Ich nehme das Rad.« Betty bremst schwungvoll vor uns ab. »Das ist super.«

»Bei uns gibt es nur beste Ware«, spielt sich der Fahrradverleiher auf und scheint sich nun auch meiner Gegenwart bewusst zu werden. »Und was ist mit Ihnen, junge Frau?«

»Ich bin schon Ihre Kundin«, ich zeige auf mein Rad, das an dem Hoftor lehnt, »seit einer Woche.«

Sein »Ach so« klingt überrascht, anscheinend habe ich keinen bleibenden Eindruck hinterlassen. Sei's drum, in meiner Schultertasche klingelt es ohnehin gerade. Ich ziehe mein Handy hervor und bekomme einen Schreck: Frau von Mallinckrodt! Und das an einem Samstag. Kein gutes Zeichen, bestimmt hat sie meine Rechnung entdeckt und macht jetzt Ärger. Hastig entferne ich mich ein paar Schritte, dann nehme ich das Gespräch an.

»Gut, dass ich Sie erreiche«, fällt mir ihre Stimme entgegen, »wir brauchen Sie nächste Woche. Montagmorgen, neun Uhr, in unserer Hamburger Zentrale. Schaffen Sie das?«

Ich bin perplex. Das war nicht der Text, mit dem ich gerechnet hatte.

»Natürlich«, jetzt bekommt ihr Ton etwas Joviales, »würden wir uns für Ihre Spontaneität erkenntlich zeigen. Ich darf doch mit Ihnen rechnen, ja?«

»Um was geht es denn?« Ich habe mich gefangen und werde sachlich.

In den nächsten Minuten skizziert mir Frau von Mallinckrodt die gänzlich veränderte Situation, bedingt durch Unstimmigkeiten in der Reeder-Familie, man könne, ganz unter uns, sogar von einem Eklat sprechen. Jedenfalls sei auch sie dem ganzen Prozess machtlos ausgeliefert und könne nur nachträglich agieren. Mit einem Wort: Kommando zurück und alles wieder zurück auf Start.

»Das heißt, wir reden über acht Trainingstage?«, frage ich sicherheitshalber nach.

»So ist es.«

»Gut, ich muss einige Termine verlegen, das wird nicht ganz einfach«, gebe ich mich schwer beschäftigt, »aber Sie können sich auf mich verlassen. Wir starten Montagmorgen.«

Durch die Leitung dringt ein erleichtertes Ausatmen.

»Und zu meiner Storno-Rechnung …«

»… ja, die habe ich gerade in meinen Mails gefunden. Ich bin mir sicher, dass wir eine Lösung finden, denn letztlich hat sich das Training ja nur verschoben. Auch wenn Sie, das gebe ich zu, Unannehmlichkeiten hatten, natürlich, wie gesagt, wir werden uns erkenntlich zeigen, großzügig erkenntlich zeigen …«

Als ich das Telefonat beende, fühle ich mich wie einem Vollwaschgang entstiegen. Das Spiel hat sich gedreht – und zwar zu meinen Gunsten. Wobei das Beste ist: Meine Schonfrist hat sich um fast zwei Wochen verlängert. Statt einer leeren Wohnung in Frankfurt erwartet mich nun in Hamburg jede Menge Arbeit. Wunderbar.

»Kommst du?« Betty steht mit ihrem Leihrad an der Hofausfahrt. »Ich bin so weit.«

»Oh ja!« Ich stoße zu ihr, klemme meine Schultertasche in den Gepäckträger.

»Was ist denn Großartiges passiert?« Neugierig mustert mich meine Freundin, der wieder einmal nichts entgangen ist.

»Du glaubst es nicht, Frau von Mallinckrodt hat angerufen«, schnell bringe ich sie auf den aktuellen Stand und berichte ihr auch von der Storno-Rechnung, die ich heute Morgen verschickt habe.

»Frauke, so gefällst du mir! Das läuft richtig gut bei dir.« Aus ihrem Mund klingt das wie ein Ritterschlag.

Hoch motiviert sitze ich auf und fahre – stolz wie Oskar – voraus. Jetzt zeige ich Betty *meine Stadt*: Wir überqueren die Ilmenau, passieren den historischen Hafenkran, das Wahrzeichen Lüneburgs, und tauchen ein in die gefühlt einhundert kleinen Gässchen der Hansestadt. Vor den Cafés und Restaurants sitzen die Menschen in der Sonne, vor den Geschäften verteilen sich einladende Bänke, Blumenkübel und bunte Kleiderständer. Wir tingeln durch die Straßen und arbeiten uns zum Rathaus mit seinem weitläufigen Marktplatz vor.

»Mensch, hier ist ja richtig was los.« Betty steigt vom Rad. »Komm, wir genehmigen uns einen Espresso.«

Ihr Kinn weist auf eine Ape, ein motorisiertes Dreirad, das zu einer mobilen Kaffeebar umfunktioniert wurde.

»Au ja, du bist eingeladen.« Ich schiebe mich an ihr vorbei und bestelle bei der blutjungen Bedienung. Mit schwungvollen Bewegungen hantiert sie an der italienischen Siebträgermaschine und reicht mir zwei »Espressi« herüber.

»Also, wenn ich mich so umschaue«, Bettys Blick schweift über das lebendige Treiben, »dann gibt es hier wahnsinnig viele junge Leute.«

»Lüneburg ist eine Studentenstadt.« Ich reiche ihr eine Tasse weiter.

»Und sie besitzt, gemessen an ihrer Einwohnerzahl, die meisten Kneipen Deutschlands.« Eine dunkle Baritonstimme ertönt rechts neben meinem Ohr. »Was natürlich auch mit den Studenten zu tun hat.«

Klaas. Eindeutig Klaas. Ein feines Prickeln rieselt über meinen Rücken.

»Betty, darf ich dir vorstellen …«, hebe ich an.

»… ich bin Klaas, Moin.« Er streckt ihr eine Hand entgegen.

»Klaas, der beste Bäcker der Stadt«, füge ich hinzu.

»Ein Kompliment!« Er lächelt verschmitzt, anscheinend ist er bester Stimmung. »Ich danke.«

»Und das ist Fichte.« Ich beuge mich zu der Dackeldame hinunter, die begeistert meine nackten Zehen beschnuppert, und streiche ihr über den langen Rücken.

»Fichte ist auch der Grund …«, beginnt Klaas zu erklären.

»… warum wir uns kennen«, ergänze ich, »sie hat mir eine Möhre geklaut und …«

»… deine Hose ruiniert«, beendet Klaas meinen Satz. »Hast du die eigentlich wieder sauber bekommen?«

Ich nicke. »Das ging ganz leicht.«

»Ihr seid ja schon ein eingespieltes Team, ihr beiden.« Betty schaltet sich ein, ihr Röntgenblick switcht zwischen uns hin und her. »Durchaus bemerkenswert, möchte ich meinen.« Sie nippt an ihrem Espresso und lässt ihren Satz wie eine Rauchfahne durch die Luft wehen.

»Möchtest du auch einen Espresso?«, frage ich Klaas schnell.

»Da muss ich passen, die Bäckerei ruft«, schon hebt er die Hand, »viel Spaß noch euch beiden. Genießt Lüneburg!«

Als er uns mit weit ausgreifenden Schritten verlässt, bleibt mein Blick an ihm hängen: an seinen Schultern, den langen Beinen, der leicht in den Nacken geschobenen Tweedmütze.

»Das ist ja eine lustige Kombi«, auch Betty blickt ihm hinterher, »dieser riesige Typ und dazu dieser winzige Hund.«

Dann dreht sie sich um und nimmt mich ins Visier. »Klaas heißt er also, aha«, sagt sie und klingt wie ein lebendiges Ausrufezeichen.

Ich spüre, wie mir das Blut ins Gesicht schießt.

»Sei froh«, sie stellt ihre Tasse auf der winzigen Theke ab, »sei froh, dass du für die Männerwelt noch empfänglich bist. Jetzt weißt du immerhin, dass es für dich nicht nur Justus gibt.«

Wieder einmal überrascht mich meine Freundin mit ihrer Coolness, mit ihrem Kalkül. Als ich ihr das aber sage, wiegelt sie ab.

»Es ist keine Kunst, die Dinge von außen klar zu sehen. Ganz anders verhält es sich jedoch, wenn man selbst in einer Situation feststeckt.«

»Was meinst du damit?« Ein seltsamer, etwas bitterer Unterton in ihrer Stimme lässt mich nachfragen.

Sie zuckt mit den Schultern.

»Ich habe das schon ewig nicht mehr gespürt, dieses Kribbeln, diese Schmetterlinge im Bauch. Viktor und ich sind schon so lange ein Paar, und für andere Männer habe mich eigentlich nie interessiert.«

Betty ist seit einer gefühlten Ewigkeit verheiratet und ihrem Viktor immer treu geblieben, wobei ihr Mann, ein erfolgreicher Galerist, in all der Zeit kein Kind von Traurigkeit war. Betty hat darauf durchaus kreativ reagiert: Als die beiden ihr heutiges Haus umbauten, beschloss sie, weiterhin mit ihrem Mann unter einem Dach zu leben, aber in zwei getrennten Wohnungen. Damals gaben sie einander frei, blieben jedoch ein Ehepaar.

Betty schüttelt nachdenklich ihren Kopf. »Nein, ich kann mich nicht einmal mehr daran erinnern, wann ich zuletzt wegen eines Mannes rot geworden wäre. Verliebt war ich schon sehr, sehr lange nicht mehr.«

»Na ja«, werfe ich jetzt ein, »von verliebt möchte ich in meinem Fall nun auch nicht sprechen, auch wenn Klaas, das muss ich zugeben, Ausstrahlung besitzt.«

»Ach komm«, Betty winkt ab, »dein Bäcker ist eine Sahneschnitte.«

»Nicht so laut«, flüstere ich und schaue mich vorsichtig um, »hier kennt jeder jeden. Außerdem frage ich mich, woher du das eigentlich wissen willst. Hast du nicht eben noch gesagt, dass du für die Männerwelt nicht mehr empfänglich bist?«

»Das stimmt, trotzdem habe ich Augen im Kopf.«

Ich stelle meine leere Tasse ab und beschließe, das heikle Thema ruhen zu lassen. »Komm, lass uns weiterradeln. Wir schauen uns Lüneburg noch von oben an.«

»Hast du ein Flugzeug gechartert?«

»So etwas Ähnliches, lass dich mal überraschen.«

Wir holen unsere Räder und machen uns auf zum Wasserturm.

Seine luftige Aussichtsplattform überragt die ganze Stadt und bietet traumschöne Ausblicke – das hat mir jedenfalls Frau Anderson gesteckt. Wir flanieren durch die Fußgängerzone, passieren die trutzige St. Johanniskirche und haben bald den Wasserturm erreicht.

»Wie viele Stufen sind es denn bis oben?« Betty bindet unsere beiden Räder mit ihrem Kettenschloss zusammen.

»Dreihundert oder so.«

»Was?«

»Es gibt auch einen Lift, nun komm.«

Wir zwängen uns zu einer Schülergruppe in den Aufzug und lassen uns bis fast nach oben fahren, die wenigen Stufen, die jetzt noch folgen, schaffe ich sogar mit ramponiertem Fuß.

Frau Anderson hat nicht zu viel versprochen, der Ausblick ist umwerfend, selbst Hamburg lässt sich in der Ferne erkennen. Ich zeige Betty, wo wir heute überall waren und was wir noch vorhaben. Lüneburg liegt uns zu Füßen wie eine Spielzeuglandschaft.

»Und wo ist der Laden von deinem Bäcker?« Betty versucht mich aufzuziehen, ganz eindeutig.

»Lass mich mal schauen.« Ich gehe todernst auf ihre Frage ein. »Siehst du das Rathaus dort hinten? Gleich in der Straße daneben.«

Ich weise mit meinem Zeigefinger in die besagte Richtung, dann grinse ich sie an.

»*Mein* Bäcker hat ja tüchtig Eindruck auf dich gemacht.« Mal sehen, ob ich den Spieß umdrehen kann.

»Ein attraktiver Typ, ja, aber leider schon vergeben.« Ihr Lächeln wird verwegen – und meines auch.

»Sag mal«, ich werde ernst, »fehlt dir eigentlich nichts?«

»Jetzt so im Moment?«

Ich stoße meinen Ellbogen leicht in ihre Seite.

»Du weißt, was ich meine. Fehlt dir nicht etwas im Leben? Ein Mann, ein Flirt, verliebt sein, Zärtlichkeit, Sex? Viktor hätte ja noch nicht einmal etwas dagegen. Er hat ja auch seine Affären.«

»Nicht Affären – Freundinnen. Sie sind seine *Freundinnen.*« Betty zieht den Mund breit wie ein Frosch. »Die aktuelle ist sogar ziemlich cool, Cleo heißt sie. Aber um deine Frage zu beantworten: Nein, mir fehlt nichts. Gar nichts. Unser Zusammenleben mag ungewöhnlich sein, ja, aber ich vertraue niemandem so sehr wie Viktor. Wenn ich einen fundierten Ratschlag brauche, gehe ich zu ihm; wenn mir ein unangenehmer Termin bevorsteht, begleitet er mich, wenn ich mit dem Wagen liegen bleibe, rufe ich ihn an. Sein Name steht in meinem Testament und auf meiner Patientenverfügung. Ich weiß, dass er alles zu meinem Besten tut und bis zur letzten Minute für mich da sein wird.« Sie schürzt die Lippen. »Wir kennen uns schon so lange, Jahrzehnte, das schafft keiner mehr. Was sind dagegen schon ein paar Bettgeschichten? Zumal Viktor sehr dezent ist.«

»Das ist ja alles gut und schön und sicherlich ganz besonders fortschrittlich und erwachsen.« Ich seufze leise. »Doch da gibt es noch etwas anderes zwischen Mann und Frau …«

»Ja, das gibt es.« Betty unterbricht mich. »Aber was zählt am Ende des Tages? Was macht eigentlich eine gute Ehe aus? Wäre es nicht Wahnsinn, so etwas Kostbares, wie Viktor und ich es haben, aufzugeben?«

Ich nicke. Mehrmals. Stumm.

»Wo liegt nun diese Boutique«, Betty klingt wie eine Moderatorin, die zum nächsten Tagesordnungspunkt kommen will, »in der du diese sensationelle Tasche gekauft hast?«

Ich lächle sie an, lege ihr einen Arm um die Schulter, mit dem anderen weise ich in die gefragte Richtung.

»Dann los!« Betty stößt sich von der Brüstung ab. »Nichts wie hin.«

# HEIMELIG

Der Mond weckt mich in der Nacht. Milchig weiß erleuchtet er mein Nest. Ich drehe mich auf den Rücken und blicke in den Spitzgiebel hinauf. Die offen liegende Balkenlage wirft dort Schatten, so hell ist das Mondlicht.

Bestimmt nicke ich gleich wieder ein, hoffe ich zumindest und rolle mich auf die Seite, die letzten Nächte habe ich doch auch wie ein Murmeltier geschlafen. Was genau genommen erstaunlich ist, nach allem, was passiert ist.

Ich rolle zurück auf den Rücken.

Zu Hause in Frankfurt schlafe ich fast immer schlecht. Entweder finde ich nicht zur Ruhe, oder ich wälze mich um drei, vier Uhr wach auf der Matratze herum. Dann rasen die Gedanken durch meinen Kopf und fahren Karussell mit mir, um nicht zu sagen: Geisterbahn.

Ob Betty ebenfalls wach ist? Sie schläft unten im Wohnzimmer. Unterstützt von Frau Anderson, die uns Bettzeug brachte, haben wir das Sofa in ein gemütliches Gästebett verwandelt. Eigentlich wollte Betty ja ins Hotel, aber ich habe sie überredet, hierzubleiben. Jetzt bin ich froh darüber.

Die Gespräche mit ihr haben mir gutgetan, überhaupt genieße ich ihre Gegenwart. Ob es wohl stimmt, dass Justus mich noch liebt? Allein schon die Möglichkeit beruhigt mich. Auch wenn ich das Prickeln, das Klaas bei mir auslöst, nicht kleinreden will, so ist Justus doch mein Hafen. Ich fühle mich sicher, aufgehoben, einfach nur, weil er da ist.

Auf der anderen Seite macht mich das Leben, das wir führen, nicht glücklich. Da hat Betty schon recht. Genau genommen ödet es mich an. Dabei weiß ich sehr wohl, dass sich viele andere Frauen nach einem Mann wie Justus sehnen und nach dem, was er ihnen bieten kann. Warum muss ich nur so kompliziert sein? »Du jammerst auf hohem Niveau«, höre ich plötzlich Justus sagen, so nah, als würde er neben meinem Bett stehen.

Das ist der Moment, in dem ich mich aufrichte und auf meinem Nachttisch nach meiner Schlafmaske taste. Vielleicht hilft sie mir beim Einschlafen. Nichts zu finden, bestimmt liegt sie noch im Bad.

Ich schlüpfe aus dem Bett und öffne leise die Zimmertür. Hoffentlich wecke ich Betty nicht. Auf Zehenspitzen schleiche ich nach nebenan und lasse meine Hände im Dunkeln über die Ablagen gleiten. Irgendwo hier muss die Schlafmaske doch liegen.

»Du kannst das Licht ruhig anmachen«, ertönt es plötzlich von unten, »ich bin auch wach.«

»Autsch!« Im nächsten Moment stoße ich mit dem Schienbein ziemlich fest und ziemlich laut gegen einen Hocker. Ich reibe die wehe Stelle, dann bediene ich den Lichtschalter. Da liegt das gesuchte Stück. Ich greife danach, setze es mir wie eine Skibrille aufs Haar und gehe runter zu Betty.

»Wir haben Vollmond.« Sie lehnt halb aufgerichtet in den Kissen und weist durch die Terrassentür nach draußen.

Ich trete an die Scheibe und blicke hinaus. Die Eiche ragt wie ein gewaltiger Scherenschnitt in den blauen Nachthimmel. Hinter ihren verzweigten Ästen leuchtet ein praller Vollmond. Machtvoll strahlt er in die Nacht.

»Das ist wunderschön.« Ich drehe mich zu Betty um.

Sie verzieht ihren Mund. »Wenn es so hell ist, kann ich nicht schlafen. Zu Hause lasse ich die Jalousien runter, aber hier sind ja keine.« Dann zeigt sie auf meinen Kopf, oder vielmehr auf meine Schlafmaske. »Das ist übrigens ausgesprochen hübsch, was du da trägst«, meint sie mit unüberhörbarer Ironie.

»Komm«, übergehe ich ihren Kommentar, »lass uns rausgehen.«

»Was?«

»Ja, komm«, wiederhole ich voller Tatendang, »wir nehmen unsere Decken mit, und so kalt ist es ja auch nicht.«

»Also, ich weiß nicht …«

»Ich aber.« Schon stehe ich neben dem Sofa und ziehe ihr das Bettzeug weg.

»He!«

»Na los. Geh du in die Küche und hol den Wein. Ich mache es uns draußen gemütlich.«

Mit leisem Gezeter verschwindet Betty in die ihr gewiesene Richtung. Ich packe derweil Sitzauflagen, Decken und zwei weiche Kissen zusammen, die ich draußen auf dem Deckchair und einem Armlehnstuhl verteile. Dann suche ich nach einer Kerze, finde eine und entzünde sie. Als ich wieder auf die Terrasse komme, hat es sich Betty schon in dem Lehnstuhl bequem gemacht. Die Rotweinflasche und zwei gefüllte Gläser warten auf dem Tisch daneben.

»Wow«, meint sie, als ich die brennende Kerze dazustelle, »das wird ja richtig heimelig.«

Mit einem seligen Lächeln kuschele ich mich nun auch in die Decken.

»Mach mal ein bisschen Platz.« Ich schiebe meine Fersen auf Bettys Fußteil hinüber, die ihre Beine bereitwillig zur Seite rückt. Wie auf Kommando heben wir beide den Blick und schauen in den Nachthimmel hinauf.

»Schön ist das.«

»Total.«

Wir schweigen. Und das richtig lange – jedenfalls für unsere Verhältnisse. Dann greift Betty nach den beiden Weingläsern und reicht mir eines weiter.

»Auf dein Glück!« Sie hebt ihr Glas.

Ich stoße leise klirrend mit ihr an und nippe an dem Wein. Voll ist er und rund. So wie der Mond.

»Du hast das wirklich gut gemacht, Frauke.«

»Was denn?«

»Das mit Lüneburg, dieser Wohnung hier, deiner Auszeit.«

»Ja«, ich nicke, »das war gut. Ein Bauchgefühl.«

Ich erzähle ihr von den Familienurlauben, die wir früher in der Lüneburger Heide verbracht haben, und wie warm ich diese Zeit in Erinnerung behalten habe.

»Vielleicht solltest du einfach öfter deinem Bauchgefühl folgen«, meint Betty, als ich zum Ende komme. »Es bekommt dir.«

»Da hast du bestimmt recht. Im Alltag ist das nur gar nicht so leicht.« Ich lächle. »Vermutlich brauchte ich erst einen gewaltigen Schuss vor den Bug, damit ich mich auf meine Intuition besinne.«

»Ein anständiger Leidensdruck hilft jedenfalls enorm, den Hintern hochzukriegen.«

»Ich wüsste nur gerne, wie es jetzt mit mir weitergeht. Und wo? Und mit wem? Weißt du, Justus und ich …«

»Pscht!« Betty legt den Zeigefinger auf ihre Lippen. »Lass dir Zeit. Es ist völlig unnötig, das große Ganze überschauen zu wollen, das zeigt sich schon. Wenn du ein Bauchgefühl für den nächsten Schritt hast, genügt das. Flieg auf Sicht.«

Bei jedem Wort, das sie sagt, weiß ich, dass sie recht hat. Dass es nur Mut braucht. Und Vertrauen.

»Von meiner Finanzberaterin«, eine kleine Provokation muss jetzt einfach sein, »bin ich sonst aber andere Sätze gewohnt.«

»Findest du? Ja, ich mag Klarheit und Logik, ich liebe es, wenn Gleichungen aufgehen, wenn eins und eins zwei ergibt. Mir liegt das, und vermutlich macht mir mein Job deshalb auch immer noch Freude. Aber um wirklich gut beraten zu können, um Finanzkonzepte zu entwickeln, die zu meinen jeweiligen Klienten passen, dafür brauche ich Intuition. Ohne sie wäre ich nur ein halber Mensch.« Sie hält kurz inne, überlegt und schiebt noch einen beachtlichen Satz nach. »Wer alles plant, der lebt doch gar nicht.«

Wir beide kennen uns nun schon so lange. Wie viele Jahre eigentlich? Ich überschlage sie im Kopf und komme auf fünfzehn. Ein Gespräch wie dieses haben wir aber noch nie geführt. Ich entdecke eine geradezu philosophische Seite an meiner Freundin, die ich bislang nicht kannte. Vielleicht ist es der Mond. Vielleicht der Wein. Jedenfalls wage ich mich an ein Thema, das mir längst auf der Seele brennt. Ich nippe an meinem Glas, nippe noch mal, dann traue ich mich.

»Aber manche Dinge muss man im Leben schon planen«, hebe ich an, »hast du eigentlich nie bereut, keine Kinder bekommen zu haben?«

Sie schweigt, schaut nach oben in die Eiche, ihr Blick verliert sich im Geäst.

»Ob ich je bereut habe, keine Kinder bekommen zu haben …«, wiederholt sie leise. »Gibt es auf diese Frage eigentlich eine Antwort, eine finale Antwort?«

Ich blicke in ihr Gesicht, auf dem der Kerzenschein flackert.

»Vor Kurzem fiel mir ein, dass ich niemals Großmutter werde. Das war ganz eigenartig, wenn auch vollkommen logisch. So viele Ereignisse, die das Leben mit Kindern durchdeklinieren – Taufe, Einschulung, Abitur, Studium, Heirat, die nächste Geburt – finden nicht statt. Die Kinderlosigkeit erfährt immer neue Facetten. Dem Thema entkommt man nicht, egal, wie alt man wird.«

Ich nicke. So wie Betty habe auch ich mich für ein Leben ohne Familie entschieden. Oder hat es sich einfach irgendwann, irgendwie entschieden?

»Es gibt ja Frauen, die schon als Abiturientin ihre Ehe und

Mutterschaft planen«, denke ich laut weiter. »Ich hatte beispielsweise eine Schulfreundin, die studierte nur deshalb auf Lehramt, um verbeamtet zu werden und dadurch möglichst flexibel ihre Kinder aufziehen zu können.«

»Krass. Vielleicht ist deiner Freundin aber auch einfach nichts Besseres eingefallen, als ihr Leben genauso einzurichten wie Mutti.«

»Vielleicht war sie aber auch klug.« Ich stelle mein Glas ab. »Wer weiß das schon.«

Betty schließt ihre Augen, hält ihr Gesicht in den Mond und versinkt in Gedanken. Erst nach einer kleinen Weile spricht sie weiter:

»Die Vorstellung, schwanger zu werden, war für mich viele, viele Jahre ein Worst-Case-Szenario. Ich hatte geradezu Panik davor. Außerdem, dir darf ich das ja sagen, fand ich das Elterndasein, speziell die Mutterrolle, unfassbar unattraktiv. Ich wusste gar nicht, wie man so etwas freiwillig mit sich machen lassen kann. Ich habe immer so wahnsinnig gerne gelebt, eigenständig gelebt. Unabhängig. Für mich bedeutete ein Kind, lebendig begraben zu werden.« Sie hebt die Hand, als sie meinen Protest kommen sieht. »Natürlich, da bin ich mir sicher, würde ich anders darüber denken, hätte ich eine Familie gegründet – ich hätte ja ganz andere Erfahrungen gemacht. Erinnerst du dich noch an meine Nachbarin Gudrun? Sie wurde absolut ungewollt schwanger, bekam das Kind und wurde glücklich. Sie sagt aber auch, dass sie ohne dieses Versehen niemals Mutter geworden wäre. Ihr ging es wohl ähnlich wie mir.«

»Was war eigentlich mit Viktor, wollte er nie Kinder?«

»Du kennst ihn doch.« Bettys hübscher Mund verzieht sich. »Viktor ist kein Mann, der zum Nestbau taugt. Außerdem habe ich damals, als ich mich in ihn verguckte, nicht den Vater meiner Kinder gesucht. Mein Gott, was waren wir ineinander verknallt.

Und so jung! Er hat mir nach drei Wochen einen Heiratsantrag gemacht, und ich habe Ja gesagt. Wir waren die glücklichsten Menschen der Welt.«

»Und später kam auch kein Kinderwunsch auf?«

»Erst viel später. Als ich vierzig wurde, überkam mich plötzlich die Angst, das Wichtigste im Leben verpasst zu haben. Auf einmal unterhielt ich mich mit meiner Gynäkologin über Fruchtbarkeit, sah mir Dokus über Paare an, die mithilfe einer Kinderwunschklinik ihren Nachwuchs bekamen, oder über allein lebende Frauen, die per Samenspende schwanger wurden.«

»Und?«

»Mir wurde ganz schnell klar, dass das nichts für mich ist. Außerdem liegt die Chance, jenseits der vierzig natürlich schwanger zu werden, bei weniger als zwei Prozent. Bei künstlicher Befruchtung sieht die Quote übrigens nicht viel besser aus.«

»Aha, da ist er wieder, der Zahlenmensch.« Ich mache mich lang und greife nach der Weinflasche. »Also, wenn ich heute schwanger würde, ich bekäme das Kind. Auch noch mit zweiundvierzig.«

Betty hält mir ihr Glas entgegen und schweigt. Ich schenke uns beiden nach, und wir lehnen uns zurück in die Kissen.

»Fakten verhelfen zur Klarheit – mir jedenfalls.« Betty nimmt einen Schluck. »Natürlich gibt es Hollywood-Schauspielerinnen, die auch mit fünfzig noch Kinder kriegen und das groß auf Instagram posten, aber das sind seltene Ausnahmen. Außerdem war ich mir, als ich so alt war wie du, plötzlich nicht mehr so sicher, woher diese eigenartige Angst kam, die mich plötzlich befiel. Vielleicht hatte sie auch gar nichts mit einem Kinderwunsch zu tun, sondern mit, na, wie soll ich sagen, mit der eigenen Vergänglichkeit. Wenn du zwanzig bist oder dreißig, dann denkst du, du lebst ewig und hast endlos Kraft. Mit vierzig ändert sich das plötzlich.« Betty holt tief Luft. »Vielleicht hatte ich einfach nur Panik, alt zu werden, Angst, dass irgendwann niemand mehr da sein wird, dass ich nicht mehr weiß, wo ich hingehöre.«

Ich schlucke, denn ich weiß genau, wovon sie spricht.

»Wie bist du damit umgegangen?« Meine Stimme klingt jetzt dünn, zerbrechlich wie Glas.

»Weißt du, was enorm hilft?« Betty hat sich in ihren Kissen aufgerichtet und blickt mir unternehmungslustig entgegen. »Enorm hilfreich ist die Erkenntnis, dass man irgendwann nicht mehr alles werden kann. Ich werde keine Balletttänzerin mehr, keine Operndiva, ich werde auch nicht mehr Medizin studieren und die Welt retten. Das ist einfach vorbei. Und, ja, ich werde auch keine Mutter mehr. Ich habe es irgendwann akzeptiert – und von diesem Moment an wurde ich ruhig. Von diesem Zeitpunkt an habe ich mich einfach organisiert, mein Leben noch mal neu in die Hand genommen.« Sie hält einen Moment inne. »Weißt du noch, als wir vor fünf Jahren unser altes Haus umgebaut haben?«, fragt sie dann.

*Oh ja, und wie gut ich mich daran erinnere.* Von einem Haus konnte damals keine Rede mehr sein, eher von einem Gerippe mit einem Dachstuhl obendrauf.

»Unsere Planungen mussten sich nach so vielem richten: nach dem Fachwerk, nach Stützbalken, nach gemauerten Kaminen, nach Dachschrägen, nach Abwasserrohren und allem Möglichen. Am Anfang habe ich all das verflucht. Denn schließlich wollte ich meine Ideen verwirklichen. Ich wollte sie mit aller Macht in den Grundriss quetschen. Dann ist mir die Energie ausgegangen, Gott sei Dank, und ich habe nach dem gesucht, was das Haus hergibt, was möglich ist. Es kam der Zeitpunkt, da begann ich all das *Unverrückbare* zu schätzen. Das gab mir in der Masse der endlosen Möglichkeiten Orientierung, einen Rahmen, in dem ich ganz neue Ideen entwickeln konnte. Die schönsten Räume sind heute die, die mich kreativ werden ließen. In sie habe ich mich Hals über Kopf verliebt.«

»Du meinst, man muss das Leben nehmen, wie es kommt, und dann etwas Schönes daraus machen?«

»Genau das ist die Kunst! Meine Güte«, sie hebt die Hände in Richtung Mond, »wir beide sind doch Glücksschweinchen! Wann, zu welcher Zeit, in welchem Winkel dieser Erde gab es je Frauen wie uns? Wir sind unabhängig, wir sind frei, wir können unser Leben wirklich gestalten und einrichten. Was für ein ungeheures Privileg. Lass uns etwas daraus machen!«

Wie so oft bringt mich Betty zum Lachen. Sie strahlt mit all ihrer Lebenslust und mit ihrer Begeisterung so hell wie die Sterne über uns.

»Komm«, sie hebt noch einmal ihr Glas, »auf deine Freiheit!«

Ich stoße an und denke an Katinka. Auch sie wollte auf meine Freiheit trinken. Und ich? Ich fühle mich wie ein kleiner Vogel, der ganz oben auf seiner Voliere sitzt und nicht weiß, ob er losfliegen soll.

# FAMOS

In dieser Nacht ist alles anders. Nicht nur, dass wir zwei Freundinnen miteinander sprechen und uns einander zeigen wie nie zuvor, es ist auch diese eigentümliche Stimmung: diese satte, dichte Atmosphäre, das Gefühl von »die Welt steht für einen Moment still«. Ich kann mich des Eindrucks nicht erwehren, aus der Zeit herausgefallen zu sein, genauer noch: Es fühlt sich an, als würden sich Vergangenheit, Gegenwart und Zukunft treffen, sich verdichten auf diese eine Stunde. Hier unter meiner Eiche, unter dem vollen Mond.

Irgendwann geht Betty schlafen. Nur ich sitze noch auf der Terrasse, eingewickelt in meine Bettdecke. Ich fühle mich so lebendig und wach wie lange nicht.

»Und meine Seele spannte weit ihre Flügel aus, flog durch die stillen Lande, als flöge sie nach Haus«, leise kommen mir die letzten Gedichtzeilen aus Eichendorffs »Mondnacht« über die Lippen – und ich muss über meine romantische Anwandlung schmunzeln.

Wo Justus jetzt wohl ist? Ich schwenke nachdenklich meinen Wein, in dem sich das Mondlicht spiegelt, und denke an meinen Mann. *Mein Mann*, wie fremd das mit einem Mal klingt. Ich probiere es noch einmal: mein Mann. Gibt es so etwas überhaupt? Dieses *mein*?

Ich hebe den Kopf und schaue hinauf, weit, weit in den Nachthimmel. Plötzlich fesselt mich einer der Sterne. Er strahlt besonders hell, weckt meine Aufmerksamkeit.

»Siehst du sie, die Venus?«

Mit einem Mal spüre ich Justus neben mir. Er hat einen Arm

um meine Schultern gelegt. Mit der Hand zeigt er in den Nachthimmel. »Die Venus ist der hellste Stern von allen.«

Wir sitzen auf einem kleinen Marktplatz irgendwo in der Provence, in einem winzigen Dorf. Längst ist der Wirt zu Bett gegangen. Wir sollen die Kerzen auspusten, wenn wir gehen, hat er noch gesagt und uns die zweite Flasche Wein auf den Tisch gestellt. Dann hat er das Licht gelöscht.

Justus hatte auf der Karte eine Cuvée aus der Region entdeckt, die uns – im wahrsten Sinne des Wortes – die Schuhe auszog. Damals trank er noch Alkohol, ach, er liebte Wein. Er hatte sich noch nicht neu erfunden. Er war einfach der Mann, in den ich mich erliebt hatte: geistreich, spontan, charmant, zuvorkommend und ausgesprochen genussvoll.

»Die Venus ist unübersehbar – so wie du«, flüstert er, nachdem wir eine Weile still nebeneinandergesessen und in den Nachthimmel gesehen haben, in mein Ohr.

»Du Schmeichler«, rüge ich ihn zärtlich und schmiege meinen Kopf an seine Seite.

Diese Nacht ist eine dieser lauen Sommernächte, die zum Schlafen viel zu schade sind. Dabei hätten wir es gar nicht weit: Direkt unter dem großen Ahorn am Marktplatz steht unser VW-Bulli, unser fahrbares Bett. Ein Liebhaberstück in Blau-Weiß und »ein unwiderstehliches Angebot«, wie Justus mit blitzenden Augen verkündet hatte. Ein Spontankauf. Keine drei Tage später sitzen wir nun hier. Eine Probefahrt. Eine verlängerte.

»Was machen wir morgen?« Ich kuschle mich noch ein wenig enger an ihn.

»Lass uns doch hierhin fahren.« Justus greift zur Rotweinflasche und studiert noch einmal das Etikett. »Château Fabuleux, hört, hört!«

»Ganz schön selbstbewusst, sich selbst als fabelhaft zu bezeichnen«, kommentiere ich.

»Ein guter Grund, sich das Weingut einmal genauer anzusehen. Findest du nicht?«

Justus dreht die Flasche und sucht das Kleingedruckte. »Le Puy-Sainte-Réparade« liest er in seinem akzentfreien Französisch vor. »Das liegt gar nicht weit von Aix-en-Provence.«

Jetzt ist meine Aufmerksamkeit geweckt. »Dann könnten wir vormittags den Wochenmarkt auf dem Place Richelme besuchen, der ist großartig.« Ich richte mich auf. »Und anschließend fahren wir zu dem Winzer. Was hältst du davon?«

»Unheimlich viel, deine Idee ist geradezu famos.« Justus' Nase stupst zärtlich gegen meine, dann küsst er mich.

Das konnte er wirklich gut. Küssen.

Ich fröstle, ziehe meine Bettdecke enger um meine Schultern. Die Kälte holt mich aus meiner Erinnerung zurück. *So langsam sollte auch ich schlafen gehen*, überlege ich. Den letzten Lüneburg-Tag will ich morgen doch noch mit Betty genießen. Zum Glück hat sich Frau Anderson darauf eingelassen, dass wir die Wohnung erst am Abend räumen müssen, so haben wir noch den ganzen Sonntag Zeit.

Also rappele ich mich mit einem Seufzen empor, klemme mir die Decke unter den einen Arm, das Kissen unter den anderen und öffne leise die Terrassentür.

Im Wohnzimmer empfangen mich gleichmäßige Atemzüge. Betty schläft tief und fest.

Ich bemühe mich, keine Geräusche zu machen, schließe vorsichtig die Tür und schleiche die Treppe nach oben. Dort angekommen werfe ich mein Bettzeug auf die Matratze, setze mich daneben und greife nach meinem Handy. Ich beginne, eine Nachricht zu tippen:

Hast du heute Nacht die Venus gesehen?

Dann schicke ich die Nachricht ab. An Justus. Das erste Lebenszeichen seit fast einer Woche.

Schwer vom Wein lasse ich mich nach hinten sinken und ziehe mir die Schlafmaske ins Gesicht. *Justus,* denke ich, *wo bist du nur? Was machst du bloß mit uns?* Der Alkohol entfaltet seine volle Kraft:

Der sonnenüberflutete Marktplatz von Aix-en-Provence taucht vor meinem inneren Auge auf ... die wundervolle Fahrt zum Château Fabuleux ... Straßen, die sich immer weiterschlängeln ... Justus' Stimme ... »Lass uns zusammenbleiben« ... seine Küsse.

Erinnerungsfetzen schießen durch mein Hirn.

Es dämmert ... wir beide vor unserem Bulli, jeder sitzt auf einer Weinkiste ... die Grillen geben uns ein Abendkonzert ... wir kosten von unserer Neuerwerbung ... dann Justus' Antrag ... »Willst du mich heiraten?« ... »Sag bitte Ja«.

Ich rappele mich noch einmal im Bett hoch, schiebe die Schlafbrille in die Stirn, greife erneut zu meinem Handy:

Wie konntest du es nur vermasseln.

Ich falle zurück in die Kissen. Endlich kommt die Schwere, die Müdigkeit. Und Eichendorff: »... flog durch die stillen Lande, als flöge sie nach Haus ...«

# PROVIANT

Diese App hätte ich Frau Anderson gar nicht zugetraut. Begeistert greife ich nach meinem Handy und öffne zum x-ten Mal die Übersichtskarte. Aha, da sind wir also. Mit zwei Fingern ziehe ich den Tourenverlauf groß und prüfe unseren aktuellen Standort. Alles richtig und, puh, wir haben schon ganz schön Strecke gemacht.

Die Route für unsere Fahrradtour hat Betty heute Morgen entdeckt. Während unseres verspäteten Frühstücks wälzte sie den Ferienordner, in dem Frau Anderson allerlei Tipps für ihre Gäste zusammengestellt hat. Dabei entdeckte sie Radtouren, die per QR-Code in Windeseile auf meinem Handy landeten. Die schönste von ihnen haben wir uns für unseren letzten Lüneburg Tag vorgenommen.

»Und? Wo sind wir?« Betty hat aufgeholt und bremst neben mir ab. Ich lehne mich zu ihr rüber und zeige ihr den geöffneten Screen.

»Dann haben wir weit mehr als die Hälfte.« Sie hebt den Blick. »Zeit für ein Päuschen, würde ich meinen. Ich weiß auch schon, wo.«

Ich folge ihrem ausgestreckten Zeigefinger und erkenne nicht weit von uns eine verwitterte Holzbank. Sie steht auf einer kleinen Anhöhe und ist von Wacholderbüschen umgeben.

»Perfekt!« Ich parke mein Rad auf seinem Ständer und greife nach dem Fahrradkorb mit unserem Proviant. Betty ist bereits vorausgelaufen, gut gelaunt schaue ich ihr hinterher, wie sie mit federndem Gang auf unser Pausenziel zuhält.

»Warum machen wir das eigentlich nicht öfter?«, rufe ich ihr nach. Als auch ich die Bank erreicht habe, stelle ich meinen Korb ab und stemme beide Hände in die Hüften. Der Ausblick, der sich von hier oben eröffnet, ist zauberhaft: Eine Flucht von Wiesen breitet sich vor uns aus, weit ziehen sie sich ins Land hinein. Hinter dem nahen Kiefernwald blitzt ein Dach hervor, vermutlich ein Bauernhof.

»Was meinst du mit ›öfter machen‹? Gemeinsame Fahrradtouren?«, greift Betty meine Frage auf. »Ich wusste gar nicht, dass du an so etwas Gefallen hast.«

»Ich auch nicht.« Ich schüttele ungläubig meinen Kopf. »Bei Justus habe ich mir das Fahrradfahren abgewöhnt. Immer diese Raserei. Aber mit dir ist es schön.«

»Hier, nimm mal.« Betty drückt mir einen Becher in die Hand, den sie aus dem Korb gefischt hat, und schenkt aus der mitgebrachten Thermoskanne Tee ein. Dann wickelt sie zwei Butterbrote aus dem Pergamentpapier, die wir uns daheim als Proviant geschmiert haben, und reicht mir eins weiter.

»Was für eine Stulle«, ich begutachte sie genüsslich, »wie früher.« Ich beiße hinein und strahle mit Betty um die Wette. Aus Klaas' Sauerteigbrot, das ich in dicke Scheiben geschnitten habe, ein paar Blättern Rucola und dem restlichen Ziegenkäse habe ich uns Butterbrote gezaubert, die es wirklich in sich haben. Und hier draußen, hungrig vom Radfahren, schmecken sie noch einmal so gut.

»Meinst du, dass man Zeit schmecken kann?«, frage ich, nachdem ich den ersten Bissen hinuntergeschluckt habe. »Klaas hat mir erzählt, wie er dieses Brot backt. Allein der Teig braucht vier Tage, bis er fertig ist.«

»Und jetzt meint dieser gut aussehende Bäcker, man könnte das schmecken?« Betty mustert ihren Imbiss skeptisch, beißt hinein und schiebt den Happen nachdenklich im Mund hin und her. Sie schluckt, hält inne und meint: »Könnte tatsächlich sein.«

»Könnte tatsächlich sein?« So lapidar kann ich das nicht stehen lassen. »Dieses Brot ist fantastisch. Schau doch nur«, ich halte ihr meine Stulle vor die Nase, »diese großen Poren. Das schafft nur ein Sauerteig, der viel Zeit hatte, der in Ruhe gelassen wurde. Spürst du nicht, wie elastisch, ja, ich würde sogar sagen, wie saftig dieses Brot ist?«

Wie zur Bestätigung beiße ich selbst noch einmal hinein.

»Das ist umwerfend, dermaßen frisch!«, lege ich mit halb vollem Mund nach und schlucke den Bissen runter. »Und dann das Aroma, so dicht und satt und echt.« Ich halte mir mein Butterbrot nun selbst unter die Nase. »Das riecht wie … wie … pure Gesundheit, wie Saft und Kraft, wie pralles Korn und warme Sonne.« Ich schnuppere noch einmal. »Ach, welch ein Labsal.«

»Du bist auch so ein Labsal.« Betty schmunzelt. »Ich kenne niemanden, wirklich niemanden, der übers Essen derart in Verzückung geraten kann wie du.«

»Ach, du willst mich nur aufziehen, Justus macht das auch immerzu.«

»Aber nein!« Betty greift nach meiner Hand. »Genau das will ich nicht. Ich meine es ernst: Diese Begeisterung, die von dir ausgeht, die Art, wie du über Lebensmittel sprichst, ist wirklich außergewöhnlich.«

Ich stutze. Das hat mir so noch niemand gesagt. Aber übertreibt Betty da nicht ein wenig? Ist das denn etwas Besonderes?

»Frauke, ich meine es ernst.« Sie hält immer noch meine Hand. »Du besitzt da ein spezielles Näschen, eine Begabung. Das kann nicht jeder. Allein diese kleine Mahlzeit hier«, sie schaut auf ihr Pausenbrot, das, gebettet auf Pergamentpapier, auf ihrem Schoß liegt, »ist so … so ausgesucht. Ich kann das gar nicht in Worte fassen. Ich wüsste noch nicht einmal, wo ich so einen Ziegenkäse kaufen sollte.«

»Na, wenn du meinst.« Etwas verlegen ziehe ich meine Hand zurück und greife nach meinem Tee.

»Hast du mal überlegt, etwas daraus zu machen?«

»Was sollte ich denn daraus machen?« Jetzt übertreibt Betty aber wirklich.

»Es gibt doch heute diese ganzen Foodies auf Instagram oder diese Lifestyle-Blogger, die ihre Favourites besprechen, irgendwelche Storys dazu bringen, Restaurants- und Einkaufstipps – so etwas halt.«

»Meinst du echt?«

»Na klar! Du bringst doch im Gegensatz zu all den Selbstberufenen tatsächlich Qualifikation mit – und die allerbesten Referenzen. Immerhin hast du Hotel- und Restaurantmanagement studiert und in Frankfurt jahrelang in der Sternegastronomie gearbeitet.«

Das stimmt, ich habe sogar so viel in der Sternegastronomie gearbeitet, dass ich eines Tages mit einem Verdacht auf Burn-out darniederlag. Als ich danach langsam wieder auf die Beine kam, hatte ich das Gefühl, etwas Neues machen zu müssen. Die ständige Nachtarbeit hatte mich ausgelaugt. Ich schmiss meinen alten Job und meldete mich zu einer Coaching-Ausbildung an. Danach kamen noch zwei, drei Rhetorik-Fortbildungen, und ich machte mich als Kommunikationstrainerin selbstständig. Wobei ich meiner Branche – Gastronomie, Hotellerie, Tourismus – immer treu blieb. Ohne die Kontakte, die ich von dort mitbrachte, und die Mund-zu-Mund-Propaganda hätte ich es kaum geschafft, auf die Beine zu kommen. Heute läuft mein Geschäft mal mehr, mal weniger gut. Na ja, um ehrlich zu sein: Ich hangele mich von einem Termin zum anderen, und Großaufträge, wie der von der Reederei, sind die absolute Ausnahme.

»Hm, Social Media meinst du.« Ich puste in meinen Becher. »Ach, ich weiß nicht.«

»Dann eben nicht.« Betty lässt sich gegen die Rückenlehne der Bank fallen. Für eine Weile sind wir beide still. Trinken Tee, essen unseren Proviant, genießen den Blick auf die verträumte Landschaft.

»Was ist denn das Weiße da hinten?« Betty zeigt nachdenklich auf den hinteren Waldrand. Und tatsächlich sind dort schneeweiße Gestalten aufgetaucht. Gemächlich verteilen sie sich über die Weide und werden immer mehr.

»Gänse?«, überlege ich laut.

»Vielleicht.« Betty kneift ihre Augenlider zusammen und blinzelt. »Aber sind die nicht zu groß?«

»Ach, was weiß ich.« Ich ziehe den Reißverschluss meiner Windjacke hoch. Wenn ich wenig geschlafen habe, fange ich leicht an zu frieren. »Komm, lass uns rasch aufessen und dann weiterfahren, mir wird kühl.«

»Du bist ja nicht zu bremsen! Frauke, werde mir ja kein Landei.«

»Ne, Lisbeth, keine Angst.« Ich klopfe ihr beruhigend auf den Oberschenkel und erfreue mich sogleich an dem Augenrollen, mit dem Betty zuverlässig auf ihren Taufnamen reagiert. Ich mag »Lisbeth« ja gern, ganz im Gegensatz zu meiner Freundin.

Keine fünf Minuten später haben wir unsere Habseligkeiten zusammengeräumt und stehen vor unseren Rädern.

»Morgen werde ich meinen Hintern spüren.« Betty verzieht den Mund, als sie ihren Allerwertesten in den Sattel hebt.

»Und ich meine Beine«, stöhne ich. »Betty, wir werden alt.«

»Ach, hör auf.«

Und so trete ich in die Pedale und rufe mir die weitere Wegstrecke ins Gedächtnis: bis zum nächsten Dorf immer geradeaus, danach die erste Straße rechts. Oder die zweite? Während ich mich noch zu erinnern versuche, fällt mir eine Hofeinfahrt auf. Sechs Blutbuchen flankieren sie. Moment mal, ich bremse ab.

»Was ist denn? Warum bleibst du stehen?« Betty, die mir ein paar Meter voraus ist, dreht sich um.

»Weiß nicht …«, murmele ich und starre in die Hofeinfahrt hinein. An ihrem Ende steht ein mächtiges Bauernhaus, ein Niedersachsenhaus, wie es typischer nicht sein kann: Dunkles Fachwerk, rote Backsteine, weiß gestrichene Sprossenfenster, die unter einem mächtigen Reetdach hervorblitzen. Ein breiter, in Holz gefasster Torbogen rahmt die zurückgesetzte, aufwendig geschnitzte Haustür ein.

»Schön ist das.« Betty hat umgedreht und steht mit ihrem Rad nun neben mir.

»Ich kenne das.« Mein Blick ist zu den beiden hölzernen Pferdeköpfen, die sich am Giebel kreuzen, emporgewandert. Und tatsächlich: Sie lächeln. Die Pferdeköpfe lächeln – und das haben sie schon immer getan.

»Betty, das ist der Bauernhof, auf dem ich mit meinen Eltern Urlaub gemacht habe, in meiner Kindheit!«, rufe ich. »Ich habe ihn doch noch gefunden! Ist ja nicht zu fassen!«

»Das müssen ja tolle Ferien gewesen sein.« Betty lacht. »Du bist ja ganz aus dem Häuschen.«

Ich nicke begeistert und kann mich gar nicht sattsehen an dem Anblick, der so tief in meiner Erinnerung vergraben war.

»Es hat sich nichts verändert, in all den Jahren nicht.« Ich lasse meinen Blick weiter schweifen, über den holperig gepflasterten Hof, hinein in den mit großen Buchsbaumkugeln bestandenen Vorgarten.

»Dann schauen wir uns das Ganze mal genauer an.« Betty hat sich vom Boden abgestoßen und rollt langsam in die Hofeinfahrt hinein.

»Aber du kannst doch nicht einfach …«

»… doch, ich kann. Schau mal!« Ihr Zeigefinger weist auf ein weißes Emaille-Schild, das an einem der Bäume hängt.

»Gartencafé am Lohbekhof« steht darauf, darunter ein langer Pfeil.

»Aha«, murmele ich halblaut und rolle Betty hinterher. Als wir die sechs Blutbuchen passieren, überkommt mich ein Schauer. Ich steige ab und blicke die Baumkronen hinauf. Wie lange ist es her, dass ich hier war? Wie lange, dass …

»Nun komm schon!«, ruft Betty.

Ich sitze wieder auf, ignoriere die Gänsehaut auf meinen Unterarmen und folge den weiteren Hinweispfeilen. Sie führen um das Bauernhaus herum. Hinter ihm duckt sich ein kleineres Gebäude, ein alter Stall. Sein Reetdach neigt sich fast bis zur Erde. Dort wo typischerweise das Scheunentor sitzt, sind Fenster und eine Glastür eingelassen. Auf ihr prangt die Silhouette einer Ziege und darüber der schon bekannte Schriftzug »Gartencafé«.

»Das scheint es zu sein.« Betty ist abgestiegen und schiebt ihr Rad in den Fahrradständer. »Hast du Lust auf einen Cappuccino?«

»Nur, wenn ich dich einladen darf.« Ich parke neben ihr ein.

»Wenn du unbedingt willst, gerne.« Betty blickt über die angrenzende Rasenfläche, auf der sich eine Handvoll Gäste an verstreut stehenden Tischen niedergelassen hat. »Dann suche ich uns schon einmal einen schönen Platz.«

Wir trennen uns, neugierig gehe ich auf den alten Schafstall zu, um meine Bestellung abzugeben. Dabei mustere ich den neuen, noch hellen Staketenzaun, der ein Staudenbeet umkränzt, bewundere die leuchtenden Dahlien, die in einer Zinkwanne blühen, die violetten Herbst-Anemonen, die den Eingang flankieren. Wie schön es hier ist.

Ich trete ein und schaue mich überrascht um: Hinter der urigen Fassade öffnet sich ein unerwartet offener, weiß gestrichener Raum. Er reicht bis in den First hinauf und gibt den Blick auf die alte Balkenlage frei. Langsam gehe ich in die Mitte und drehe mich einmal im Kreis. *Nein*, denke ich, *hier drin erinnere ich mich an nichts.* Obwohl, mein Blick bleibt an der Galerie hängen: War da oben nicht einst der Heuboden, auf dem ich mich früher so gerne versteckt habe? Nachdenklich mustere ich die senkrechte, in die Querbalken eingelassene Holzleiter, die direkt neben mir endet. Ich lege meine Hand auf eine der abgerundeten Sprossen, die sich zu den Seiten hin verjüngen. *Wie viele Generationen mögen hier wohl schon rauf- und runtergeklettert sein,* frage ich mich insgeheim und lasse meine Finger über das Holz wandern. Dessen weiche, von unzähligen Händen und Füßen blank geschliffene Oberfläche erinnert an ein Stück Treibholz, das nach Jahren im Meer an Land gespült wurde.

»Kann ich Ihnen helfen?« Eine rothaarige Frau kommt durch die Schwingtür herein. Ihr folgt der unnachahmliche Duft von frischem Butterkuchen.

»Ja, gerne.« Ich drehe mich zu ihr. »Zwei Cappuccino bitte und etwas von Ihrem Butterkuchen.«

»Sie haben aber ein feines Näschen.« Auf den Wangen ihres jungen Gesichts tanzen Sommersprossen. »Den Kuchen habe ich gerade aus der Backröhre gezogen.«

»Sehr gut! Warm ist er am besten«, freue ich mich und spüre bereits seinen buttrig süßen Geschmack auf der Zunge.

»Ich bringe Ihnen alles raus, gehen Sie ruhig schon einmal vor.«

»Gerne.« Doch während ich mich wegdrehe, fällt mir etwas auf: Dieses Gesicht kenne ich.

»Sagen Sie mal, haben Sie mir nicht diesen fantastischen Ziegenkäse verkauft? Auf dem Markt in Lüneburg?«

»Ja, das habe ich wohl.« Sie lächelt. »Dann hat Ihnen mein Käse also geschmeckt?«

»Und wie! Der Brie, so sahnig, wie haben Sie den nur hinbekommen? So eine Textur findet man wirklich selten. Und dann erst der Camembert! Der hat mich umgehauen. Großartiges Aroma! Wirklich: mein Kompliment.«

Mein kulinarischer Ausbruch scheint die Ziegenbäuerin zu amüsieren, ihre Sommersprossen geraten in ein wildes Durcheinander.

*Vielleicht ist an dem, was Betty sagt, doch etwas dran,* überlege ich. *Vielleicht liegt in meiner Liebe zum guten Essen doch so etwas wie eine Begabung und nicht nur die Ursache für zu viel Hüftspeck.*

»Sie haben einen geschulten Gaumen.« Sie mustert mich aufmerksam. »Es freut mich wirklich sehr, dass Ihnen mein Käse so gut gefällt. Das Geheimnis steckt in seinen guten Zutaten, ohne sie geht es nicht«, erklärt sie ohne Umschweife. »Ich verarbeite nur die Milch unserer eigenen Ziegen. Sie grasen auf den Weiden direkt am Hof.«

»Ach, dann waren die weißen Tiere in der Ferne, die uns vorhin auffielen, Ziegen«, überlege ich laut und strecke ihr meine Hand entgegen. »Ich bin übrigens Frauke. Wir können uns gerne duzen, wenn du magst.«

»Ich heiße Liv, schön, dich kennenzulernen.« Die junge Frau schlägt kernig ein. »Willst du auch Käse mitnehmen?«

Ihr Kinn weist auf die drei verglasten Kühlschränke an der Wand. Auf jedem ihrer Regalböden drängen sich die herrlichsten Sorten. Ziemlich schick und einladend sieht das aus.

»Nein, lieber nicht.« Ich schüttele enttäuscht den Kopf. »Wir machen eine Radtour und sind nur zufällig hier vorbeigekommen.« Mit aller Mühe widerstehe ich der Versuchung, doch noch einen der Kühlschränke zu öffnen. Aber was soll ich in meinem Hamburger Hotelzimmer, das ich heute Abend beziehe, mit Käse? Besser ist es, sich schnell in den Garten zu verdrücken.

Betty hat sich dort an einem Holztisch niedergelassen, der unter einer mächtigen Eiche steht. Wie ein Baldachin wölben sich die Äste über ihr.

»Na, wen hast du denn da?«

Als ich zu ihr stoße, fällt mir ein hellgraues Knäuel auf, das sich in ihrem Schoß zusammengerollt hat.

»Pst.« Betty blickt streng. »Sie ist gerade eingeschlafen.«

Ein kontinuierliches Schnurren gibt ihr recht.

»Ist das nicht ein hinreißendes Kätzchen?«, fragt sie, als ich mich vorsichtig neben sie setze.

»In deinen Augen leuchten ja kleine Herzchen«, ziehe ich sie – leider ohne Erfolg – auf. Dann schaue ich mir das Tier genauer an.

»Ja, es ist wirklich süß und hat so ein schönes dichtes Fell.«

»Nicht wahr?« Bettys Reaktion zeigt deutlich: Es ist um sie geschehen. Ohne Unterlass streicht ihre Hand über den Katzenrücken, und ihre Augen können sich gar nicht sattsehen an dem, was sich da zu ihr gesellt hat.

»Das ist Kluni.« Liv ist mir nachgekommen. »Unser Eroberer.«

»Unverkennbar.« Ich nehme ihr zwei Teller mit schönstem Oma-Blümchendekor ab. »Meine Freundin hat sich soeben schockverliebt.«

Ich stelle die beiden Frauen einander vor und klopfe mit meiner Gabel vorsichtig auf die hellbraune Decke des Butterkuchens. Sie zerbricht wie dünnes Eis. *Genauso muss es sein,* denke ich zufrieden. Liv versteht ihr Handwerk. Der Zucker, den sie auf den noch heißen Kuchen gestreut hat, ist karamellisiert. Nicht nur die Konsistenz, sondern auch sein Duft, der die Luft erfüllt, verrät es.

»So etwas macht sie ständig. Frauke findet alles, was man aufessen kann, ungeheuer spannend«, höre ich Betty erklären, und erst jetzt fällt mir auf, dass mich die beiden beobachten.

»Dann geht es ihr wie mir.« Liv hat ihr Tablett leer geräumt und stemmt es in die Hüfte. »Jetzt bin ich gespannt, wie ihr mein Kuchen schmeckt.«

Die beiden betrachten mich immer noch wie ihr ganz persönliches Versuchskaninchen. Und ich, ich tue ihnen den Gefallen und: koste. Neben Karamell schmecke ich ein feines Hefearoma, reichlich Butter und eine pluderig-zarte Konsistenz. Noch ist der Kuchen warm – und ein einziges Gedicht.

»Er schmeckt ihr.« Betty kommentiert wie bei einer Live-Berichterstattung. »Sehr sogar. Hundert Punkte, würde ich sagen.«

Jetzt greift auch sie zum Teller. »Eigentlich haben wir gerade erst gepicknickt, aber bei so viel Animation kann sich ja niemand verwehren.«

Sie schiebt sich ein Stückchen Kuchen in den Mund, und erst als sie »wunderbar« murmelt, dreht Liv zufrieden ab und verlässt uns gut gelaunt.

»Mit ihren roten Haaren und den Sommersprossen sieht sie aus wie Pippi Langstrumpf in groß.« Betty schaut ihr nachdenklich hinterher. »Kennt ihr euch von früher?«

»Nein«, ich überschlage im Kopf ein paar Jahreszahlen, »es ist über dreißig Jahre her, dass ich das letzte Mal auf dem Lohbekhof war. Liv war damals wahrscheinlich noch gar nicht geboren.«

Ich stöhne leise auf.

»Oh Mann, wenn man so etwas von sich behaupten kann, gehört man definitiv nicht mehr zum jungen Gemüse.«

»Definitiv«, bestätigt Betty ohne jedes Feingefühl. »Wo habt ihr euch denn dann kennengelernt?«

Ich berichte ihr vom Markt, von Livs Käse, von dem wir während unserer Rast auf der Bank noch gegessen haben, und von ihren Ziegen, die wir von Weitem beobachten konnten.

»Meinst du, wir könnten uns die Herde mal anschauen?« Betty ist mit einem Mal Feuer und Flamme.

»Fragen können wir ja, warum auch nicht? Aber ich wusste gar nicht«, ich werfe einen amüsierten Blick über die Tischplatte zu ihr, »dass du so eine Tierfreundin bist. Von wegen ich und ein Landei …«

Immer noch lächelnd, ziehe ich mein Smartphone aus der Hosentasche, checke zuerst die verbleibenden Kilometer unserer Tour und dann die Uhrzeit. Da Betty heute noch nach Lübeck weiterreisen will und ich nach Hamburg, darf es nicht zu spät werden.

»Genug Zeit hätten wir noch für deinen Streichelzoo«, gebe ich kund und öffne bei der Gelegenheit meine Nachrichten: Justus hat auf meine nächtlichen Botschaften noch nicht reagiert. Dass er sie aber gelesen hat, haben mir heute Morgen schon die beiden blauen Häkchen verraten.

»Hat sich Justus eigentlich mal gemeldet?«, fragt Betty, als ich mein Handy wieder verstaue.

Ich schüttele den Kopf.

»Nein, aber damit habe ich auch nicht gerechnet. Justus kommuniziert generell nur noch reduziert. Das gehört zu seinem Digital-Detox-Programm.«

»Ich dachte, der wortkarge Mann sei längst ausgestorben.«

»Ausgestorben? Dass ich nicht lache.« Ich verdrehe theatralisch die Augen. »Aber lass uns mal abwarten. Justus ist nach Mallorca zu seinem alljährlichen Trailrunning-Camp geflogen. Das bietet einiges Potenzial.«

»Wozu?«

»Zum Aussterben!«, stoße ich hervor. »Justus rennt mit einer Horde Wahnsinniger durchs Gebirge, und das auf so schmalen Pfaden, dass du denkst, er bricht sich gleich alle Knochen.«

»Hm.« Betty sammelt mit der Gabel letzte Krümel ein. »Dann haben sich eure Geschmäcker ja ganz schön auseinanderdividiert: Er liebt das Abenteuer und du den Butterkuchen.«

»Messerscharf erkannt.« Ich nehme meine Serviette und tupfe mir den Zucker vom Mund. »In der ersten Zeit habe ich Justus' Exkursionen ja noch mitgemacht, zumindest bin ich mit ihm angereist. Von da an saß ich allein am Hotelpool, um mir abends die

Heldentaten der ganzen Truppe anhören zu dürfen. Glaub mir, da geht dir ziemlich schnell die Puste aus.«

Betty schenkt mir einen mitleidsvollen Blick und widmet sich dann wieder Kluni, der immer noch auf ihrem Schoß schnurrt.

»Aber irgendeine Schnittmenge müsst ihr beiden doch noch haben, immerhin seid ihr verheiratet.«

Da muss ich ihr, rein logisch, recht geben. Aber als ich zu überlegen beginne, worin unsere Gemeinsamkeiten bestehen, fühlt sich mein Kopf wie Watte an.

»Wie war es denn ganz am Anfang? Damals, als ihr euch kennengelernt habt?«, hilft mir Betty weiter.

»Du meinst, als Justus mich eingestellt hat? Er hat damals einfach eine Restaurantmanagerin für das ›Lamberti‹ gesucht, in das er gerade investiert hatte. Ich brachte einige Erfahrungen mit, die ihm gefielen, und kannte die Frankfurter Gastroszene. Das passte einfach. Justus war von der ersten Sekunde an von mir angetan – wohl nicht nur wegen meiner Qualifikationen. Wie du weißt, wurde aus dem Arbeitsverhältnis ja ziemlich schnell mehr.«

Betty verzieht ihren Mund, und ich werde nachdenklich.

»Als ich damals im Lamberti begann, war das ein wirklich unbedeutender Laden. Ich weiß gar nicht mehr, warum ich mich da überhaupt beworben habe. Aber du kennst ja Justus«, ich richte mich auf, »er hat dort nicht ohne Grund investiert, er besitzt ein sicheres Gespür für aufsteigende Sterne und …«

»… aber *du* hast den Laden zu Ruhm und Ehre gebracht.« Betty unterbricht mich verärgert. »Du, nicht er.«

»Weder noch, würde ich sagen. Groß gemacht hat ihn Roman Lamberti selbst. Ohne einen Koch seines Formats hätten wir es nie geschafft.«

»Meine Güte, was stapelst du mal wieder tief. Wer hat denn vom ersten Tag an die richtige Kundschaft angeschleppt? Wer hat denn alle begeistert? Ach, was sag ich, infiziert hast du jeden, der auch nur seine Nasenspitze ins Lamberti steckte. Ganz egal, ob Gäste oder Mitarbeiter. Vor deiner Leidenschaft für gute Küche ist ja niemand sicher. Nein, sag jetzt nichts.« Betty hebt beide Hände. »Viktor und ich waren oft genug bei euch essen, ich weiß genau, wovon ich spreche. Der ganze Laden hat gebrannt! Und du hast ihn entfacht. Du!«

Betty ist so sehr in Fahrt geraten, dass Kluni auf den Rasen springt und das Weite sucht.

»Mensch, Frauke«, jetzt ist sie so richtig sauer, »du musst dich auch mal selbst feiern, nicht immer nur die anderen.«

Ich schlucke. Genau das hat auch meine Therapeutin zu mir gesagt, damals, als ich kurz vor dem Burn-out stand. Mein Hausarzt schickte mich zu ihr. Fünf Jahre Lamberti auf Hochtouren hatten nicht nur meinen Körper an seine Grenzen gebracht. »Eine Kerze, die an zwei Seiten brennt«, nannte mich meine Therapeutin nach der ersten Gesprächsstunde. Nach einigen weiteren wusste ich, dass ich einen Break brauchte.

»Ich war, seit ich im Lamberti gekündigt habe, nie wieder da«, murmele ich halblaut vor mich hin.

»Das kommt schon noch, alles braucht seine Zeit.« Bettys Stimme ist wieder weich geworden. »Und letztlich geht es auch nicht um ein Restaurant. Es geht um dich. Du hast ein besonderes Talent, das hat nicht jeder.«

Als sie meinen fragenden Blick sieht, räuspert sie sich. »Wenn du mir nicht glauben magst, dann glaub halt Justus.«

Jetzt hat sie mich vollends irritiert, das merkt auch Betty und setzt hinzu:

»Hast du nicht gerade selbst gesagt, dass Justus ein sicheres Gespür für aufsteigende Sterne hat? Glaubst du etwa, der alte Fuchs hätte dir im Lamberti alle Freiheiten gelassen, wenn er nicht genau diesen Stern in dir gesehen hätte?«

Für eine Sekunde setzt etwas in mir aus. Denn Betty hat recht.

Ich weiß es. Genauso, wie ich mit Sicherheit den besten Ziegenkäse auf dem ganzen Wochenmarkt finde, besitzt Justus ein feines Näschen für Champions. Er setzt nicht auf lahme Pferde, das tut er einfach nicht, und ich habe lang genug mit ihm zusammengearbeitet, um das zu wissen.

»Komm«, reißt mich Betty aus meinen Gedanken, »wir fragen Liv, ob sie uns ihre Ziegen zeigt.«

Ich nicke, sie hat recht, wir müssen los, sonst läuft uns der Tag davon. Aber über die Erkenntnis, die mir meine Freundin gerade verschafft hat, werde ich noch einmal ausgiebig nachdenken.

Ich leere rasch meinen Cappuccino und schiebe einen Geldschein unter die Tasse. »Los geht's.«

Als wir auf den alten Stall zugehen, kommt uns Liv bereits entgegen.

»Wir machen jetzt zu.« Sie zieht einen Schlüsselbund aus der Hosentasche. »Möchtet ihr vorher noch etwas bestellen?«

»Nein, danke dir«, ich schüttele den Kopf, »aber bevor wir aufbrechen, würden wir uns gerne deine Ziegen anschauen.«

»Dürfen wir?«, fügt Betty mit strahlenden Augen hinzu.

»Aber klar, es ist ohnehin Stallzeit. Ihr könnt mir helfen, die Herde reinzutreiben«, antwortet Liv, verschließt die Eingangstür und läuft direkt weiter. Wir folgen ihr, umrunden den ehemaligen Schafstall, in dem nun das Café untergebracht ist, und treffen dahinter auf ein neues, großes Gebäude. Sein Holz ist noch ganz hell.

»Das ist mein neuer Offenstall.« Liv öffnet ein Gatter, lässt uns auf die Weide treten, schiebt dann den Riegel des Stalltors auf. Neugierig lugen Betty und ich hinein, staunen über den luftigen Innenraum. Noch ist der Stall leer, aber in den Raufen türmt sich bereits duftiges Heu.

»Der Sommer war so trocken, dass unsere Wiesen nicht mehr viel hergeben, deshalb müssen wir schon zufüttern«, erklärt Liv. »Die Ziegen freuen sich jetzt auf ihr Abendbrot.«

»Und was ist das da? Ein Balkon?« Ich zeige auf eine Art Galerie, zu der verschiedene Stege und Rampen hinaufführen.

»So etwas Ähnliches.« Liv lächelt. »Ziegen klettern für ihr Leben gern, und sie lieben es, erhöht zu liegen. Das habe ich bei der Stallplanung aufgegriffen, sie sollen sich ja hier wohlfühlen. Davon profitiere übrigens ich am meisten, denn nur entspannte Ziegen lassen sich gut melken. Die Tiere sind ungeheuer feinfühlig. Wusstet ihr beispielsweise«, ihr Gesicht bekommt einen vorwitzigen Ausdruck, »dass sie als biologisches Frühwarnsystem vor Vulkanausbrüchen dienen? Auf dem Ätna in Sizilien lebt eine ganze Herde. Die Ziegen werden Stunden, bevor die Messinstrumente einen neuen Ausbruch ankündigen, nervös und bringen sich in Sicherheit. Dann wissen auch die Menschen Bescheid.«

»Das ist ja verrückt.« Ich bin verblüfft und folge zusammen mit Liv der vorauslaufenden Betty, die sich schon in Richtung Herde aufgemacht hat.

»Nicht wahr?« Livs Augen blitzen. »Tiere haben ihr eigenes Frühwarnsystem. Man weiß auch von Hunden, Kühen oder Elefanten, dass sie sich viele Stunden vor einem Erdbeben seltsam verhalten.«

»Ach!« Ich bleibe erstaunt stehen. »Woher weißt du das alles?«

»Ich habe Biologie studiert. Tiere haben mich schon immer wahnsinnig interessiert.«

»Aber du arbeitest nicht als Biologin, oder?«

»Nein, ich bin wohl eher der praktische Typ. Meine Freunde aus der Studienzeit stehen heute alle irgendwo im Labor. Da verdienen sie gutes Geld, klar, aber für mich wäre das sicher nichts.«

Wir schauen einander in die Augen und wissen beide genau, was sie damit meint. Dann verliert sich ihr Blick, sie scheint hinter mir etwas entdeckt zu haben. Automatisch wende ich mich um und erkenne eine gebückte Gestalt am nahen Waldrand. Sie hantiert an bunten Holzkästen, die vor den Bäumen in einer Reihe aufgestellt sind. Liv hebt die Hand, die beiden grüßen sich.

»Das ist unser Professor«, erklärt sie. »Jetzt, wo die Heide blüht, stellt er hier seine Bienenstöcke auf. Den Honig, den er produziert, verarbeite ich auch in meinem Käse – er ist wirklich gut.«

Das glaube ich ihr aufs Wort und bedauere unmittelbar, noch kein Glas gekauft zu haben.

»Warum nennst du ihn Professor?«

»Weil er einer ist. Er hat Neurologie in Berlin gelehrt. Seit mindestens zwanzig Jahren besitzt er ein Ferienhaus in der Nachbarschaft. Nach seiner Emeritierung ist er dann ganz hierhergezogen, hat sich eigene Bienenvölker angeschafft und dazu einen Bauwagen, damit er in ihrer Nähe sein kann. Er ist mindestens so tierverrückt wie ich, und es geht wohl auf sein Konto, dass ich Biologie studiert habe.«

Livs Gesichtsausdruck wird nachdenklich.

»Schon in meiner Kindheit wusste er die spannendsten Dinge über Tiere zu erzählen, das hat mich einfach fasziniert.«

»Und wie kamst du zu deinen Ziegen?«

»Na ja, irgendwann waren meine Großeltern einfach zu alt, um sich noch um alles zu kümmern. Sie haben die Landwirtschaft aufgegeben, tja, und von da an hat es nicht mehr lange gedauert, bis sie gestorben sind. Damals war ich noch jung, mitten im Studium, aber heute denke ich, dass ein Leben ohne Tiere einfach nichts für sie war. Da haben sie sich lieber davongemacht. Innerhalb eines Jahres waren beide tot.«

Für einen Moment tritt Stille ein, und in meiner Erinnerung tauchen Peer und Elfi auf, das freundliche, immer emsige Ehepaar, das ich in meinen Kindertagen kannte.

»Ich habe den Lohbekhof geerbt und nach dem Studium die ersten Ziegen angeschafft. Anfangs habe ich meine Milch noch an die Molkerei verkauft, dann ging es mit der eigenen Käserei los und seit diesem Jahr auch mit dem Gartencafé.«

Ich denke: *Allerhand!*, und bewundere im Stillen die junge, tatkräftige Frau, die neben mir herläuft. Wie mutig sie ist.

Unterdessen haben wir Betty eingeholt. Sie steht vor einem weiteren Gatter, traut sich anscheinend aber nicht, es zu öffnen.

»Du hast es aber eilig«, stelle ich fest, als wir aufschließen, »vielleicht solltest du mal Ferien auf dem Bauernhof machen. Ich glaube, das wäre was für dich.«

»Spitzenidee!« Betty zwinkert mir zu. »Hast du Liv eigentlich schon erzählt, dass du den Lohbekhof von früher kennst?«

»Echt?« Liv ist sichtlich überrascht. »Das muss aber ganz schön lange her sein.«

»Dem ist leider nichts hinzuzufügen.« Ich setze einen zerknirschten Gesichtsausdruck auf. »Nur dass es mindestens dreißig Jahre her ist. In meiner Kindheit gab es hier aber noch keine Ziegen, dafür Schafe und Kühe, Hühner, Kaninchen und, nicht zu vergessen, ein geschecktes Pony. Ich erinnere mich noch gut an Peer und Elfi. Sie besaßen in ihrem Haus eine Ferienwohnung, die sie vermietet haben.«

»Das waren meine Großeltern.« Liv strahlt. »Dann kennst du sie ja.«

Bevor ich weiter darauf eingehen kann, werden wir von Betty unterbrochen. Sie hat die Ziegen entdeckt.

»Da sind sie! Da!«

Als Liv das Gatter öffnet, läuft sie erneut voraus.

»Mensch, wie viele sind das denn?«

»Hundertfünfzig!«, ruft Liv ihr hinterher.

»Das ist ja der Wahnsinn!«

Betty ist völlig aus dem Häuschen, und ich entdecke in diesen zwei Tagen erneut eine Seite an meiner Freundin, die ich bislang nicht kannte.

»Wenn du mir bitte drei Ziegen für meine Freundin einpacken könntest«, meine ich scherzhaft zu Liv, »dann wäre das super. Ach, und mit einem Schleifchen bitte auch noch die kleine Katze.«

»Kein Problem«, blinzelt sie mir verschwörerisch zu.

Jetzt haben auch wir die Herde erreicht. Wie ein weißer Schleier breitet sie sich auf der riesigen Weide aus, und je weiter wir den Wald umrunden, desto mehr Tiere werden es. Als die ersten ihre Chefin entdecken, kommen sie eilig herbeigelaufen. Im Nu sind wir umringt von fransigen Bärten, hellwachen Augen und hoch erhobenen Hörnern. Wir lassen unsere Hände über ihr schneeweißes Fell gleiten, dabei spüre ich viele kleine Nasen, die über meine Hosenbeine wandern.

»Die sind ja richtig neugierig«, stelle ich überrascht fest und schiebe einen Ziegenkopf zur Seite, der sich in meiner Schultertasche versenken will.

»Ziegen sind gewitzt und ganz schön clever.« Livs Augen strahlen. »Pass bloß auf, alles, was nicht niet- und nagelfest ist, wird geklaut.«

Ich klemme meine Tasche unter den Arm und schaue mich fasziniert um.

»Betty«, rufe ich, »komm doch mal zu uns! Das hier ist ein Selfie wert.«

Auch meine Freundin ist umringt von einem stetig anwachsenden Pulk von Ziegen. Mit ihren Anhängern stößt sie zu uns – und strahlt dabei wie ein Honigkuchenpferd. Ich zücke mein Handy, strecke meinen Arm weit nach oben aus, bringe uns drei ins Bild und löse aus.

»Nun lasst uns zurück zum Stall gehen.« Liv übernimmt das Kommando. »Ich laufe vor, die meisten Tiere kommen von alleine nach. Ihr beiden könnt von hinten treiben, irgendwelche Nachzügler gibt es immer.«

Gesagt, getan. Die Ziegenchefin läuft voran wie die Rattenfängerin von Hameln, gefolgt von einem springenden, manchmal buckelnden, ausgesprochen lebensfrohen Gefolge. Betty und ich bilden die Nachhut, und wenig später ist der große Offenstall erreicht. Begierig drängen die Tiere ins Innere, und bald schon ist der große Raum erfüllt von eifrigem Geraschel und Geschmatze. Betty und ich stehen still an der Seite, schauen, staunen, können von all dem Treiben, von all dieser Lebendigkeit nicht genug bekommen.

»Mama, bist du da?« Eine kleinere Tür an der Seite schwingt auf, und auf halber Höhe wird ein brauner Haarschopf sichtbar.

»Ja, Valerie«, Liv steigt über eine Abtrennung, läuft ihrer Tochter entgegen, »hier bin ich.«

»Was machst du? Kann ich helfen?«

»Ich fange an zu melken, natürlich kannst du mir helfen.« Liv ist im vorderen Gebäudeteil angekommen und legt einen Hebel um. Ein Brummen erfüllt den Stall: die Melkmaschine. Im gleichen Moment spüre ich Bettys Hand in meiner Armbeuge.

»Komm, lass uns gehen, Liv hat zu tun. Außerdem haben wir zwei ja heute auch noch einiges vor.«

Sie hat völlig recht. Wir müssen zurück in die Stadt radeln. Gleich gilt es, Koffer zu packen, Frau Anderson den Wohnungsschlüssel in die Hand zu drücken, und ab morgen dann: Dienst nach Vorschrift, Kommunikationstraining in Hamburg mit Frau von Mallinckroth und Co. Es wird bestimmt höchste Zeit, dass wir loskommen. Um die Uhrzeit zu checken, ziehe ich mein Handy aus der Hosentasche, aber was ich sehe, ist: Justus hat geantwortet.

# Habseligkeiten

Das braune Fensterleder ächzt unter ihren Händen. Erst windet es sich, dann gibt es all sein Wasser her. In einem kräftigen Schwall ergießt es sich in den Putzeimer.

»Wenn ich mal in Rente bin, dann gönne ich mir auch so eine Kreuzfahrt.« Frau Helmstedt schlägt ihren Lappen kurz aus, setzt ihn erneut an und wienert mit raschen Bewegungen über die Scheibe. »Dann geht es nach Mauritius. Der Käpten kutschiert, und ich hocke mit einem Longdrink an Deck, das täte mir gefallen.«

Ich sitze auf dem Küchentresen meines Frankfurter Penthauses und plausche mit Frau Helmstedt, die in unserem Haushalt für Ordnung und Sauberkeit und noch dazu für die Wäsche sorgt. Dreimal in der Woche kommt sie vorbei und sieht nach dem Rechten.

Erst gestern Abend bin ich, ziemlich spät, von meinem Hamburg-Trip zurückgekehrt. Anstrengende, aber auch erfolgreiche Arbeitstage liegen hinter mir. Frau von Mallinckroth und ihre Crew haben mich ganz schön gefordert. Wie sich herausstellte, hatten die Hamburger ordentlich »Kommunikationsbedarf«. Etwas schlapp und noch ein bisschen wortkarg sitze ich daher beim Morgenkaffee und lausche den Träumereien, die ich bei Frau Helmstedt ausgelöst habe. Auf ihre Frage hin, wo ich denn gewesen sei, hatte ich ihr von der Reederei erzählt. Seither sind ihre Gedanken bei den Kreuzfahrtschiffen.

»Waren Sie schon einmal auf so einem Ozeanriesen?«, fragt sie mich jetzt, rein rhetorisch, denn ihre Fantasie lässt keinen Platz für Antworten. »Ich stelle mir so etwas ja göttlich vor. Ihr Blick wandert hinaus in den blauen Himmel. All diese Stewards in ihren todschicken Uniformen, und abends geht's mit alle Mann zum Galadinner.«

Kräftig taucht sie das Fensterleder in den Putzeimer, zieht es heraus und wringt es erneut energisch aus. Dann macht sie sich an die nächste Scheibe.

»Was man da wohl anzieht? Wahrscheinlich doch lang, oder?« Fragend dreht sie sich zu mir um, und ich lächle zustimmend, während ich nicht umhinkomme, sie mir an der Seite des immer noch jungen Sascha Hehn vorzustellen. Mein Gott, wie habe ich den in Kindertagen angehimmelt, den schönen Sascha Hehn. Keine *Traumschiff*-Folge haben meine Mutter und ich im Fernsehen verpasst. Während sich meine Gedanken in Erinnerungen verlieren, folgt mein immer noch müder Blick dem Fensterleder, das von rechts nach links, von oben nach unten huscht. Anderen bei der Arbeit zuzuschauen, kann richtig beruhigend wirken. Und Erinnerungen an früher auch. An damals, als man sich um zwanzig Uhr fünfzehn pünktlich vor dem Fernseher versammelte, um gemeinsam der neuesten *Traumschiff*-Folge beizuwohnen. Von Serienmarathon keine Spur.

Ich rutsche vom Küchentresen hinunter, greife nach der Kaffeekanne, die gegenüber auf der Kochinsel steht, und schenke mir noch einmal nach. Nach fast zwei Wochen Automatenbrühe genieße ich meinen handgemachten Filterkaffee in vollen Zügen.

»Darf ich Ihnen auch einen anbieten, Frau Helmstedt?« Ich hebe die Kanne noch einmal an.

»Nein, danke, gerne ein andermal.« Sie lässt ihren Blick über die fertig geputzten Küchenfenster wandern und dann weiter zu den großen Glasscheiben an der Terrasse.

»Des krieje mer heut net mer gebacke«, murmelt sie nachdenklich vor sich hin, wobei sie kurz ins Hessische verfällt.

»Frau Sander, wäre es Ihnen recht, wenn ich die anderen Fenster morgen erledige?«, fragt sie dann. »Ich muss heute Vormittag noch bei meinem Zahnarzt vorbei, eine Krone sitzt locker.«

Wie zu Bestätigung fährt sie mit der Zunge eine Zahnreihe entlang, ich sehe die Bewegung hinter ihrer Oberlippe.

»Gar kein Problem!« Ich schaue zur Küchenuhr. »Es ist ja auch schon fast elf.« Mein Magen zieht sich zusammen.

»Eben drum.« Frau Helmstedt gießt das Schmutzwasser in den Ausguss, spült nach und packt ihre Putzutensilien zusammen. Dann verschwindet sie im Flur und von dort aus in der Besenkammer.

*Elf Uhr*, denke ich noch einmal, *in anderthalb Stunden schon treffe ich Justus*. Mit einem Seufzen sinke ich auf einen der Küchenstühle, ruckele ihn nach hinten und lege meine Füße auf einen zweiten. Wir beide sind heute verabredet, zum Mittagessen. Oder besser: zur Aussprache. Wie zur Einstimmung greife ich zu meinem Handy, das auf dem Küchentisch liegt, und scrolle durch unseren Nachrichtenverlauf. Hängen bleibe ich an:

> Liebe Frauke, ich bin gestern von Mallorca zurückgekehrt und habe ein möbliertes Apartment bezogen. Es wäre sicherlich gut, wenn wir uns einmal aussprechen würden. Wann hättest du Zeit?

Wieder einmal werde ich nicht schlau aus meinem Mann. Oder sollte ich besser »aus meinem Ex« sagen? Was will mir zum Beispiel das »möblierte Apartment« sagen? Immerhin hat er keine neue Wohnung bezogen, aber eben auch kein Hotelzimmer. Und was meint er mit »aussprechen«? So etwas wie »gut aufgeräumt einen Neuanfang starten« oder mehr »reinen Tisch machen«, also einen klaren Schlussstrich ziehen?

Ich schüttele den Kopf. *Der Text ist weder Fisch noch Fleisch*, überlege ich, *und ohne jeden Bezug zu meinen Nachrichten*, die, das räume ich ein, vielleicht nicht die intelligentesten waren. Mein Daumen scrollt weiter nach oben, ich lese noch einmal, was ich Justus in der Mondnacht, die ich mit Betty draußen auf der Dachterrasse verbrachte, schrieb:

Hast du heute Nacht die Venus gesehen?

Und kurz darauf:

Wie konntest du es nur vermasseln.

Ich lege das Handy zur Seite. Meine Güte, was hat mich da bloß geritten? Erst verkappte Sentimentalität, dann ein Vorwurf, ein frontaler Angriff, der zu gar nichts führt.

»Wie Frauen halt so sind«, genau das wird sich Justus gedacht und dabei leicht abschätzig den rechten Mundwinkel nach innen gezogen haben. Wieder einmal habe ich ihm einen Beweis für meine übertriebene Emotionalität geliefert. Lupenrein.

Ich stöhne auf – immerhin bin ich jetzt wach.

Als ich damals, nach meiner Coaching-Ausbildung, die ersten Rhetorik-Fortbildungen gebucht hatte, da war Justus durchaus angetan. Aber als ich ihm dann von meiner Idee erzählte, meinen Job als seine Restaurantleiterin ganz an den Nagel zu hängen und mich als Kommunikationstrainerin selbstständig machen zu wollen, war er dann mehr schockiert. Er hat das zwar nie gesagt, nie, aber ich habe es in seinen Augen gesehen. Für einen kurzen Moment hat er mich angestarrt wie ein hässliches Insekt. War das eigentlich der Augenblick, in dem unsere Ehe ins Trudeln geriet?

Wenn ich Bettys Worten Glauben schenke, dann hat es Justus nie verkraftet, dass ich im Lamberti gekündigt habe. Dass ich nicht mehr für ihn, sondern für mich arbeiten wollte.

»Für jemanden wie Justus ist das ein Schlag ins Kontor«, meinte sie. »Genau genommen hast du *ihm* gekündigt, nicht einfach nur deinen Job.«

Ob sie recht hat? Justus bildet sich so viel auf seine Managementqualitäten ein, auf seine Coolness, sein ausgefeiltes Verhandlungsgeschick. Es gehört zu seinem Selbstverständnis, dass ihn nichts und niemand aus der Ruhe bringt. Auch nicht seine eigene Frau. Ich stöhne auf.

»Was haben Sie gesagt?« Frau Helmstedt streckt ihren Kopf durch die offene Küchentür.

»Ach, nichts«, ich schüttele mein Haupt, »ich war nur in Gedanken.«

Sie hebt die Hand zum Gruß, ruft: »Isch mach weida!«, was so viel wie »Auf Wiedersehen« bedeutet, und verschwindet zurück in den Flur. Ich lausche, wie sie ihren Mantel von der Garderobe nimmt, rufe ein »Machen Sie es gut« hinter ihr her und höre die Wohnungstür ins Schloss fallen.

Stille.

Puh. Ich schlucke. Jetzt ist es also so weit: Ich bin allein.

Als ich gestern Abend hier ankam, war ich so erledigt, dass ich nur noch ins Bett gefallen bin. Heute Morgen weckte mich das Klingeln von Frau Helmstedt. Sie besitzt zwar einen eigenen Schlüssel, kündigt sich aber immer kurz an, bevor sie die Wohnung betritt.

Ich räuspere mich, schaue mich suchend in der Küche um. Alleinsein ist nicht meine Stärke, obwohl es mir, das fällt mir gerade auf, in meinem Lüneburger Nest kein bisschen schwerfiel. Falsch: Ich habe es dort in vollen Zügen genossen, einfach für mich zu sein.

Aber hier in Frankfurt? Ich horche vorsichtig in mich hinein. Kündigt sich da eine Panik an, ein Schweißausbruch, Herzrasen? Langsam nehme ich meine Füße vom Stuhl, lausche nach innen. Nein, alles okay. Ich fühle mich gut.

Dann hebe ich meinen Blick und schicke ihn prüfend durch die offene Küche und weiter in das angrenzende Wohnzimmer. Sie sind alle noch da: Die Möbel stehen, wo sie hingehören, die Bilder hängen an ihrem Platz. Nur Justus' Smoothie-Maker und sein Proteinshake-Mixer sind von der Anrichte verschwunden. Das war's. Meine Angst, aus Hamburg zu kommen und ein leer geräumtes Zuhause vorzufinden, war völlig unbegründet.

Ob Frau Helmstedt etwas aufgefallen ist?

*Wohl kaum*, überlege ich. Unser Penthaus ist extrem clean. All unsere Habseligkeiten hat Justus in Einbauschränke verbannt, die sein Architekt speziell für ihn entworfen hat. An allen Ecken und Kanten finden sich dezente Türen, sie verschwinden in der Holzvertäfelung, sie verstecken sich im Tapetenmuster. Überall maßgenaue Einbauten. Selbst im Badezimmer. Noch das kleinste Parfumfläschchen hat von Justus und seinem Helfershelfer einen zugewiesenen Platz bekommen.

*Ekelig*, denke ich. Gedankenverloren habe ich an meinem Kaffee genippt. Er ist kalt geworden. Ich lasse ihn stehen und richte mich auf.

Langsam gehe ich in den Flur, hinüber ins Schlafzimmer. Ich öffne die Schiebetür zum Ankleidezimmer meines Mannes und luge vorsichtig hinein: Justus' Kleidung ist verschwunden. Komplett.

Ich laufe, jetzt etwas schneller, zurück in die Diele, öffne den integrierten Garderobenschrank. Danach ziehe ich die großen Schubladen aus der Wand, die Justus für seine Schuhe reserviert hat. Alles leer.

Ich schlucke. Langsam führen mich meine Schritte ins Wohnzimmer. Ich sinke auf einen der beiden Eames Chairs. Rutsche nach hinten, bis die Lehne meinen Rücken trägt. Fühle das kühle, glatte Leder unter meinen Beinen.

Und dann sitze ich. Sitze. Und sitze.

Filmriss.

Der Riss geht einmal durch mich hindurch. Hier das eine Ende. Da das andere. Und ich – bekomme beide nicht mehr zusammen. In meinem Kopf nichts als Watte. Ich weiß nicht weiter. Erst als ein leises Frösteln meinen Körper erfasst, schaffe ich es zurück in die Gegenwart. *In diesen verdammten Sesseln ist mir schon immer kalt geworden,* denke ich – und dieser Gedanke ist glasklar. Leder ist kalt – und bleibt es auch. Ganz egal, wie lange man auf ihm sitzt.

Mit einem Ächzen arbeite ich mich aus der Sitzschale heraus, laufe rüber zur Fensterfront und schiebe die schwere Terrassentür auf. Ich trete hinaus, hinein ins Licht. Zum Glück scheint heute die Sonne. Ich recke mein Gesicht nach oben und lasse es von ihren Strahlen wärmen. Über mir nichts als der blitzblanke Himmel. Die Autos, das ganze Gewusel der Innenstadt verschwinden weit unter mir. Unser Penthaus liegt in der achtzehnten Etage. *Die Ruhe,* überlege ich, *die diese Höhenlage mit sich bringt, ist das Einzige, was mir an unserer Wohnung je gefallen hat.* Was für eine Erkenntnis! Für einen kurzen Moment bin ich von mir selbst verblüfft. Ich wende mich um und blicke zurück ins Wohnzimmer: Kann es wirklich sein, dass mir an unserem Zuhause nie etwas anderes gefallen hat als seine Lage? Mein prüfender Blick schweift über die offene Fläche, die sich vor mir auftut: Ohne jede Kante, ohne den kleinsten Störfaktor gehen der innen liegende Holzboden und die hellen Natursteinplatten, auf denen ich stehe, ineinander über.

Und schon wieder bin ich irritiert. Wozu brauchen zwei einzelne Menschen eigentlich so viel Platz? Und dermaßen viel Plunder?

Justus besitzt ein ausgesprochenes Faible für Designklassiker. Um sie zusammenzusammeln, tingelt er durch ganz Europa. Unsere Wohnung wurde mit der Zeit zu seiner ganz persönlichen Ausstellungsfläche, zu einem Designtempel.

Besonders stolz machen ihn die sechs Tulip Chairs, die sich um den runden Marmortisch herum versammeln. Darüber prangt die unverzichtbare PH Artichoke, eine Deckenleuchte. Nicht dass mir eine dieser Bezeichnungen früher etwas gesagt hätte, aber als Frau an Justus' Seite blieb mir gar nichts anderes übrig, als mit ihnen Bekanntschaft zu schließen.

Justus richtete unsere gesamte Wohnung im Mid-Century-Design ein. Passend dazu bestand er nicht nur auf Walnussparkett, sondern auch auf Messingbeschlägen an den Zimmertüren und jede Menge Teppiche, in deren Mustern dunkle Braun- und Rottöne dominieren. Als »harter Kontrast«, wie er sagte, dienten ihm die schwarzen Eames Chairs und das gigantische, von seinem Architekten konzipierte und fest eingebaute Ledersofa im Zentrum. Wenn man will, bekommt man auf ihm ein Dutzend Leute unter. Furchtbar. Bei seinem massiven Anblick stöhne ich leise auf. Dieses schwarze Ungetüm ist ein schreckliches Ding, einen gemütlichen Leseabend auf ihm zu verbringen, ist schlichtweg unmöglich.

Mein Blick wandert weiter, hoch zur Zimmerdecke und ihrem grobporigen Beton. Was für ein hässliches Zeug. *Beton habe ich noch nie leiden mögen,* denke ich, *und dieses immergleiche Architektengefasel über seine »Lebendigkeit«, seine »Struktur« und »Wärme« auch nicht.*

»Pah!«, sage ich nun laut zu mir. »Beton ist grau und kalt und tot. Das ist er.«

Und während meine Worte in der Weite des Raumes verhallen, wird mir mit einem Mal unwohl in meiner Beobachterrolle: Kann und darf es sein, dass ich gerade mein eigenes Zuhause auseinanderpflücke, dass ich an ihm kein gutes Haar lasse? Was passiert hier gerade? Liegt das nur an meinem Groll auf Justus, oder habe ich tatsächlich in einer Wohnung gelebt, die ich überhaupt nicht mag? Jahrelang?

Diese Fragen sowie die Antworten auf sie, die ich böse heraufdämmern sehe, machen mich fassungslos. Nein, nicht nur das: Sie machen mir Angst.

Angst vor meinem eigenen Leben.

# NONCHALANCE

Wie sehr habe ich diesen Mund geliebt. Diesen Mund mit seinen sinnlich geschwungenen Lippen. Sie waren das Erste, das mir an Justus auffiel. Damals, im Lamberti, in unserem »Vorstellungsgespräch«. Noch immer sehe ich uns einander gegenübersitzen: Ich, die Bewerberin, bis ganz vorne auf die Stuhlkante gerutscht, engagiert, den Rücken durchgestreckt. Er, der große, elegante Mann, etwas vom Tisch abgerückt, die schmalen, leicht gebräunten Hände locker in den Schoß gelegt. Aufmerksam, nein: zugewandt. Die Stimme ruhig, fast schon leise – freundlich. Und dazu diese sanften und doch so ausdrucksvollen Lippen.

Ich weiß noch, wie ich mich bemühte, sie nicht nur anzustarren, sondern zu hören, zu verstehen, was sie sagten. Zum Beispiel, dass er, Justus, froh sei, mich gefunden zu haben, wie sehr er sich freuen würde, wenn wir zusammenkämen.

Ich habe mich Hals über Kopf in ihn verliebt. Im ersten Moment. Und dann diese Lippen.

»Still oder lebendig?«

Die Frage reißt mich aus meiner Erinnerung, aus der Vergangenheit. Irritiert blicke ich auf, hinein in die bemühte Freundlichkeit des längst genervten Kellners.

»Mögen Sie Ihr Wasser lieber still oder lebendig?«, formuliert er ein weiteres Mal.

Ich räuspere mich, blicke mein Gegenüber, blicke Justus an.

»Frauke«, auch er räuspert sich, »du musst bestellen.«

Er spricht mit mir wie mit einem dummen Kind, und ich fühle mich, wieder einmal, wie das personifizierte Fehlverhalten. Verdammt, ich stehe total neben mir. Die Rückkehr nach Frankfurt, das Wiedersehen mit Justus, das alles nimmt mich mit. Ich schlucke, reiße mich zusammen. Reiße meinen Blick los von seinen Lippen.

»Still.« Meine Stimme bemüht sich um Festigkeit. Mehr als ein Wort schafft sie gerade nicht. Der Kellner ist zufrieden, schwirrt ab.

Still wird es jetzt auch an unserem Tisch. Ich weiß nicht, was ich sagen soll. Mein Blick wechselt zwischen der auffälligen Maserung der Holzplatte und dem Gesicht meines Mannes hin und her. *Wie seltsam fremd mir seine Züge auf einmal sind,* überlege ich, *da ist eine neue Schärfe.* Er besaß schon immer eine gewisse Ähnlichkeit mit Wolfgang Joop, heute erscheint sie mir deutlicher denn je. Das mag auch an der runden Brille liegen, die er jetzt trägt. Ihr Gestell ist massiv, schwarz, matt. Der harte Kontrast.

»Du hast eine neue Brille«, starte ich einen Gesprächsversuch.

»In der Tat.« Seine Hand wandert zum rechten Bügel, tastet ihn kurz ab, als wolle er sich seiner Existenz versichern.

»Steht dir.«

»Danke.«

Wieder Stille. Das Restaurant ist noch nicht gefüllt, wir sind früh.

Wieder die Maserung der Tischplatte, das fremd gewordene Gesicht und der Gedanke: *Woran erinnert es mich?*

»Schwarz stand dir schon immer gut«, starte ich noch einen Gesprächsversuch, versuche mich in Höflichkeit.

Er lächelt verbindlich.

Beides schmerzt.

Der Kellner kommt. Verteilt Gläser mit schnellen Bewegungen, gießt Wasser hinein, stellt die Flasche dazu. Verschwindet.

Mein Blick beginnt zu wandern. Er mustert die gestärkten Servietten, das Etikett der Wasserflasche, das eng geschnittene Hemd meines Mannes – er ist einer der wenigen, die Slim Fit wirklich tragen können –, zuletzt Justus' braun gebranntes Gesicht. Die Sonne Mallorcas hat ihre Spuren hinterlassen. Aber an was erinnert es mich? Ja, natürlich, an Wolfgang Joop, aber da ist noch etwas, etwas anderes. Aber was?

Während ich meinen Mann weiter, zunehmend neugierig, mustere, spüre ich, wie sich Justus' Blick plötzlich auf mich heftet. Er wird fest. Hart. Abwehrend. Etwas erschrocken wende ich meinen ab, lasse ihn fallen, hinein in meinen Schoß.

Fast erleichtert entdecke ich dort den Stapel Briefe, den ich in unserer Diele gefunden habe. Ich bin über ihn gestolpert, als ich vorhin unser Penthaus verlassen habe. Frau Helmstedt muss unseren Briefkasten geleert und sie dort hingelegt haben.

Nun reiche ich die Post über den Tisch.

»Hier, die ist für dich.«

Justus greift nach den Briefen, sein Blick wird geschäftig, routiniert scannt er die Absender.

Es sind fast alles Einladungen. Ich kenne das gewichtige Papier, die gefütterten Umschläge in Sondergröße. Natürlich steht unser beider Name über den Adresszeilen, aber Justus weiß genauso gut wie ich, dass nur er gemeint ist. Er, der große Investor, der gern gesehene Gast. Er, der Geschäftsmann, in dessen Welt ich, seine Frau, nur beigestellt sein kann. Ein Appendix. Ein Anhängsel, das mit eingeladen, aber eben nicht mit gemeint ist.

Es muss diese etwas zu selbstverständliche Bewegung gewesen sein, die mich plötzlich wütend werden lässt, diese Nonchalance, mit der Justus den Stapel Briefe an sich nahm.

*Wird wohl einer von seinen Gesellschaft-Fuzzis*, denke ich plötzlich, *nach mir fragen? Wird es wohl einem dieser Menschen, mit denen ich nicht wenige meiner freien Abende verbracht habe, auffallen, wenn ich seiner Einladung fernbleibe?* Dabei meine ich nicht das übliche dahintirilierte »Aber, lieber Herr Sander, Sie kommen ja allein, ist Ihrer Gattin nicht wohl?«. Nein, ich meine, würde sich jemand ernsthaft nach *mir* erkundigen? Würde *mich* jemand vermissen?

*Wo* bin eigentlich ich in dieser ganzen Justus-Welt? Ich, Frauke? *Was* bin ich für diese Typen? Ein Mitbringsel? Oder, noch schlimmer, ein Ausstellungsstück im Mid-Century-Style?

Bitter lache ich auf.

Mein Mann schaut mich irritiert an: erneutes Fehlverhalten. Und jetzt reicht es mir.

»Justus, du wolltest mich sprechen. Hier bin ich. Was gibt es?«, sprenge ich die Wartezimmeratmosphäre.

Er greift nach seinem Glas, trinkt, quasi rhetorisch, lässt sich nicht aus der Ruhe bringen. Natürlich.

»Nun«, setzt er dann an, »ich dachte, es sei gut, sich einmal auszusprechen, nicht wahr?«

»Dann«, ich vollführe eine auffordernde Handbewegung, »sprich.«

»Nun«, beginnt er erneut, »ich möchte dir ein Angebot machen.«

Ein Angebot? Ich traue meine Ohren nicht. Ist mir ein Angebot zu machen das, was mein Mann unter »sich aussprechen« versteht? Hat er einen Knall?

»Ich habe über uns nachgedacht«, fährt er fort. »Ich habe den Eindruck, dass uns beiden eine Auszeit gut bekommen würde, nicht wahr?«

Mir wird heiß.

»Weißt du«, er lehnt sich jovial nach vorne, stützt sich auf seine Unterarme, »ich habe dir doch von diesem Apartment geschrieben, das ich mir genommen habe. Es ist nicht groß, aber perfekt ausgestattet, außerdem ist die Lage gut …«

»Die Herrschaften«, wie aus dem Nichts ist der Kellner aufgetaucht, »wenn ich bitten darf.«

Er hat sich neben dem Tisch aufgebaut und hält eine Schale in der einen und einen offensichtlich heißen Teller in der anderen Hand. Ich schaffe es gerade noch, meine Serviette vom Tisch zu ziehen, da steht mein Essen auch schon vor mir.

»Teriyaki-Lachs mit glasiertem Pak Choi und getrüffeltes Süßkartoffelpüree«, tönt es hinterher.

Während Justus sich einen Salat bestellt hat, natürlich, habe ich das Tagesgericht gewählt. Auch wenn mich mein Mann soeben noch in Rage versetzt hat, komme ich nun nicht umhin, dem duftenden, offensichtlich fein komponierten Arrangement, das vor meiner Nase steht, meine Aufmerksamkeit zu schenken. Voller Interesse mustere ich mein Mahl: Der Lachs und das ebenfalls lachsfarbene Süßkartoffelpüree bilden eine farbliche Einheit, einen Rahmen für den Pak Choi im Miniformat. Sattgrün liegt er im Zentrum des Tellers. Der Koch muss ihn im Eiswasser abgeschreckt haben, überlege ich, nur so konnte er seine frische Farbe behalten.

Ich greife zu Messer und Gabel, schneide den Fisch an, der mir luftig weich entgegenfällt. Aber nicht nur seine Konsistenz, auch sein Aroma ist bemerkenswert: Die Teriyaki-Soße, in der er mariniert wurde, ist ohne Frage herauszuschmecken, tritt aber nicht aufdringlich hervor. Das hat Finesse. Der Koch weiß offensichtlich, was er tut.

Neugierig widme ich mich nun dem Süßkartoffelpüree. Seine cremige Struktur ist vielversprechend, ich führe meine Gabel zum Mund, schnuppere daran: Oha, das Trüffelaroma ist deutlich, fast ein bisschen stark, wenn mich der erste Eindruck nicht täuscht. Vorsichtig koste ich.

»Frauke?«

Nachdenklich behalte ich den Happen im Mund, sondiere seine Geschmacksaromen, bin mir nicht sicher, was ich davon halten soll.

»Frauke?«

Ich blicke in das Gesicht meines Mannes.

»Hörst du mir überhaupt noch zu?«, fragt es mich.

Ich schlucke. Hat Justus etwas gesagt?

»Kann es sein, dass du – wieder einmal! – nur ans Essen denkst?« Er ist entrüstet. »Selbst jetzt?«

Sein Besteck landet am Rand der Schale, das Porzellan klirrt bedenklich.

Jetzt endlich schlucke ich das Püree herunter, hole tief Luft und halte sie an. Ermahne mich, nicht auszuflippen. Ich atme ganz langsam aus. Lege Messer und Gabel – leise – zur Seite. Dann richte ich mich auf und falte meine Hände. Schaue, höflich, in Justus' Richtung. Lege den Kopf leicht schräg, um mein demonstratives Zuhören noch weiter zu unterstreichen.

»Was hältst du also von meinem Vorschlag?« Justus hat sich offenbar beruhigt. »Wir nehmen uns beide eine Auszeit. Ich wohne so lange in besagtem Apartment, du kannst das Penthaus behalten. So haben wir beide etwas Ruhe, um uns, sagen wir, zu sammeln, zu besinnen. Ich denke, drei Monate sollten genügen. Dann sehen wir weiter.«

»Drei Monate?« Ich komme nicht ganz mit.

»Ja, bis Weihnachten.«

»Bis Weihnachten«, wiederhole ich. Blicke in das Gesicht meines Mannes, verstehe nicht recht, was er mir sagen will. Denke plötzlich nur, dass er alt aussieht, dass mir die zwölf Jahre Altersunterschied zum ersten Mal auffallen, und überlege noch einmal, verdammt, an was erinnert mich sein Gesicht. Und mit einem Mal weiß ich es: an das Fensterleder von Frau Helmstedt.

# KINKERLITZCHEN

»Von einem bestimmten Alter an
ist jeder für sein Gesicht selbst verantwortlich.«
*Albert Camus*

Ich stehe vor einem Postkartenständer, bin an einem seiner Sprüche hängen geblieben. So durcheinander ich mich auch fühle, ich muss lachen. Dabei widerstehe ich dem Impuls, die Karte für Justus zu kaufen und sie in seinen nächsten Poststapel zu mischen.

Nur um mich abzulenken, gehe ich in den Laden hinein. Er ist einer von diesen neuen Pop-up-Stores, die in Frankfurt gerade überall eröffnen. Nur für zwei, drei Monate mieten sich kleine Start-ups und Kreative ein, um ihre Produkte zu verkaufen. Ich bleibe stehen, schaue mich um, betrachte die provisorische Einrichtung, die Ware, die sich darauf verteilt, und stelle fest, dass ich gerade vieles habe, aber gewiss keine Kauflaune.

Ich mache auf dem Absatz kehrt, laufe wieder nach draußen. Laufe weiter durch die Stadt. Das Mittagessen mit meinem Mann hat mir zugesetzt. Ich fühle mich zerrissen und in alle Einzelteile verstreut. Ich weiß gar nicht, was ich denken, was ich fühlen soll. Alles taub. Dazu klingelt jetzt auch noch mein Telefon. Ich überlege kurz, es einfach läuten zu lassen, dann öffne ich doch meine Handtasche.

»Zum Glück, Betty, du bist es!« Ich drücke mein Handy fester ans Ohr.

»Frauke, wo bist du? Ich stehe vor deiner Haustür und wollte nach dir schauen.«

»Ach, das ist ja wunderbar!« Sofort schlage ich den Heimweg ein. »Warte, in zehn Minuten bin ich da, ich beeile mich.«

Und das tue ich. Nach maximal neun Minuten stehe ich, etwas außer Atem, vor meiner Freundin und falle ihr um den Hals. Dann heule ich los wie ein Schlosshund.

»So schlimm?«, fragt sie, als sie mich nach einer ganzen Weile sanft von sich schiebt. Ich nicke. Sie mustert nachdenklich mein Gesicht.

»Komm«, Betty manövriert mich Richtung Eingang, »lass uns nach oben gehen.«

Die automatische Glastür schwingt auf, und wir treten in die Lobby. Betty nickt unserem Concierge höflich zu, ich verstecke mich ein wenig hinter ihr. Mit meinem verquollenen Gesicht muss mich hier keiner sehen. Zum Glück öffnet sich der Aufzug sofort, und wir verschwinden in der Kabine. Betty drückt erst die achtzehnte Etage und dann meine Hand.

»Hast du Justus getroffen?« Ihr Blick forscht weiter in meinem Gesicht.

Ich nicke, sage: »Gut, dass du da bist.«

»Ach, komm her.« Betty umarmt mich erneut, hält mich fest, bis sich die Fahrstuhltür öffnet.

Sie nimmt mir den Schlüssel aus der Hand, schließt die Wohnungstür auf, schiebt mich in den Flur und weiter in die Küche. Dort rückt sie einen Stuhl zurecht, drückt mich sanft auf die Sitzfläche.

»Warte«, sie geht zu unserem Kühlschrank, »ich weiß, was du jetzt brauchst.«

Sie öffnet zielsicher das Eisfach, zieht eine Flasche Aquavit und zwei gefrorene Schnapsgläser heraus. Dann schenkt sie mir ein.

»Hier«, sie reicht mir eines der Gläser, »trink.«

Ich setze widerspruchslos an, kippe den eiskalten Klaren in meine Kehle, schmecke reichlich Anis, schlucke ihn herunter. Ein kurzes Schaudern, dann stelle ich das Glas ab. Derweil hat sich auch Betty eingeschenkt, mit einem leisen Klirren landet ihr Pinnchen auf der Marmorplatte.

»So«, sie zieht sich einen Stuhl heran, »und jetzt erzähl. Alles.«

Ich schnaufe einmal durch, dann lege ich los. Berichte von meinem Treffen mit Justus, davon, wie wütend es mich gemacht hat, wie fehl am Platz, wie abgekanzelt ich mich gefühlt habe – wie verwirrt ich bin.

»Er möchte eine Auszeit«, ende ich schließlich, »drei Monate, in denen wir uns besinnen sollen, um dann ... ach, was weiß ich.«

Ich bemühe mich, nicht wieder loszuheulen. Betty entgeht das nicht. Sie greift noch einmal zum Aquavit, schenkt uns nach. Dann hebt sie ihr Glas, sagt »Skål«, setzt an. Ich folge ihrem Beispiel, leere mein Pinnchen in einem Zug, schüttele mich kurz und lasse mich nach hinten gegen die Sitzlehne fallen.

»Wo ist Justus jetzt?«, fragt sie.

»Vermutlich in seinem Apartment.« Ich zucke mit den Schultern. »Er hat sich in irgendeinem Boardinghouse eingemietet.«

»Und da will er vorerst wohnen? Und du hier?«

»Bis Weihnachten, genau.« Ich nicke.

»Hm.« Betty hebt vielsagend die Augenbrauen.

Fragend mustere ich ihre Mimik, warte auf ihr Urteil.

»Genau betrachtet«, beginnt sie nach einer kurzen Denkpause, »ist das gar keine schlechte Idee.«

Ich stutze.

»Na, das gibt dir doch genau die Zeit, die du brauchst.«

»Für was denn?«, frage ich irritiert.

»Na, um herauszufinden, ob du Justus noch haben möchtest, ob du mit ihm eine Zukunft siehst.«

Ob ich eine Zukunft mit Justus sehe? Wie bitte? Steht das denn infrage? In meinem Kopf rasen die Gedanken. Dabei fühle ich mich wie eine Ertrinkende, die nach allem greifen möchte, was an ihr vorbeischwimmt. Panik steigt in mir hoch.

»Hallo, hallo!« Eine Hand wedelt vor meiner Nase herum. »Erde an Venus, ist da jemand?«

Ich richte mich in meinem Stuhl auf, Betty zieht ihren ein Stück näher.

»Also, jetzt hör mal zu«, beginnt sie, »erinnerst du dich noch an Lüneburg, wie wir in der Mondnacht draußen saßen und auf deine neue Freiheit tranken? Draußen auf deiner Dachterrasse?« Sie strahlt. »Jetzt kannst du sie ausprobieren!«

*Na klasse,* kommentiere ich in Gedanken, sage aber nichts.

»Ich habe dir schon so oft gesagt, dass du auf mich unzufrieden wirkst. Ich frage mich ernsthaft, ob das Leben, das du mit Justus führst, wirklich zu dir passt. Ist es das, was du willst?«

Ich stöhne auf. Zwischen Bettys Augen bildet sich eine tiefe Falte.

»Frauke, das ist deine Chance. Finde heraus, was *du* vom Leben willst. Und dann guck, ob Justus dazu passt, ob er zu *dir* passt. Probiere es aus, lauf los, spring ins Wasser – und dann entscheide.«

Ich lasse meinen Kopf hängen. Bettys Zeigefinger, den sie unter mein Kinn legt, hebt ihn wieder an.

»Wie denkst du darüber?« Sie blickt mir direkt in die Augen.

»Ich denke«, überrasche ich mich selbst, »dass Justus alt geworden ist.«

Betty zieht ihren Zeigefinger weg.

»Alt?«

»Ja«, ich sammele mich, »das habe ich heute zum ersten Mal gedacht. Er sieht schrecklich alt aus.«

»Na ja«, sagt sie nun in einem diplomatischen Tonfall, »das ist jetzt nicht so ganz unser Thema. Denn eigentlich …«

»Oh Betty«, unterbreche ich sie, »das habe ich nicht so gemeint.« Siedend heiß fällt mir ein, dass Betty dieses Jahr ihren fünfzigsten Geburtstag gefeiert hat und damit, wie Justus, ein gutes Stück älter ist als ich.

»Du darf nicht glauben«, stammele ich weiter, »dass ich denke, dass du …«

»Ach«, winkt sie lässig ab, »keine Sorge. Ich fühle mich mit meinen fünfzig besser denn je – und schöner noch dazu.«

Sie zwinkert mir zu, zum Glück.

»Nein«, lenkt sie ein, »ich verstehe schon, was du meinst. Es gibt diese Momente, in denen man bei vertrauten Menschen denkt: *Meine Güte, ist der – oder die – alt geworden.* Ich kenne das, das ist schockierend, irgendwie.«

»Nicht wahr?« Jetzt bin ich hellwach. »Ich will das nicht.«

»Was jetzt?«

»Dass ich in ein paar Jahren auch so aussehe. Wie kommt das? Es gibt Menschen wie dich oder auch diese Katinka, die ich in der Lüneburger Heide kennenlernt habe, die können so alt werden, wie sie wollen, und sehen trotzdem blendend aus. Frisch und lebendig – und schön. Natürlich gibt es da Fältchen«, ich lächle Betty liebevoll an, »und Runzeln«, ich lächle stärker, »aber das macht überhaupt nichts. Die Ausstrahlung bleibt vital und immer noch … jung.«

»Ich glaube, das Leben, das man Tag für Tag führt, lässt sich irgendwann nicht mehr verleugnen. Man sieht den Leuten einfach an, ob sie zufrieden, ob sie glücklich sind. Du weißt doch«, sie fährt sich wie bei einer Shampoo-Werbung mit einer Hand durch ihr langes Haar, »wahre Schönheit kommt von innen.«

»Aber wenn das stimmt«, ich werde nachdenklich, »dann geht es Justus nicht gut, wirklich nicht gut.«

»Frauke, das ist seine Sache, nicht deine. Zumindest nicht in den nächsten drei Monaten. Vergiss ihn bis Weihnachten und kümmere dich nur um dich. *Bitte!*«

Wie sie »Bitte« sagt, lässt mich aufhorchen, da ist etwas Eindringliches, fast Flehendes in ihrer Stimme. Plötzlich fällt mir Klaas ein, der raubeinige Bäcker, der mit seinen eigenen Händen zupacken und selbst Brot backen wollte, ich erinnere mich an den Sound in seiner Stimme, wenn er darüber sprach. Er wirkte auf mich wie ein Mensch, der genau wusste, was er vom Leben will – und was nicht. Ganz gleich, was andere darüber dachten.

»Ach, Betty«, ich greife über den Tisch und drücke ihre Hand, »du bist lieb.«

Dann löse ich meinen Blick von ihr, lasse ihn durch die Küche und das angrenzende Wohnzimmer gleiten.

»Sag mal, findest du es eigentlich schön hier?«, frage ich dann.

Jetzt richtet sich auch Betty auf, sieht sich um.

»Ja, gewiss«, meint sie, »ich sag es ja nicht gerne, aber Justus besitzt einen ausgezeichneten Geschmack, und in eurer Wohnung gibt es verdammt viel gutes Design.«

»Ich hatte befürchtet, dass du so etwas sagst.« Ich sacke in mich zusammen. »Alle finden das. Aber ich … ich …«

»Ja, was ist mit dir?«

»Ich kann all dem nichts abgewinnen.« Meine Hand kreist durch den Raum. »Ich bin heute Morgen hier herumgelaufen und habe die ganze Wohnung zerpflückt. Mir gefällt nichts. Nichts!«

»Was gefällt dir denn?«

»Ach, ich weiß nicht.« Ich zeige auf das Sideboard an der gegenüberliegenden Wand. »Das Teil da jedenfalls nicht.«

»Na ja«, lenkt Betty ein, »das ist bestes Mid-Century-Design, typisch für …«

»Wenn ich noch einmal Mid-Century-Design höre«, unterbreche ich sie harsch, »dann kotze ich.«

Meine Freundin lacht auf.

»So gefällst du mir! Mach weiter.«

Ich lächle vorsichtig und schöpfe Mut. »Findest du es hier nicht auch schrecklich kalt?« Ich taste mich voran, breite meine

Handflächen demonstrativ auf der Marmorplatte vor mir aus. »Der Tisch, das Ledersofa, alles lässt mich frösteln. Spürst du das auch?«

Bevor Betty antworten kann, mache ich schon weiter.

»Für Justus sind das alles Kinkerlitzchen. Für ihn ist alles ein Investment. Es freut ihn total, wenn ein Möbelstück nach einer Zeit mehr bringt, als er dafür bezahlt hat. Selbst bei Whisky ist das so. Ja, du brauchst gar nicht so zu gucken, mein Mann trinkt keinen Tropfen Alkohol mehr, kauft aber uralte Whiskyflaschen, eben weil sie gerade ein gutes Investment darstellen.«

»Das ist wie in der Kunst.« Betty holt tief Luft. »Es gibt diese Trends, und Justus hat Freude daran, sie aufzuspüren.«

»Ja, aber man lebt doch nicht«, ich hebe beide Hände, »in einem Investment. Mein Leben ist doch kein Investment!«

Noch einmal schaue ich mich um.

»Hier ist alles irgendwie gewollt, nichts ist«, ich suche nach dem richtigen Wort, »geworden. Nichts ist Ausdruck eines gelebten Lebens.«

»Bevor du philosophisch wirst«, Bettys gekrümmter Zeigefinger klopft auf den Tisch, »dreh die ganze Kiste doch mal um: Wie wäre die Wohnung, in der du dich wohlfühlen würdest? Wie sähe eine Frauke-Wohnung aus?«

»Ach, ich weiß nicht.« Ich stütze mein Kinn in beide Hände.

»Komm, das ist zu billig, meckern kann jeder.« In Bettys Stimme schleicht sich ein Hauch von Provokation. »Streng dich mal an: Wo hast du dich das letzte Mal wohlgefühlt? Überleg mal, wo bist du eingetreten und hast dich auf Anhieb zu Hause gefühlt?«

»In meinem Nest in Lüneburg«, schießt es ohne jedes Nachdenken aus mir heraus.

»Perfekt, und jetzt genauer. Weißt du, was dir da gefallen hat?«

Ich schließe die Augen, beame mich zurück in Frau Andersons kleine Ferienwohnung. Öffne die Tür und trete ein …

»… die knarzenden Dielen haben mir gefallen. Sie gaben an manchen Stellen leicht nach, wenn ich umherlief.«

»Was mochtest du noch?«

»Das weiche Leinen, mit dem das Sofa bezogen war, die vielen gemütlichen Federkissen, die ich mir beim Lesen in den Rücken stopfen konnte, die Eiche, deren Äste bis weit über die Terrasse reichten, die Kühle, die von dem Baum ausging, die kleinen Sprossenfenster, sie hatten so etwas Behütendes, ich habe es richtig genossen, sie wie zwei Flügel nach außen hin aufzuklappen …«

Betty lacht – und ich öffne die Augen.

»Du bist ja völlig in deinem Element.« Sie strahlt. »Und fällt dir etwas auf?«

Ich schüttele den Kopf.

»Du bist der sinnliche Typ! Du erlebst deine Umgebung mit dem ganzen Körper: das knarzende Geräusch, den weichen Stoff, das Öffnen der Fensterflügel. Deshalb besitzt du auch so viel Sinn für Kulinarik! Justus ist ein Augenmensch und, ja, er liebt die Zahlen. Du aber bist anders.«

Für einen Moment fühle ich mich wie benommen. Betty hat recht! Wieso ist mir das eigentlich zuvor nie aufgefallen? Sprachlos blicke ich sie an.

»Frauke«, um Bettys Augen bilden sich Lachfältchen, »du bist auf einem guten Weg. Weiter so!«

Dann steht sie auf, streckt ihren langen Körper einmal durch.

»Ich muss jetzt los, im Büro wartet jede Menge Arbeit. Aber vorher würde ich gerne noch deine Toilette benutzen, darf ich?«

»Gerne«, auch ich richte mich auf, »du kennst dich ja aus.«

Betty nickt und verschwindet im Flur. Ich verstaue derweil die Aquavitflasche, um deren Fuß sich eine Pfütze gebildet hat, wieder im Eisfach und wische die Tischplatte ab.

Früher, als Justus noch kein Sportfanatiker war, haben wir am Abend, wenn ich spät aus dem Lamberti heimkam, gerne noch einen Absacker getrunken. Ein gemeinsames Ritual, das so typisch für uns war, dass auch Freunde wie Betty davon wussten. Wie so viele andere Kleinigkeiten war auch diese Gewohnheit irgendwann verloren gegangen.

Ich sammele die Gläser ein, wische auch ihre Wasserränder, die sie auf dem Marmor hinterlassen, auf. Die beiden Schnaps-Pinnchen hat Justus einmal in einem Restaurant mitgehen lassen. Damals in der Provence, auf einer unserer Touren mit dem VW-Bus. Der Bulli besaß nur eine rudimentäre Ausstattung, zwei Teller, zwei Tassen, nicht viel mehr. Jedenfalls fehlten uns zwei Pinnchen. Justus hatte sie direkt im Blick, als der Maître sie – gefüllt – auf den Bistrotisch stellte. Immerhin waren sie klein genug, um sie unauffällig in einer Jackentasche verschwinden zu lassen. Ich hatte natürlich versucht, ihn davon abzubringen. Man bestiehlt doch keinen Gastwirt, habe ich gesagt, denk doch mal ans Lamberti! Aber mein Mann hatte schon immer seinen eigenen Kopf, und wenn sich darin etwas festgesetzt hatte, zog er es auch durch. Als wir das Lokal verließen, klirrten die Gläser bei jedem Schritt. Am liebsten wäre ich vor Scham im Erdboden versunken – nicht so Justus. Er musste so laut lachen, dass niemand etwas hörte und wir davonkamen.

Ich trage die beiden Gläser zur Spülmaschine, räume sie ein, dann schließe ich die Tür und lehne mich gegen die Arbeitsplatte. *Ach, Justus, wo bist du bloß geblieben? Du fehlst mir. Ich sehne mich nach dir, nach dem Justus von früher, nach unserem alten Leben.* Ich muss schlucken und spüre erneut Traurigkeit in mir aufsteigen.

Das bringt mich zurück in die Gegenwart. Ich reiße mich zusammen, zumindest so lange Betty noch hier ist, will ich nicht noch einmal in Tränen ausbrechen. Sie hat sich so viel Mühe gegeben, mich aufzumuntern. Wo steckt sie eigentlich? So ewig kann doch niemand auf der Toilette brauchen.

Ich gehe in die Diele und sehe meine Freundin, ein Stück von mir entfernt, vor den Bildern stehen. Ganz versunken sieht sie aus.

»Weißt du eigentlich, welche Schätze du hier hängen hast?«, fragt sie, als ich zu ihr trete.

Der Flur, der sich über die gesamte Länge des Penthauses erstreckt, hängt voll mit den Bildern meines Vaters. Justus fand sie »farblich unpassend«, deshalb wurde der Flur zu unserem Kompromiss.

»Ja, ich liebe sie auch.« Zärtlich streiche ich mit einem Finger über einen der Rahmen.

»Dein Vater besaß einen außergewöhnlichen Stil, alles wirkt so leicht.« Betty, die immer noch die Bilder betrachtet, tritt nun einen Schritt zurück, »er hat eindeutig etwas Impressionistisches, aber das trifft es nicht ganz. Die Bilder sehen aus, als habe jemand ein Kissen aufgeschüttelt, dabei alle Federn freigesetzt und in die Luft gewirbelt. Die Motive haben etwas Federleichtes, sie wirken, als würden sie tanzen. Und dazu die Üppigkeit der Farben, geradezu barock.«

Es ist schön, wie Betty über die Kunst meines Vaters spricht. Wie gut mir das tut. Langsam gehen wir weiter.

»Im allerersten Moment«, sie zeigt auf ein kleines Stillleben, ein mit Blumen üppig gefülltes Wasserglas, »sieht man nur Chaos. Im zweiten aber schon kristallisieren sich erste Konturen heraus: hier die Wölbung des Glases, da eine Lichtreflexion, darüber der knallrote Mohn.« Sie zeigt auf einzelne Stellen. »Man möchte immer mehr wissen, erkennen, und taucht tiefer und tiefer ein. Diese magnetische Kraft, die ist … die ist … außergewöhnlich.«

Der Blick, mit dem sie mich jetzt anschaut, ist hellwach.

»Es klingt wunderschön«, ich lächle, »wie du die Bilder meines Vaters beschreibst.«

»Sie *sind* wunderschön.«

»Was mich überrascht, selbst nach all den Jahren, ist ihre enorme Helligkeit. Selbst bei Nacht. Wenn ich nicht schlafen kann, laufe ich oft umher und betrachte die Bilder. Sie wirken dann, als würden sie aus sich selbst heraus strahlen, als besäßen sie eine eigene Lichtquelle.«

Betty nickt. Eine ganze Weile stehen wir dicht nebeneinander, versunken in stiller Betrachtung. Dabei denke ich an meinen Vater, daran, dass er viel zu früh gestorben ist. Diese Bilder sind das Einzige, was mir aus meiner Kindheit, aus der Zeit, in der einfach alles gut war, geblieben ist. Manchmal, wenn ich mir sicher bin, dass Justus tief schläft, dann besuche ich die Bilder und spreche mit ihnen, so wie andere mit ihren Pflanzen reden. Ich bin mir sicher, dass zwischen all der Ölfarbe die Seele meines Vaters steckt. Wenn ich mit seinen Bildern spreche, dann spreche ich mit ihm – ohne das könnte ich nicht weiterleben.

»Sag mal, Frauke, hast du schon mal über einen Verkauf nachgedacht?«

Mir stockt der Atem. Ich kann nicht glauben, was ich da höre. Das kann Betty nicht gesagt haben.

»Jetzt schau nicht so entgeistert, ich meine ja nur.« Sie blickt den langen Flur hinab, hinaus auf die Dachterrasse. »Also, diesen ganzen Spaß hier, das Penthaus und so, das bezahlt doch alles Justus, oder nicht?«

Ich bin immer noch schockiert, bekomme meinen Mund nicht zu, kann nicht reagieren. Das brauche ich genau genommen auch nicht, denn Betty ist meine Steuerberaterin, sie weiß genau, wer in meinem Leben was bezahlt.

»Ich könnte mir vorstellen, dass Viktor an dem ein oder anderen Stück interessiert sein könnte. Mein Mann würde sicher mal vorbeikommen und eine erste Schätzung abgeben. Dann hast du eine Hausnummer. Wenn ich es mir recht überlege«, sie schürzt ihre Lippen, »könnte dieser Stil sogar ganz gut zu Viktors Galerie passen. Die ganze Formensprache entspricht völlig dem neuen Zeitgeist.«

Betty ist in Fahrt geraten.

»Du hast sicher mitbekommen«, macht sie weiter, »wie heiß der Kunstmarkt gelaufen ist. Der reinste Hype. Ein neuer Name, ein Shootingstar, eine Entdeckung, die plötzlich alle haben wollen – und die Preise knallen durch die Decke.« Sie reißt eine Hand ruckartig nach oben. »Und wenn einer einen unbekannten Künstler platzieren kann, dann ist es Viktor. Sprich mit ihm!«

Vorerst spreche ich gar nicht. In meinen Ohren klingeln: Hype, Shootingstar und Preise, die durch die Decke knallen. Begriffe, die ich partout nicht mit den geliebten Bildern meines Vaters zusammenbringen kann – und auch nicht will. Ich spüre, wie ich sauer werde und Betty nicht länger zuhören möchte. Sie soll jetzt endlich aufhören mit ihrem Gequatsche. Aber sie hört nicht auf.

»Frauke, was ich sagen will: Solltest du eines Tages über einen Verkauf nachdenken, einfach weil du Startkapital für dein neues Leben brauchst, dann sprich mit Viktor, er …«

*»Betty«*, unterbreche ich sie scharf, »es reicht. Ich bin an einem Verkauf *nicht* interessiert. Allein, dass du darüber nachdenken kannst, verletzt mich zutiefst. Mich nimmt die Situation, in der ich gerade mit Justus stecke, schon genug mit.«

»Aber genau darum geht es doch, du musst …«

»Ich muss gar nichts«, falle ich ihr nochmals ins Wort. »Ich habe wirklich genug von Leuten, die mir sagen, was ich zu tun und zu lassen habe. Betty«, ich hole tief Luft, »es ist besser, wenn du jetzt gehst.«

Das Einzige, was ich nach diesem Satz noch höre, ist das leise Klacken der Wohnungstür, als sie ins Schloss fällt.

# WIENERN

Liebe Frau Sander,
es freut mich sehr, Ihnen mitteilen zu dürfen, wie viel Anklang Ihr Kommunikationstraining in unserem Hause gefunden hat. Zwischenzeitlich konnten wir die Feedbackbögen der Teilnehmer auswerten: Sie haben Bestnoten erhalten. Unser Human Resources Management möchte Ihr Training nun auch bei weiteren Teams realisieren. Aktuell kalkulieren wir mit dreißig bis vierzig Tageseinheiten. Wann hätten Sie Zeit für uns? Wir würden gerne zeitnah starten.
Mit der freundlichen Bitte um baldige Rückmeldung,
beste Grüße aus Hamburg,
Helene von Mallinckroth

Ich verlasse mein Mailprogramm, öffne die Taschenrechner-App, multipliziere meinen Tagessatz mal dreißig, dann mal vierzig – und bin baff. Die Reederei ist dabei, mir den fettesten Auftrag aller Zeiten zu erteilen. Oder zumindest den dicksten, den *ich* jemals hatte. Ich lasse mein Handy neben mir auf die Matratze plumpsen.

Unglaublich! Ich kann mein Glück kaum fassen. Von jetzt auf gleich hat sich meine Laune um hundert Prozent verbessert. Ich richte mich auf, schiebe mir mein Kopfkissen in den Rücken und lehne mich gegen das gesteppte Betthaupt. *Die Karten sind neu gemischt*, überlege ich: *Hamburg, ein ausgebuchter Kalender, ein ordentliches finanzielles Polster. Was mache ich nun damit?*

Bevor ich mir meine Frage so recht beantworten kann, lässt mich das Schellen der Türglocke aufhorchen. Ein paar Sekunden später erklingt ein vertrautes Klimpern im Schloss: Frau Helmstedt. Ich lehne mich zur Seite, greife zum Wecker: neun Uhr dreißig, schon so spät.

»Guude!«, schallt es im nächsten Augenblick durch die ganze Wohnung.

»Guten Morgen!«, rufe ich zurück. »Ich komme gleich.«

Dann ruckele ich mich wieder in meiner Sitzposition zurecht. Also, noch einmal von vorne: Die Reederei will mich haben, je nachdem, wie sich die Trainertage verteilen, für einige Wochen oder sogar Monate, das bedeutet ...

Mein Handy blinkt neben mir auf der Matratze auf. Eine Nachricht erscheint, dazu ein Foto. Ich öffne es, erkenne Betty, sehe mich selbst und Liv, die junge Bäuerin mit der Käserei, dazu jede Menge Ziegenköpfe, die sich ins Bild schieben. Ich lächle. Schön sieht das aus, fröhlich, so voller Leben. Dann lese ich Bettys kurzen Text:

Schau mal, Selfie mit Ziege. Erinnerst du dich?

»Aha«, kommentiere ich bitter, »da will jemand gut Wetter machen.« Ich habe aber gar keine Lust dazu und werfe das Handy zurück aufs Laken. Betty hat es gestern echt übertrieben, ich bin wirklich angefasst. Wie konnte sie mir nur den Vorschlag machen, die Bilder meines Vaters zu verkaufen? Sie weiß ganz genau, dass sie das Einzige sind, was ich noch von ihm habe. Neben Justus sind sie so etwas wie ... wie ... meine Familie. Wegen Bettys kruden Ideen habe ich die halbe Nacht nicht geschlafen, erst gegen Morgen bin ich eingenickt. Ich gähne herzhaft.

Dann schaue ich mich im Schlafzimmer um: Ein Penthaus wie dieses kann ich mir ohne Justus nicht leisten, da muss ich Betty wohl recht geben. Im Traume nicht! Und Frankfurt Downtown auch nicht, selbst dann nicht, wenn mir Frau von Mallinckroth einen Auftrag nach dem anderen verschafft. Aber deswegen Vaters Bilder verkaufen? Und: Stellt sich die Frage überhaupt? Wer weiß denn, ob sich mit Justus und mir nicht alles wieder einrenkt?

Ich wälze mich aus dem Bett, öffne die Schiebetür zu unserem Bad en suite und spritze mir kaltes Wasser ins Gesicht. Dabei muss ich noch einmal an das Ziegen-Selfie denken. Denn schön war es in der Lüneburger Heide, auf dem Ziegenhof, aber erst recht in meinem Nest. Mehr als so eine schnuckelige Wohnung, wie ich sie bei Frau Anderson hatte, brauche ich eigentlich gar nicht. Nicht groß, nur behaglich muss mein Reich sein, das ist das Wichtigste.

Ich gehe zurück ins Schlafzimmer und bleibe vor meinen Koffer, der geöffnet auf dem Boden liegt, stehen. Zum Auspacken bin ich noch gar nicht gekommen. Ich ziehe die hellblaue Leinenbluse, die ich mir in Lüneburg gekauft habe, heraus. *Etwas zerknittert*, denke ich, *aber egal.* Ich knöpfe sie auf und beginne, mich anzuziehen.

Als ich mein Werk vollendet habe und die Schlafzimmertür öffne, bleibe ich – wieder einmal – an der Teufelsbrücke hängen. Das Bild hängt an der gegenüberliegenden Flurwand, und wie so oft habe ich den Eindruck, es strahlt mich an.

Außer mir wird wohl kaum jemand das Motiv erkennen, so wild sind die Pinselstriche gesetzt, die über die Leinwand tanzen. Aber ich erkenne die Teufelsbrücke genau, sehe immer noch vor mir, wie mein Vater sie malte. Zärtlich streiche ich über seine Initialen in der rechten unteren Bildecke. *Verkaufen,* denke ich noch einmal, *so ein Unsinn.* Derweil laufe ich weiter ins Wohnzimmer, wo ich Frau Helmstedt rumoren höre.

»Uffgebassd!«

Fast wäre ich über ihren Putzeimer gestolpert.

»Ach herrje«, ich trete einen Schritt zurück, »das ist ja gerade noch mal gut gegangen.«

Unbeirrt setzt Frau Helmstedt ihr Werk fort. Heute sind anscheinend die Terrassenfenster dran. Ich kneife leicht die Augen zusammen und versuche, irgendwo Schmutz zu erkennen. Für meine Begriffe ist da nichts zu sehen. Die Scheiben sind so rein wie die ganze Wohnung. Klinisch rein. Manchmal frage ich mich, wozu Frau Helmstedt eigentlich dreimal in der Woche kommt. Man kann doch nicht dauernd putzen. Justus sieht das natürlich anders, von mir aus, es ist sein Geld, es ist sein Designtempel, soll sie halt wienern.

Und während ich derart meinen Gedanken nachhänge, während ich in meiner völlig überdimensionierten Küche stehe und dazu Frau Helmstedts Fensterleder quietschen höre, da weiß ich plötzlich, dass ich all das nicht mehr will. Dass *ich* all das überhaupt nicht brauche.

Justus hat mich und mein Leben vollmöbliert, mit allem möglichen Kram, nach dem ich noch nicht einmal gefragt habe. Ich habe die Faxen dicke. Ab jetzt werden die Karten neu gemischt.

Und ich weiß genau, was ich zu tun habe: Ich laufe zurück ins Schlafzimmer, wuchte meinen Koffer aufs Bett und fange an zu packen.

# KAVENTSMANN

Frau Helmstedt, wenn Sie noch ein kleines bisschen schieben, dann haben wir es gleich im Auto.«

Ich knie rücklings auf dem Fahrersitz und ziehe den Bilderrahmen – vorsichtig – zu mir heran. Gleichzeitig drückt Frau Helmstedt von hinten.

»Passt!« Sie schlägt den Kofferraumdeckel zu.

»Danke!«, rufe ich zurück.

Dann wende ich mich um, rutsche auf dem Sitz hinunter, ziehe die Fahrertür zu und starte meinen Wagen. Los geht's. Ich winke durch die Seitenscheibe. Dann verschwindet Frau Helmstedt aus meinem Sichtfeld. Langsam kurve ich durch das unterirdische Labyrinth unseres Parkhauses in Richtung Ausfahrt.

Vor der Schranke stoppe ich den Wagen, schaue in den Rückspiegel und bin erleichtert, die Teufelsbrücke hinter mir auf den umgeklappten Rücksitzen liegen zu sehen. Dort thront es auf meinen Koffern und Taschen. Irgendwie konnte ich ohne das Bild nicht losfahren, es musste einfach mit. Jeder außer mir mag es bescheuert finden, mit einem Gemälde zu verreisen, noch dazu mit so einem Kaventsmann. Mich aber beruhigt seine Anwesenheit. Es ist gut, dass das Bild bei mir ist, dass ich mit ihm, wenn ich nachts nicht zur Ruhe komme, sprechen kann. Das genügt. Fertig, aus.

Ich lasse die Fensterscheibe hinunter, tippe eine sechsstellige Zahlenkombination in den Parkautomaten ein, und die Schranke gibt den Weg frei. Ich setze den Blinker, erobere mir vorsichtig einen Platz im stockenden Verkehr. Es ist ordentlich voll auf Frankfurts Straßen, ab Freitagmittag verlassen die Pendler scharenweise die Stadt. Stopp-and-Go bis zur ersten Ampel. Hoffentlich ist die Autobahn noch frei. Bevor ich mein Navi danach befragen kann, klingelt jedoch mein Handy, und ein Name erscheint auf dem Touchscreen der Freisprechanlage: Helene von Mallinckroth. Das ist gut, ich hebe ab.

»Frau von Mallinckroth, schön, dass Sie sich noch mal melden.«

»Sehr gerne. Ich wollte Ihnen nur kurz bestätigen, dass unser Plan aufgeht: Sie können direkt am Montag anfangen. Passt Ihnen zehn Uhr?«

»Wunderbar. Ich werde pünktlich bei Ihnen in der Reederei sein.«

»Wir freuen uns auf Sie, schönes Wochenende und haben Sie eine gute Anreise.«

Noch ein kurzes Geplänkel, dann drücke ich den roten Hörer, um das Telefonat – sehr zufrieden – zu beenden.

»Das läuft ja wie am Schnürchen«, sage ich leise zu mir selbst und arbeite mich weiter zur Autobahn vor.

Bevor ich angefangen habe, im Penthaus meine Koffer zu packen, habe ich die Reederei angerufen, um deren Anfrage zu bestätigen. Zum Glück erwischte ich – die überglückliche – Frau von Mallinckroth am Schreibtisch, sodass wir direkt Pläne schmieden konnten: Jeden Montag, Dienstag und Donnerstag werde ich von nun an in der Reederei verbringen und die komplette Crew kommunikationstechnisch auf Vordermann bringen.

Was für ein Geschenk. Nicht nur, dass mir die unerwartete Finanzspritze gerade mehr als guttut, das Training bringt mich auch raus aus Frankfurt. Bis Weihnachten.

Was danach kommt? Darüber mag ich im Moment nicht nachdenken. Nur eins weiß ich schon jetzt: Das Penthaus war nie mein Zuhause, das muss ich mir eingestehen, sondern allenfalls Justus'. Was ich aber gewiss nicht tun werde, ist, die Museumswärterin in seinem Designtempel zu spielen, schockgefroren für die nächsten drei Monate. Mein Mann will eine Beziehungspause? Die kann er haben. Und ich habe sie auch. Auf meine Weise.

Wieder klingelt es, diesmal leuchtet »Betty« auf dem Touchscreen auf. Und da lasse ich sie leuchten. Nach fünfmal Klingeln gibt sie auf. *Gut so,* denke ich bitter. Nein, in Frankfurt hält mich wirklich nichts mehr. Gar nichts.

Höchstens dieser Verkehr. Der bewegt sich so gut wie gar nicht, Stopp-and-Go ohne Ende. Puh, ich stöhne auf. Um mich abzulenken, schalte ich das Radio ein.

»... dabei steigt die Nachfrage nach Wohnen auf Zeit«, schallt es mir entgegen, ich erkenne die Stimme der Sprecherin, ich habe das *Mittagsmagazin* erwischt. »Schätzungen zufolge leben aktuell rund zwei Millionen Deutsche in möblierten Wohnungen, die sie nur für wenige Monate mieten. Sie zieht es für ein zeitlich befristetes Projekt in eine andere Stadt, aber sie haben genug vom Hotelleben.«

Das ist ja spannend, der Radiobeitrag scheint wie für mich gemacht zu sein. Eigentlich hatte ich ja vor, mich in dem Hamburger Hotel einzumieten, in dem ich während des letzten Trainings bei der Reederei gewohnt habe. Aber vielleicht gibt es noch einen Plan B. Gespannt höre ich weiter zu:

»Viele der modernen Nomaden sind Freelancer oder gut bezahlte Facharbeiter, sie arbeiten in der IT, im Bauwesen oder der Kommunikation. Sie wünschen sich ein komplett eingerichtetes Zuhause, das ihrem persönlichen Wohnstil entspricht, dazu eine voll ausgestattete Küche und eine gemütliche Couch – aber eben nur für eine gewisse Zeitspanne. Sogenannte Boardinghouses sind die Antwort auf diesen mobilen Lebensstil. Ein Trend, der ...«

Ich schalte ab, jetzt brauche ich Ruhe. Ruhe, um nachzudenken. Denn ein Boardinghouse, erinnere ich mich, plant auch Frau Andersons Sohn in Lüneburg. Deshalb musste ich meine wunderbare Ferienwohnung früher verlassen. Das ganze Haus wollte er zu einem Boardinghouse ummodeln. Wie weit er wohl damit ist? Und wie lange fährt man wohl von Lüneburg bis Hamburg? Eine gute halbe Stunde, überschlage ich kurz, und zur Reederei muss ich nur an drei Tagen die Woche. Das ließe sich doch machen, gewiss auch mit der Bahn. Den Rest der Zeit könnte ich im schönen Lüneburg verbringen, Fahrrad fahren, auf dem Wochenmarkt einkaufen und, und, und.

Bei der Vorstellung, genau auf diese, auf *meine* Art und Weise die nächsten drei Monate verbringen zu dürfen, wird mir ganz leicht ums Herz. Auch das Ziegen-Selfie, das mir Betty heute Morgen geschickt hat, kommt mir wieder in den Sinn. Wie schön es auf Livs Bauernhof war, wie wohl ich mich in der Lüneburger Heide und in meinem Nest unter der Eiche gefühlt habe.

Als die Ampel erneut auf Rot umspringt, greife ich zu meinem Handy, öffne meine Anrufliste und scrolle hinunter.

# SAMMELSURIUM

Waagestraße 18. Mein Blick wandert von meinem Notizzettel zur Hausnummer, zur Fassade und wieder zurück. Kann das sein? Ich bin mir sicher, genau diese Adresse aufgeschrieben zu haben, Waagestraße 18. Genau so, wie sie mir Frau Anderson genannt hat.

Ich stehe mitten in Lüneburgs Innenstadt, den Wagen habe ich ein Stück vor dem Zentrum abgestellt und bin völlig überfragt.

»Am besten sprechen Sie persönlich mit meinem Sohn«, riet mir Frau Anderson, als ich mich bei ihr nach dem aktuellen Stand des Boardinghouses erkundigte. »Fragen Sie in seinem Laden nach ihm. Er ist eigentlich immer da.«

Dass es sich bei seinem *Laden* um eine Bäckerei beziehungsweise um *die* Bäckerei Lüneburgs handeln sollte, davon war keine Rede gewesen.

Ich schüttele ungläubig den Kopf, steige aber langsam die drei Stufen zum Eingang hoch. Als ich die Tür aufstoßen will, bleibt sie fest verschlossen. Dann erkenne ich ein kleines, vertrautes Schild:

*Geschlossen! Für heute haben wir ausverkauft.*

Na bravo, das hätte ich mir ja denken können. Ich mache auf dem Absatz kehrt und gehe zurück auf die Straße. Was jetzt? Mein Blick fällt auf die zweite Tür, ganz links, eher unauffällig, der Nebeneingang. Hat ihn nicht Fichte, Klaas' Dackel, angesteuert, als wir vom Essen zurückkamen? Neugierig gehe ich auf die Tür zu, und tatsächlich, auf dem Klingelschild steht kein anderer Name als: Klaas Anderson. Das gibt's doch nicht. Klaas ist der Sohn meiner ehemaligen, sich nun in Rente befindlichen Vermieterin – und damit der amtierende Besitzer von *meinem* Nest. Jetzt ist es also offiziell.

Ich hole tief Luft, sammele mich kurz, dann drücke ich auf den Klingelknopf. Nach kurzer Wartezeit ertönt ein Summen, ich lehne mich gegen den Knauf und trete in einen winzigen, recht dunklen Hausflur ein. Die einzige Lichtquelle bietet das farbige Glasfenster in der Haustür, sein fahles Licht scheint auf eine Treppe. Kaum habe ich meinen Fuß auf die erste Stufe gesetzt, schlägt mir wildes Hundegebell entgegen. Fichte stürmt, so schnell ihre kurzen Beine sie tragen, die Stufen hinunter. Bei mir angekommen, schnuppert sie, dann beginnt ein wahrer Freudentanz. Sie führt sich auf, als wären wir zwei seit mindestens zehn Jahren beste Freunde, hätten uns in den letzten drei aber leider nicht gesehen.

»Hallo Fichte!« Ich kann nicht anders, als mich geehrt zu fühlen. »Wie schön, dich zu sehen.«

Ich beuge mich zu ihr hinab, lasse meine Hand über ihren langen Rücken fahren. Warm fühlt sich ihr dichtes Fell an.

»Wie geht es dir denn, Dackeline? Und wo hast du dein Herrchen gelassen?«

»Hier!«, ertönt ein dunkler Bariton von oben. Etwas unerwartet, ich fühle mich ob meines Gesprächs mit der Dackeldame ertappt, hebe den Blick, kann aber niemanden erkennen.

»Dann lass uns mal raufgehen.« Gemeinsam treten wir den Aufstieg an. Dabei muss der kleine Hund jede einzelne Stufe mit einem Sprung nehmen. Ganz ohne zu hecheln kommt sie oben an. Fichte ist fit, das muss man ihr lassen.

Am Ende der Holztreppe, deren schön geschwungenes Geländer immer noch meiner Hand schmeichelt, steht eine weiß lackierte Wohnungstür offen. Hier muss es sein, jedenfalls läuft meine Begleiterin ohne Zögern hinein. Ich klopfe vorsichtig gegen das Holz, dann schließe ich mich ihr an, folge dem Hund bis ins Esszimmer. Klaas' Altbauwohnung ist irre hell, im ersten Moment bin ich fast geblendet. Drei hohe Fenster strahlen mir entgegen, einer ihrer Flügel steht offen.

»Hallo?« Nun verharre ich, blicke mich suchend nach dem Herrn des Hauses um.

Statt einer Antwort vernehme ich das deutliche Zischen einer Espressomaschine. Links muss es in die Küche gehen, Fichte ist schon unterwegs. Ihre Krallen klackern leise über den Dielenboden. Als auch ich eintrete, sehe ich Klaas hinter einem Küchenblock, wie ich ihn aus Restaurantküchen kenne, stehen. Konzentriert hantiert er mit einer Siebträgermaschine. Als er endlich aufblickt, zucken seine Mundwinkel kurz.

»Kiek mol eener an«, wendet er sich an seinen Hund, »wen schleppst du denn da an?«

»Mich«, nehme ich dem Dackel die Antwort ab, »Frauke, falls du dich noch erinnerst.«

»Natürlich, Frauke.« Eine zuckende Augenbraue gesellt sich zu den Mundwinkeln. Ist das ein Lächeln?

»Magst du auch einen Cappuccino?«

Ich hebe unentschlossen die Schultern, was er als Zusage wertet und sich an eine zweite Tasse macht. Ein offensichtlich größeres Unterfangen, das von einem lautstarken Mahlen der Bohnen, einem energischen Ausklopfen und Neubefüllen des Siebträgers plus einer kraftvoll zischenden Dampfdüse, mit der der Maestro reichlich Milchschaum produziert, begleitet wird.

So etwas wie ein Gespräch ist bei all dem Krach unmöglich. Was mir, ganz nebenbei, die Gelegenheit verschafft, nicht nur den köstlichen Kaffeeduft einzusaugen, der die Küche erfüllt, sondern mir auch den Mann etwas genauer anzusehen: Klaas trägt ein verwaschenes Jeanshemd, halb zugeknöpft, die Manschetten baumeln offen um seine Hände. Seine Haare sind verstrubbelt, und auf seiner rechten Gesichtsseite nehme ich den faltigen Abdruck eines Kissens wahr.

Mit zwei Tassen, die leise auf ihren Untertellern klappern, ist das Werk endlich vollbracht. Ohne den Hauch eines Small Talks oder gar einer Frage, was ich wohl in seiner Wohnung zu suchen habe, trägt er sie an mir vorbei ins Esszimmer. Fichte und ich folgen ihm, wobei mir auffällt, dass Klaas unten herum nichts anderes trägt als bunt karierte Boxershorts. Ich stutze. Als mein Blick an seinen nackten, alles andere als unansehnlichen Beinen hängen bleibt, scheint ihm dann doch etwas aufzufallen.

»Ich hatte mich noch mal hingelegt«, wirft er mir über die Schulter zu, »heute Mittag war in der Bäckerei so viel los, da bin ich nicht dazu gekommen.«

Dabei scheint es ihn keinen Deut zu stören, dass er ohne Hose Besuch, weiblichen Besuch, empfängt. Er stellt die beiden Tassen in aller Seelenruhe auf dem langen Holztisch ab und lässt sich auf einen der Bistrostühle fallen, die ihn umstehen. Mit dem Kinn deutet er auf einen zweiten. Ich ziehe ihn an der Lehne zurück, bemerke, dass genau die gleichen in meiner Ferienwohnung gestanden haben, und setze mich zu ihm. Auch Fichte sucht sich einen Platz, sie ist unter den Tisch gelaufen und legt sich mit aller Selbstverständlichkeit direkt auf meine Füße. Schon wieder rührt mich dieser kleine Hund.

»Ich hoffe, ich habe dich nicht geweckt«, beginne ich höflich, »bitte entschuldige meinen Überfall.«

Keinerlei Kommentar. Kein »Ach, das ist doch kein Problem«, kein »Was kann ich denn für dich tun?«, und schon gar kein »Was für eine schöne Überraschung«. Stattdessen greift Klaas nach dem Zuckerstreuer, der auf der Tischplatte steht, und bedient sich seiner ausgiebig.

»Hübsch hast du es hier«, versuche ich es alternativ und lasse meinen Blick demonstrativ durch den Raum wandern, »ich liebe helle Räume, und die alten Holzfenster sind wunderschön.«

Klaas hüllt sich weiter in Schweigen, kein Ding, er hat ja auch mit Umrühren zu tun. Ausgiebig zu tun. Was mich, zugegeben, langsam ärgerlich macht. Dieser Typ besitzt eine Selbstgefälligkeit, die einfach unglaublich ist. Deshalb ziehe ich jetzt auch meinen Joker.

»Deine Mutter schickt mich«, spiele ich ihn aus.

Endlich. Ein direkter Blick, sogar ein überraschter. *Eins zu null für mich,* denke ich, hebe genüsslich meine Tasse von ihrem Unterteller, nehme kurz den Duft auf, der ihr entströmt, und nehme einen kräftigen Schluck. Der Cappuccino ist gut, richtig gut, sogar so gut, dass ich direkt noch einmal probieren muss. Und noch mal. Aromatisch, intensiv, dabei ganz weich am Gaumen. Erstaunlich, was für eine Bohne das wohl ist?

»Na, du gehst aber ran.« Klaas reißt mich aus meinen Überlegungen. Jetzt bin wohl ich diejenige, die wie ein Fragezeichen aus der Wäsche guckt – ganz zur Freude meines Gegenübers –, denn was meint er jetzt mit *rangehen*?

»Das ist Honduras-Hochlandkaffee.« Er tippt an meine Tasse. »Ich bekomme die Bohnen von einer kleinen Rösterei hier in der Heide. Schmeckst du die nussigen Nuancen?«

Noch bevor ich mich darüber wundern kann, dass Klaas meine Gedanken liest, muss ich erneut kosten. Und tatsächlich: Es sind genau diese nussigen Noten, die das Aroma rund und besonders machen. Erstaunt setze ich die Tasse ab. Bevor sie auf dem Unterteller steht, bevor ich etwas sagen kann, klingelt Klaas' Handy.

»Gut, dass du zurückrufst«, beginnt er unmittelbar das Gespräch, dabei steht er auf, greift nach einem gefalteten Bogen Papier und breitet ihn vor sich aus.

Dabei fällt mir auf, dass die hintere Tischhälfte übersät ist mit Briefen, Unterlagen und Aktenordnern, dazwischen liegt ein zugeklappter Laptop. Klaas' Esszimmer scheint ihm auch als Büro zu dienen. Interessiert mustere ich die Dokumente: Baupläne sind dabei, Lagepläne und auch eine Ansicht von *meinem Haus* an der Ilmenau. Ein großes Sammelsurium.

»Ich habe den neuen Grundriss bekommen.« Klaas telefoniert in aller Seelenruhe weiter. »Mir ist aufgefallen, dass die Sauna durch die zusätzliche Feuerschutzwand kleiner geworden ist. Lässt sich da noch was machen?«

Den Rest des Telefonats bekomme ich nicht mehr so genau mit. Denn Klaas ist ganz dicht an den Tischrand getreten und steht nun, auf eine Hand gestützt, mit dem gesamten Oberkörper über den Grundriss gebeugt. Sein nur nachlässig zugeknöpftes Hemd gibt den Blick auf eine gut bemuskelte, braun behaarte Männerbrust preis. Meine Güte, ich muss mich zusammennehmen, um sie nicht anzustarren. Das ist ja mal eine Aussicht.

»Mann, Mann, Mann«, Klaas hat aufgelegt, zieht sich auf seinen Sitzplatz zurück, »das war mein Architekt. Wir haben gerade mächtig Ärger mit dem Bauamt, da musste ich kurz rangehen.«

Ich räuspere mich, sage: »Kein Ding«, und fixiere den noch verbliebenen Milchschaum in meiner Tasse.

»Magst du noch so einen?«, fragt Klaas prompt.

»Oh, nein, danke, dann kann ich heute Nacht nicht schlafen«, antworte ich schnell, wobei mir auffällt, dass wir damit beim Thema wären.

»Klaas, du fragst dich sicherlich, was ich von dir will«, beginne ich vorsichtig, wobei mir sofort die verflixte Zweideutigkeit meiner Worte auffällt. Besser schnell weiterreden.

»Also, ich brauche eine Wohnung«, ich hole Luft, »für die nächsten drei Monate.«

»Oha«, ist alles, was er dazu zu sagen hat.

»Weißt du, als ich das letzte Mal hier in Lüneburg war, also vor zwei Wochen, als wir auch zusammen essen waren, da habe ich bei deiner Mutter gewohnt.«

»Ach ne«, jetzt ist er sichtlich überrascht, »du warst das? Du hattest die kleine Ferienwohnung oben in der Mansarde, richtig?«

»Genau«, bestätige ich, »deine Mutter hat mir erzählt, dass du das Haus übernommen hast und jetzt Wohnen auf Zeit anbieten möchtest.«

»Das stimmt.« Klaas ist aufgestanden, um das immer noch offen stehende Fenster zu schließen. Langsam wird es kalt, zumal, wenn man luftig bekleidet ist.

»Also … ich …« Ich reiße meinen Blick von seinen Beinen los, richte ihn auf meine Hände, richte ihn auf meinen Ehering. Ein Anblick, der mich sogleich verwirrt. Spontan frage ich mich, wie eine Beziehungspause wohl so genau funktioniert. Ist es beispielsweise okay, jetzt mit einem nur halb bekleideten, unverschämt gut aussehenden Mann in dessen Wohnung zu sitzen, seine nackten Beine zu bewundern, seine behaarte Brust anzustarren und dabei ins Stottern zu geraten?

»Also … ähm … ich, also ich wollte fragen, ob ich die Mansardenwohnung bis Weihnachten mieten könnte.«

»Bis Weihnachten?«

Ich nicke. Und Klaas sagt wieder einmal: nichts. Er lehnt sich nur nach hinten und mustert mich ohne jede Hemmung.

»Warum?«, ist das Einzige, was nach längerer Zeit aus seinem Mund kommt.

Tja, ich muss zugeben, das ist eine wirklich gute Frage. Eine Frage, auf die es zwei Antworten gibt. Eine lange und eine kurze. Ich entscheide mich für Letztere:

»Habe ich dir erzählt, dass ich Kommunikationstrainerin bin? Seit Kurzem arbeite ich für eine Hamburger Reederei. Der Auftrag wurde heute verlängert, ich habe die nächsten drei Monate hier oben zu tun.«

»Das macht die Sache einfach. In Hamburg gibt es jede Menge Boardinghouses, für eine Großstadt ist das Konzept ja nichts Neues, da wirst du bestimmt etwas Schönes …«

»Nein«, unterbreche ich ihn, »das will ich nicht. Ich«, ein Gefühl von Panik steigt in mir auf, »will *nicht* nach Hamburg, auf gar keinen Fall will ich das.«

In diesem Moment, in dem ich meinen schönen Plan den Bach runtergehen sehe, stürzt alles auf mich ein. Ich schlucke, mir wird plötzlich alles zu viel: die Krise mit Justus, der Streit mit Betty, mein abrupter Auszug aus dem Penthaus. Ich spüre, wie sehr, wie dringend ich ein Zuhause brauche, ein richtiges Zuhause, eins, das zu mir passt. Ein Nest.

»Ich will hierbleiben, in Lüneburg«, meine Stimme ist brüchig geworden, »ich habe mich mir hier so wohlgefühlt. Wie … zu Hause.« Ich schlucke. »Bitte.«

Klaas' Blick ist weich geworden. Er atmet durch, greift dann zu einem seiner Papiere, schiebt meine Cappuccinotasse zur Seite und breitet es vor mir aus. Es ist die Hausansicht, die mir vorhin schon aufgefallen ist. Dann stellt er sich hinter mich und tippt auf die Zeichnung. Während meine Augen seinem Finger folgen, schnuppert meine Nase ganz von allein an seinem Hemd: Klaas duftet nach frischem Brot und einem Rest von Aftershave. Eine überraschend gute Mischung.

»Wir haben viel vor.« Er holt tief Luft. »In den unteren Wohnungen liegt ein schrecklicher Bodenbelag. Der muss raus, damit wir die alten Dielen freilegen und abschleifen können. Auch in den Bädern ist einiges zu tun, die meisten sind veraltet.«

Sein Finger fährt die einzelnen Geschosse ab.

»Zusätzlich muss die eine oder andere Wand fallen. Denn unsere Klientel sind keine Familien, sondern Alleinlebende. Da reicht ein Schlafzimmer. Das heißt, wir packen die ganze Raumaufteilung neu an.«

Mit jedem Satz, den Klaas sagt, sacke ich mehr auf meinem Stuhl zusammen. Für mich, für mein Nest, hört sich das alles nicht gut an. Überhaupt nicht gut.

»Die größten Veränderungen wird es im Parterre geben. Dort schaffen wir Gemeinschaftsflächen. Neben einer Waschküche, die wir für die Ferienwohnungen ja nicht gebraucht haben, wird es einen Trainingsraum und eine Sauna geben – natürlich exklusiv für die Mieter. Gefragte Gimmicks, die uns, ganz nebenbei bemerkt, wichtige Suchbegriffe bescheren. Wer sich in ein Boardinghouse einmietet, der weiß, was er will, und hat auch den ein oder anderen Euro mehr in der Tasche.«

Klaas verliert sich immer mehr in seinen Ausführungen, und als er endlich endet, sehe ich für mein kleines Nest schwarz. Irgendwie scheint es zu all den hochtrabenden Plänen, die der Bauherr vor mir ausbreitet, nicht zu passen. Als würde er erneut meine Gedanken erraten, tritt er vom Tisch zurück und nimmt auf seinem Stuhl Platz.

»Du siehst, es gibt jede Menge zu tun, jede Menge Baulärm, Schmutz, Handwerker, all das, was man in seinem Zuhause nicht wirklich leiden mag.«

Ich nicke traurig, weiß nicht recht, was ich sagen soll.

»Das einzige Problem, das ich gerade habe, ist das Bauamt.« Ich horche auf. »Es ist unglaublich, was in Sachen Feuerschutz heutzutage alles verlangt wird. Ich will dich gar nicht mit den Details langweilen, fest steht: Ich habe noch keine Baugenehmigung. Das ganze Verfahren wurde gestoppt, es gibt ziemlichen Änderungsbedarf bei den Bauzeichnungen. Ich kann dir, Stand heute, also nicht sagen, wie lang du die Mansardenwohnung haben kannst.«

Moment mal, habe ich gerade richtig gehört: Wie lange ich die Mansardenwohnung haben kann? Mein Herz schlägt schneller.

»Ehrlich gesagt, Frauke, ist die Wohnung im Dach die einzige, bei der es nicht viel zu tun gibt. Sie ist ja ohnehin recht klein, ideal für eine Person, und wurde erst vor ein paar Jahren renoviert. Vielleicht müssten wir mal streichen, vielleicht neue Armaturen im Bad anbringen, ein neues Waschbecken, Kleinkram halt.«

Was hat das zu bedeuten? Worauf will Klaas hinaus?

»Mein Architekt sagt, wir können froh sein, wenn wir vor Weihnachten grünes Licht bekommen. Bis es so weit ist, dürfen wir nicht anfangen.«

»Puh.« Die Luft entweicht aus mir wie aus einem prall gefüllten Ballon.

»Glück im Unglück«, er lächelt schief. »Von mir aus kannst du die Wohnung haben. Wobei ich dir nicht zusichern kann, für wie lange, das muss klar sein. Sobald die Baugenehmigung da ist, wird es laut und ungemütlich – dann musst du raus.«

Ich nicke. Im Moment ist mir alles recht.

»Wann würdest du denn einziehen wollen?«

»Am liebsten«, ich straffe meine Schultern, »sofort.«

»Sofort?«

»Mein Wagen steht schon gepackt auf der Straße.«

»Hm.« Klaas fährt sich über seinen Bart. »Von mir aus. Seit du ausgezogen bist, steht die Wohnung leer. Ich habe ehrlich gesagt keine Ahnung, wie es da gerade aussieht.«

»Kein Problem, putzen kann ich selber«, sage ich schnell und überlege, wann ich das zum letzten Mal gemacht habe. Justus' Lifestyle hat ganz schön auf mich abgefärbt.

»Wie viel willst du als Miete haben?«

»Darüber habe ich auch schon nachgedacht.« Seine Stirn kräuselt sich. »Du bleibst ja deutlich länger als unsere bisherigen Feriengäste. Was hältst du also davon, wenn wir die Miete, die du meiner Mutter gezahlt hast, einfach halbieren. Das müsste passen.«

Ich überschlage die Summe kurz im Kopf, rechne sie auf drei Monate hoch. Das wird auf jeden Fall günstiger als ein Hotel.

»Das klingt fair, danke.«

Ein kurzes Nicken. Dann ein langer Blick, ein ziemlich langer.

»Wenn es dir recht ist«, ich stütze meine Hände auf die Tischplatte, »dann würde ich mich jetzt gerne aufmachen. Mein Auto ist voll bis unters Dach.«

»Klar.« Klaas richtet sich auf. »Ich hole dir kurz die Schlüssel.«

Er verschwindet im Nebenraum, und als er wieder auftaucht, umspielt ein Lächeln seine Lippen.

»Und wenn du gleich deine Wohnung aufschließt«, mit einem leisen Klimpern legt er die Schlüssel vor mir ab, »und alles sieht furchtbar aus, dann kommst du einfach zurück. Ich habe eine Couch, auf der lässt es sich prächtig übernachten.«

Das allerdings ist ein Vorschlag, bei dem ich mir ziemlich sicher bin, dass er mit einer Beziehungspause, wie sie sich Justus vorstellt, nicht vereinbar ist. So lächle ich höflich und beschließe: Es ist höchste Zeit zu gehen.

Wenn ich nur könnte. Denn unter dem Tisch schläft nicht nur Fichte tief und fest. Meine Füße tun es auch.

# JOTWEDE

Und von dem da nehme ich auch noch etwas mit.«

Da bin ich wieder. Ich stehe auf dem schönsten Wochenmarkt Deutschlands und kaufe ein. Herrlich. Und reichlich, denn mein Kühlschrank ist leer, und ich will lange, sogar sehr lange bleiben.

»Liv, bitte pack mir noch ein Schälchen von dem Ziegenfrischkäse ein, den mit den Heidekräutern, und ein Stück Camembert.«

»Gerne.« Mit schnellen Bewegungen legt sie beides in meinen Einkaufskorb. »Sonst noch etwas?«

Ich schürze die Lippen und lasse meinen nachdenklichen Blick über die Auslage schweifen.

»Ich habe noch ein paar Käsetaler mit Honig da«, hilft Liv mir weiter, »die gibt es nicht oft, da wir nicht immer Honig haben.«

»Wieso habt ihr nicht immer Honig?«

»Weil ich den vom Bienenprofessor bekomme, und der macht nicht viel.« Liv zieht ein Edelstahltablett aus der Kühltheke, auf dem sich vier letzte schneeweiße Taler aufreihen.

»Der Professor macht nicht viel Honig …« Ich stehe immer noch auf dem Schlauch.

»Ich habe dir von ihm erzählt«, ihr Gesichtsausdruck wird nachsichtig, »als du mich auf dem Lohbekhof besucht hast.«

Jetzt dämmert es mir.

»Ach, jetzt weiß ich es wieder, der Berliner Professor, der schon länger Rentner ist und sich die Zeit mit Imkern vertreibt. Wegen ihm hast du Biologie studiert, stimmt's?«

»Genau«, bestätigt Liv und nickt einem Pärchen zu, das sich zu mir an die Verkaufstheke gesellt hat.

»Ich nehme alle Taler«, beschließe ich rasch, bevor mir jemand zuvorkommen kann. »Wo hast du denn Valerie heute?«

»Bei einer Nachbarin.« Liv schlägt den Käse in etwas Papier ein, dabei lächelt sie einer weiteren Kundin zu, die sich hinter mich gestellt hat. »Die hat eine Tochter im gleichen Alter.«

»Sehr gut, das passt dann ja.« Ich nehme meinen Korb entgegen, und auch wenn ich mich gerne noch ein wenig unterhalten hätte, muss ich nun meinen Platz räumen. Die Kundschaft drängelt, Liv hat zu tun. Jede Menge sogar. In wenigen Minuten hat sich hinter mir eine Schlange gebildet.

So bezahle ich rasch und mache mich auf zum Gemüsestand. Eigentlich hatte ich meine Einkäufe dort schon erledigt, aber jetzt erinnere ich mich wieder an den appetitlichen Wildkräutersalat, der mich in seiner Auslage angelacht hat. Wenn ich die Käsetaler im Ofen gratiniere, würde er perfekt zu ihnen passen.

Als ich mich verrichteter Dinge und mit einem nun wirklich vollgepackten Einkaufskorb nach Hause aufmache, da beginnt das Glockenspiel im Rathaus zu läuten. Und in diesem Moment bin ich mir sicher, alles, wirklich alles, richtig gemacht zu haben: Meine kleine Wohnung in Lüneburg, der tolle Auftrag bei der Reederei, der Einkaufsbummel auf dem Wochenmarkt, das alles fühlt sich dermaßen gut an, dass ich Justus noch keinen Wimpernschlag lang vermisst habe. Nur jetzt fällt er mir ein, da vier Käsetaler eben auch für zwei reichen würden. Ich stelle meinen schweren Korb ab, blicke an der hellen, reich verzierten Rathausfassade empor und lausche dem Glockenspiel. Zusammen mit dem lebendigen Treiben des Wochenmarkts, dem Rufen, Lachen und Gemurmel entsteht ein Sound, der mich zurückträgt auf den Place Richelme in Aix-en-Provence:

Justus und ich stehen auf dem Markt beim Fischhändler und fachsimpeln. Er besteht auf Schwertfisch, ich auf Meeresfrüchte. Wir übertrumpfen uns gegenseitig mit guten Argumenten, preisen einander das jeweils Ausgesuchte an, dazwischen plärrt der Fischhändler: »Meilleur poisson!« und »Frais de la mer!«

Am Ende kaufen wir beides. Dazu Brot, ein paar Strauchtomaten und einen kleinen, völlig unvernünftigen Strauß Blumen, auf dem Justus besteht. Später, als wir unseren Bulli bei einem Bauern auf die Wiese stellen dürfen, quetschen wir alles auf unseren winzigen Campingtisch und tafeln wie die Könige.

Es gab einmal eine Zeit, da konnten Justus und ich gemeinsam genießen. In vollen Zügen. Uns, das Leben, unser Leben.

Wie konnte uns das nur abhandenkommen? Wie?

Das Glockenspiel ist zu Ende, und meine Augen tränen, ich habe wohl zu lange hoch ins Licht geschaut. Ich suche in meiner Tasche nach einem Tempo und tupfe sie trocken. Dann packe ich meinen Einkaufskorb und mache mich auf zu meiner letzten Station für heute: Klaas' Bäckerei. Dort angekommen, reihe ich mich brav in die Schlange der Wartenden ein, im Laden angekommen, schaue ich mich verstohlen nach dem Bäcker um. Aber von dem ist genauso wenig zu sehen wie von seinem Hund. Nun denn, ist vielleicht auch besser so.

Als ich endlich an die Reihe komme, erstehe ich ein Sauerteigbrot, klemme es mir unter den noch freien Arm und schleppe meine Errungenschaften nach Hause. *Als Nächstes,* überlege ich, *muss ich mich unbedingt um ein Leihrad kümmern.* Das fehlt mir total.

Daheim angekommen, wuchte ich schnaufend meine Einkäufe in die oberste Etage und weiter in die Küche. Kaum bin ich dort angekommen, klingelt es schon. Wer mag das sein? Erwartungsvoll laufe ich zurück in den Flur und öffne die Tür.

»Moin, Frau Sander, wie schön, dass das mit der Wohnung geklappt hat …«

»… Frau Anderson …«

»… mein Sohn hat mich angerufen. Sie wollen drei Monate bei uns bleiben? Das ist ja kolossal!«

»Ja«, ich muss lächeln, »so kann man das wohl sagen.«

»Hier, ich habe Ihnen frische Handtücher mitgebracht.« Sie drückt mir einen duftenden Stapel in die Hand. »Und hier, der Schlüssel vom Hauswirtschaftraum, das ist die kleine Tür unten im Flur.« Sie legt ihn auf das oberste Handtuch. »Männer denken an so etwas ja nicht«, sie verzieht kurz ihren Mund, »aber Sie müssen ja irgendwo Ihre Wäsche waschen, wenn Sie so lange bleiben. Bitte bedienen Sie sich, es ist alles da. Sie finden da unten auch einen Staubsauger, einen Wischmopp und alles, was Sie für Ihren Haushalt brauchen.«

In mir breitet sich ein warmes Gefühl aus, denn auch Frauen scheinen »an so etwas« nicht zu denken, jedenfalls gilt das für mich. Wo ich beispielsweise meine Wäsche waschen soll, darüber habe ich erst Überlegungen angestellt, als ich gestern Abend in meinem kleinen Bad stand und auf den Haufen gebrauchter Handtücher blickte, den ich selbst dort hinterlassen habe. An eine fleißige Heinzelfrau wie Frau Helmstedt, die im Hintergrund alles erledigt, habe ich mich anscheinend ganz schön gewöhnt. Wie gut, dass mir Frau Anderson auf die Sprünge hilft.

»Wenn Ihnen sonst noch etwas fehlt, dann scheuen Sie sich bitte nicht, bei mir zu klingeln. Sie wissen, dass ich direkt im Nebenhaus wohne? Dann ist es gut. So, und jetzt lass ich Sie wieder allein, Sie haben bestimmt zu tun, und ich muss auch los. Wie spät ist es eigentlich?«

Sie blickt eilig auf ihre Armbanduhr, sagt »oh« und läuft mit einem über die Schulter zurückgeworfenen Gruß schon wieder die Treppe hinunter.

Ich schließe mit einem dankbaren Seufzer die Tür und trage meine Beute ins Bad. Wie herrlich ist doch der Geruch frischer Wäsche! Zumal, wenn sie wie diese, nach Lavendel riecht. Nichts duftet so gut.

Ich atme einmal tief ein – und stehe im nächsten Augenblick

auf einem provenzalischen Lavendelfeld: So weit das Auge reicht, breiten sich die violetten Blüten aus. Justus hatte die Idee, durch das Feld bis in den Schatten eines ausladenden Eichenbaums zu laufen. Er hat einfach unseren Bulli am Wegesrand abgestellt, irgendwo jotwede, die Picknickdecke herausgezerrt und ist losgezogen, völlig unbeeindruckt von meinem Einwand, dass es der Bauer wahrscheinlich nicht so doll findet, wenn ihm zwei deutsche Touris gänzlich ungebeten durch sein Blumenfeld trampeln.

Nun folge ich Justus, schaue mich ein-, zweimal skeptisch um, erblicke aber nichts anders als eine menschenleere Landschaft. Es ist Mittagszeit, die Hitze flirrt, und jeder, der noch ganz bei Sinnen ist, hat sich ein Ruheplätzchen in einem gnädig abgedunkelten Raum gesucht.

Nur wir nicht, also ich, denn Justus ist schon unter den tief hängenden Baumzweigen verschwunden. Und während ich ihm weiter folge, umfängt mich der Duft der Blüten mit einer Intensivität, die mich fast umwirft. Der Lavendelduft scheint mit Händen greifbar zu sein, so dicht steht er in der Luft. Ein olfaktorischer Nebel, der sich gleich kleinsten Wassertropfen auf die Haut legt. Nicht der leiseste Wind verwirbelt sie. Da ist nichts anderes als dieser Duft und in seiner Mitte: ich.

Als ich die Eiche erreiche, fühle ich mich berauscht. Wie eine Betrunkene, die ihr Gesicht in kühles Wasser tunkt, tauche ich in ihren Schatten ein. Ein dichtes, wohltuendes Dach breitet der Baum über mir aus. Ich blinzle, noch geblendet vom Sonnenlicht, dann schaue ich mich nach Justus um. Als ich ihn entdecke, bringt mich sein Anblick zum Lachen: Da liegt er, der Adonis, ausgebreitet auf unserer Picknickdecke, auf dem Bauch. Völlig nackt.

»Aha!« Ich bücke mich, gehe unter dem Blätterdach auf ihn zu. »Daher weht also der Wind.«

Ich ernte mehr als nur einen verschmitzten Gesichtsausdruck. Dann beuge ich mich über ihn, setze meinen Zeigefinger an seinem Nacken an, fahre langsam, sehr langsam über seinen braun gebrannten Rücken, und als ich seinen Po fast erreicht habe, da dreht er sich um.

Wie sehr ich diesen Mann geliebt habe. Wie gerne wir uns geliebt haben. Noch dazu in diesem Duft, in diesem unvergesslichen Duft.

Ich presse mein Gesicht in die Handtücher auf meinem Arm, inhaliere Lavendel und schluchze los. Ich heule und heule und verstehe nicht, begreife nicht, wie all das geschehen konnte. Wie konnten wir uns verlieren? Wie?

Ich lasse mich auf den Klodeckel sinken, immer noch das Gesicht im Handtuch verborgen, sinke nach vorne, umarme meine Knie. Alles voll Lavendel. Alles voll.

Es dauert eine ganze Zeit, bis ich mich beruhigt habe, bis ich die Handtücher nehmen und an einen Haken hängen kann. Ich richte mich auf, gehe zum Waschtisch, blicke in den Spiegel. Schlecht sehe ich aus, groß und rot blicken meine Augen aus mir heraus. Ich hebe beide Hände, klatsche sie ein paarmal gegen meine Wangen. Dann senke ich den Kopf, um meine Tränen fortzuwaschen, dabei fällt mein Blick auf meinen abgelegten Ehering.

Seltsam, ich richte mich wieder auf, eigentlich vergesse ich nie, ihn morgens wieder an den Finger zu stecken. Nur heute, eigenartig. Ich greife nach dem Schmuckstück, das auf dem Waschtisch liegt, drehe es in der Hand. Und als ich seine Gravur »Pour tous les jours« lese – Für alle Tage –, da weiß ich, dass ich so nicht weitermachen kann. Nicht weitermachen darf. Ich muss die Vergangenheit vergangen sein lassen.

Ich bin jetzt hier. Nur ich. In Lüneburg. Jetzt geht es um mich. In den nächsten drei Monaten hat Justus keinen Zutritt. Nicht zu meinem Nest und nicht zu meinem Leben. Was auch immer kommen mag, bis Weihnachten brauche ich Zeit für mich. Hier und jetzt.

Ich öffne die Schublade des Waschtischs, ziehe sie ganz weit auf und lege den Ring in die hinterste Ecke.

# PICOBELLO

Als ich aus der Dusche steige, ist das Nest endgültig mein. Den ganzen Nachmittag habe ich es geputzt und gewienert, sogar die Fenster habe ich mir vorgenommen. Sollte ich eine Ecke in meinem Reich noch nicht gekannt haben, jetzt kenne ich sie alle.

Ich beuge mich nach vorne, frottiere meine nassen Haare und wickele sie in ein Handtuch. Kaum habe ich meinen Körper abgetrocknet, schellt es. Schon wieder Frau Anderson?

Ich werfe mir mein Badetuch um, stecke es über der Brust fest und eile die Treppe hinunter.

»Frau Anderson«, ich reiße die Tür auf, »haben Sie …« Ich stocke. »Oh, Klaas, du bist es.«

Ein verblüffter Blick wandert über meine nackten Schultern hinauf zu meinem Turban. Dann ein Lächeln.

»Entschuldige bitte, ich wollte nur mal nachschauen, ob du zurechtkommst. Ist mit der Wohnung alles okay?«

Ich nicke und erspähe eine Flasche Rotwein in seiner Hand. »Willst du, ähm, willst du nicht reinkommen?«

»Wenn ich nicht störe, du bist …«

»… ich bin fast fertig«, beeile ich mich zu sagen, »ich brauche nicht mehr als fünf Minuten.« Dann lasse ich die Tür weit aufschwingen.

»Fichte«, er dreht sich nach hinten um, »jetzt komm.«

Und da höre ich es: das Klackern von kleinen Krallen. Fichte nimmt die letzte Windung der Treppe, sie springt eine Stufe nach der anderen empor.

»Der arme Dackel«, ich stelle mich auf die Zehenspitzen, um

ihm entgegenzublicken, »die lange Treppe ist für ihn ja die reinste Bergbesteigung.«

»Ach, Bewegung tut gut«, kontert Klaas teilnahmslos und setzt mit »Fichte, beeil dich« noch einen drauf.

Was für ein Typ. Ich spare mir jeden Kommentar. Gehe stattdessen in die Küche und suche in den Schränken nach etwas, das sich als Trinkschale benutzen lässt. Ich finde einen Blumenuntersetzer, spüle ihn aus und befülle ihn mit frischem Wasser. Als Fichte in die Küche tapst, steht der improvisierte Napf bereits auf dem Boden. Sie schleckt mir zur Begrüßung kurz über den Fuß, dann macht sie sich darüber her. Schlapp, schlapp. Dazu wippen ihre Ohren im Takt. Zwei kleine Dreiecke mit Fell. Wie niedlich dieses Tierchen doch ist. Fasziniert schaue ich Fichte zu und werte ihren Blick, den sie mir nach dem Trinken zuwirft, als Dankbarkeit. Ohne weiteres Aufhebens läuft sie dann an mir vorbei zielstrebig bis zum Sofa und springt hinauf.

Mir bleibt der Mund offen vor Erstaunen, doch als der Herr des Hundes ihrem Beispiel völlig unbeeindruckt folgt und sich neben seinem Tier niederlässt, verschwinde ich mit einem: »Bin gleich wieder da« und »Ihr beide kommt ja sicher zurecht« nach oben. Kopfschüttelnd.

*Das ist ja allerhand*, denke ich dort angekommen, dass Hunde auf der Couch liegen dürfen, wusste ich bislang nicht. Aber von mir aus, ich ziehe mir das Handtuch vom Haar, es ist Klaas' Wohnung, streng genommen, und ich mag Fichte, ganz nebenbei.

Tatsächlich schaffe ich es, in kurzer Zeit mit halbwegs geföhntem Haar und kompletter Kleidung wieder im Wohnzimmer zu erscheinen. Die beiden sitzen unverändert auf dem Platz ihrer Wahl und freuen sich gleichermaßen über meine Wiederkehr.

»Hast du Lust auf ein Glas Rotwein?«, fragt Klaas. »Ich habe welchen mitgebracht, er steht in der Küche.«

»Gerne«, ich laufe direkt weiter zur Anrichte, entkorke die Flasche und schenke zwei Gläser davon ein. Derweil sind mir meine beiden Besucher nachgekommen.

»Wohl bekomm's!« Ich reiche ihm ein Glas.

»Cheers«, prostet er zurück, »auf deine Zeit in Lüneburg!«

Mit einem leisen Klirren stoßen die Gläser aneinander.

»Hier sieht es ja picobello aus.« Mein Vermieter lässt den Blick demonstrativ durch den Raum gleiten.

»Das will ich wohl meinen«, murmele ich vor mich hin, dann erzähle ich ihm von dem Besuch seiner Mutter, der Waschküche und meiner samstäglichen Putzaktion.

»Brauchst du noch irgendwo Hilfe?«, fragt er, als ich zum Ende komme.

Ich überlege kurz, und das Fahrrad, das nicht vorhandene, fällt mir ein.

»Komm mit!« Kaum dass ich sein Fehlen ausgesprochen habe, stellt er schon sein Glas auf der Anrichte ab. »Unten im Keller müsste noch eins stehen.«

Überrascht von seinem Aufbruch folge ich ihm, wobei ich rasch nach meinem Schlüsselbund greife und die Wohnungstür hinter mir zuziehe. Ich möchte Fichte weder den Ab- noch den erneuten Aufstieg zumuten, sie kann besser oben auf uns warten. Im Keller angekommen, finden Klaas und ich tatsächlich ein Rad von rotverblasster Farbe.

»Das ist von meiner Mutter.« Klaas hebt es aus einer Ecke heraus und stellt es vor mich hin. »Mal sehen, ob genug Luft drin ist.«

*Sieht gut aus,* denke ich, als er erst den Vorder-, dann den Hinterreifen drückt und beide keinen Deut nachgeben.

»Meinst du denn, ich kann es einfach benutzen? Deine Mutter braucht es doch sicher.«

Klaas schüttelt den Kopf. »Das geht schon klar. Sie hat ein

neues E-Bike, sehr schick. Von dem alten Drahtesel hier will sie nichts mehr wissen.«

»Na, wenn das so ist«, ich betrachte den fahrbaren Untersatz eingehend, »dann nehme ich es gern. Könntest du es mir vielleicht noch auf die Straße tragen? Oder meinst du, da wird es geklaut?«

»Nö.« Klaas läuft mitsamt Rad bereits die Treppe hoch, ich ziehe die Kellertür hinter uns zu und folge. Als er es vor dem Haus abstellt und ich das Fahrradschloss einrasten lasse, fällt mir noch etwas ein, bei dem ich Hilfe brauche: die Teufelsbrücke.

»Ach, Klaas, da wäre noch etwas ...«

»Immer raus damit.«

»... in meinem Auto.« Ich weise auf die gegenüberliegende Straßenseite. Der Bilderrahmen ist durch das Seitenfenster gut sichtbar.

»Was meinst du?«

»Das Bild«, ich setze mich in Bewegung, »es muss noch hoch in die Wohnung, aber allein schaffe ich das nicht.«

Ich öffne den Kofferraum, sodass der Blick frei wird.

»Ne«, Klaas streicht sich mit der Hand über seinen Bart, »ohne Hilfe schaffst du so einen Oschi tatsächlich nicht.«

Dann nimmt er mich ins Visier. Kritisch.

»Sag mal, du hast mir doch von deinem Job bei der Reederei in Hamburg erzählt.« Er legt eine kleine rhetorische Pause ein. »Wozu brauchst du da ein Gemälde, noch dazu so ein großes?«

»Ich brauche es nicht für meine Arbeit.«

»Ach.«

»Ach ne«, gebe ich im gleichen Tonfall zurück und hebe den Rahmen mit beiden Händen an. »Könntest du jetzt vielleicht mit anpacken?«

Klaas zieht die Augenbrauen nach oben, schiebt mich zu Seite, hievt das Bild allein aus dem Wagen und trägt es zur Haustür.

»Aufmachen«, kommandiert er. Ich verschließe rasch den Wagen und pariere gehorsamst. Dabei versuche ich gar nicht erst, ihm zu helfen, er würde es doch nicht zulassen. Stattdessen laufe ich vor ihm die Stufen hinauf, öffne die Wohnungstür und gebe den Weg frei.

»Wohin?«, fragt er etwas atemlos, wie ich belustigt feststelle, als er oben eintrifft.

»Ich weiß nicht, vielleicht …«

Aber da steht das Bild schon auf zwei Küchenstühlen, Klaas lehnt es vorsichtig gegen den Esstisch. Dann tritt er zurück, verschränkt die Arme vor der Brust und: guckt. Guckt sich an, was da vor ihm steht.

Dann wandert sein Blick weiter, weiter zu mir, und ich lese »Erzähl es mir« darin. »Erzähl mir die Geschichte. Die ganze.«

# BANGE

Ein Blitz erhellt den Raum. Ein Blitz, gefolgt von einem brachialen Donner. Das Gewitter steht direkt über uns, der Regen prasselt gegen die Fensterscheibe, dabei brennt auf meiner Haut noch immer die Hitze des Tages. Er war sonnig heute und schwül. Am Nachmittag braute sich etwas zusammen, ließ den Himmel grau und schwer werden. Wie eine dicke Wolldecke, die dazu taugt, jemanden zu ersticken, legte er sich über uns, nahm uns die Luft. Dann endlich: erste Böen. Wir atmeten durch und gingen ins Haus, denn das, was da aufzog, trat an, um das träge Himmelsgrau zu zerreißen. Es wollte mit ihm spielen, wie eine Katze, die ein Wollknäuel vor sich herrollt, in die Luft wirft, auffängt und dann genüsslich zerpflückt.

Jetzt steht das Gewitter direkt über uns. Der Sturm brüllt. Ich stehe am Fenster, sehe, wie er seine Zähne in die Blutbuchen schlägt. Ihre Äste rudern in der Luft. Dann versinkt das Bild in Dunkelheit, bis der nächste Blitz den Lohbekhof erhellt.

»Frauke«, meine Mutter öffnet die Tür, »du bist ja immer noch wach.«

Ich bleibe ungerührt stehen. Blicke hinaus. Warte.

»Mach dir keine Sorgen«, sie ist hinter mich getreten, sanft legt sich eine Hand auf meine Schulter, »dein Vater ist nicht dumm. Er wird sich im alten Schafstall untergestellt haben und einfach abwarten, bis das Unwetter vorbei ist.«

»Und wenn er diese Nacht nicht nach Hause kommt?« Ich wende mich bange zu ihr um.

»Dann kommt er eben morgen früh.« Meine Mutter setzt sich auf mein Bett, schlägt die Decke zurück und klopft darauf. »Der ganze Stall liegt voller Stroh, du hast es heute doch selbst gesehen. Da kann er es sich gemütlich machen.«

»Aber was ist, wenn das nicht stimmt? Was ist, wenn er mit dem Rad losgefahren ist und jetzt da draußen in der Heide …«

Meine Mutter lacht auf.

»Du glaubst wirklich«, sie ist tatsächlich amüsiert, »dein Vater würde sein Bild, seine Staffelei, seine Farben im Schafstall einfach so zurücklassen? Mitnehmen kann er das ganze Zeug ja wohl kaum, bei all dem Regen.«

Mittags, als die Sonne noch schien, sind mein Vater und ich in die Heide gefahren, mit vollgepackten Rädern. Ich habe ihn bis zum alten Schafstall begleitet, habe ihn beobachtet, wie er die Staffelei und eine halb fertige Leinwand aufbaute, wie er anfing, seine kostbaren Farben zu mischen. Später fuhr ich allein zurück, es war nicht weit bis zum Hof, denn mein Vater wollte seine Ruhe haben, sich ganz auf sein Motiv einlassen.

Endlich verlasse ich meinen Fensterplatz, meine Mutter hat recht: Niemals würde mein Vater seine Malsachen, sein Heiligtum, zurücklassen, unbeaufsichtigt in einem Stall, zu dem sich jedermann leicht Zutritt verschaffen kann.

»Nun komm«, lockt sie.

Und ich komme, ich bin ein liebes Kind. Ich krieche ins Bett, lasse mir das Haar aus der Stirn streichen und die Decke bis zum Kinn hochziehen.

Dann schlafe ich ein, beruhigt von meiner Mutter, von ihrer Heiterkeit und der Gewissheit, dass die Malsachen für meinen Vater sein Ein und Alles sind. Morgen wird er mit vollgeladenem Rad auf den Lohbekhof rollen, und ein neuer, brandneuer Ferientag beginnt.

Doch am nächsten Morgen ist nichts mehr, wie es war. Mein Vater ist nicht da. Niemand ist da.

Ich nehme die Treppe nach unten, rufe »Mama« und bleibe

ungehört. Im Nachthemd laufe ich nach draußen, raus auf den Hof, sehe, was der Sturm angerichtet hat. Die Blutbuchen haben zahllose Zweige verloren. Dunkelrote, immer noch feuchte Blätter verteilen sich auf dem Rasen, auf den Pflastersteinen. Vor mir liegt ein armdicker Ast, abgerissen wie ein Stückchen Wollfaden.

Der Sturm hat ein Gemetzel angerichtet. Ich laufe hindurch, rufe »Elfi?«, »Peer?«, aber niemand antwortet. Jetzt renne ich nach hinten zum Stall, schiebe das schwere Tor auf, aber auch hier ist keiner. Der ganze Lohbekhof ist verlassen.

»Mama«, brülle ich jetzt aus Leibeskräften.

Und endlich höre ich jemanden. »Frauke!«

»Elfi!«, schreie ich zurück, als ich ihre Stimme erkenne. Ich rase zurück, renne über den Hof, sehe Elfis Gestalt, die von der Straße her kommt. Und als ich ihr Gesicht erkenne, da weiß ich, dass etwas passiert ist.

Ich fliege ihr entgegen, in ihre offenen Arme, drücke mein Gesicht an ihre Brust, will in ihrer Fülle verschwinden und mich von ihrer Wärme einlullen lassen. Will Worte hören wie: »Ist schon gut«, »Mein Kind, beruhige dich«, »Liebes, wir kriegen das schon wieder hin«.

Aber diese Worte kommen nicht. Die einzigen Worte, die kommen, sind: Vater. Unfall. Gefunden. Mutter. Krankenhaus.

»Ich konnte ohne das Bild in Frankfurt nicht losfahren. Irgendwie musste es mit.« Ich lehne mich gegen einen der Küchenschränke. »Es musste mit in die Lüneburger Heide. Vielleicht, weil hier alles passiert ist. Hier hat mein Vater gemalt, hier ist er verunglückt.«

»Dein Lieblingsbild?« Klaas' Stimme ist weich geworden.

Ich nicke.

»Wie ist die Geschichte ausgegangen?«

Ich presse meine Lippen aufeinander. »Peer, ihm und seiner Frau Elfi gehörte der Hof, auf dem wir immer Urlaub machten, ist noch in der Nacht, sobald das Unwetter nachließ, losgefahren und hat nach meinem Vater gesucht. Er hat ihn vor dem alten Schafstall gefunden, bewusstlos, er lag im Regen, in der Heide, wir wissen nicht, warum. Vielleicht hat ihn ein Ast getroffen, es lagen wohl jede Menge davon herum.«

»Hat er es«, Klaas stockt, »überlebt?«

»Er wurde ins Krankenhaus eingeliefert, lag im Koma. Dann kam eine Lungenentzündung hinzu, er muss über Stunden in der Nässe gelegen haben. Mein Vater hatte eine kränkliche Natur. Die Kräftigen in unserer Familie waren immer meine Mutter und ich.« Ich versuche mich an einem Lächeln, das misslingt.

Klaas hat die Stärke, die Stille, die nun folgt, auszuhalten. Er greift zu seinem Wein, nimmt einen Schluck, wartet, bis ich die Kraft habe, weiterzuerzählen.

»An der Lungenentzündung ist mein Vater schließlich gestorben.« Ich spüre Tränen in mir aufsteigen, wundere mich über meine Dünnhäutigkeit. Es ist doch schon so viele Jahre her.

»Er ist gestorben wie Paul Cézanne.« Ich lege Stärke in meine Stimme, versuche, meine Traurigkeit zu überspielen. »Der hat in Aix-en-Provence gelebt, vor Jahren habe ich dort sein Atelier besichtigt. Auch er hat sich bei einem Unwetter, von dem er beim Malen überrascht wurde, unterkühlt und ist an einer Lungenentzündung zugrunde gegangen. Manchmal denke ich, dass das meinen Vater irgendwie gefreut hätte, also, dass er so starb wie der große Paul Cézanne. Er liebte ihn. Als ich klein war, haben wir uns seine Werke einmal im Museum angeschaut. ›Heute besuchen wir Cézanne!‹, hat mein Vater morgens verkündet. Dass das ein Maler ist, der schon vor langer Zeit gestorben ist, habe ich erst begriffen, als mein Vater völlig hingerissen vor seinen Bildern stand.«

Ich sehe die Szene so deutlich vor mir, als wäre es gestern gewesen. Welche Begeisterung mein Vater für Malerei entwickeln konnte, war wirklich unglaublich, selbst für mich als Kind. Die Kunst und nichts als die Kunst.

»Wie alt warst du, als er starb?« Klaas' Frage reißt mich aus meinen Gedanken.

»Zehn Jahre.«

»Das ist sehr jung. Mein Vater starb vor drei Jahren, und das war …« Er stockt, sucht nach dem richtigen Wort, findet es nicht und schüttelt nur den Kopf.

»Sag mal«, ich blicke mich suchend um, »wo ist eigentlich Fichte?«

»Ich ahne es.« Klaas streckt seinen Kopf Richtung Wohnbereich. »Sie liegt wieder auf der Couch. Schlimm?«

»Ne, ich mag sie.«

»Sie dich auch.«

Ich lächle, diesmal aus voller Brust, wie schön. Und ich beschließe, es für heute gut sein zu lassen. Genug der alten Geschichten. Nur allein, das möchte ich jetzt nicht unbedingt sein.

»Wie sieht es aus«, frage ich daher, »hast du Hunger? Ich war heute auf dem Markt zu einem Großeinkauf.«

»Das hört sich gut an.«

»Was hältst du von Wildkräutersalat mit Ziegenkäse? Liv hatte Frischkäsetaler mit Honig im Angebot. Ich würde sie im Ofen gratinieren, dazu gibt es eine Scheibe Sauerteigbrot von meinem«, ich mache ein spitzbübisches Gesicht, »Lieblingsbäcker.«

»Na, wenn das so ist«, Klaas greift zur Flasche, »dann gibt dir dein Lieblingsbäcker gerne noch einen Wein aus.«

Er füllt mein Glas, dann geht er zur Anrichte, schaut sich um und fragt: »Was soll ich machen?«

»Salat waschen«, beschließe ich, öffne den Kühlschrank und räume alles heraus, was wir so brauchen. Dabei fällt mir auch ein Schälchen eingelegter Oliven in die Hände, an die hatte ich schon gar nicht mehr gedacht. Ich stelle sie auf die Arbeitsplatte.

»Zum Erhalt der Arbeitsmoral«, verkünde ich und probiere sie sogleich, »nicht schlecht, Herr Specht.«

»Sagt man das heute noch?«

»Mir egal«, ich schlucke die Olive hinunter, »denn du bist auf jeden Fall alt genug, um mich zu verstehen.«

»Na, na, na!« Er droht mit dem Zeigefinger, dann greift er zu der Papiertüte mit dem Salat, schüttet ihn heraus und füllt kaltes Wasser in den Spülstein.

Ich heize derweil den Backofen vor und befreie den Ziegenkäse aus seinem Papier. *Wie gut, dass ich genug für zwei eingekauft habe,* denke ich und schicke einen kleinen Dank in Livs Richtung.

»Die Taler sind richtig gut.« Klaas' Kinn weist zum Käse. »Den Honig bekommt Liv vom …«

»… Bienenprofessor, ich weiß.«

»Schau an«, er versenkt Salat und Hände im Wasser, »da kennt sich eine ja schon richtig aus.«

Ich schmunzle und genieße unser Geplänkel, die schöne Stimmung in meiner Küche, natürlich den Wein und ein klitzekleines bisschen auch den Mann, der da neben mir steht. Nur eins liegt mir noch auf der Seele.

»Ich habe die Geschichte, also die von meinem Vater, noch nicht oft erzählt«, setze ich an und überlege kurz, ob sie Justus überhaupt in Gänze kennt, »die meisten wissen nur, dass er früh an einer Lungenentzündung verstarb.«

»Manchmal kann man sich einem Fremden einfach besser mitteilen.«

Ich überlege kurz, so habe ich das noch gar nicht gesehen.

»Außerdem stimmt das ja auch, dein Vater starb an einer Lungenentzündung«, setzt er hinzu.

»Schon, aber es ist die Kurzversion, es fehlt noch was«, ich schaue von meiner Arbeit auf und sehe seinen fragenden Blick. »Na, die Umstände, die Gewitternacht, das war schon seltsam. Bis heute gibt es offene Fragen.«

»Welche denn?«

»Zum Beispiel habe ich nie verstanden, warum seine Leinwand, die er mit zum alten Schafstall genommen hat, nie gefunden wurde. Peer hat alle Malsachen meines Vaters zurück zum Hof gebracht, aber es war keine Leinwand dabei.«

»Hm.« Klaas öffnet einen Küchenschrank, findet ein großes Sieb, in dem er den Salat abseiht. »Was ist mit deiner Mutter? Hast du mit ihr darüber gesprochen?«

»Nein«, ich schüttele den Kopf, »sie hat den Tod meines Vaters nie ganz verwunden. Und jetzt ist es zu spät, auch sie ist vor drei Jahren gestorben, genau wie dein Vater.«

Klaas presst die Lippen kurz aufeinander. »Gibt es sonst noch jemanden von früher, den du nach den Ereignissen fragen könntest.«

»Nein, alle sind tot, das Ganze ist über dreißig Jahre her.«

»Was soll ich jetzt machen?« Klaas ist fertig mit dem Salat.

»Du könntest mir das Bild meines Vaters nach oben tragen, sonst fange ich immer wieder mit dem Thema an. Stell es bitte auf die Kommode im Schlafzimmer. Aber erst mal kannst du den Tisch decken. Du findest alles Nötige im Küchenbüfett.«

»Sehr wohl.« Er öffnet den besagten Schrank, nimmt zwei Sets, Teller und Besteck heraus und verteilt sie auf dem Tisch.

Aus dem Augenwinkel schaue ich ihm dabei zu, mustere seine hohe Gestalt, die kräftigen Schultern, das karierte Hemd, das er lässig über der Hose trägt. Und alles, was ich sehe, gefällt mir.

# SCHWÄNZELTANZ

»Da ist noch zu.« Ein älterer Herr bückt sich neben mir und stellt eine Holzkiste vor der Eingangstür ab. »Das Café öffnet erst um dreizehn Uhr.«

»Das ist aber schade.« Ich lasse den Türknauf los, gegen den ich vergeblich gedrückt habe, und trete einen Schritt zurück. Mein Blick fällt auf die kleine Kiste am Boden, sechs große Schraubgläser reihen sich in ihr auf.

»Was ist das?« Neugierig mustere ich den Inhalt.

»Heideblütenhonig«, etwas schwerfällig richtet sich der Mann auf, »der letzte, den ich noch habe.«

»Dann sind Sie der Bienenprofessor!«, strahle ich ihn an und spüre sofort, wie ich erröte. Ob er mir meine Ansprache krummnimmt?

»Das bin ich wohl«, schmunzelt er, zum Glück.

»Liv hat mir von Ihnen erzählt.« Ich strecke ihm meine Hand entgegen. »Ich bin Frauke.«

»Du kannst gerne Willem zu mir sagen.« Er schlägt ein.

»Angenehm.«

»Ich habe erst gestern noch von deinem Honig gegessen«, erzähle ich und lobe mein Abendbrot über den grünen Klee. Willem freut sich sichtlich. Dazu reibt er sich einmal über das haarlose Haupt, dann hakt er beide Daumen in seine Hosenträger ein.

»Wenn du magst, dann zeige ich dir meine Bienenstöcke.« Er weist an mir vorbei in Richtung Wald. An dessen Rand reihen sich immer noch die bunt bemalten Kästen auf, die mir Liv bei meinem letzten Besuch gezeigt hat.

»Wunderbar, gerne«, antworte ich prompt und wende mein Fahrrad, »wie ich gerade erfahren habe, habe ich ja jetzt Zeit.«

Eigentlich wollte ich heute nur mein neues Rad ausprobieren. Als ich nach einem Ziel für meine Spritztour suchte, fiel mir Livs Gartencafé auf dem Lohbekhof ein. Mit einem guten Buch und einer kuscheligen Jacke wollte ich es mir in ihrem Garten bequem machen, den sonnigen Tag genießen und – ganz nebenbei – einen Blick auf ihre Kuchenauswahl werfen.

Nun schiebe ich mein Rad über die Wiese, weiter zum Wald. Mit seinem bunt gefärbten Herbstlaub leuchtet er mir entgegen, die warme Septembersonne lässt die Bäume in all ihrer Pracht erstrahlen. Als wir in ihren lichten Schatten eintauchen, umfängt mich ein würzig erdiger Duft. *Ein Herbsttag, wie er im Buche steht,* denke ich und lasse meine Füße genüsslich durch das raschelnde Laub gleiten.

»Frauke, lass dein Rad am besten hier stehen.« Wir erreichen einen dunkelrot bemalten Bauwagen. »Bitte warte kurz, ich benötige noch ein paar Utensilien.«

Er öffnet eine unverschlossene Holztür und verschwindet im Inneren. Ich nutze die Zeit, mich meiner Jacke zu entledigen, in der Sonne ist es richtig warm. Als ich sie zusammengerollt in meinem Fahrradkorb verstaut habe, erscheint Willem mit vollbepackten Händen.

»Hier, der Schleier ist für dich.« Er reicht mir einen übergroßen Hut, der tatsächlich in eine Art Schleier übergeht.

»Das ist ein Imkerschutz«, kombiniere ich, »damit mich die Bienen nicht stechen.«

Der Professor nickt und weist auf zwei eingearbeitete Löcher an den Seiten des Schleiers. »Wenn du den Hut aufgesetzt hast, kannst du dort deine Arme hineinstecken wie in ein T-Shirt.«

Ich folge seiner Empfehlung, auch wenn ich mich mit meinem

neuen Aufzug wie ein Marsmännchen fühle, zumindest obenherum.

Zufrieden mustert mich Willem. Dann kniet er sich auf die Erde und entfacht mithilfe eines Feuerzeugs, das er aus der Hosentasche zieht, ein Häufchen Holzspäne. Im Nu lodern sie auf.

»Die Späne habe ich mit Bienenwachs präpariert, dann brennen sie besser.« Willem steckt das Bündel rasch in eine Art Metallkännchen und schiebt einige schmale Holzstückchen hinterher.

»Das genügt.« Zufrieden richtet er sich auf. »Der Smoker erzeugt Rauch, der die Bienen beruhigt. Sieh nur!« Er betätigt eine Art Blasebalg, der sich am Metallkännchen befindet. Sofort strömt eine Rauchfahne aus der Tülle und nebelt uns ein.

»Genial«, murmele ich hinter meinem Schleier und folge dem Professor zu seinen Bienenstöcken. Grün, gelb, blau und orange bemalt stehen sie am Waldrand, aufgereiht in einer Linie. In der Luft wimmelt es nur so von den Insekten, was mich einerseits neugierig macht, andererseits auch ganz schön beeindruckt. Wie sie wohl auf einen ungebetenen Besucher wie mich reagieren werden?

»Nun komm.« Willem dreht sich zu mir um. »Solange du nicht hektisch herumfuchtelst, kann nicht viel passieren.«

Während ich noch überlege, was »nicht viel« bedeuten mag, folge ich seinem Ruf. Mit respektvollem Abstand beobachte ich, wie Willem zuerst den Deckel eines Bienenstocks anhebt und dann die aufgeregten Bewohnerinnen mit Rauch besänftigt. Wir stehen mitten in einer summenden Wolke.

»Hast du keine Angst, gestochen zu werden?«, frage ich hinter meinem schützenden Schleier und begutachte kritisch Willems Kleidung: ausgebeulte Cordhosen, ein gemütliches Hemd, darüber eine offene Strickweste.

»Nein«, er wiegt den Kopf, »wenn wir den Bienen in Ruhe begegnen, ist das hier nicht gefährlich.«

Na ja, ich denke mir so meinen Teil, verfolge aber voller Interesse, wie Willem mit einer Art Meißel einen hölzernen Rahmen aus dem Kasten hebelt. Dann streicht er mit einem langen, weichen Handbesen darüber. Die Insekten fliegen davon.

»Schau dir das Wabenrähmchen genau an.« Der *Professor* ist ihm jetzt anzumerken. »Die Bienen lagern ihren Honig, den sie als Nektar gesammelt haben, in den einzelnen Waben ab. Ist eine voll, verschließen sie die Zelle mit Wachs, den sie selbst produzieren.«

»Das ist ja unglaublich.« Ich bin näher gerückt und bestaune, was ich da sehe. Etwa die Hälfte der Waben ist prall gefüllt, genauso wie Willem es erklärt hat.

»Für uns Imker geht das Jahr zur Neige.« Er schiebt den Rahmen zurück in den Bienenstock. »Es sind nur noch wenige Sommerbienen unterwegs und sammeln den letzten Nektar ein. Noch blüht die Besenheide, die fliegen die Tiere jetzt an.«

»Wie machen die das eigentlich?« Ich schiebe meinen Hut in den Nacken, damit ich den nächsten Rahmen, den Willem herauszieht, besser begutachten kann. »Ich meine, woher wissen die Honigbienen, wohin sie fliegen müssen?«

»Das«, Willem baut eine kleine Kunstpause ein, »ist eine ungeheuer spannende Frage. Sie ist sogar so spannend, dass für ihre Erforschung der Nobelpreis verliehen wurde. Du brauchst gar nicht so skeptisch zu gucken, 1973 war das, Karl von Frisch bekam ihn.«

Ich ernte einen strengen Professorenblick, denn der Name sagt mir *offensichtlich* nichts.

»Was hat er denn herausgefunden, der Herr von Frisch?«

»Dass Bienen tanzen.«

Jetzt wird mein Blick tatsächlich skeptisch, ich spüre es selbst, was wiederum den berufenen Wissenschaftler in Willem wach werden lässt.

»Mittels ihres sogenannten Schwänzeltanzes kann eine einzelne Honigbiene von kilometerweit entfernten Nektarfunden berichten. Sie informiert ihre Kolleginnen über die genaue Flugrichtung und Entfernung. Du wirst dich natürlich fragen, wie sie das macht. Berechtigt! Ich sag es dir: Beim Tanzen erzeugt die Biene ein Muster aus elektrostatischen Feldern, die ihre Artgenossen wiederum mit ihren Antennen wahrnehmen und damit lesen können.«

»Das ist ja unglaublich.«

»Nicht wahr?« Willem kommt in Fahrt. »Alle Insekten in einem Stock sind positiv geladen. Das verschafft uns Neurobiologen die Möglichkeit, sie zu belauschen. Die elektrostatischen Felder, die beim Tanzen entstehen, lassen sich messen und nachweisen. Viele Jahre habe ich dazu geforscht.«

Willem zieht einen weiteren Rahmen heraus, greift zu seinem Smoker und nebelt die Bienen ein, dann spricht er weiter:

»Das Bemerkenswerte für mich ist, dass die elektrischen Felder sogar für uns Menschen spürbar sind. Ich erinnere mich an ein Experiment, da haben wir die Zuckerlösung, die wir bei unseren Flugversuchen für die Bienen deponiert haben, doppelt so hoch wie gewöhnlich dosiert. Die Biene, die sie fand, ist in Höchstgeschwindigkeit zurück zu ihren Kolleginnen gesaust und kam aus dem Tanzen gar nicht mehr heraus.«

Auf seinem Gesicht breitet sich ein Strahlen aus.

»Die Entdeckung hat die Biene in eine derartige Begeisterung versetzt, dass selbst wir Forscher uns davon angesteckt fühlten.«

Eine schöne Vorstellung. Ich sehe Willem vor mir, wie er mit einer Gruppe von Wissenschaftlern in seinem Labor steht und dem Swing einer kleinen Biene nicht entkommt.

»Ich hoffe, ich langweile dich nicht.« Er lässt den letzten Rahmen zurück an seinen Platz gleiten, greift nach dem Deckel und verschließt den Bienenstock. »Alte Männer können einem mit ihren ebenso alten Geschichten ganz schön auf den Wecker gehen.«

»Keineswegs«, ich hebe beide Hände, »ich danke dir für deine Erzählung und muss zugeben, dass ich von all dem noch nie etwas gehört habe. Elektrostatische Felder und Honig, nein, das hätte ich wirklich nicht zusammengebracht.«

»Faszinierend, nicht wahr? Das komplette Kommunikations- und Orientierungsvermögen der Honigbiene basiert auf elektrostatischen Feldern und Erdmagnetfeldern. Derer bedient sie sich mit aller Selbstverständlichkeit. Auch ihre Farbwahrnehmung ist vollkommen anders als die unsrige. So sieht sie beispielsweise nicht nur den Himmel mit seinen Wolken, sondern vielzählige Muster, an denen sie sich orientieren kann.«

»Auf mich wirkt das tatsächlich sehr fremd«, werfe ich ein, »wie Science-Fiction.«

Der Professor packt seine Utensilien zusammen und schlägt langsam den Rückweg ein. »Die große Herausforderung für uns Wissenschaftler ist es, nicht von unseren eigenen Sinnen und Erfahrungen auszugehen, sondern das Unvorstellbare zu hinterfragen.«

*Wow*, denke ich, *das klingt jetzt wirklich groß und visionär und verwegen.* Ich kann mir wirklich gut vorstellen, wie Willem mit seinen Tiergeschichten einst die kleine Liv begeistert hat.

»Liv hat mir erzählt, dass sie wegen dir Biologie studiert hat«, weihe ich ihn in meine Gedanken ein. »Deine Erzählungen haben sie fasziniert.«

»Ach ja? Sagt sie das?« Willem lächelt zärtlich. »Liv konnte in der Tat nie genug bekommen, was für ein wissbegieriges Kind sie doch war. Aus ihr wurde später eine talentierte Studentin, und als Wissenschaftlerin hätte sie gewiss Karriere gemacht. Stattdessen hat sie sich aber für das hier entschieden.«

Er ist stehen geblieben und zeigt mit ausladender Geste auf den Lohbekhof, der vor uns liegt.

»Das klingt nicht so, als wärst du mit ihrer Entscheidung zufrieden«, werfe ich ein. »So einen Hof zu besitzen, ist doch etwas Besonderes.«

»Gewiss, das ist es«, bestätigt Willem. »Aber der Lohbekhof ist einfach zu viel für eine Person: das alte Gemäuer, die vielen Tiere, der neue Stall, der Kredit, den Liv dafür aufnehmen musste, die Käserei, der Wochenmarkt, das Gartencafé. Wie soll sie das alles schaffen? Und noch dazu ein Kind.«

»Aber sie wird doch Mitarbeiter haben«, überlege ich, »die ganze Arbeit muss sie doch nicht allein machen?«

»Aushilfen! Alles Aushilfen, ein paar Hausfrauen und Bauern aus dem Dorf, die sich ein paar Euros dazuverdienen. Alles Minijobber, nichts Richtiges, wenn du mich fragst. Ständig fällt jemand aus, und am Ende bleibt alles an Liv hängen.«

»Aha.« Ich bin nachdenklich geworden und sehe den Hof auf einmal mit anderen Augen: das uralte Niedersachsenhaus mit seinem gewaltigen Reetdach, der große Garten mit seinen weitläufigen Beeten, der neue Offenstall mit seinen angrenzenden Weiden. Arbeit ohne Ende, so viel ist selbst mir klar.

»Noch ist Liv jung und weiß nicht, wohin mit ihrer Kraft.« Willem ist meinem Blick gefolgt. »Aber auf Dauer ist ihr Arbeitspensum nicht durchzuhalten. Das ist einfach nicht zu schaffen.«

Er schüttelt den Kopf.

»Aber sie lässt sich ja nichts sagen, zumindest nicht von mir. Diese Zeiten sind vorbei! Liv ist so sturköpfig wie ihre Ziegen.« Willem kommt noch einmal in Fahrt. »Wenn sie sich einmal etwas in den Kopf gesetzt hat, dann bringt sie nichts und niemand mehr davon ab.«

Ich muss lachen, denn dass die beiden schon den ein oder anderen Disput ausgefochten haben, ist ihm anzumerken.

»Wenn Elfi, ihre Großmutter, noch leben würde«, Willem reibt sich die Stirn, »dann läge die Sache anders. Auf Elfi hat sie immer gehört. Aber seitdem ihre Großeltern tot sind«, er schüttelt den kahlen Kopf, »ist Liv wie von Sinnen. Sie hat sich partout ins Hirn gesetzt, den Lohbekhof zu neuer Blüte zu führen – als wenn die beiden davon wieder lebendig würden.«

»Was ist mit Livs restlicher Familie?«

»Ihre Mutter wollte weder vom Hof noch von der Lüneburger Heide etwas wissen. Das war nichts für sie. Liv ist bei ihren Großeltern aufgewachsen, ihre Mutter lebt im Ausland. Als Liv noch klein war, war sie manchmal hier, aber jetzt habe ich schon lange nichts mehr von ihr gehört.« Wieder hakt er beide Daumen in seine Hosenträger ein.

»Gibt es denn sonst niemanden?«

»Liv hat keine Geschwister, und ihren Vater hat nie jemand gesehen – den von Valerie übrigens auch nicht.«

»Hm.« Ich presse die Lippen aufeinander. »Ohne Vater aufzuwachsen, ist nicht leicht.«

»So ist es«, bestätigt Willem, wobei ich an meine eigene Geschichte denken muss. Immerhin hatte ich die ersten zehn Jahre meines Lebens einen Vater. Trotzdem fühle ich mich Liv und auch der kleinen Valerie jetzt noch ein bisschen mehr verbunden.

»Ich war früher öfter hier, ich kannte Elfi und Peer«, beginne ich unvermittelt zu erzählen, berichte von unseren Familienurlauben, die wir regelmäßig auf dem Lohbekhof verbrachten, erkläre, dass ich die Lüneburger Heide erst vor Kurzem wieder für mich entdeckt habe. Wir stehen vor dem Bauwagen in der Sonne, und Willem schenkt mir geduldig sein Ohr.

»Den kannst du mir übrigens wiedergeben«, meint er, als ich ende, und zeigt auf meinen Hut, »wir haben die Gefahrenzone jetzt verlassen.«

»Puh.« Ich komme seiner Aufforderung dankbar nach und entledige mich meiner Tracht. Während der Bienenprofessor in seinem Bauwagen verschwindet, lockere ich mein Haar mit beiden Händen auf, drehe mein Gesicht in die Sonne und labe mich an ihrer Wärme.

»Hier, nimm den mit.«

Ich wende mich neugierig um, Willem ist wieder aufgetaucht.

»Honig? Ist der für mich?«

»Heideblütenhonig, das ist nun wirklich mein letztes Glas.«

Ich freue mich riesig. »Bei meinem nächsten Honigbrot werde ich feste an dich denken – und an deine fleißigen Bienen natürlich auch. Vielen Dank, auch dafür, dass du mir die Stöcke gezeigt hast.«

Wir verabschieden uns, Willem verschwindet geschäftig in seinem Bauwagen, und ich gehe zu meinem Fahrrad. Jetzt müsste Livs Gartencafé geöffnet haben. Wie viel Uhr es wohl ist? Ich ziehe meine Jacke aus dem Fahrradkorb, finde mein Handy in einer ihrer Taschen. Als ich das Display berühre, staune ich, was darauf alles los ist: Der sonst so wenig kommunikative Justus hat sich gemeldet. Und nicht nur einmal. Nein: sechsmal.

# PETZE

Frauke, wo bist du?

Stimmt es, dass unser Penthaus verwaist ist?

Frau Helmstedt hat mich informiert, dass du bis auf Weiteres ausgezogen bist. Wie kommst du dazu, mich darüber nicht zu informieren? Ist dir klar, welche Werte in der Wohnung lagern?

Bitte melde dich.

Dazu zwei Anrufversuche in Abwesenheit. Ich bin baff. Was ist denn da los? Ich lasse mich auf einem am Wegesrand liegenden Baumstamm nieder und muss mich erst mal sammeln. Dann lese ich alle Nachrichten noch einmal. Gegen zwölf Uhr hat Justus sie geschrieben. Als ich mich dann nicht sofort zurückgemeldet habe, rief er an. Zweimal. Das muss gewesen sein, als Willem und ich bei den Bienenstöcken waren. Gut, dass ich das Klingeln nicht gehört habe, das hätte nur Streit gegeben.

Ich lasse mein Handy sinken. Was ist denn bloß in Justus gefahren? Was denkt der sich? Ich fühle mich wie in einer billigen Schmierenkomödie mit Frau Helmstedt als Petze. Wie kommt sie dazu, Justus zu informieren, dass ich *bis auf Weiteres ausgezogen bin*. Geht's noch? *Ist dir klar, welche Werte in der Wohnung lagern?* Das kann doch nicht sein Ernst sein. Werte? Lagern? Was soll das? Leben wir in einem Auktionshaus?

Ich schüttele den Kopf. Soll Justus doch selbst in seine blöde

Wohnung ziehen und den Museumswärter spielen. Ich weiß gar nicht, warum der sich so aufregt. Im Prinzip kann er doch froh sein, dass die Wohnung frei ist, so muss er nicht in einem angemieteten Apartment leben. Wenn ich es recht bedenke, dann kommt ihm mein Auszug doch total entgegen. Besser konnte es für ihn doch gar nicht laufen. Er hat seine Auszeit, und ich räume sogar noch das Feld. Hundert Punkte, würde ich sagen.

»Alles in Ordnung bei dir?« Eine Hand legt sich auf meine Schulter. Als ich mich umdrehe, sehe ich den Bienenprofessor.

»Ich habe dich hier sitzen sehen.« Sein Blick fällt auf mein Handy. »Hast du«, er räuspert sich, »schlechte Nachrichten erhalten?«

»Schlechte Nachrichten, ja, so könnte man das wohl nennen. Oder einen schlechten Witz.« Ich lache kurz auf. »Aber, nein, nichts wirklich Schlimmes. Mein Mann und ich, wir verstehen uns nur im Moment nicht so gut. Da kommt es schon mal zu«, ich suche nach dem passenden Wort, »zu Irritationen.«

»Irritationen«, wiederholt Willem vieldeutig, »ach ja.«

»Genau, aber weißt du was?« Ich rappele mich von meinem Baumstamm hoch. »Ich mag mir davon nicht den Tag verderben lassen. Die Sonne scheint, ich habe ein spannendes Buch dabei«, ich deute auf meinen Fahrradkorb, in dem es liegt, »und bei Liv bekomme ich gewiss ein gutes Stück Kuchen. Deine Bienen würden bei derart prächtigen Aussichten vermutlich ein Tänzchen aufs Parkett legen, nicht wahr?«

»So gefällst du mir schon besser.« Der Bienenprofessor lächelt mir aufmunternd zu. »Lass dir diesen schönen Herbsttag auf keinen Fall vermiesen.«

*Was für ein liebenswerter Herr*, denke ich, *kein Wunder, dass Liv ihn ins Herz geschlossen hat.*

Wir verabschieden uns ein zweites Mal, ich greife mit beiden Händen nach meinem Lenker und schiebe mein Rad durch einen

Berg aus knisterndem Laub. Zwei große Rosskastanien haben bereits reichlich Blätter abgeworfen. Der Herbst ist eine ganz wunderbare Jahreszeit. Und ich lasse mir diesen schönen Septembertag nicht nehmen. Nein, ich erneuere meinen Vorsatz, als ich Livs Garten betrete, ich werde mir von Justus ganz bestimmt nicht meine Auszeit verderben lassen. Stattdessen parke ich mein Rad am alten Schafstall und schalte mein Handy auf lautlos. Justus kann mich mal. Viel mehr als er interessiert mich jetzt Liv. Ich strecke meinen Kopf durch die Tür des Cafés: Sie steht an der Theke und schneidet mit schnellen, routinierten Bewegungen Blechkuchen auf.

»Gibt es wieder Butterkuchen?«, frage ich.

Überrascht dreht sie sich um.

»Mensch, Frauke, das ist aber eine Überraschung.« Sie freut sich sichtlich. »Da bist du ja wieder.«

»Mir wirst du in Zukunft wohl öfter begegnen«, ich trete ein, »erstens, weil der Käse, den ich gestern bei dir gekauft habe, wieder großartig war, und zweitens, weil ich bis Weihnachten in Lüneburg bleibe.«

»Was? Davon hast du gar nichts erzählt.«

»Wie auch?« Ich lache. »Du hattest auf dem Markt alle Hände voll zu tun.«

Also hole ich meine Geschichte jetzt nach, berichte von meinem Auftrag bei der Reederei, von meiner kleinen Wohnung und dass ich mich beim letzten Mal in der Lüneburger Heide so wohlgefühlt habe.

»Das liegt bestimmt daran, weil du als Kind hier Ferien gemacht hast. Das prägt, du hast …«, ein Klingeln unterbricht Liv, »entschuldige bitte.«

Sie greift in die Hosentasche und zieht ihr Handy heraus.

»Moin, Lisa … das ist aber ganz schlecht … Wenn du nicht kommst, dann bin ich heute allein im Café, wie soll das … ja, ist gut … nein, ich komme schon zurecht … du, ich muss jetzt Schluss machen, es sind schon Gäste da … ja, tschüss.«

Verärgert beendet sie das Gespräch und schiebt ihr Smartphone zurück in die Hosentasche. Dabei fällt mir auf, wie schmal sie geworden ist. Hat Liv abgenommen? Ich mustere Po und Beine. Viel zu dünn ist sie, aber wenn das stimmt, was Willem mir erzählt hat, dann muss mich das nicht wundern. Liv rennt sich auf ihrem Hof den Hintern aus der Hose.

»Ärger?«, frage ich vorsichtig in die Stille hinein, die nach dem Telefonat entstanden ist.

»Ach, ich habe eine Aushilfe, Lisa, die sagt dauernd ab. Blöd ist das.« Sie greift erneut zum Messer und beginnt, den nächsten Blechkuchen zu zerteilen.

»Jetzt muss ich mich ans Telefon hängen, um schnell noch Ersatz zu bekommen, dabei hätte ich eigentlich anderes zu tun.« Ihr Gesichtsausdruck wird für einen winzigen Augenblick hart.

»Das tut mir leid.«

»Nein, das muss es nicht, wirklich nicht. Sag mir lieber«, sie dreht sich mit dem Lächeln eines Vollprofis zu mir um, »was für einen Kuchen du haben möchtest. Du hast doch bestimmt Appetit.«

»Ertappt!« Ich muss über mich selbst lachen. »Was gibt es denn?«

»Pflaume, Aprikose und Streusel, alles frisch vom Blech.«

»Dann nehme ich einen Cappuccino und dazu«, ich linse ihr über die Schulter, »ein Stück Pflaumenkuchen.«

»Mit Sahne?«

»Ehrensache.«

# FLINK

In dem Moment, in dem ihr das Tablett herunterrutscht, habe ich genug gesehen. Ich habe gesehen, wie Liv von einem Tisch zum nächsten flitzt, wie sie, flink wie ein Wiesel, ihren Kuchen serviert, wie sie ohne Unterlass Kaffee, Tee und Apfelschorle herbeischafft, wie sie mit viel Charme und Fröhlichkeit die immer längeren Wartezeiten zu überbrücken versucht. Ich habe gesehen, wie stetig mehr Gäste in ihr Gartencafé strömen – aber keine Aushilfe, keine Unterstützung zu Hilfe kommt. Liv war mit ihrem Versuch, Ersatz für Lisa zu beschaffen, offensichtlich erfolglos.

Mittlerweile stapelt sich das Geschirr auf den Tischen, neue Gäste setzen sich, Liv kommt mit dem Abräumen aber nicht mehr hinterher. Und dann rutscht ihr auch noch das volle Tablett aus der Hand. Krach. In dem Moment weiß ich genau, wie es ihr geht, ich kenne solche Situationen aus dem Lamberti: Du ruderst und ruderst, und irgendwann kommt doch die Welle, die über dir zusammenschlägt.

Es reicht. Ich kann mich längst nicht mehr auf meinen Roman konzentrieren, immerzu schweife ich ab zu Liv. Ich stehe auf, gehe zu meinem Rad, deponiere mein Buch in meinem Korb, ziehe meine Strickjacke aus, die werde ich jetzt nicht mehr brauchen, und lege sie darüber. Dann öffne ich die Tür zum Café, greife mir ein leeres Tablett und fange an, die Tische abzuräumen. Denn so geht das nicht weiter. Ich werde nicht länger zusehen, wie Liv hier untergeht.

Als ich voll beladen hinter die Theke trete, erwarten mich dort mehrere Stapel Geschirr. Ich ziehe die Spülmaschine auf.

»Die ist gestern kaputt gegangen.« Liv ist mir hinterhergekommen. »So ein Mist! Teller habe ich noch genug, aber mir gehen die Tassen aus.«

»Kein Problem.« Ich drehe den Heißwasserhahn auf. »Ich spüle sie dir.«

»Echt?«

»Echt.«

»Danke, du«, sie reicht mir eine Schürze, »du bist toll.«

Das hört man doch gerne. Ich lächle still, binde mir die Schürze um und mache mich an die Arbeit. Eigentlich wollte ich mich nach meiner kleinen Fahrrad-Probetour an meinen Sekretär setzen und mein Training vorbereiten. Morgen um zehn wird es bei der Reederei losgehen. Woche für Woche soll nun ein Team nach dem anderen mein Coaching durchlaufen, bis die ganze Crew durch ist. Zum Glück will der Kunde genau die Module, die ich bei ihm schon einmal eingesetzt habe, das verkürzt meine Vorbereitungszeit – und ich kann Liv leicht ein Stündchen abtreten. Aber gerade, als ich die letzten sauberen Tassen zurück ins Regal geräumt habe, stürmt sie mit der nächsten Hiobsbotschaft herein.

»Ich habe nur noch acht Stücke Streuselkuchen und viermal Aprikose, Pflaume ist ganz weg. Der Kuchen reicht niemals, und wir haben gerade mal Viertel nach drei.« Sie streicht sich eine Haarsträhne aus dem Gesicht. »Ich hätte nie erwartet, dass heute noch mal so viel los sein würde.«

»Das schöne Wetter lockt die Leute raus.«

»Und das Gartencafé hat heute zum letzten Mal geöffnet, ab Oktober sind hier die Schotten dicht.« Liv mustert ihre Bleche und schüttelt den Kopf. »Die meisten da draußen sind Stammgäste, wie unangenehm, dass ich gleich nichts mehr anbieten kann.«

»Ich hab's«, mir kommt eine Idee, »wir backen Waffeln, den Teig habe ich im Nu angerührt.«

»Genau, Waffeln sind die Lösung.« Livs Gesicht leuchtet kurz auf, wird aber sofort wieder nachdenklich. »Eier, Zucker und Mehl sind da, Milch sowieso. Aber irgendwas müssen wir doch dazu anbieten, heiße Kirschen oder Himbeeren, aber die habe ich nicht.«

»Nicht schlimm. Hast du Äpfel?«

»Kistenweise, die Bäume tragen dieses Jahr wie verrückt.« Sie geht an mir vorbei, öffnet die Vorratskammer und zieht einen vollen Korb heraus.

»Das reicht dicke, wir backen Apfelwaffeln, dafür habe ich das Rezept sogar im Kopf. Die schmecken mit Schlagsahne, aber auch mit Zimt und Zucker.«

»Ist alles da. Und wie wäre es mit Vanilleeis?«

»Auch lecker.«

»Super, einen großen Behälter findest du hinten in der Gefriertruhe. Mehl und Zucker stehen im …«

»Liv«, unterbreche ich sie, da ich draußen schon wieder neue Stimmen höre, »kümmere dich um deine Gäste. Ich finde mich hier schon zurecht.«

»Perfekt«, sofort dreht sie ab und verschwindet durch die Tür.

Ich suche mir einen Arm voll Äpfel aus dem Korb und trete durch die Schwingtür in die Küche. Dort reiße ich den ersten Schrank auf, finde direkt die Zutaten, die ich brauche. Auch die Küchenmaschine steht da, wo ich sie erwartet habe. Und wo steckt das Waffeleisen? In dem Regal mit den Backformen, war ja klar, ich ziehe es heraus und schicke es in die Aufwärmphase.

Mit fliegenden Händen mache ich mich dann an den Teig. Dabei fühle ich mich in Livs Küche so schnell zu Hause, dass ich mich nur wundern kann. Ich hätte alle Fächer ganz genauso eingeräumt wie sie.

Während ich den ersten Apfel schäle, kommt mir Klaas in den Sinn, wie er gestern meine Küchenschränke durchforstete. Dabei stiehlt sich ein Lächeln auf mein Gesicht, denn das Bild, das er dabei abgab, gefällt mir immer noch. Er ist zweifellos ein interessanter Mann. Natürlich gibt er gerne das Raubein, übt sich in seiner spröden Art, aber wenn er mal warm geworden ist, so wie gestern Abend, zeigt sich doch ein weicher Kern unter seiner harten Bäckerschale. Zudem besitzt er diese besondere Zielstrebigkeit, ich muss schmunzeln, zielstrebige Männer haben mir schon immer gefallen. Besonders dann, wenn sie auch noch gut aussehen. Klaas hat es sich gestern jedenfalls nicht nehmen lassen, einen handfesten Flirtversuch zu starten. Ich greife zum nächsten Apfel und erinnere mich nur zu gerne.

»Wie kommt es eigentlich, dass du keinen Ehering trägst?«, fragt Klaas mich geradewegs, einfach so während des Essens.

»Wieso? Sollte ich?« Etwas verlegen ziehe ich meine rechte Hand vom Tisch.

»Na ja, beim letzten Mal hattest du einen. Jetzt hast du keinen.«

»Ja, ähm, ich«, haspele ich herum, »ich habe gerade eine Auszeit, eine Beziehungspause. Deshalb.«

Weitere Erklärungen spare ich mir. Ich muss ihm ja nicht alles auf die Nase binden, und schon gar nicht, dass es eigentlich Justus war, der die Auszeit wollte, nicht ich.

»Aha.« Sein Blick wird vieldeutig, und es arbeitet in seinem Hirn, ich sehe es genau.

»Weißt du«, er spricht weiter, »was ich mich immer schon mal gefragt habe?«

»Was?«

»Wie so eine Beziehungspause eigentlich funktioniert.« Er fährt sich mit beiden Händen durchs Haar. »Ich meine, ist da dann alles erlaubt?«

»Wie, alles erlaubt?« Ich stelle mich dumm. Was sagt man denn dazu?

»Na ja, stell dir doch mal vor, du lernst einen attraktiven Mann kennen. Du verguckst dich in ihn und er«, Klaas' Stimme wird um eine halbe Oktave tiefer, »sich in dich. Was passiert dann?«

»Du meinst, es gibt da eine Art Abkommen, das die Ehepartner während einer Beziehungspause miteinander schließen. Nach dem Motto, Knutschen ist erlaubt, Anfassen nicht?«

»So ähnlich.« Klaas' Lächeln wird diebisch.

»Sag mal«, ich hebe mein Weinglas, »kann es sein, dass du gerade einen astreinen Flirtversuch startest?«

»Vielleicht.« Auch er hebt sein Glas.

»Dann muss ich jetzt erst mal in dem Vertrag blättern, den mein Mann und ich aufgesetzt haben. Ich weiß gerade nämlich nicht, ob Flirten erlaubt ist.«

Nun grinst er über das ganze Gesicht, sagt »Touché«, und stößt sein Glas gegen meines.

Was für ein prickelnder Moment, ich habe ewig nicht geflirtet. Und was ist schon dabei? Überhaupt war das ein schöner Abend gestern. Auch wenn sich das Knistern zwischen uns bald wieder in Luft aufgelöst hat, haben wir noch lang an meinem Küchentisch gesessen. Ich habe Klaas von meinen Ferien, die ich früher auf dem Lohbekhof verbracht habe, erzählt und wie froh es mich machte, das Anwesen wiederzuentdecken.

»Eigentlich seltsam«, hatte Klaas schließlich gemeint, »immerhin ist dort dein Vater verunglückt.«

Ich musste ihm recht geben. *Eigenartig ist es schon,* überlege ich erneut und greife zur Reibe, um die geschälten Äpfel klein zu raspeln. Dabei spüre ich tief in mich hinein, sondiere, wie ich mich in den Mauern des Lohbekhofs, die mich jetzt umgeben, fühle. Aber, nein, hier ist alles gut für mich, alles unbeschwert. Kein dunkler Schatten schwebt über diesem Ort. Vielleicht liegt es daran, dass mein Vater auch nicht hier verunglückt ist, sondern draußen in der Heide. Sein Tod hat mit dem Hof an sich nichts zu tun. Vielleicht ist das der Grund.

»Drei Apfelwaffeln, zwei mit Eis und Sahne, eine nur mit Puderzucker.« Liv streckt ihren Kopf durch die Schwingtür, reißt mich aus meinen Gedanken. Gut so, denn mittlerweile sind die Äpfel nicht nur geschält, sondern auch gerieben. Ich muss sie nur in den Teig rühren.

»Wird gemacht!«, rufe ich eilig zurück und prüfe das Waffeleisen. Es ist heiß, es kann losgehen.

# SCHNUPPE

Das Licht flackert über den düsteren Waldweg. Ob ich mir die Abkürzung vielleicht doch besser verkniffen hätte? Eine Straßenbeleuchtung erscheint mir mit einem Mal ungeheuer verlockend. Aber dafür ist es zu spät, jetzt bin ich schon unterwegs und muss den Wald hinter mich bringen. Ich trete fester in die Pedale, der Dynamo leuchtet heller auf. Frau Andersons Rad ist zwar noch gut in Schuss, aber nun wirklich nicht mehr das neueste Modell. Ich muss mir unbedingt eine zusätzliche Beleuchtung besorgen, der Dynamo gibt mir gerade den Rest.

Liv und ich haben heute geschuftet wie meine Crew in den besten Zeiten des Lamberti. Noch zweimal musste ich neuen Waffelteig anrühren, unsere Neukreation ging weg wie warme Semmeln – was mich, nebenbei bemerkt, total freute.

Als Liv um sechs das Café endlich abschloss, musste sie dringend in den Stall. Da stapelte sich auf den Tischen aber noch das ganze Geschirr, und auf der Theke sah es aus wie Kraut und Rüben. Auch wenn ich eigentlich längst am Schreibtisch sitzen wollte, konnte ich sie damit nicht allein lassen.

Während Liv ihre Ziegen molk, machte ich mich an das Chaos im Café. Als ich endlich damit fertig war, kehrte Liv aus dem Stall zurück. Zusammen räumten wir noch die Kissen und Wolldecken zusammen, die sich auf den Gartenstühlen verteilten. Als Dank für meine Arbeit, Geld lehnte ich partout ab, packte mir Liv alle Käsesorten ein, die ich noch nicht probiert habe. Vor lauter Rührung – und auch vor Erschöpfung – fielen wir uns zum Schluss in die Arme. Völlig k.o., aber auch ganz schön glücklich. Wir zwei hatten eine echte Schlacht geschlagen – und eine Unmenge an Abwasch erledigt. Meine Güte, wie dankbar bin ich dem Erfinder der Spülmaschine, dass ich den nicht jeden Tag machen muss. Jetzt habe ich Spülhände und einen schmerzenden Rücken vom langen Stehen.

Egal, ich muss weiter. Denn dieser Wald wird mir immer unheimlicher. Auch wenn mein Dynamo – sprich: meine Oberschenkel – gegen die Dunkelheit ankämpfen, wohl fühle ich mich in ihm wirklich nicht. Immer wieder knackt es im Gehölz, und jetzt schreit auch noch ein Käuzchen. Gruselig. Schon früher lebten diese Eulen in den Wäldern rund um den Lohbekhof. Um mir Mut zu machen, erzähle ich laut die Geschichte, mit der mich meine Mutter in Kindertagen immer beruhigte:

»Waldkäuzchen sind die treuesten Tiere der Welt. Ein Männchen und ein Weibchen bleiben ein Leben lang beieinander. Sie haben ihr Zuhause in einer gemütlichen Baumhöhle, und wenn sie ihr Huu-hu-huhuhuhuu rufen, dann nur, um dem anderen zu sagen: ›Ich bin da, ich bin immer für dich da‹.«

Wie auf Kommando erschallt das nächste Huu-hu-huhuhuhuu, es hallt durch die dunklen Baumkronen – und ich fühle mich mit einem Mal ungeheuer allein. Wie herausgefallen aus der Welt. Ein kleines Menschlein, ein flackerndes Licht und ansonsten nur beängstigende Düsternis.

Als mein Handy, das im Fahrradkorb liegt, plötzlich aufleuchtet, kommt mir das vor wie eine frohe Botschaft. Mein Herz macht einen Hüpfer. Ich bin zurück in der Moderne, bremse ab und greife nach vorn: Justus ist dran. Ach herrje, das ist mir fast ein bisschen zu viel der Realität.

»Justus.« Ich wähle eine bewusst spartanische Begrüßungsform und rutsche vom Sattel.

»Du bist ja ganz außer Puste, machst du Sport?«

Eine Frage, die typischer nicht hätte sein können.

»Ich bin gerade mit dem Rad unterwegs. Sorry, ich hatte noch keine Zeit, mich zurückzumelden«, purzelt es aus mir heraus, und sofort ärgere ich mich über meine blödsinnige Höflichkeit. Warum sage ich ihm nicht einfach die Wahrheit: Ich hatte keine Lust, mit dir zu sprechen, keine Lust, mich zu streiten.

»Ja, das habe ich gemerkt«, bemerkt er angesäuert, »aber, schön, dass ich dich jetzt erreiche.«

»…«

»Wie du ja schon gelesen hast, bin ich in Unruhe. Stimmt es, was Frau Helmstedt mir erzählte, du bist ausgezogen?«

*Die alte Petze*, denke ich erneut und sage: »Ich wohne für die nächsten drei Monate in Lüneburg, ja.«

»In Lüneburg? Meine Güte.«

»Ich habe hier einen Auftrag.«

»Einen was? Entschuldige, die Verbindung ist schlecht.«

»Einen Auftrag.« Ich werde lauter.

»Aha«, seine Überraschung ist deutlich herauszuhören, »das muss aber ein großer sein.«

»Ist es.« So langsam nervt er.

»Das heißt also, bitte korrigiere mich, wenn ich etwas falsch verstanden habe, dass unser Penthaus in nächster Zeit leer stehen wird. Wenn das so ist, dann gefällt mir das gar nicht, ganz und gar nicht.«

Bevor ich darauf reagieren kann, schallt ein lautes Huu-huhuhuhuhuu durch den Wald.

»Was war denn das?« Mein Mann scheint ernsthaft besorgt zu sein. »Frauke, wo bist du?«

Ich stöhne. Ich bin müde. Und Justus geht mir auf den Zeiger. Seine komplizierte Art, und das inmitten dieser Dunkelheit.

»Justus, ich muss weiter …«

»… aber das Penthaus, da scheint mir doch eine Lösung vonnöten, wie …«

»… mimimi, das Penthaus«, äffe ich exakt seine Tonlage nach, ich hab's jetzt echt dicke, »das ist mir gerade so was von schnuppe. Wenn du meinst, dass das ganze Zeug, das du darin angesammelt hast, nicht alleine wohnen kann, dann zieh doch einfach zu ihm.«

»Aber Frauke …« Er holt demonstrativ Luft.

»Nix Frauke«, grätsche ich in seine Atempause, »Frauke und Justus haben eine Beziehungspause. Schon vergessen? Drei Monate, in denen *ich* nichts von dir hören möchte.«

»*Du* möchtest … also, hör mal, was ist denn in dich gefahren?«

»Eine Beziehungspause! Bis Weihnachten. Mach bis dahin mit dem Penthaus, was du willst.«

»Also, zu wohnen brauche ich da auch nicht, so allein, ich …«

»Mach! Was! Du! Willst!«, unterbreche ich ihn, denn mir reicht es endgültig. »Ich bin in Lüneburg, und *hier* bleibe ich auch.«

Zack. Ich reiße mein Handy vom Ohr und drücke schnell auf den roten Hörer. Bloß weg mit dem. Dann aktiviere ich den Flugmodus und werfe das Gerät zurück in meinem Fahrradkorb.

*Was für ein Spinner*, denke ich, hieve mich zurück in den Sattel und trete von Neuem in die Pedale. Das war gerade zwar nicht die feine englische Kommunikationsfachfrauenart, dafür aber die schlichte Wahrheit. Ich weiß gar nicht, was für Probleme der mit dieser verflixten Wohnung hat. Fast kommt es mir so vor, als würde er sich in ihr selbst nicht wohlfühlen, auch wenn das kaum sein kann. Immerhin hat *er* sie gekauft und eingerichtet. Das einzig Gute an unserem Gespräch ist, dass mein Dynamo – vor lauter Wut – kraftvoll leuchtet und mir meine brennenden Oberschenkel völlig egal sind.

In Windeseile habe ich das dunkle Waldstück hinter mich gebracht. Die Baumkronen öffnen sich und machen Platz für den Mond. Sein fahles Licht fällt auf zwei abgeerntete Maisfelder, deutlich zeichnet sich der Weg zwischen ihnen ab. Ich bin erleichtert – und werde etwas langsamer.

Meine Gedanken wandern an meinen Schreibtisch, in meiner Wohnung wartet noch reichlich Arbeit. Zumindest muss ich meine Power-Points, die ich morgen für den Workshop brauche, noch einmal durchsehen und die neue Teilnehmerliste, die Frau von Mallinckroth geschickt hat. Egal, es wird nicht die erste Nachtschicht, die ich einlegen muss, die kenne ich aus meiner Zeit im Lamberti zur Genüge. Eigentlich seltsam, dass mir die Arbeit im Café heute so viel Freude gemacht hat. Wirklich erstaunlich, denn das Lamberti hat mir seinerzeit ja den Rest gegeben. Wie dem auch sei, Liv und ich waren sofort ein Team, und es war toll, gemeinsam etwas auf die Beine zu stellen. Unsere Gäste waren total happy, einfach, weil wir happy waren – das habe ich bei jeder Waffel, die ich an den Tisch gebracht habe, gespürt. In vollen Zügen haben sie diesen traumhaften Herbsttag in Livs Garten genossen. Und ich auch. Was ist der Lohbekhof doch für ein besonderer, wunderschöner Ort. Kein Wunder, dass Liv das Anwesen erhalten möchte. Seine alten Feldsteinmauern tauchen vor meinem geistigen Auge auf, seit ewigen Zeiten scheinen sie die weitläufigen Rasenflächen hinter dem Haus einzugrenzen. Auf diesen verteilen sich uralte Bäume. Eine Eiche mit so ausladender Krone, dass eine ganze Hochzeitsgesellschaft darunter Platz finden würde, bildet das Zentrum. Eigentlich schade, dass das Gartencafé jetzt in Winterpause geht, ich könnte mir gut vorstellen, dort …

Ein komischer Geruch reißt mich aus meiner Gedankenwelt: *Maggi? Riecht das hier nach Maggi?* »Immer denkst du ans Essen«, Justus' ewiger Spruch schießt mir reflexartig durch den Kopf. Ich schnuppere noch einmal. Aber kein Zweifel: Maggi. Ich bin irritiert, blicke mich fragend um und erspähe im Mondschimmer: Wildschweine. Auf dem Maisfeld. Ich wusste ja gar nicht, wie riesig die sind. Eine ganze Rotte. Oh Gott, haben sie mich schon bemerkt? Misstrauisch beäuge ich das größte Tier, einen mächtigen Keiler. Er scheint schwer beschäftigt zu sein, stößt seine Schnauze in die Erde, wühlt sie um. Wenn ich mir vorstelle, dass der das mit meinem Fahrradreifen macht, Prost Mahlzeit. Zum Glück scheinen die Tiere reichlich Futter auf dem Feld zu finden, bestimmt suchen sie nach übrig gebliebenen Maiskolben. Von mir nehmen sie jedenfalls keinerlei Notiz. Sie grunzen und schmatzen wie bei einem römischen Festgelage – und so etwas Ähnliches haben sie wohl auch.

Ich dagegen mache mich, so leise, wie es mein altes Rad vermag, vom Acker. Im wahrsten Sinne des Wortes.

# HÜFTGOLD

»Der Camembert hat mich restlos begeistert.« Ich stehe in der Schlange vor Livs kleinem Verkaufswagen und bin ins Gespräch gekommen. »So einen guten habe ich noch nicht oft bekommen.«

»Ach, wirklich?« Die Dame neben mir schiebt sich die Brille auf die Nase, mustert die Käseauslage.

»Ich kombiniere den mit Feigen oder klein geschnittenen Birnen, dazu ein gutes Brot. Wenn Sie mich fragen«, ich webe eine kleine Kunstpause ein, »braucht kein Mensch mehr, um glücklich zu sein.«

Es ist wieder einmal Samstag, und ich besuche meinen ganz persönlichen Hotspot: den Lüneburger Wochenmarkt. Die erste Trainingswoche bei der Reederei liegt hinter mir. Da wirklich keine neuen Module hinzukamen, die Hamburger wollten exakt die Inhalte wie beim ersten Mal, fiel sie mir erstaunlich leicht. Auch die Logistik hat bestens geklappt: Am Montag, Dienstag und Donnerstag bin ich morgens auf mein Rad gestiegen und zum nah gelegenen Bahnhof gefahren, dort habe ich mich in den Zug gesetzt und war sechsundzwanzig Minuten später in Hamburg. Nächste Woche geht das gleiche Programm von vorne los, dann mit den nächsten Teilnehmern.

Aber jetzt kommt erst mal das Wochenende, besser noch: der Wochenendeinkauf.

»Welcher ist der Camembert, von dem Sie gerade sprachen?« Die Dame blickt mich erwartungsvoll an, dabei fällt mir ihre enorme Ähnlichkeit mit Senta Berger auf.

Ich zeige darauf und gleich noch eine Station weiter. »Der daneben ist aber auch gut. Ein Brie, wunderbar mild. Den müssen Sie nur eine halbe Stunde vorm Essen aus dem Kühlschrank nehmen, dann entwickelt er ein Aroma, so fein«, ich blicke zum Himmel hinauf, »ich sag Ihnen, das lässt sich gar nicht beschreiben!«

»Ja, wenn Sie meinen.« Senta schiebt sich weiter nach vorne.

»Schön ist ja auch, dass man bei dem Käse hier kein schlechtes Gewissen haben muss. Die Ziegen kommen jeden Tag raus auf die Weide, der Stall ist groß und hell, sie haben es richtig gut.«

»Wirklich?«

Wir arbeiten uns ein weiteres Stückchen vor.

»Ja, ich habe mir den Hof selbst angesehen. Er liegt direkt vor der Stadt. Liv«, mein Kinn weist auf sie, »verarbeitet ihre komplette Ziegenmilch zu Käse und verkauft ihn hier.«

»So was hört man gern. Wissen Sie, ich kaufe ja am liebsten lokal. Unsere Region hat so viel Gutes zu bieten: Nehmen Sie nur die Sandkartoffeln, die hier wachsen, die …«

»Wer von den Herrschaften ist jetzt dran?« Livs Stimme unterbricht uns, dabei lächelt sie mir zur Begrüßung zu.

»Ich«, meint Senta und hebt bescheiden ihren Zeigefinger.

»Was darf's für Sie sein?«

»Einmal von dem Camembert und einmal von dem Brie.« Sie lächelt mir zu. »Meine Nachbarin hier hat mir beide wärmstens empfohlen.«

Liv grinst. Und ich auch.

»Aber nein«, Senta korrigiert sich, »von beiden Sorten nehme ich bitte direkt zwei Stücke. Die sind so hübsch verpackt, da habe ich für heute Abend gleich ein Geschenk.«

An mich gewandt, fügt sie hinzu: »Mein Mann und ich sind eingeladen, dann haben wir mal ein anderes Mitbringsel als Wein.«

Als Senta ihre Einkäufe verstaut hat und in Richtung Gemüsestand verschwunden ist, hat Liv endlich Zeit für mich.

»Danke«, sagt sie leise, der Moment ist günstig, wir sind allein.

»Ach, wofür denn? Für das bisschen Empfehlung? Das mache ich mit links und meine es zudem ernst.« Ich schaue mich in der Auslage um. »Außerdem kenne ich mich in deinem Sortiment mittlerweile bestens aus. Von deinem Care-Paket, das du mir am Sonntag gepackt hast, ist jedenfalls nicht mehr viel übrig.«

»Dann gib mal deine Einschätzung ab, die interessiert mich. Was hältst du von dem Barrique-Käse?«

»Der ist was für Kenner, glaube ich, sehr intensiv. Mir sind die Salzkristalle in seiner Textur aufgefallen. Wie lange hast du ihn reifen lassen?«

»Zehn Monate, und das«, Livs Gesicht leuchtet auf wie ein Glühwürmchen bei Nacht, »in einem Barrique-Fass. Ein echtes Fundstück, es stammt aus einer Rum-Produktion auf Martinique. In seinem Holz stecken Aromen von Vanille, Toffee und Rosine. Ich fand es spannend, damit zu experimentieren.«

»Das ist es auch – totaaal.« Ich bin hin und weg von Livs Idee.

»Hier, probiere ihn noch mal.« Livs Messer fährt am Barrique-Käse, der in ihrer Kühltheke liegt, entlang.

Ein Eckchen wandert über die Verkaufstheke. Ich stecke es mir in den Mund, schließe die Augen.

»Das Aroma ist voll, aber ausgewogen, ja, und«, ich lasse mir das Stückchen millimeterweise auf der Zunge zergehen, »da ist eine Süße, die ist besonders.« Ich öffne die Augen. »Diese Note kommt bestimmt durch das Rumfass.«

Ich bin so sehr in meinem Element, dass mir die neue Kundin, die hinter mich getreten ist, gar nicht auffällt. Erst als Livs Blick abschweift, bemerke ich sie.

»Bitte«, ich rücke zur Seite, »ich brauche hier noch ein bisschen.«

»Ach, sagen Sie«, die Kundin tritt neben mich, »was war das für ein Käse, den Sie soeben probiert haben?«

»Das war der aus dem Barrique.« Ich tippe auf die Glasscheibe. »Premiumqualität, ganz fantastisch.«

Wie auf Kommando schneidet Liv einen weiteren Probierhappen ab und reicht ihn der Kundin. Wir beide sind eben ein eingespieltes Team.

»Der ist ja ganz besonders«, lautet das Urteil, kaum dass er den Gaumen der Kundin berührt hat, »davon nehme ich bitte ein großes Stück. Geben Sie mir doch gleich das ganze, das da noch liegt.«

»Kommt sofort.« Liv strahlt.

Mit raschen Bewegungen schlägt sie den Käse in Papier, reicht ihn über die Theke und rechnet ab. Als ich den Betrag höre, wundere ich mich. Aus dem Lamberti bin ich ganz andere Preise gewöhnt. Das ist doch viel zu günstig bei dieser Qualität!

»Liv, der Barrique-Käse ist zu billig«, raune ich ihr zu, sobald die Luft wieder rein ist, »den musst du teurer verkaufen. Das ist dein Premiumprodukt! Da muss auch der Preis passen, sonst glaubt dir das keiner.«

»Echt?«, flüstert Liv zurück. »Wie viel meinst du?«

»Das Doppelte.«

Als sie erschrocken aufblickt, sieht sie mit einem Mal ungeheuer jung aus. Und genau das ist sie genau genommen ja auch.

»Auf jeden Fall, nimm das Doppelte«, ermutige ich sie, »du wirst sehen, das funktioniert.«

»Ich denke mal drüber nach.« Sie streicht sich vorsichtig eine Haarsträhne zurück. »Bekommst du denn auch was?«

»Unbedingt! Gibt mir bitte ein Stück von dem Ziegen-Gouda und etwas Brie. Das reicht für heute.«

»Sag mal«, Liv schneidet zwei großzügige Stücke ab, »hast du heute Abend schon was vor?«

»Nein, wieso?«

»Vielleicht magst du mich zu unserem Heidjer-Hoffest begleiten. Hier in der Heide gibt es eine ganze Menge lokaler Manufakturen, die Lebensmittel herstellen. Wir treffen uns alle einmal im Jahr, im Herbst, wenn es etwas ruhiger wird. Dieses Jahr richtet das Fest einer unserer Schäfer aus, das wäre vielleicht was für dich. Außerdem«, sie zwinkert mir zu, »musst du mal ein paar Leute kennenlernen, sonst wird dir hier noch langweilig.«

»Oh«, ihre Einladung rührt mich, »das ist aber lieb von dir.«

»Ich könnte dich um acht abholen.«

»Full Service! Ich freue mich. Dann stehe ich pünktlich um acht an der Straße, und du kannst mich einsammeln.«

Rasch notiere ich ihr meine Adresse, und wir tauschen – längst überfällig – unsere Handynummern aus.

»Also, dann bis später.« Liv winkt und widmet sich ihrer neu hinzugekommenen Kundschaft.

Und ich ziehe frohen Mutes ab. Jetzt brauche ich nur noch Gemüse, Obst und Brot, und das Wochenende ist gerettet! Ich klappere zwei weitere Marktstände ab, dann schnappe ich mir mein Rad und mache mich auf den Weg zu Klaas' Bäckerei. Wollen wir doch mal sehen, ob der Meister zu Hause ist.

Als ich in den Laden trete, dauert es höchstens eine Minute, da spüre ich eine kleine Hundenase an meinem Hosenbein.

»Fichte«, ich bücke mich zu ihr hinunter, »das ist aber eine schöne Begrüßung.«

Der Dackel wedelt eifrig, dann wandert seine Nase weiter zu meinem Einkaufskorb.

»Komm, ich weiß ja, dass du ein Faible für Möhren hast.« Ich greife hinein und reiße ihr eine Rübe von meinem frisch erworbenen Bund ab. »Hier, nimm.«

Während ich ihr zuschaue, sie begierig zupackt und ihre Beute stolz auf ihr Kissen trägt, muss ich an Justus denken. Es könnte wirklich sein, dass er recht hat: Ich denke ständig ans Essen. Selbst, wenn mir ein kleiner Hund begegnet. *Obwohl,* ich korrigiere mich in Gedanken, ich denke nicht *ans* Essen, ich denke *an* Essen. Das ist ein kleiner, aber feiner Unterschied. Vielleicht sollte ich wirklich mehr daraus machen, so wie mir Betty geraten hat. Sie war fest davon überzeugt, dass in meiner Liebe zu guten Lebensmitteln eine Begabung, ein Talent liegt, das es zu entwickeln und zum Einsatz zu bringen gilt.

»Hüftgold«, murmele ich leise und muss lächeln. In diesem Kontext bekommt das Wort eine ganz neue Bedeutung.

»Was für ein Glanz in unserer Hütte.« Diesen Bariton kenne ich. Klaas steht im Türrahmen und beobachtet mich. Wie lange wohl schon?

»Fichte mag dich.«

»Oder meine Möhren«, gebe ich zu bedenken.

»Hast du heute Abend schon was vor?« Er schiebt seine Schirmmütze selbstsicher aus der Stirn.

Sagte ich schon, dass ich zielstrebige Männer mag?

»Ja«, antworte ich in aller Schlichtheit. Denn zielstrebige Männer muss man ein bisschen zappeln lassen, sie verlieren ja sonst ihr Ziel – und das wäre schade.

»Du kommst zu spät, Klaas. Da war jemand schneller als du.«

# TIPPTOPP

Die brennenden Fackeln haben wir von Weitem schon gesehen. Sie flankieren den Kiesweg, der hinüber zur Holzscheune führt. »Das ist der Hof von Sören.« Liv läuft mir voraus. »Er ist einer der hiesigen Schäfer. Er besitzt vierhundert Heidschnucken. Mit ihnen ist er jeden Tag unterwegs. Seine Tiere halten die Heidepflanzen klein, sie verbeißen Sträucher und Bäume, die Heide würde sonst verbuschen.«

Ich folge ihr durch das flackernde Licht. Unter unseren Schuhsohlen knirscht der Kies. Schade, dass es schon so dunkel ist und ich den Hof nur noch in groben Umrissen erkennen kann. Um ihn zu erreichen, sind wir ziemlich weit über Land gefahren. Irgendwann wurden die Straßen so schmal, dass ich vermutlich umgekehrt wäre. Zum Glück saß Liv am Steuer, sie wich den riesigen Treckern, die uns entgegenkamen, routiniert aus. Millimetergenau manövrierte sie ihren Kastenwagen zwischen Traktorreifen, Bäumen und Zaunpfählen hindurch.

»Macht Sören auch Käse aus seiner Milch?« Ich bemühe mich, mit Liv Schritt zu halten. Im Gegensatz zu mir trägt sie ein großes Käsebrett, trotzdem ist sie ziemlich schnell.

»Nein«, sie dreht sich im Gehen halb zu mir um, »die Milch der Heidschnucken ist nur für deren Lämmer gedacht. Die meisten werden in einem gewissen Alter geschlachtet. Hast du noch nie einen Heidschnucken-Braten gegessen?«

Ich überlege, bevor mir aber eine Antwort einfallen will, haben wir unser Ziel erreicht: Die beiden Torflügel der Scheune sind weit geöffnet. Vor ihr, auf einem kleinen Platz, haben sich zwei oder drei Dutzend Leute versammelt. Sie verteilen sich um zwei

Feuerschalen, in denen das Holz lichterloh brennt. Kinder springen umher, dazwischen mehrere Hunde, Gelächter ist zu hören. Was für eine schöne Atmosphäre.

»Da bist du ja endlich.« Ein breitschultriger Mann setzt sich von der Gruppe ab, packt Liv hinterrücks an der Taille und hebt sie ohne jede Schwierigkeit hoch.

»Vorsicht, Vorsicht!« Sie balanciert ihr Käsebrett aus. »Ich bin beladen.«

Er setzt sie vorsichtig ab und kassiert dafür einen Wangenkuss.

»Wo hast du das Büfett aufgebaut, Sören?«

»In der Scheune, gleich rechts hinter dem Tor.«

Anscheinend bringt hier jeder etwas mit, wie unangenehm, dass ich mit leeren Händen komme.

»Prima, ich bringe den Käse direkt zum Büfett. Und, Sören?«

»Ja?«

»Das ist Frauke aus Frankfurt. Sie wohnt jetzt hier.«

Damit verschwindet sie in der Scheune und ward nicht mehr gesehen. Dafür weicht mir Sören nicht mehr von der Seite. Die paar Worte, die Liv ihm zugeworfen hat, reichen offensichtlich aus, um seine Neugier zu wecken. Und nicht nur seine. Es dauert nicht lang, bis ich Matthias, Max, Carla und all die anderen kenne. Ich werde herumgereicht wie ein Wanderpokal, und bald wird mir klar, dass sich alle Anwesenden mindestens seit der Steinzeit kennen und ich der Neuzugang des Abends bin. Sie alle verstehen sich als »Heidjer«, wie ich erfahre, so nennen sich die Bewohner der Heide. Und sie alle produzieren Lebensmittel, die sie mir nach und nach vorführen. Allen voran Sören.

»Salami und grobe Bratwurst, alles zu hundert Prozent Heidschnucke. Probier mal, schmeckst du die Wildnote? Heidschnucken-Fleisch ist besonders zart, das kommt von der vielen Bewegung, die die Tiere haben.«

Danach treffe ich auf Max und Carla. Sie bauen auf ihrem Hof Sandkartoffeln an. Da das zum Leben irgendwann nicht mehr gereicht hat, kam Carla, die im ersten Beruf Werbekauffrau ist, auf die Idee mit den Kartoffelchips. Heute produzieren die beiden vier Geschmacksrichtungen, die in ausgesprochen schicken Papiertüten stecken. Ich probiere alle, wobei mir die Variante »Rosmarin, Thymian, Meersalz« am allerbesten gefällt. Danach bin ich richtig froh, auf Matthias zu treffen, den örtlichen Bierbrauer, denn ich habe Durst. Er zapft für mich ein »dunkles Landbier« und freut sich wie ein kleiner Junge, als ich Glas eins in Höchstgeschwindigkeit leere, um direkt Glas zwei zu verlangen.

Das ist dann auch der Moment, an dem ich mich setzen muss. Sören hat einzelne Holzbänke um die Feuerschalen gestellt, die mit silbergrauen Schaffellen gepolstert sind. Auf eines lasse ich mich nieder und strecke meine Beine von mir. Ich erkenne Liv, die aus der Scheune tritt, und winke ihr.

»Na, wie ist es dir ergangen?« Sie kommt auf mich zu, lässt sich neben mir nieder.

»Tipptopp!« Wie zur Bestätigung hebe ich mein Bierglas.

»Ah«, bemerkt sie wissend, »du hast Bekanntschaft mit Matthias gemacht.«

»Oh ja, und mit Sören, Max, Carla …«

»… dann stelle ich dir jetzt noch Gunnar vor.«

Ein schlaksiger Mann ist aus der Scheune getreten, er schaut sich suchend um und kommt, als er Liv entdeckt, näher.

»Frauke – Gunnar, Gunnar – Frauke.« Livs Hand wandert wie ein Taktstock zwischen uns hin und her.

Ich mustere sein junges Gesicht im Licht des Feuers. Markant, ein bisschen zu mager, so wie Liv, aber interessant.

»Moin.« Gunnar hebt seine Hand – und das war's.

Redselig ist definitiv anders. Das scheint sich auch Liv zu denken, denn sie übernimmt die Gesprächsführung.

»Gunnar stellt Cidre her. Er sammelt die Äpfel von Streuobstwiesen, für die sich häufig keiner mehr interessiert, dann presst er daraus Apfelsaft, vergärt und lagert ihn, bis der fertige Cidre in Flaschen abgefüllt werden kann.«

»Gläschen gefällig?«, schaltet sich jetzt Gunnar ein.

Ich lächle höflich und schwenke mein noch halb volles Bierglas. Das scheint ihn wenig zu beeindrucken, denn er verschwindet und kehrt kurz darauf mit drei gefüllten Sektkelchen zurück.

Ich gebe mich geschlagen, zum Glück muss ich heute ja nicht fahren. So spüle ich die letzten Schlucke Bier hinunter und greife zu.

»Cheers!«

Ich schnuppere, dann probiere ich. Der Schaumwein moussiert auf der Zunge, fruchtig und leicht, seine Temperatur ist perfekt.

»Kompliment!« Ich nicke Gunnar zu.

Der nickt kurz zurück und verschwindet ohne weitere Worte.

»Na, gesprächig ist er ja nicht, der Gunnar.« Ich blicke ihm hinterher. »Aber sein Cidre hat was.«

»Finde ich auch.« Liv setzt ihr Glas erneut an. »Ich mag, wie fein er perlt und dass er nicht so süß ist – das passt gut zu meinem Käse.«

Das stimmt, darauf bin ich noch gar nicht gekommen.

»Mich erinnert der Geschmack an Frankreich«, überlege ich beim nächsten Schluck, »da habe ich mit meinem Mann viel Zeit verbracht.«

»Wo ist dein Mann jetzt?«

Ich winke ab, der Abend ist so schön, und das soll er auch bleiben. Viel mehr als Justus interessiert mich gerade ein anderes Thema.

»Croûte cendrée. Weißt du, was das ist?«

Liv zuckt mit den Schultern.

»Croûte cendrée, übersetzt bedeutet das so viel wie geaschte Rinde, ist eine Art der Konservierung. Sie ist in Frankreich sehr beliebt. Traditionell verwandte man dort die Asche des heruntergebrannten Herdfeuers.« Ich weise auf die Feuerschale vor uns. »Asche ist steril, nimmt überflüssige Feuchtigkeit auf und macht Lebensmittel, die in ihr gewälzt werden, haltbar. Außerdem verleiht sie ihnen eine würzige Note.«

»Schwarze Asche auf weißem Käse.« Liv nimmt den Ball, den ich ihr zugespielt habe, auf.

»Schwarze Rinde, die beim Aufschneiden einen schneeweißen Kern freigibt.«

»Sehr edel.«

»Ein Premiumprodukt.«

Wie beide grinsen uns an, beglückt von der gemeinsamen Idee.

»Das ist echt toll mit dir, Frauke.« Liv tippt mit ihrem Zeigefinger auf meinen Oberschenkel. »Du hast wahnsinnig gute Einfälle und weißt, wie man Produkte inszeniert, wie man sie verkauft.«

»Letztlich muss immer die Qualität stimmen, daran führt auf Dauer kein Weg vorbei. Wenn du zu deinem Produkt aber noch eine kleine Geschichte erzählen kannst, setzt du dich von deinen Wettbewerbern ab. Sie gehört quasi mit zur Verpackung. Die Geschichte kann alles Mögliche sein: die Verarbeitung, die Tradition, der Ursprung oder auch etwas Persönliches, ein Erlebnis, eine Vorliebe. Darin drückt sich Leidenschaft aus. Die Leute lieben es, Geschichten zu hören und sie weiterzuerzählen, wenn sie mit ihren Gästen oder ihrer Familie am Esstisch sitzen.«

»Du bist genial. Das ist genau das, was ich für meinen Käse noch brauche. Wenn ich das nötige Kleingeld hätte, ich würde dich direkt einstellen.«

Ich lächle sie an, Liv ist wirklich süß.

»Dann hätte ich auch mehr Zeit für Valerie.« Sie holt tief Luft. »Sie kommt einfach zu kurz.«

»Ich frage mich ohnehin, wie du das alles schaffst: den Stall, die Käserei, das Kind.«

»Ach, so lange ich auf dem Hof zu tun habe, geht es schon. Blöd sind für Valerie halt nur die Tage, an denen ich auf den Markt muss. Dabei steht die wirklich harte Zeit noch bevor: Ende November beginnt der Lüneburger Weihnachtsmarkt, da will ich unbedingt dabei sein, ich weiß nur noch nicht, wie ich das bewerkstelligen soll.«

»Wo ist Valerie jetzt?«

»Sie schläft bei meiner Nachbarin, unsere Töchter sind eng befreundet. Zum Glück, ich wäre sonst aufgeschmissen.«

Aus der Scheune schallt plötzlich Musik. Jemand lacht, dreht die Lautsprecher auf. Ohne Umschweife strömen drei, vier Paare ins Innere, beginnen zu tanzen. Eine Aufwärmphase braucht hier anscheinend niemand. Gunnar taucht wie aus dem Nichts auf, er greift nach Livs Hand, und die beiden verschwinden auf der Tanzfläche. *Gut so,* denke ich.

Dieser Abend ist wunderschön. Ich schaue mich um, beobachte die fröhlichen, miteinander vertrauten Menschen, den hellen Feuerschein und blicke dann nach oben: Über mir wölbt sich ein gewaltiger Sternenhimmel. So einen habe ich schon ewig nicht mehr gesehen. Riesengroß. Abertausende Lichter, manche winzig klein, andere hell und strahlend. Keine Straßenlaterne, kein Autoscheinwerfer stiehlt ihnen hier die Show. Die Nacht, die den Sternen die große Bühne bietet, ist tiefschwarz. Unergründlich. Hier draußen auf dem Schäferhof ist es absolut dunkel. Ein »Boah« entweicht mir leise. Immer noch habe ich den Kopf in den Nacken gelegt, mir steht der Mund offen vor lauter Staunen.

»Wunderschön, nicht wahr?« Ein Bariton hat sich neben mich gesetzt. Ohne hinschauen zu müssen, weiß ich, wer das ist.

Ich schließe meinen Mund und schaue ihn trotzdem an: Nein,

mit Klaas hatte ich heute Abend wirklich nicht gerechnet, auch wenn es mich, genau genommen, nicht wundern muss, dass auch er beim Heidjer-Club dabei ist.

In seinen Armen hält er einen ganzen Schwung Baguettes. *Stimmt,* denke ich, *auf dem Büfett fehlte noch das Brot – jetzt ist es also angekommen.*

»Wer war der, der schneller war?«, fragt Klaas geradeheraus und grüßt den Schäfer, der in diesem Augenblick aus der Scheune tritt. »Sören? War er es?«

Ich muss lachen, hätte gar nicht gedacht, dass er mir meinen Korb so krummnimmt.

»Nein, nicht er.« Ich bin eine ehrliche Haut. »Liv hat mich eingeladen, mitzukommen.«

»Aha«, er nickt, »das ist ja mal wieder typisch für die Ziege.«

Wir lächeln uns an.

»Ich muss die hier mal zum Büfett befördern.« Er hebt die Brote an. »Darf ich dir etwas zu trinken mitbringen?«

Ich hebe mein Sektglas und wackele damit.

»Cidre?«

»Sehr gerne.«

»Kommt sofort.«

Er verschwindet nach drinnen. Eine Gelegenheit, auf die Sören anscheinend nur gewartet hat. Es dauert keine drei Sekunden, da hat er Klaas' Platz eingenommen.

»Ja, ja, der Sternenhimmel hier in der Heide, der ist etwas ganz Besonderes.« Er legt seinen Kopf in den Nacken.

»Wunderschön!« Ich folge seinem Blick.

»Es gibt Nächte, da sitze ich ganz allein in meinem Garten und blicke hinauf.« Er weist mit seinem Zeigefinger nach oben. »Angesichts dieser Größe fühlt man sich so klein und unbedeutend …«

»Laber nicht.« Klaas ist zurück. »Sören, du *bist* klein und unbedeutend, dazu musst du dich nicht nachts in deinen Garten setzen.«

»Klaas«, mit einem Stöhnen neigt Sören seinen Kopf zurück in die Senkrechte, »wie schön, dass du auch da bist.«

Die Ironie trieft aus jedem seiner Worte.

»Ja, du mich auch.«

Die beiden scheinen eine gewisse Übung darin zu haben, sich gegenseitig zu foppen.

»Hm, charmant, die beiden Herren«, schalte ich mich versuchsweise dazwischen.

»Hier, für dich.« Klaas reicht mir eins der beiden Gläser.

»Zu gut von dir, dass du mir auch eins mitgebracht hast.« Sören versucht, ihm das zweite aus der Hand zu nehmen.

»Untersteh dich.« Klaas weicht ihm aus und setzt sich dann auf meine andere, noch freie Seite.

»Zum Wohl!« Er prostet mir zu, wobei er mir betont nahe kommt. Ich erkenne sein Aftershave wieder, das mir schon in seiner Wohnung aufgefallen ist.

»Du schmeißt dich ja ganz schön an unsere Frauke ran.« Sören rückt von der anderen Seite auf.

»Unsere Frauke?!« Klaas lacht auf, rückt sich seine Tweedmütze zurecht. »Sag ihm«, er wendet sich zu mir, »dass wir beide uns schon etwas länger kennen.«

Bevor ich dazu kommen könnte, grätscht Sören dazwischen. »Muss unser Bäckermeister um diese Uhrzeit nicht eigentlich schon in seinem Bettchen liegen?«

»Morgen ist Sonntag, mein Lieber«, Klaas strafft die Schultern, »da hat die Bäckerei geschlossen. Das ist der Vorteil, wenn man keine Brötchen backt.«

Ich denke: *Der alte Fuchs, das hat er sich ja geschickt eingerichtet,* und widme mich wieder meinem Cidre. Indessen geht der Schlagabtausch in die nächste Runde. Und ich komme mir immer mehr wie der Linienrichter bei einem Tennismatch vor. Während sich die beiden weiter aufziehen, rutsche ich lieber mal ein Stück zurück.

»Siehst du«, Sören gibt sich entrüstet, »da siehst du, was du angerichtet hast, du Grobian: Frauke will nichts mehr mit uns zu tun haben!«

»Ha! Sag du mir, wie man mit Frauen umgeht, gerade du.«

»Stopp. Stopp!« Jetzt reicht es, ich stehe auf.

Eine Wendung, auf die Matthias, der Bierbrauer, nur gewartet zu haben scheint. Mit einem Mal steht er neben mir, nimmt mir mein Sektglas ab. »So etwas solltest du nicht trinken«, erklärt er, drückt es dem verdutzten Sören in die Hand und zieht mich in die Scheune. »Komm, lass uns tanzen gehen.«

Eine wunderbare Idee, wie ich finde, denn jetzt läuft ein richtig alter Titel: *Wake Me Up Before You Go-Go* von Wham!. Wie toll. Der Bierbrauer ist ein ausgezeichneter Tänzer, wann findet man schon mal so was! Ich kann mich gar nicht mehr daran erinnern, wann ich den letzten Discofox aufs Parkett gelegt habe. Aber es klappt noch. Und wie!

Richtig lustig wird es bei *I Will Survive* von Gloria Gaynor und *I Was Made For Loving You* von Kiss. Die Playlist, die da läuft, ist der Hammer. Bei Abbas *Dancing Queen* liegt mir der Bierbrauer fast zu Füßen, so viel komödiantisches Talent hätte ich ihm gar nicht zugetraut. Ich komme aus dem Lachen gar nicht mehr heraus.

»Komm«, sagt er, gerade als ich den nächsten Titel als *Dancing In The Dark* von Bruce Springsteen identifiziere, »wir müssen was trinken.«

Keine Minute später halte ich ein Bier in der Hand, und bevor ich noch darüber nachdenken kann, ob es sich mit dem Cidre in meinem Bauch wohl verstehen wird, habe ich es auch schon ausgetrunken. Tanzen macht ja dermaßen durstig.

Als der Bierbauer hocherfreut nachzapft, lasse ich meinen Blick durch den Raum gleiten. Dabei fällt er auf Liv und Gunnar, die auf einem Strohballen hocken und knutschen.

»Ach ne, der Gunnar, das stille Wasser, wer hätte ihm das zugetraut«, raune ich vor mich hin und erkenne die ersten Takte von *It's Not Unusual.* Das ist Tom Jones! Den Titel darf man keinesfalls ungetanzt vorüberziehen lassen! Wo ist Matthias? Ich wende mich suchend um.

»Darf ich?« Klaas steht plötzlich hinter mir, greift nach meiner Hand.

Und dann sind wir beide auch schon auf der Tanzfläche. Da spüre ich nicht nur den Alkohol, der mittlerweile in meinen Adern fließt, sondern auch die enorme Faszination, die von diesem Mann ausgeht. Mannomann. Beides macht mich schwummerig. Zumal auch Klaas mit einer absoluten Selbstverständlichkeit tanzen kann. Ob das die Heide-Jungs schon in der Schule lernen? Bevor ich über eine Antwort nachdenken kann, baut Klaas eine lässige Drehung ein, dann umfasst er erneut meine Taille, diesmal fester. Und er lacht. Wie dieser Mann lachen kann! Sein Bariton kommt tief aus dem Bauch heraus.

Jetzt noch eine Drehung, schneller. Ich kreise sicher, und Klaas fängt mich wieder ein. Gegen uns ist *Dirty Dancing* ein Kasperletheater! So kann es immer weitergehen, weiter, weiter, den ganzen Abend lang.

Nach den letzten Takten setzt für einen Moment Stille ein, ein Moment, in dem mich Klaas an sich zieht. Was passiert jetzt? Elvis unterbricht uns, oh Gott, es ist *Suspicious Minds.* Eines meiner Lieblingsstücke. Wenn das so weitergeht …

Ich singe die ersten Liedzeilen mit, als wir zu tanzen beginnen. Was für eine Nacht. Der Oberarm, den ich da unter meinen Fingern spüre, fühlt sich verdammt gut an. Und die Augen unter der Schirmmütze, sind, ja, sie sind … du meine Güte, ist mir heiß.

Als der Song endet, hält mich Klaas fest im Arm, und ich denke, wenn die von Elvis jetzt auch noch *Always on My Mind* spielen, dann weiß ich nicht, was passiert.

Es dauert keine drei Sekunden und genau dieser Song setzt ein. Ein Bariton singt leise mit. Ganz nah an meinem Ohr.

# SCHLAMASSEL

Erwähnte ich schon, dass auch Zora auf dem Hoffest war? Zora brennt Gin. Dazu sammelt sie Wacholderbeeren in der Heide, fügt einen Haufen »Botanicals« hinzu und füllt ihr fertiges Destillat in dekorative Apothekerflaschen. Genau diese Flaschen waren es, die mir den Rest gaben.

Ich erinnere mich noch genau, wie der Gin schmeckte: weich und rund, garniert mit einer feinen Wacholdernote. Zu gut, um es bei einem zu belassen. Dann weiß ich nur noch, dass ich nach Hause wollte, Liv suchte, sie aber nicht fand. Und danach? Keine Ahnung.

Filmriss.

Jetzt ist Sonntagvormittag. Die Sonne scheint in mein Zimmer, ich liege immer noch im Bett. Mit einem Handrücken auf der wehen Stirn starre ich hinauf in den offenen Giebel und möchte lieber nicht aufstehen. Ich möchte nie wieder aufstehen. Mir geht es dermaßen dreckig.

Aus dem schlichten Grund, dass einfach jeder Mensch irgendwann mal zur Toilette muss, rolle ich dann doch von der Matratze. Als meine Füße den Boden erreichen, berühren sie die kühlen Holzdielen und noch etwas anderes, etwas Weiches. Was ist das? Als ich dieses andere mit der großen Zehe nach vorne schiebe, um es zu begutachten, erkenne ich Klaas' Schirmmütze. Oh Gott, ich lasse meinen Kopf in beide Hände sinken. Wie peinlich ist das denn? Lass bitte nicht wahr sein, was ich gerade denke. Wir beide sind in meinem Schlafzimmer gelandet?

Nach einigen tiefen Atemzügen richte ich mich auf und rufe ein vorsichtiges »Hallo« in meine Wohnung hinein. Niemand antwortet. Danke. Kein Klaas weit und breit. Dann schaue ich an mir herab. Ich trage Unterwäsche und das Shirt von gestern Abend, auch das sind gute Nachrichten.

Ich schleppe mich hinüber ins Bad, spüre Schwindel, erledige das Notwendigste und wühle in meinem Kulturbeutel nach den Kopfschmerztabletten. Als ich die Packung finde, nehme ich direkt zwei. Jetzt bleibt mir nur noch, abzuwarten und zu hoffen, dass die Dinger wirken.

Wie spät ist es eigentlich? Ich suche nach meinem Handy, es liegt, wie es sich gehört, auf meinem Nachttisch. Zehn Uhr dreiundvierzig, schon so spät. Außerdem hat Liv geschrieben. Ich begebe mich erneut in die Waagerechte, das fühlt sich einfach besser an, und öffne ihre Nachricht:

Wo bist du? Ich würde gerne nach Hause fahren.

Ein ebenso kurzer wie verwirrender Text. Ich prüfe die Uhrzeit, Liv hat die Nachricht um drei Uhr vierzehn abgeschickt. Aha. Schade nur, dass ich keine Ahnung habe, wo ich um drei Uhr vierzehn war. Das ist ja nicht zu fassen. Wie alt bin ich denn? Fünfzehn? Für einen Moment muss ich an Justus denken. Geht leider gar nicht. Denn neben dem Kopfschmerz steigt mir jetzt auch noch die Scham in den Schädel. Beides ist einfach zu viel.

Ich lasse das Handy neben mir auf die Matratze fallen und starre hinauf in den Giebel, versuche, den gestrigen Abend Stück für Stück zu rekonstruieren. Aber es gelingt nicht. Nur Klaas taucht immer wieder vor meinem inneren Auge auf, dazu sein tiefes Lachen, für einen Moment rieche ich sein Aftershave. Dann nichts mehr. Hoffentlich wirken die Tabletten bald. In meinem Kopf ist nur Watte, um nicht zu sagen: Stahlwolle, harte, widerspenstige Stahlwolle.

Dann beschließe ich, Liv zu schreiben. Sie macht sich bestimmt Sorgen:

Hi Liv, wie geht es dir? Leider haben wir uns gestern irgendwie verloren. Ich bin daheim, hab einen heftigen Kater.

Zu mehr Text reicht es aktuell noch nicht. Es dauert keine dreißig Sekunden, da trifft ihre Antwort ein:

Moin! Alles fein. Bin mit Valerie auf dem Spielplatz.

Unvorstellbar: jetzt ein Spielplatz, jetzt Kindergeschrei. Mein Schädel hämmert. Wie macht sie das nur? Bestimmt war Liv in aller Herrgottsfrühe auch schon im Stall, Ziegen melken. Die nächste Nachricht, die ich schreibe, ist mir angesichts ihres Durchhaltevermögens gleich doppelt peinlich, sie muss aber sein:

Hast du mich gestern nach Hause gebracht?

Nö

Oje, ich habe einen Filmriss. Befürchte, Klaas hat mich heimgefahren. Hier liegt seine Mütze.

Oh, là, là

Danach folgen jede Menge Smileys. Ist mir das peinlich. Ich habe mich aufgeführt wie ein Teenie, der zum ersten Mal in die Disco darf, dabei ist doch sie die viel Jüngere. Während mir die Schamesröte erneut in die Wangen steigt, fällt mir eine Szene von gestern ein, eine Knutschszene: Liv und Gunnar auf dem Strohballen. Die war, ehrlich gesagt, auch nicht ganz jugendfrei. Ich schreibe zurück:

Wie geht es denn Gunnar?

Die Kopfschmerztabletten wirken langsam, zum Glück. Dafür warte ich vergeblich auf eine Antwort, also schiebe ich noch eine Nachricht hinterher:

Das Hoffest gestern Abend war wunderschön, supernette Leute, tolle Stimmung, aber der Alkohol hat mich umgehauen. Trinkt ihr in der Heide immer so viel?

Immer noch keine Nachricht von Liv. Habe ich was Falsches gesagt? War meine Frage zu Gunnar unangebracht? Wenn ihr der Abend nur halb so peinlich ist wie mir, dann ganz bestimmt. Ich beschließe, das mit dem Schreiben erst mal sein zu lassen und stattdessen noch einmal die Senkrechte auszuprobieren. Funktioniert. Ich rutsche nach vorne auf die Bettkante und hebe vorsichtig Klaas' Mütze auf, die immer noch auf dem Boden liegt. Der Tweed fühlt sich etwas kratzig an, ich drehe sie um, studiere das Label, irgendetwas aus Schottland. Dann schnuppere ich am Stoff, muss lächeln, die Kappe duftet nach ihm. Eindeutig. Ich beuge mich nach vorne, ziehe an meiner Kommode eine leere Schublade auf und werfe sie hinein. Ich möchte mich von ihr nicht an meinen Fehltritt erinnern lassen, an meinen *möglichen* Fehltritt. War es ein Fehltritt? Wie auch immer, alles zu kompliziert. Einfacher ist es, erneut zu meinem Handy zu greifen, Klaas wird sein Schmuckstück schon vermissen.

Moin, suchst du deine Mütze? Sie ist hier.

Schlicht und ergreifend. Alles andere spare ich mir lieber, vielleicht kommt meine Erinnerung ja von allein wieder, wenn ich ihr ein bisschen Zeit gebe. Was ich jetzt brauche, sind: eine Dusche, einen Kaffee und ein Käsebrot. Danach sehen wir weiter.

Als ich die drei Dinge in genau dieser Reihenfolge erledigt habe, greife ich noch einmal zu meinem Handy. Ob Klaas sich gemeldet hat? Nein, hat er nicht, dafür Liv:

> Sorry, Valerie ist hingefallen, ich musste ihr Knie verarzten. Kann ich heute Nachmittag mal bei dir vorbeikommen? Ich würde gerne etwas mit dir besprechen.

Oh, gibt es was Ernstes? Wenn sie extra vorbeikommen möchte, muss es einen dringenden Anlass geben. Hoffentlich keiner, der mit gestern Abend zu tun hat. Betont lässig schreibe ich zurück:

> Gerne, wann passt es dir? Fünfzehn Uhr?

Als ich die Nachricht abschicke, klingelt es. Ich zucke zusammen. Klaas? Vor lauter Schreck halte ich die Luft an. Der Kopfschmerz flammt wieder auf. Dann besinne ich mich, atme aus und laufe in den Flur, um den Türöffner zu drücken. Etwas bang warte ich ab, wer sich die Treppe hocharbeitet. Die Schritte, die ich höre, sind jedenfalls schnell.

»Betty!« Das ist ja nicht zu glauben, mit ihr hätte ich am wenigsten gerechnet.

»Frauke!« Mein Name klingt aus ihrem Mund wie ein Hilferuf. »Ich wusste doch, dass ich dich hier finde.«

Im nächsten Moment fällt sie mir um den Hals. Was ist passiert? Ich halte sie fest im Arm, spüre ihr Herz aufgeregt schlagen.

»Komm«, ich schiebe meine Freundin sanft an mir vorbei in die Wohnung, »komm erst mal rein.«

Die Reisetasche, die sie in der Hand hält, nehme ich ihr ab. Ich manövriere sie weiter in Richtung Esstisch und rücke ihr einen Stuhl zurecht.

»Hier, setz dich. Was ist denn los?«

Wobei, das fällt mir jetzt ein, die Frage eigentlich lauten müsste: Woher weißt du, dass du mich hier findest? Das soll mir jetzt aber erst mal egal sein. Jetzt geht es um Nothilfe.

»Viktor wird Vater!« Bettys Stimme überschlägt sich.

Moment mal, ich kann nicht ganz folgen. Wenn Viktor Vater wird, dann müsste Betty doch … aber dafür ist sie … Ich kriege es gerade nicht auf die Reihe, zumal die Kopfschmerzen …

»Er hat Cleo geschwängert.«

Ich komme immer noch nicht ganz mit, was Betty registriert.

»Cleo ist seine aktuelle *Freundin*«, sie spuckt das Wort förmlich aus. »Achtundzwanzig ist sie! Achtundzwanzig!«

»Oh!« Das ist alles, was aus mir herauskommt. Und mir ist völlig klar, das reicht nicht. »Oh, das ist … ein Kind ... das ist doch … schön.«

»Schön?« Betty ist entsetzt. *»Schön?* Viktor könnte Cleos Vater sein!«

Mist, das war wohl die falsche Antwort, aber ich bin einfach noch nicht fit für so einen Feuerwehreinsatz. Mir ist ja völlig klar, dass Betty und ihr Mann seit Jahren sexuell getrennte Wege gehen, dass Viktor Affären hat und offen auslebt. Trotzdem bekomme ich die Fäden gerade nicht zusammen.

»Na ja«, laboriere ich herum, »dann wirst du ja quasi … Großmutter.«

Kaum ist der Satz heraus, weiß ich, dass ich mich immer weiter in den Schlamassel hineinreite. Es wäre besser, ich würde still sein. Einfach nur still.

»Frauke, was ist denn in dich gefahren? An der Sache ist überhaupt gar nichts schön. Und ich werde auch ganz bestimmt *keine Großmutter.*«

Nein, natürlich nicht. Der Kopfschmerz nimmt wieder zu. Ich stütze meine Ellbogen auf dem Esstisch auf und lasse meine Stirn in die Hände sinken. Das ist mir gerade alles zu viel hier. Ich schließe die Augen und halte den Mund.

Für einen Moment ist es wirklich still. Wie schön.

»Frauke?« Betty greift nach meinem Unterarm. »Ist alles in Ordnung bei dir?«

Ich schüttele stumm den Kopf, murmele dann: »Ich habe einen schlimmen Kater.«

»Oh!«

»Und ich habe einen Filmriss«, schiebe ich mit schwerer Zunge hinterher. »Und in meinem Schlafzimmer habe ich die Mütze von einem Mann gefunden.«

»Oh no.«

»Oh doch.«

Wieder Stille. Dann ein Glucksen. Ich blicke auf und sehe Bettys rot geweinte Augen, darunter hält sie sich eine Hand über Mund und Nase. Als ich ihr Lachen erkenne, beginne auch ich zu kichern. Betty reißt ihre Hand hinunter. Offenes Gelächter.

»Wer war's?«, stößt sie hervor. »Der schöne Bäcker?«

Als ich nicke, johlt sie auf, klatscht in die Hände und kann sich nicht mehr halten. Und ich auch nicht.

»Kaum lässt man dich mal allein«, Betty schnappt nach Luft, »angelst du dir schon die Kirsche von der Torte.«

Ich schüttele über mich selbst den Kopf, wobei ich zugeben muss: Wo sie recht hat, hat sie recht.

»Jetzt grinst du wie ein Honigkuchenpferd.« Betty wischt sich eine Träne aus dem Augenwinkel, diesmal kommt sie glücklicherweise vom Lachen.

Wie gut das tut. Wie gut, dass Betty da ist. Mit einem Mal spüre ich, wie sehr sie mir gefehlt hat. Meine Betty.

»Ich bin froh, dass du gekommen bist.«

»Und ich erst.«

»Woher weißt du eigentlich, dass ich hier bin?«

Betty verzieht den Mund. »Justus hat mich angerufen.«

»Justus?« Ich lasse ihre Hand sinken.

»Ja, ich war auch von den Socken. Er schien sich richtig Sorgen zu machen …«

»… aber wohl mehr um sein dusseliges Penthaus.«

Betty wiegt den Kopf.

»Jedenfalls hat er mich gefragt, ob ich weiß, was du in Lüneburg treibst. Da konnte er sich wohl keinen Reim drauf machen, der Ärmste, er schien ernsthaft verwirrt.«

Ein Funken Ironie schwingt deutlich mit. So richtig leiden konnten sich Betty und Justus noch nie. Umso erstaunlicher, dass sich mein Mann gerade an sie wendet.

»Ich habe geschwiegen wie ein Grab«, ein verschwörerisches Lächeln stiehlt sich auf ihr Gesicht, »konnte mir aber denken, wo ich dich finde.« Sie lässt ihren Blick durch die Wohnung schweifen. »Du hast dich hier beim letzten Mal so wohlgefühlt.«

»Ja«, ich folge ihrem Blick, »das habe ich. Das hier ist mein Nest – und das brauche ich gerade.«

»Glaub mir, das versteht niemand so gut wie ich.«

Wir lächeln uns an, froh, einander zu haben.

»Weißt du was«, ich richte mich auf, das Lachen hat meine Lebensgeister geweckt, »wir machen uns jetzt frisch und gehen raus an die Luft. Ein Spaziergang wird uns beiden guttun, und dann erzählst du mir die ganze Story von Viktor noch einmal von vorne. Alles schön der Reihe nach.«

»Und danach bist du dran.« Sie blinzelt mir zu. »Über die Sahneschnitte will ich alles wissen. Alles schön der Reihe nach.«

# FROHLOCKEN

»Freut er sich?«

Beieinander untergehakt kreuzen Betty und ich durch Lüneburgs Altstadt. Viele der Häuschen, die hier seit Jahrhunderten eng gedrängt stehen, sind windschief. Sie scheinen sich aneinanderzulehnen wie alte Freunde.

»Freut sich Viktor, dass er Vater wird?«, frage ich noch einmal.

Betty beißt sich auf die Lippen.

»Ich glaube schon«, flüstert sie. Ihre Traurigkeit, aber auch ihre Ehrlichkeit treffen mich in der Magengegend.

»Wir waren uns immer einig, dass wir keine Kinder wollen«, sie atmet schwer, »und jetzt das.«

»Fühlst du dich irgendwie«, ich suche nach dem richtigen Wort, »verraten?«

»Ja, schon, von Viktor, aber auch vom«, jetzt ringt Betty um Worte, »vom Leben. Es ist einfach so gemein: Er ist über fünfzig und wird mal eben so Vater. Für ihn ist das kein Ding, Cleo kriegt ja das Kind, sie wird sich darum kümmern. Sie freut sich! Viktor kann sein Leben, seine Galerie, einfach alles behalten. Er bekommt jetzt halt noch ein Baby dazu, das bisschen Unterhalt wird ihn kaum jucken.«

Betty hebt ihren Blick zum Himmel.

»Wenn ich es recht bedenke, dann ist es eigentlich ein Wunder, dass es so lange gedauert hat. Bei den ganzen *Freundinnen*, die er in all den Jahren hatte, da musste ja mal eine schwanger werden.«

»Aber dass er Affären hat, darüber wart ihr euch ja einig, das war okay, nicht wahr?«, frage ich sicherheitshalber noch mal nach.

Betty nickt.

»Weißt du, seine Freundinnen waren immer etwas Vorübergehendes. Mit einem Kind wird das jetzt anders. Das kommt, und das bleibt.«

»Gibt es schon konkrete Pläne?«

»Ich habe keine Ahnung. Vielleicht wird Cleo bei uns einziehen, also, in unser Haus, ich meine, in Viktors Wohnung.«

»Okay«, ich ziehe das Wort lang. »Was bedeutet das für dich? Willst du«, ich mustere ihre Mimik, »dann noch dort wohnen bleiben?«

Betty holt tief Luft.

»Es ist mein Zuhause. Ich liebe unser Haus, ich habe es umgebaut, es gibt keinen Stein, den ich nicht kenne. Ich will es auf keinen Fall aufgeben.«

Sie ringt um Fassung. Und ich lasse ihr die Zeit, sich zu sammeln.

Eine Windböe fegt mir die Haare aus dem Gesicht. Mit meiner freien Hand knöpfe ich mir den obersten Knopf meines Mantels zu. Das Wetter hat deutlich aufgefrischt – und mir gefällt das. Mir gefällt der Herbst, ich mag, wie Betty und ich warm verpackt durch Lüneburgs Straßen schlendern. Diese Stadt ist wie gemacht für die kalte Jahreszeit, für Kerzenschein hinter Sprossenfenstern. Hat Liv gestern nicht etwas von einem Weihnachtsmarkt erzählt? Die verspielten Erkervorbauten, die in den Gehweg hineinragen, die kleinen Kranhäuschen hoch oben auf den Speichern, all das weckt etwas in mir: eine Vorfreude, ein Frohlocken. Ich muss lächeln, als mir dieses alte Wort einfällt. Ja, ich freue mich auf die Monate, die hier vor mir liegen. Ich freue mich auf mein Leben. Mein Gott, wie lange habe ich das schon nicht mehr gedacht: *Ich freue mich auf mein Leben.* Es ist so schön, lebendig zu sein.

»Ich weiß wirklich nicht, was aus Viktor und mir wird. Was dieses Baby mit uns macht.« Betty holt mich zurück in die Gegenwart. »Ich bin total wütend auf ihn und fühle mich verletzt und hintergangen und noch viel mehr. Aber was mir wirklich Angst macht, ist, ihn zu verlieren. Ich schäme mich dafür, aber es ist so.«

»Das darfst du nicht. Den sicheren Hafen zu verlieren, macht schrecklich Angst. Ich habe es ja gerade am eigenen Leib erfahren. Aber jetzt, nach dem ersten Schrecken, erkenne ich darin auch so etwas wie eine Chance. Es ist, als würde das Leben bei mir anklopfen und sagen: ›Hey, da geht noch was!‹« Ich drücke ihren Arm an mich. »Möchtest du wissen, wie ich die Lage sehe?«

Sie nickt tapfer.

»Wenn jemand auf dieser Welt diese Feuerprobe bestehen kann, dann seid ihr das. Ich meine«, ich werfe ihr ein aufmunterndes Lächeln zu, »eure Ehe ist schon lange alles andere als konventionell, und doch steht ihr zusammen. Wenn du mich fragst, dann seid *ihr* die wahren und echten Lebensgefährten. So wirkt ihr jedenfalls auf mich.«

»Danke. Und es stimmt, was du sagst.«

»Erinnerst du dich noch an die Mondnacht, in der wir zusammen draußen auf meinem Balkon gesessen haben? Damals hast du gesagt, dass die Kinderlosigkeit niemals aufhört, dass du es bedauerst, keine Großmutter werden zu können. Und du sagtest auch, dass du Cleo ziemlich cool findest.«

Ich halte inne, mustere ihren angespannten Gesichtsausdruck.

»Mir ist schon klar, dass eure Situation alles andere als gewöhnlich ist, aber ihr beide seid ja auch kein gewöhnliches Ehepaar.« Ich taste mich vorsichtig voran. »Dass ich vorhin gesagt habe, dass du Großmutter wirst, war natürlich überstürzt und unbedacht. Aber wenn man genauer darüber nachdenkt«, ich räuspere mich, »dann ist da schon etwas dran. Es wäre halt nur eine etwas andere Form von Patchwork.«

Betty hat ihren Blick auf das Kopfsteinpflaster vor sich geheftet. Ihr Gesicht ist bewegungslos, aber in ihrem Kopf rattert es. Die kleine Falte zwischen ihren Augenbrauen verrät es. Ich lasse ihr etwas Zeit, meine Idee zu verstoffwechseln. Ich löse meinen Blick von ihr und lasse ihn über die liebevoll restaurierten Gebäude wandern, an denen wir vorbeispazieren. Die alten Backsteinfassaden mit ihren kunstvoll ausgearbeiteten Verzierungen, ihrem Giebelschmuck und den geradezu einladenden Haustüren wirken auf mich zutiefst beruhigend. Lüneburg wird in ein paar Wochen gewiss zu einer hinreißend schönen Weihnachtsstadt.

»Ich weiß nicht, ob ich das kann.« Bettys Stimme ist tonlos.

»Und das musst du auch noch nicht«, ermuntere ich sie. »Wann soll das Baby denn kommen?«

»Cleo ist im siebten Monat, glaube ich.«

»Dann hast du noch ein paar Wochen. Sprich mit Viktor, rede auch mit Cleo, sag beiden, wovor du Angst hast. Irgendwie«, ich halte mein Gesicht in den erneut aufkommenden Wind, »habe ich ein gutes Gefühl. Ich glaube, da wird was Gutes draus.«

»Ich danke dir für deine Zuversicht.« Sie wirft mir ein scheues Lächeln zu. »Bist du eigentlich noch sauer auf mich?«

Für einen Moment weiß ich nicht, wovon sie spricht.

»Ich meine, weil ich die Idee hatte, die Bilder deines Vaters zu verkaufen«, erklärt sie dann. »Da war ich wohl etwas unsensibel, das tut mir leid.«

»Ach, das meinst du.« Ich hole Luft. »Ja, in der Tat, das hat mich verletzt. Die Bilder bedeuten mir viel, sie sind so etwas wie meine Familie. Wenn sie da sind, wenn ich sie anschauen kann, dann fühle ich mich nicht allein. Die Vorstellung, sie zu verkaufen, ist für mich undenkbar.«

Betty nickt. »Du hast ein Bild deines Vaters sogar mit nach Lüneburg genommen. Es steht in deinem Schlafzimmer auf der Kommode. Ich habe es gesehen, als ich vorhin ins Bad ging, die Tür stand auf.«

»Ja, ohne das Bild konnte ich einfach nicht losfahren, irgendwie musste es mit.«

»Ach, Frauke, es tut mir ungeheuer leid, mein Vorschlag war schrecklich gefühllos.«

»Schon gut«, ich drücke ihren Arm, »mach dir nicht auch noch darum Gedanken. Du hast es schon schwer genug.«

Sie stöhnt leise, streckt dann aber ihr Rückgrat durch, strafft betont die Schultern.

»Jetzt lass uns mal über dich sprechen. Was war los mit dem schönen Bäcker?«

Ich verdrehe die Augen, spüre aber, wie dringend Betty einen Themenwechsel braucht. Also berichte ihr en détail vom gestrigen Hoffest. Derweil nähern wir uns wieder meinem Zuhause. Als wir in meine Straße einbiegen, komme ich zum Ende und damit zu dem Punkt, an dem meine Erinnerung abbricht.

»Und jetzt? Hat sich Klaas bei dir gemeldet?«, will Betty wissen.

Ich schüttele geistesabwesend den Kopf, denn meine Aufmerksamkeit ist zu meiner Haustür gewandert. Eine schlanke, große Gestalt mit einem kleinen Mädchen an der Hand steht davor und schaut ratlos an der Fassade empor.

# QUASSELSTRIPPE

Das ist Liv! Ach herrje, die habe ich ganz vergessen.«
Ich hebe den Arm und winke.

»Hey, Liv, hier sind wir!«, rufe ich ihr zu.

Sie dreht sich um, winkt zurück.

»Die kenne ich doch.« Jetzt fällt auch bei Betty der Groschen. »Das ist das Mädel vom Ziegenhof.«

»Richtig, sie möchte irgendetwas mit mir besprechen. Sie hat Valerie mitgebracht, ihre Tochter, das ist aber schön.«

Die letzten vier Worte spreche ich lauter, denn wir sind schon in Hörweite unserer Besucher. Nach einer fröhlichen Begrüßungsrunde arbeiten wir uns zu viert die Treppe hoch, wobei uns Valerie ausgiebig von ihrem Sturz auf dem Spielplatz und ihrem verletzten Knie erzählt.

»Willst du mal sehen, wie riesig das Pflaster ist?«, fragt sie, als wir endlich oben angekommen sind.

»Unbedingt!« Ich schließe die Tür auf.

»Jetzt geh aber erst mal rein.« Liv schiebt ihre Tochter, die sich bereits ein Hosenbein hochzieht, in die Wohnung.

Dort begutachte ich ausgiebig das Heftpflaster, das auf Valeries Knie klebt, und erfahre, dass sie mit Leon, dem Jungen, der sie zu Fall brachte, nun nicht mehr befreundet ist. Die Kleine plappert wie ein Wasserfall.

»Wo soll ich jetzt malen? Mama hat gesagt, ich soll meine Malsachen einpacken, damit ich beschäftigt bin.«

Sie greift bereits nach ihrem Rucksack, beginnt ihn auszupacken.

»Weißt du was«, schaltet sich Betty ein, »das machst du am

besten auf dem Wohnzimmertisch. Wenn ich darf, dann helfe ich dir dabei.«

»Okay.« Ohne jeden Widerspruch verschwindet das Mädchen nach nebenan.

»Habt ihr beide nicht etwas zu besprechen?« Betty schaut uns vielsagend an. »Dann mal los, zusammen mit der kleinen Quasselstrippe wird das nichts.«

Liv lächelt dankbar, und ich stoße die Tür zur Küche auf.

»Komm rein und such dir einen hübschen Platz.« Ich zeige zum Esstisch. »Magst du einen Tee?«

»Gerne.«

»Ich hätte einen Kräutertee da, mit Süßholz und Anis.«

»Hört sich spannend an.«

»Das ist er auch.« Ich öffne das Küchenbüfett, nehme drei Tassen heraus, Betty will bestimmt auch etwas, und setze heißes Wasser auf.

»Schön hast du es hier.« Liv lässt ihren Blick durch den Raum gleiten und schließlich auf mir ruhen. »Wie geht es dir überhaupt? Hast du immer noch einen Kater?«

»Zum Glück nicht.« Ich hänge die Teebeutel in die Tassen. »Der Spaziergang hat mir gutgetan. Und, zugegeben, die zwei Kopfschmerztabletten, die ich genommen habe, auch.«

Liv grinst über beide Backen.

»Mensch, du warst gestern Abend aber auch in Fahrt. Dancing Queen ist ein Dreck gegen dich. Und die Jungs sind ganz schön auf dich geflogen.«

Für einen Moment weiß ich nicht, ob ich lachen oder weinen soll. Meine Güte, mir ist das Ganze unendlich peinlich.

»Läuft da eigentlich was zwischen dir und Klaas?« Sie legt noch ein Holzscheit ins Feuer.

Was sage ich denn jetzt? Zum Glück ist das Teewasser fertig, der Krach, den der Heißwasserkocher veranstaltet, macht jedes

Gespräch unmöglich. Ich gieße den Tee auf und verschwinde mit einem »Bringe rasch Betty eine Tasse« in Richtung Sofa. Vor dem Couchtisch hockend, finde ich sie mit Valerie, die emsig Buntstifte neben einem Malblock sortiert.

»Ich bin ja mal gespannt, was ihr beide zu besprechen habt«, meint Betty und zwinkert mir zu. »Danke dir für den Tee.«

»Danke *dir.*« Ich weise mit dem Kinn auf die Kleine.

Zurück in der Küche, greife ich nach den beiden anderen Tassen und setze mich, etwas zögerlich, zu Liv an den Tisch.

»Und?« Sie schaut mich erwartungsvoll an. »Was ist jetzt mit Klaas und dir? Du weißt schon, dass du mit dem keinen Pauschalurlaub buchst.«

»Wie meinst du das?« Ihre Bemerkung macht mich neugierig.

»Na ja, der Typ ist alles andere als Standard. Der macht, was er will. Auch in Beziehungsfragen. Und da er ziemlich gut aussieht …«

»… kann er sich das auch leisten«, vervollständige ich ihren Satz.

»Andererseits«, sie wiegt den Kopf, »wird auch Klaas nicht jünger. Auf jeden Fall ist er ruhiger geworden. Immerhin lebt er schon seit drei Jahren in Lüneburg. Keiner hätte gedacht, dass es der verlorene Sohn so lange in seiner Heimatstadt aushält. Seit er die Schule hinter sich hat, muss er, nach allem, was man so hört, nur auf Achse gewesen sein. Der hat sich die ganze Welt angeschaut.« Für einen Moment bekommt Livs Blick etwas Träumerisches. »Eigentlich bewundernswert.«

»Klaas hat mir erzählt, dass er für eine Zeit in Vietnam gelebt hat. Aber jetzt, na ja«, ich zucke mit den Schultern, »kommt er halt in ein Alter, in dem man sich fragt, wo man auf dieser Welt zu Hause ist. Außerdem hat er die Bäckerei.«

»Ja, das stimmt.« Liv greift nach ihrer Tasse, nippt vorsichtig. »Oh, der ist aber gut.«

Ich muss lächeln, ich wusste, dass ihr mein Lieblingstee schmecken würde.

»Aber deswegen, wegen des Tees und wegen Klaas, bist du nicht hergekommen.« Ich mustere sie aufmerksam.

»Nein, deswegen nicht.« Ihr Blick wird mit einem Mal geschäftlich. »Ich wollte dich fragen, ob du für mich arbeiten möchtest.«

»Ob ich für dich …« Mir bleibt die Spucke weg. Ich hätte mit allem gerechnet, aber nicht damit.

»Ich brauche Unterstützung auf dem Wochenmarkt, dringend!«

»Aber ich …«

»Ich weiß, du hast diesen Job bei der Reederei. Aber du bist da nicht jeden Tag im Einsatz.«

»Nein, nur montags, dienstags und donnerstags …«

»Aber das ist doch perfekt. Dann kannst du mir mittwochs und samstags auf dem Markt helfen. Und wenn das mit dem Weihnachtsmarkt losgeht, auch sonntags.«

Puh, was ich da höre, macht mich schwindelig. Aber Liv galoppiert schon weiter.

»Vor allem auf dem Weihnachtsmarkt brauche ich Hilfe. Und ich brauche Ideen. Geschenkideen! Mein Barrique-Käse soll eine richtig edle Verpackung bekommen, mir hat auch deine Eingebung mit der Asche total gefallen. Wie hieß dieser französische Käse noch gleich, ich komm nicht mehr drauf …«

»… Croûte cendrée.«

»Genau!« Liv strahlt. »Ich möchte meinen Käse upgraden. Genau so, wie du es vorgeschlagen hast. Delikatessen sind doch die perfekten Geschenke! Bis der Weihnachtsmarkt beginnt, haben wir noch genug Zeit, um uns ein paar schöne Präsente einfallen zu lassen, Verpackungen auszuprobieren, Preise zu kalkulieren …«

»Stopp, stopp, stopp!« Ich wedele nervös mit einer Hand, die andere drücke ich gegen meine Stirn. »Ich bin doch gar nicht eingearbeitet.«

»Pah«, Liv lässt sich gegen ihre Stuhllehne fallen, »ich weiß nicht, was ich dir noch beibringen könnte. Die Registrierkasse vielleicht, aber das war es dann auch schon. Meine Produktpalette kennst du ohnehin, und dass du verkaufen kannst, habe ich doch auf dem Markt gesehen. Du bist so voller Begeisterung, du kannst gar nicht anders.«

»Aber ich weiß nicht, ob mir das nicht zu viel wird. Die Reederei und dann noch die Arbeit auf dem Markt ...« Ich starte einen neuen Ausweichversuch, den ich aber abbreche, als mir einfällt, dass Liv wegen ihrer Stallarbeit keinen einzigen Tag in der Woche freihat – und mir blieben immerhin noch der Freitag und erst mal auch der Sonntag. Zeit genug, um das ein oder andere für meine Trainings vorzubereiten, wobei ich das Schema F, das die Reederei verlangt, ohnehin auf dem Kasten habe.

»Frauke, ich will dich wirklich nicht bequatschen.« Liv greift zu ihrem Tee, trinkt zwei, drei kräftige Schlucke. »Du besitzt genauso viel Leidenschaft für Kulinarik wie ich, und da dachte ich einfach, du freust dich über das Angebot.«

Ich schlucke und mustere betreten meine Fingernägel.

»Außerdem bist du ja noch eine ganze Zeit lang hier, und die Arbeit auf dem Markt würde dich unter die Leute bringen. Du hast es in deiner Wohnung zwar total schön«, Liv trinkt ihre Tasse aus, »aber immer alleine zu sein, ist doch auch nichts.«

Ich mustere weiter angestrengt meinen Daumennagel, in meinem Kopf überschlagen sich die Gedanken.

»Weißt du was«, Liv richtet sich auf, »überleg es dir einfach. Ich muss jetzt ohnehin los, meine Ziegen wollen ihre Milch loswerden.«

»Ja, klar«, ich schiebe eilig meinen Stuhl zurück, »schön, dass du da warst, und vielen Dank für das Angebot und«, ich werde erneut verlegen, »für dein Vertrauen.«

Liv lächelt mir zu, und ich hoffe inständig, dass sie es ernst meint, dass sie nicht sauer auf mich ist.

»Komm, wir schauen mal, ob ich meine Tochter loseisen kann.«

Zusammen gehen wir rüber in den Wohnbereich.

»Der Streifen-Pyjama ist richtig schön geworden. Ich glaube, jetzt kann der Kater ins Bett gehen«, Betty kniet vor dem Couchtisch und mustert Valeries Malerei.

»Moment«, die Kleine greift zu Hellblau, »ich muss ihm noch Strümpfe malen. Die werden so wie dein Pullover.«

»Valerie hat Kluni gemalt«, meine Freundin schaut zu uns hoch, »aber nicht als Hof-, sondern als Hauskatze.«

»Aha.« Ich weiß ehrlich gesagt nicht, wovon sie spricht.

»Kluni ist Valeries Katze«, hilft mir Liv auf die Sprünge, und ich erinnere mich sofort wieder an das graue Fellknäuel: Es lag bei Betty auf dem Schoß, als wir zusammen im Gartencafé waren. Sie war völlig hingerissen von dem Kater.

Und wie ich sie da so auf dem Teppich hocken sehe, bin ich mir sicher, dass aus ihr eine wunderbare Großmutter werden wird. Genauso wie mich ihre Tierliebe überraschte, glaube ich, dass sie noch so manch andere unentdeckte Seite bereithält. Ich nehme mir vor, ihr das bei Gelegenheit zu sagen.

Jetzt gilt es aber erst mal, unseren Besuch zu verabschieden. Mit etwas Hin und Her schaffen wir es, die Kleine davon zu überzeugen, dass sie ihr Katzenbild auch zu Hause fertig malen kann, und wenig später sind die beiden aus dem Haus. Zum Glück, denn das, was mir Liv serviert hat, muss ich erst mal verdauen. Durchaus erleichtert schließe ich die Tür hinter ihnen, wobei mir Bettys Reisetasche auffällt, die immer noch im Flur steht.

»Sag mal«, ich wende mich um, »willst du eigentlich hierbleiben?«

»Wenn ich darf, sehr gerne.« Sie lächelt tapfer. »Ich glaube, ein paar Tage Abstand täten mir ganz gut.«

»Das sehe ich auch so. Wir fragen einfach Frau Anderson, ob sie uns noch mal Bettzeug leiht, das tut sie bestimmt.«

Betty nickt, dann drückt sie mir ihre Tasse in die Hand.

»Machst du mir noch so einen? Der war gut.«

»Sehr gerne.«

Als wenig später der dampfende Tee vor uns steht, bricht die Neugier aus ihr heraus.

»Und? Was wollte Liv? Ging es um gestern Nacht?«

»Nein.« Ich muss lächeln, als ich ihre Augen blitzen sehe. »Liv möchte, dass ich für sie arbeite.«

Mit ein paar Sätzen bringe ich Betty auf den aktuellen Stand und teile ihr auch gleich meine Bedenken mit.

»Ich verstehe dich nicht.« Meine Freundin schüttelt entgeistert den Kopf. »Dieses Angebot ist doch wie für dich gemacht. Du hast ein Talent für Kulinarik, sie begeistert dich völlig, das wäre eine echte Chance für dich – vollkommen risikolos übrigens.«

»Risikolos? Kannst du mir mal sagen, wie Liv mich bezahlen soll?« Ihre Reaktion überrascht mich, nein, sie macht mich sogar ärgerlich. »Du bist meine Finanzberaterin, du weißt, was für Stundensätze ich habe.«

»Aber geht es denn hier ums Geld? Bis Weihnachten bist du durch die Reederei versorgt, und dann musst du eh weitersehen.« Betty zuckt mit den Schultern. »Ihr könnt ja eine prozentuale Regelung finden, Liv kann dich am Tagesgewinn beteiligen, und wenn ihr ordentlich Kasse macht, ist auch Geld da. Ich sehe da kein Risiko. Dass die Ware stimmt, weißt du, dass du gut verkaufen kannst, auch, dass die Leute Geld für Weihnachtsgeschenke ausgeben, ist ohnehin klar. Also, wo liegt das Problem?«

»Du findest also ernsthaft, ich sollte das machen? Käse verkaufen auf einem Wochenmarkt?« Ich straffe die Schultern. »Betty, wenn ich dich daran erinnern darf, ich komme aus der Sternegastronomie. Meinst du nicht, das Ganze ist nicht ein bisschen …«

»… unter deinem Niveau? Meinst du das?« Sie bekommt ihren Röntgenblick – und ich fühle mich ertappt.

»Klar«, sie hebt beide Hände, »so kann man das sehen. Ein Karriereknick! Aber wenn du mich fragt, dann verbaut elitäres Denken die interessantesten Optionen. Du steckst dich selbst in einen Käfig. Außerdem macht Selbstgefälligkeit alt«, ihr Blick wird versöhnlich, »kleiner Insidertipp.«

Meine Wangen glühen, denn ich weiß bei jedem ihrer Worte, dass sie recht hat.

»Ich … aber ich …« Mist, mir sind die Gegenargumente ausgegangen, was Betty natürlich nicht entgeht.

»Lass es uns doch mal praktisch angehen«, meint sie und hat eindeutig Oberwasser. »Du hast doch bestimmt etwas von Livs Käse im Kühlschrank, oder?«

Ich nicke.

»Dann hol ihn raus, jedes Stück, das du bei ihr gekauft hast.«

»Wenn du meinst.« Ich rappele mich unschlüssig hoch und ziehe die Kühlschranktür auf. In der Tat findet sich dahinter einiges. Ich nehme ein Holzbrett aus dem Regal, packe meine Fundstücke aus dem Papier und verteile sie darauf. Dann stelle ich mein Sammelsurium vor Betty auf den Tisch.

»Das ist ja eine ansehnliche Kollektion.« Ein Lächeln spielt um ihre Lippen.

»Bevor wir ihn kosten, müsste der Käse aber noch eine halbe Stunde bei Zimmertemperatur stehen. Erst dann kann er sein volles Aroma entfalten.«

»Das passt perfekt. Ich möchte nämlich, dass du mir etwas über ihn erzählst.«

»Aha.« Ich fühle mich vorgeführt und übe mich in Schmallippigkeit, was Betty kaum beeindruckt.

»Erzähl mir bitte«, ihr Finger kreist über dem Holzbrett, »was das hier für eine Sorte ist.«

Ihr Finger steht still.

»Das ist Livs neuer Barrique-Käse«, beginne ich zögerlich, »wobei von neu eigentlich nicht die Rede sein kann. Er hat ganze zehn Monate in einem alten Rumfass aus Martinique gelegen. Wenn du ihn gleich probierst, dann achte mal auf die Salzkristalle in seiner Textur, sie verraten sein Alter.« So langsam komme ich in Fahrt. »Sein Aroma ist voll und besitzt eine spezielle, ungewöhnliche Süße: Vanille, Toffee und Rosine, das sind alles Geschmacksnoten, die in einem alten Rumfass stecken.«

»Spannend.« Bettys Finger beginnt erneut zu kreisen. »Und was ist das für einer?«

»Das ist Livs Frischkäse mit dem Heideblütenhonig vom Bienenprofessor.«

Bettys Blick wird skeptisch.

»Du brauchst gar nicht so zu gucken, den gibt es wirklich.«

»Dann erzähl mir die Geschichte vom Bienenprofessor.«

Ich tue ihr den Gefallen, und als ich zum Ende finde, kommt mir eine Idee.

»Eigentlich ist der Honigkäse viel zu schade, um ihn am Stück zu verkaufen. Wir hatten im Lamberti mal winzige Ziegenkäsepralinen zum Dessert, garniert mit Pistazien und rosa Pfefferbeeren. Auf schwarzem Porzellan sah das extrem edel aus. Wenn man für die Pralinen eine festliche Schachtel finden würde, dann …«

»Mach das«, unterbricht mich Betty, »ich meine nicht nur die Ziegenkäsepralinen. Ich meine, geh auf Livs Angebot ein. Das ist voll dein Ding. Du bist bis oben hin voll mit Ideen, Geschichten und Begeisterung. Merkst du das denn gar nicht?«

»Aber …«

»Nix aber! Hör auf zu denken, fang an, Frauke. Fang endlich an!«

# Herrgottsfrühe

Und ich fange an. Genauso, wie Betty es gesagt hat. Direkt heute. Mittwoch. In aller Herrgottsfrühe habe ich mich mit Liv auf dem Marktplatz getroffen. Es war noch nicht einmal hell. Im Schein der Straßenlaternen haben wir den Verkaufswagen von Livs Auto abgekoppelt und in Position geschoben. Danach haben wir die Theke ausgeklappt, einen Stehtisch aufgebaut, dazu eine mit weißer Kreidefarbe beschriftete Holztafel. Weiter ging es mit den Produkten, der Preisliste, der Waage und Registrierkasse. Zum Glück ähnelt sie dem Modell, das ich noch aus dem Lamberti kenne, so kam ich schnell rein. Und das musste ich auch, denn bereits um kurz vor sieben trudelte die erste Kundschaft ein: Rentner, eilige Mütter, frühe Vögel.

Jetzt sind sie längst auf und davon, denn jetzt ist später Vormittag – vor lauter Arbeit fließen die Stunden nur so dahin.

»Wem kann ich helfen?« Mein Blick wandert über die Gesichter vor mir.

»Mir!«, meldet sich ein älterer Herr und hebt die Hand. »Geben Sie mir bitte ein kleines Stück vom dem Ziegen-Gouda dort.« Er tippt auf die Scheibe der Kühltheke.

»Dieser hier?« Ich zeige mit der Messerspitze auf den Käse und ernte ein Kopfnicken. »Sehr gerne. Den gab es heute Morgen bei mir auch.«

»Oh, das ist gut«, meint er fröhlich, »wer feste arbeitet, muss auch feste frühstücken.«

»Das stimmt.« Ich schneide das gewünschte Stück ab und richte mich auf. Wie freundlich die Leute hier alle sind. »Sonst noch etwas?«

»Ja, da wäre noch was … aber wo finde ich …« Seine Augen wandern suchend über die Auslage.

»Kann ich Ihnen vielleicht helfen, Herr Rentrop?« Liv schaltet sich ein, sie kennt viele ihrer Kunden beim Namen.

Dankbar blickt mein Gegenüber auf.

»Sie haben mir beim letzten Mal doch so einen gefüllten Käse verkauft, was war das noch gleich für einer?«

»Das war der Frischkäse mit Steinpilzen.«

»Ja, genau«, er tippt sich an die Stirn, »geben Sie mir bitte auch davon einen, den mochte meine Frau so gerne. Und das war's dann auch.«

»Kommt sofort«, ich übernehme wieder, winde mich an Liv vorbei, die sich dem nächsten Kunden zuwendet, um an das gewünschte Stück zu gelangen. Platz ist in unserem kleinen Verkaufswagen leider Mangelware.

»Herr Rentrop«, ich nehme mir vor, mir den Namen zu merken, »meinen Sie, unser Frischkäse mit Pistazienfüllung könnte auch etwas für Ihre Frau sein?«

Nachdenklich blickt er mich an.

»Wissen Sie was, noch haben die Pfirsiche Saison«, kommt mir eine Idee, »kaufen Sie ein paar schöne reife Früchte, und heute Abend servieren Sie Ihrer Frau einen aufgeschnittenen Pfirsich, etwas leicht gebräunten Toast und dazu den Käse. Ich sag Ihnen, Pfirsiche und Pistazien sind zusammen ein Gedicht.«

Zur Bestätigung führe ich Zeigefinger und Daumen an meinen Lippen zusammen und gebe ihnen einen genussvollen Kuss.

Herr Rentrop lächelt still vor sich hin, und in seinen Augen sehe ich, wie er sich den Abend vorstellt. Wie er seine Frau überrascht, und wie sie sich über ihren einfallsreichen Ehemann freut.

»Genau so machen wir das.« Er ist plötzlich voller Tatendrang.

Rasch schlage ich die Ware in Papier ein, deponiere sie in dem

Einkaufskorb, den mir Herr Rentrop entgegenreicht, und kassiere ab.

»Schönen Tag noch und viele Grüße an Ihre Frau«, verabschiede ich ihn.

Mit einem Augenzwinkern dreht er sich weg und verschwindet in Richtung Obst und Gemüse. Was für ein lieber Mensch.

»Pistazien und Pfirsich?« Liv knufft mich in die Seite.

»Ja«, ich schlängele mich davon, »das passt perfekt. Im Lamberti hatten wir eine Pfirsich-Tarte mit gehackten Pistazien, dazu einen Schlag Crème fraîche. Köstlich, sage ich dir. Köstlich! Mit Frischkäse harmonieren die Aromen gewiss ganz ähnlich, das muss ich gar nicht erst ausprobieren.«

»Ne«, Liv mustert mich voller Staunen, »das musst du nicht, so etwas weißt du einfach.«

»Klar«, ich zucke mit den Schultern, »ist doch ganz leicht.«

»Ja, leicht, aber auch nur für dich.« Sie schüttelt ungläubig ihren Kopf, da steuert schon die nächste Kundin auf uns zu.

»Was kann ich für Sie tun?«

Als sie aufblickt, erkenne ich: Senta Berger. Oder zumindest ihre Doppelgängerin.

»Ein Stück Camembert und noch etwas von dem Brie, bitte«, bestellt sie.

Aha, registriere ich zufrieden, dann hat ihr meine Empfehlung also geschmeckt. Wobei ich meine Erkenntnis gerne für mich behalte, denn sie scheint mich nicht wiederzuerkennen.

»Oje«, schaltet sich Liv ein, »das letzte Stück Camembert habe ich gerade verkauft.«

»Aber was mache ich denn jetzt?«

»Probieren Sie doch mal ein Stückchen von unserem Rohmilchkäse.« Ich greife zu meinem Messer, schneide eine Minischeibe ab und reiche sie ihr über die Theke. »Ich glaube, der könnte etwas für Sie sein.«

Mit spitzen, perfekt manikürten Fingern zieht Senta das Scheibchen von der Klinge, legt es sich wie eine Oblate auf die Zunge. Dann schließt sie den Mund, die Augen – und lässt sich Zeit. Reichlich Zeit.

»Wunderbar!« Als sie ihre Kulleraugen wieder öffnet, liegt darin ein samtiger Glanz. Jetzt bin ich richtiggehend gerührt – und Liv auch. Ich muss sie gar nicht erst anschauen, ich spüre auch so, dass ihr das vollmundige Lob hinunterläuft wie Öl.

Während ich mich noch einmal an ihr vorbeiquetsche, um den Rohmilchkäse abzuwiegen und in Papier einzuschlagen, hat Liv schon den Brie verpackt. Zeitgleich landen beiden Päckchen auf der Verkaufstheke – und wir lächeln uns zufrieden an. Als sich unsere Kundin verabschiedet, muss ich mich kurz zusammenreißen, damit mir kein »Tschüss, Frau Berger« über die Lippen kommt. Beim nächsten Mal werde ich sie nach ihrem richtigen Namen fragen.

Endlich ist Zeit, durchzuatmen, kein neuer Kunde zu sehen. So langsam wird es ruhiger auf dem Marktplatz, den ganzen Vormittag haben Liv und ich durchgearbeitet. Ich greife nach meinem Thermobecher und nehme einen großen Schluck Tee. Die Wärme tut gut, bei dem ganzen Trubel habe ich gar nicht gemerkt, wie kühl es geworden ist. Als ich den Reißverschluss an meinem Troyer bis ganz nach oben ziehe, fällt mir auf, dass ich beobachtet werde: Vor einem leeren Ladenlokal, auf das ich durch zwei Marktstände hindurch blicken kann, steht Betty. Lässig lehnt sie an dem Schaufenster und grinst mich an. Ich grinse zurück. Wie lange sie da wohl schon steht?

Jetzt greift sie nach ihrer Reisetasche, wirft sie sich über die Schulter und kommt auf uns zu.

»Ich wollte mich noch kurz von euch verabschieden.« Betty nickt Liv zu, hebt die Hand. »Ihr zwei macht das übrigens ganz fantastisch.«

»Hast du uns beobachtet?«, fragt Liv.

»Ja«, antworte ich anstelle meiner Freundin, »das hat sie.«

»Ihr beide seid ein tolles Team«, setzt Betty unbeirrt fort, »macht was draus. Wenn ich euch beim Arbeiten zuschaue, sieht das alles so intuitiv, so leicht aus, als greife ein Zahnrad ins andere. Ein großartiges Zusammenspiel. Aus euch kann etwas Großes werden«, dabei muss sie schmunzeln, »ihr müsstet euch beizeiten nur etwas Größeres suchen.« Sie weist mit dem Zeigefinger zur Decke des Verkaufswagens. »Ihr stoßt da oben ja fast mit euren Köpfen an.«

»Eng, aber gemütlich.« Liv knufft mir übermütig in die Seite – und ich zurück.

Als wir zu lachen beginnen, fällt auch Betty ein. Die Stimmung könnte besser nicht sein und ich mich nicht wohler fühlen. Meine Premiere auf dem Wochenmarkt war ein voller Erfolg. Wie gut es mir getan hat, wieder zu verkaufen, Kunden zu beraten. Wie glücklich es mich macht, wieder an vorderster Front zu stehen – ich fühle mich wie früher im Lamberti. Erst jetzt wird mir klar, dass ich meinen alten Job vermisst habe, irgendwie. Betty hat mir mit ihrer Hartnäckigkeit genau den Tritt gegeben, den ich brauchte.

Das Glockenspiel im benachbarten Rathausturm beginnt zu spielen.

»Zwölf Uhr«, erkläre ich meiner Freundin, die überrascht aufschaut, »die Glocken spielen immer zur Mittagszeit.«

»Dann wird es höchste Zeit, dass ich mich zum Bahnhof aufmache. Mein Zug nach Frankfurt fährt in einer halben Stunde.«

»Warte, ich will mich noch verabschieden.« Ich öffne die winzige Seitentür des Verkaufswagens, quetsche mich hindurch und nehme meine Freundin in den Arm.

»Danke«, halte ich sie fest an mich gedrückt, »danke dir für alles. Und denk an das, was ich dir gesagt habe: Sprich dich mit

Viktor aus, rede mit Cleo. Du wärst so eine fantastische Großmutter.«

»Ach, komm.« Betty schiebt mich ein Stück von sich weg, lächelt aber. »Du wirst mir in Frankfurt fehlen, ich fühle mich da gerade ein bisschen allein. Aber das ist nicht schlimm, wenn du nur auf deinem Weg bleibst. Du machst alles so gut hier, deine hübsche Wohnung, deine Entscheidung für Lüneburg, jetzt der Wochenmarkt, das alles passt so sehr zu dir. Mach weiter so, halte schön deinen Kurs und vertraue deinem Bauchgefühl – vor allem dann, wenn ich nicht auf dich aufpasse.«

Den Schlusspunkt setzt sie mit einem herzhaften Kuss, der auf meiner Wange landet, und ich bin zum zweiten Mal an diesem Vormittag gerührt. Ich werde meine Freundin vermissen – und wie. Die gemeinsamen Tage haben uns gutgetan, und ich bin froh, dass wir wieder gut miteinander sind, dass sie wieder in meinem Leben ist.

Als ich Betty noch ein wenig nachschaue, die sich zwischen den letzten Marktbesuchern verliert, fällt mir plötzlich ein kleiner Hund auf. In schnellem Tempo läuft er Slalom zwischen all den umherstehenden Beinen – und dann zielstrebig auf mich zu.

# BUGSIEREN

Fichte! Der kleine Hund gibt Gas.

»Hallo, Kleines«, als die Dackeldame beim Verkaufswagen angekommen ist, beuge ich mich zu ihr hinunter. Fichte wedelt vor Freude mit ihrem gesamten Körper. Als ich mich aufrichte, ist auch ihr Herrchen angekommen.

»Dieses Vieh macht, was es will.« Klaas ist sichtlich verärgert.

Und ich auch. Denn seit dem Hoffest hat er sich nicht bei mir gemeldet. Er hat es wohl nicht für nötig befunden, auf meine Nachricht zu antworten. Was, wie ich zugeben muss, mir erst jetzt wieder einfällt. Auch seine Mütze, die immer noch in meiner Kommode liegt, hatte ich ganz vergessen. Livs Idee, sie auf dem Wochenmarkt zu unterstützen, der Besuch von Betty, mein Job bei der Reederei, all das hat mich so in Atem gehalten, dass Klaas vollkommen in den Hintergrund gerückt ist. Ein Zustand, der mir ehrlich gesagt ganz gut gefällt. Mir geht es gerade so gut, was brauche ich da einen Typen, der mir noch nicht mal eine Nachricht schreiben kann.

»Moin, Frauke.«

»Moin, Klaas.«

»Wie geht's?«

»Danke. Und selbst?«

»Jo, muss.«

Schallendes Gelächter. Liv, die hinter uns die Verkaufstheke aufräumt, hat mitgehört.

»Ihr zwei seid ja richtige Plaudertaschen«, schaltet sie sich voller Ironie ein. »Ich schlage vor, ihr beiden Partylöwen verschwindet hier mal, trinkt einen Kaffee und sprecht euch aus.«

Klaas blickt mich an, fragend. Ich zucke – betont teilnahmslos – die Schultern.

»Komm«, er deutet mit dem Kinn zur Seite, »der Espresso an der Ape ist gut. Ich lade dich ein.«

Ich drehe mich zu Liv um. »Kannst du mich entbehren?«

»Klar! Hier ist eh gleich Feierabend. Ich fange schon mal an, aufzuräumen. Geh nur.«

Also gut. Wortlos binde ich meine Schürze auf, reiche sie Liv über die Theke und laufe mit Klaas rüber zur Ape. Mit zwei Metern Abstand folgt auch Fichte, sie hält ihren Kopf gesenkt, dass die Stimmung nicht die beste ist, ist auch ihr nicht entgangen.

Während Klaas bestellt, habe ich die Zeit, ihn zu mustern. Wie immer ist er lässig, aber geschmackvoll gekleidet. Zu seiner dunkelblauen Cabanjacke trägt er eine helle Cordhose, Boots und eine seiner typischen Tweedmützen. Davon scheint er einen ganzen Schrank zu besitzen und das verlorene Stück, das in meiner Kommode liegt, nicht wirklich zu vermissen.

»Hier«, er dreht sich um, reicht mir eine Tasse, nippt an seiner. »Jetzt seid ihr also zwei Ziegen?«

Ich blicke ihn fragend an.

»Na, im Verkaufswagen vom Ziegenhof«, setzt er hinzu.

Ach ja, jetzt fällt mir wieder ein, dass Klaas Liv gerne als »Ziege« tituliert. Aber nach Witzen ist mir gerade nicht zumute und schon gar nicht nach schlechten. Ich lächle mitleidig.

»Sag mal, Klaas, gibt es einen Grund, warum du dich nicht bei mir meldest?«, beschließe ich, zur Sache zu kommen.

»Ja«, mit einem deutlich zu vernehmenden Klirren stellt er seine Tasse ab, »und dieser Grund heißt Justus.«

»Was?« Ich höre wohl nicht recht. »Justus?«

»Wer ist das?«

»Ich wüsste nicht, was dich das angeht.«

»Wer ist das?« Sein Tonfall wird nachdrücklich.

»Meine Güte, das ist mein Mann. Ich habe nie einen Hehl daraus gemacht, dass ich verheiratet bin.«

»Genau, deshalb trägst du auch keinen Ehering mehr.«

Also, irgendwie verläuft dieses Gespräch nicht so, wie ich es mir vorgestellt habe. Wir reden völlig aneinander vorbei, und ich ahne, dass das mit meinem Filmriss zu tun haben könnte.

»Also schön«, ich lenke ein, »ich finde nicht alle Tage in meinem Schlafzimmer die Mütze eines Mannes, mit dem ich zuvor auf einer Party wild getanzt habe. Es wäre einfach schön gewesen, wenn du dich gemeldet hättest, und wir …«

»Frauke«, unterbricht er mich, »Samstag, das Hoffest, das war ein wunderschöner Abend, nicht wahr?«

»Ja«, ich beiße mir auf die Unterlippe, »sicher. Wir haben vielleicht ein bisschen viel getrunken und …«

»Also für mich war das ein wunderschöner Abend. Ich weiß ja nicht, wie ihr das in Frankfurt so macht, aber ich lande nicht jede Nacht«, er macht eine kurze Pause, »knutschend auf dem Rücksitz meines Autos …«

»Deines Autos?« Ich bin schockiert.

»… meine Güte, auch ich habe Gefühle.«

»Ja, klar«, ich weiß gerade nicht genau, worauf er anspielt.

»Glaubst du nicht, dass es mich total verletzt, wenn ich dir«, er fährt sich über den Bart, »nahekomme, du mich aber andauernd mit Justus ansprichst?«

»Ich habe dich mit …« Mir schießt das Blut in die Wangen.

»Die ganze Zeit! Auch, als ich dich zu Hause die Treppe hinaufbugsiert habe. Meine Herren, hattest du geladen.«

»Oh.« Jetzt weiß ich nicht mehr, wo ich hingucken soll.

»Das tut mir leid.« Ich versuche, Haltung zu bewahren. »Justus und ich machen ja gerade eine Beziehungspause, wahrscheinlich bin ich deshalb so durcheinander, also nicht, dass es mir in Lüneburg nicht total gut gehen würde, aber unterbewusst …«

»Es wäre wohl ratsam, dass du erst mal deinen Beziehungsstatus klärst«, er lacht bitter auf, »bevor du anderen Männern schöne Augen machst.«

Klaas ist verletzt – und ich würde am liebsten im Erdboden versinken. Dass er die etwas altertümliche Redewendung »anderen schöne Augen machen« verwendet, rührt mich seltsam an. Klaas, das alte Raubein, ist grundehrlich. Und es stimmt, was er sagt, so kann das nicht weitergehen.

»Klaas, du hast recht.« Ich fälle einen Entschluss, hier und jetzt, aus dem Bauch heraus, so wie Betty es gesagt hat. »Es ist besser, wenn wir uns erst mal nicht mehr sehen.«

Er nickt, sein Blick geht knapp an mir vorbei.

»Es ist besser so, ich muss erst mal wissen, wie es mit mir weitergeht.«

Er mustert seine leer getrunkene Espressotasse.

»Soll ich dir«, ich räuspere mich, »soll ich dir deine Kappe noch vorbeibringen? Ich könnte sie einfach im Laden abgeben.«

Er winkt ab. »Das ist nicht wichtig«, dann tippt er sich an den Mützenschirm, »ich habe mehrere davon.«

Wir beide versuchen ein Lächeln. Dann nimmt Klaas mir meine Tasse ab, bringt sie zurück zu Ape. Als er direkt danach abdreht, nur kurz die Hand hebt, um sich zu verabschieden, da kann ich ihn nicht gehen lassen. Eines muss ich noch wissen.

»Klaas«, ich greife nach seinem Arm, halte ihn auf, »ist da … ich meine … in der Nacht … in deinem Auto, in meinem Schlafzimmer … ist da etwas … passiert?«

»Das weißt du nicht?« Sein Blick ist unendlich traurig.

Ich zucke hilflos mit den Schultern, noch mehr Blut strömt in meine Wangen.

»Glaub mir«, seine Stimme ist leise geworden, »wäre da etwas passiert, du hättest es nicht vergessen.«

# KLITSCHNASS

Eine Windböe klatscht mir den Regen ins Gesicht. Teilnahmslos putze ich mir einige Tropfen von der Nase und gucke weiter aus unserem Verkaufswagen. Gelangweilt. Bei diesem Sauwetter ist nichts los, die Gänge zwischen den Marktständen sind wie leer gefegt. Nur hin und wieder hastet jemand eiligen Schrittes vorbei, die Kapuze tief ins Gesicht gezogen.

Ich kann es unseren Kunden nicht verdenken, dass sie uns im Regen stehen lassen, im wahrsten Sinne des Wortes. Es ist windig, nass, ungemütlich, an einem Tag wie heute macht man keine Geschäfte. Ich mag gar nicht an den Weihnachtsmarkt denken, der uns bevorsteht. Wenn es zum Regen auch noch kalt wird, dann Prost Mahlzeit, dann können wir gleich einpacken.

Seit einem Monat arbeite ich nun mit Liv auf dem Wochenmarkt, aber heute ist mit Abstand unser schlechtester Tag. Und das ärgert mich. Betty hat zwar recht, ich bin durch meinen Job bei der Reederei erst mal versorgt, aber trotzdem mag ich es nicht, mir die Beine in den Bauch stehen zu müssen und noch dazu Löcher in den Regenhimmel zu starren. Außerdem habe ich echt nichts dagegen, gutes Geld zu verdienen. Dass Livs Käse dafür reichlich Potenzial bietet, haben wir in den letzten vier Wochen bewiesen, die, nebenbei bemerkt, wie im Flug vergangen sind. Wir hatten richtig, so richtig viel zu tun. Und das ist auch gut so. Was weiß denn ich, wie es nach Weihnachten mit mir weitergeht? Wenn ich mein kleines finanzielles Polster, das ich in den letzten Jahren angespart habe, durch den Käseverkauf etwas ausbauen kann, kann das jedenfalls nicht schaden. Denn wie es sich mit Justus entwickeln wird, weiß ich immer noch nicht. Wir halten uns beide brav an die vereinbarte Auszeit. Von meinem Mann habe ich, seitdem wir zuletzt telefoniert haben, nichts mehr gehört – genauso wenig wie von Klaas, nebenbei bemerkt.

Seltsam, ich ziehe den Zipper meiner Daunenweste bis unters Kinn, wie weit weg Justus in so kurzer Zeit gerückt ist. Und mein Frankfurter Leben noch dazu. Hier in Lüneburg ist etwas ganz Neues entstanden, etwas, das sich gut anfühlt. Das Einzige, was mir manchmal fehlt, sind Betty und die Werke meines Vaters. Ich stelle mir vor, wie die Bilder einsam und verlassen in unserem Penthaus hängen, wie morgens die Sonne aufgeht und ein paar Stunden später wieder unter, wie das Mondlicht auf sie fällt – und einfach nichts geschieht. Vielleicht schaut Frau Helmstedt manchmal nach dem Rechten. Aber ansonsten kommt niemand, niemand spricht mit ihnen. Jetzt ist unser Penthaus wirklich zu einem Museum geworden, eines, das noch nicht einmal Besucher empfängt.

Ich greife nach einem Küchentuch, beuge mich nach vorne, um die Kühltheke trocken zu wischen. Schon wieder alles voller Regentropfen. Dabei fällt mir ein, dass ich selbst die Teufelsbrücke, Vaters Bild, das ich mit nach Lüneburg nahm, vernachlässigt habe. Es steht zwar immer noch in meinem Schlafzimmer, aber da ist es nachts völlig dunkel und still. Ich schlafe hier wie ein Stein. Meine Tage sind so ausgefüllt, so bunt und lebendig, dass ich abends, nachdem ich noch ein wenig mein schönes Nest genossen haben, völlig erschossen in den Federn lande. Seltsam, wie schnell sich alles ändern kann.

Ich wienere noch ein letztes Mal über die Scheibe, dann blicke ich auf. Liv kommt von der Ape zurück, in der Hand: zwei Espressotässchen. Sie geht etwas vornübergebeugt, schirmt sie mit ihrem Oberkörper gegen den Regen ab. Schnell halte ich ihr die Seitentür des Verkaufswagens auf.

»Hier«, meint sie knapp und reicht mir eine der Tassen, auch ihre Stimmung ist alle andere als spritzig.

»Danke!« Einen koffeinhaltigen Motivationsschub kann ich gut gebrauchen.

»Laura«, das ist das Mädel von der Kaffee-Ape, »packt jetzt ein. Sie ist klitschnass, ihr reicht es.«

Ich nicke stumm, aber voller Verständnis. Es gibt immer einen, den es noch schlimmer trifft. Wir haben immerhin ein Dach über dem Kopf.

»Komm«, Liv, die ihre Tasse in einem Zuge leer getrunken hat, stellt sie geräuschvoll ab, »wir gehen noch mal die neuen Produkte für den Weihnachtsmarkt durch. Ich will meine Bestellung beim Großhandel abgeben und dann mit der Herstellung beginnen. Die neuen Minijobber, die ich im Dorf angeheuert habe, können nächste Woche loslegen, zumindest mit den lang haltbaren Produkten.«

Liv zieht ihr Notizbuch unter der Registrierkasse hervor und schlägt es auf. Eine gute Idee, wenn uns schon unsere Kunden keine Arbeit machen, dann machen wir uns eben selbst welche.

»Fangen wir mit den Frischkäsepralinen an. Als erste Sorte haben wir Pralinen mit den eingemachten Butterbirnen vom Hof …«

»… dazu bräuchten wir nur noch ein paar Mandelsplitter«, unterbreche ich sie, »die können wir leicht anrösten und die fertigen Pralinen damit garnieren, sieht bestimmt hübsch aus, und das Mandelaroma passt perfekt zur Birne.«

»Okay.« Liv macht sich eine Notiz. »Die nächste Sorte wäre die mit der Pistazienfüllung. Garnieren wir die fertigen Pralinen auch mit Pistazien?«

Ich nicke.

»Ach, Moment, alternativ könnten wir auch getrocknete Zesten von Orangenschalen nehmen. Nur drei, vier pro Praline, das wirkt richtig edel.«

»Und es hat etwas Weihnachtliches«, ergänzt Liv. »Machen

wir weiter mit der Steinpilz-Variante. Welche Toppings nehmen wir da?«

»Moment, lass mich nachdenken.« Ich schließe die Augen, konzentriere mich auf die Aromen von Frischkäse, kombiniert mit Steinpilzen. Was passt dazu? Was fehlt da noch?

»Ich hab's!« Ich öffne die Augen wieder. »Wir brauchen ein bisschen Schärfe, etwas, das auf der Zunge prickelt: Szechuanpfeffer.«

Liv beginnt zu schmunzeln, macht sich eine Notiz.

»So, du mein kleines Trüffelschwein«, sagt sie mit verschmitztem Blick, »dann habe ich noch einen Spezialfall für dich. Schließ doch noch mal die Augen.«

Jetzt muss auch ich lächeln, aber ich tue ihr den Gefallen.

»Stell dir unsere Frischkäse-Sherry-Pralinen vor …«

»… unsere Frischkäse-Oloroso-Sherry-Pralinen …«, unterbreche ich sie.

»Muss es denn unbedingt Oloroso-Sherry ein?«

»Unbedingt!« Ich öffne irritiert die Augen. »Nur der Oloroso hat Geschmacksnoten von eingeweckten Früchten.«

»Also gut.« Liv beginnt zu schreiben. »O-l-o-r-o-s-o.«

Zufrieden schließe ich wieder meine Augen und lausche auf ihre Stimme.

»Jetzt sag mir bitte«, Liv spricht wie zu einem Orakel, »was passt zum Aroma von Oloroso? Womit garnieren wir diese Pralinen?«

»Ach, das ist leicht.« Ich blicke gelangweilt auf. »Wir nehmen Rosa Pfefferbeeren, ganz einfach, ein Klassiker.«

»Frauke, du bist unglaublich.«

Danke, meine Laune hat sich soeben um hundert Prozent verbessert. Überhaupt bereitet mir die Entwicklung neuer Produkte eine ungeheure Freude, genauso wie die Zusammenarbeit mit Liv. Ich kann es gar nicht abwarten, unseren Kunden die neuen Kreationen vorzuführen.

»Ach, da fällt mir ein, das neue Muster für die Pralinenschachtel ist angekommen.« Liv legt rasch ihr Notizbuch ab und zieht das besagte Etwas aus ihrem Rucksack, der unter der Verkaufstheke hängt. Auf den allerersten Blick, den ich erhasche, erkenne ich, dass wir das Gesuchte gefunden haben. Ich weiß nicht, wie viele Muster wir uns in den letzten Wochen angeschaut haben, jetzt sind wir endlich am Ziel.

»Ich finde sie ja wunderschön.« Liv reicht mir die Schachtel, ihre Stimme ist ganz weich.

Genauso weich wie die Haptik des Kartons. Absolut edel liegt er in der Hand, ein Traum in mattem Schwarz. Unsere blütenweiß, rot, grün oder orange garnierten Käsepralinen werden darin prächtig ausschauen.

Um die Schachtel besser betrachten zu können, wende ich mich zum Licht, drehe sie mehrmals hin und her. Das offenporige Papier wirkt wunderbar elegant, die Verarbeitung hochwertig.

»Was für eine schöne …«, hebe ich an.

Klatsch. Erschrocken zucke ich zusammen. Eine kräftige Windböe hat neuen Regen in unseren Verkaufswagen gedrückt.

»Igitt.«

Auch Liv hat es voll erwischt, sie greift zu einem Trockentuch, fährt sich damit übers Gesicht. Das allerdings ist nicht das Schlimmste, auch unsere Pralinenschachtel ist nass geworden. Der schwarze Traum wird in Kürze Wellen schlagen.

»So ein verdammter Mist!« Meine gute Laune ist im Nu verflogen.

Voller Wut schlage ich mit der Hand auf die tropfnasse Verkaufstheke, dass es nur so spritzt. Mir reicht's! So geht das nicht! Ich experimentiere doch nicht wochenlang mit Liv in der Käserei, tüftele an den kleinsten Geschmacksnuancen herum, kreiere die ausgefeiltesten Weihnachtspräsente – wahre Delikatessen! –, um mir dann unsere Verpackung vom Regen ruinieren zu lassen. Oder vom Schnee, mit dem wir es auf dem Weihnachtsmarkt sicher auch zu tun bekommen werden. Unsere neuen Premiumprodukte brauchen *zwingend* einen hochwertigen Look. Und eine Umgebung, die zu ihnen passt.

»Liv, ich will diese Schachtel! Genauso wie du will ich exakt diesen edlen Style«, ich wedele mit dem Objekt der Begierde vor ihr herum, »aber im Verkauf muss sich etwas Grundsätzliches ändern. Dieser Wagen«, ich werfe meinen Blick gen niedrige Decke, »passt nicht. Er ist viel zu wetteranfällig und einfach zu klein für unsere Ideen! Zu klein für uns!«

»Ja, aber«, sie ist mit einem Mal blass geworden, »was heißt das denn?«

»Das weiß ich selbst noch nicht«, raune ich durch meine zusammengebissenen Zähne, dabei blicke ich angriffslustig auf den verregneten Marktplatz, »aber mir wird, verdammt noch mal, etwas einfallen.«

# HALBE-HALBE

Als ich am nächsten Morgen aufwache, muss ich an Betty denken: Ich blicke durch zwei Marktstände hindurch, sehe sie vor den gegenüberliegenden Häusern an einem Ladenlokal lehnen, sehe, wie sie uns beobachtet. Bevor sie nach Frankfurt aufbrach, besuchte Betty Liv und mich auf dem Wochenmarkt – ich hatte meinen ersten Tag im Verkauf.

Ich drehe mich auf die Seite, kuschele meine Wange noch einmal ins warme Kissen. Was hat sie noch gleich zu uns gesagt? »Aus euch kann etwas Großes werden«, erinnere ich mich, »ihr müsstet euch beizeiten nur etwas Größeres suchen.« Ich dachte damals, sie spielt auf unsere Körpergröße an, Liv steht mir da ja in nichts nach, aber vielleicht hat sie auch »etwas Größeres« im übertragenen Sinne gemeint. Nämlich: Etwas Größeres als unseren doch recht simplen Verkaufswagen.

Ich rolle zurück auf den Rücken und blicke in den offenen Giebel meines Schlafzimmers hinauf. Betty hatte von Anfang an recht. Liv und ich, wir sind ein wahnsinnig gutes Team, ihr Käse und meine Produktideen besitzen enormes Potenzial, davon bin ich zu einhundert Prozent überzeugt. Aber dieser winzige, witterungsanfällige Verkaufswagen, der passt einfach nicht dazu. Gleichzeitig brauchen wir ihn, wenn wir uns nicht den Weihnachtsmarkt entgehen lassen wollen. Und das dürfen wir auf keinen Fall, er ist unser Premierenlauf für unsere neuen Kreationen und, ja, irgendwie auch für meine Zukunft. Für nicht weniger als …

Moment mal! Noch einmal taucht Bettys Bild vor meinem geistigen Auge auf. Was war das eigentlich für ein Ladenlokal, an dem sie lehnte? Stand das nicht leer?

Im nächsten Augenblick bin ich aus dem Bett heraus. In Windeseile erledige ich das Nötigste im Bad, springe in meine Jeans von gestern und bin – ohne mir Zeit für einen Kaffee zu nehmen – aus der Tür hinaus. Keine zehn Minuten später steige ich von meinem Rad und blicke mich auf dem Marktplatz um. Vor mir: ein leer geräumtes Ladenlokal. Genau das, vor dem Betty stand.

Ich trete etwas zurück, um es genauer in Augenschein zu nehmen: Seine Front ist komplett – bodentief und deckenhoch – verglast. Auffällig ist die ausladende, doppelflügelige Eingangstür. Wie hoch mag sie sein? Bestimmt zwei Meter fünfzig, das sollte passen. Und die Breite auch. Ich gehe zu ihr, messe sie mit Schritten ab, dann blicke ich ins Innere. Die Verkaufsfläche ist größer, als man von außen vermuten würde, reichlich Platz für Ideen. Dann drehe ich mich um, schaue auf den Marktplatz, der jetzt, am frühen Sonntagmorgen, verlassen daliegt. Nur ein paar Tauben stolzieren gurrend auf ihm herum. Die Lage ist ideal, der Weihnachtsmarkt direkt vor der Tür, perfekt für unsere Zwecke.

An der Eingangstür hängt, von innen mit einem Klebestreifen befestigt, ein handschriftlicher Zettel. »Zu vermieten« steht darauf und eine Festnetznummer mit Lüneburger Vorwahl, darunter der Zusatz »Von privat«. Ich ziehe mein Handy aus meiner Schultertasche, öffne das Tastenfeld. Aber nachdem ich die ersten drei Ziffern eingetippt habe, befallen mich Zweifel. Ob ich da an einem Sonntagmorgen anrufen darf? Ich drehe mich um, sehe auf die goldene Rathausuhr: acht Uhr zwölf. Hm, ganz schön früh.

Und was ist mit Liv? Sollte ich nicht mit ihr sprechen, bevor ich aktiv werde? Ich schließe kurz die Augen, horche in mich hinein, lausche auf mein Bauchgefühl.

Nein, es muss jetzt sein, jetzt direkt. Ich tippe rasch die restlichen Zahlen ein.

Es klingelt. Und klingelt. Wie oft darf man es klingeln lassen, bevor es unverschämt wird? Fünfmal? Achtmal?

»Anderson.«

Ich schrecke zusammen.

»Anderson!«, noch einmal, schärfer.

»Wie? Anderson?« Auf Anhieb habe ich Klaas' Stimme erkannt, ich bin irritiert.

»Was heißt: ›Wie Anderson‹?« Irritation auch auf der anderen Seite.

»Ich … ähm … hier ist Frauke.« Meine Güte, ist mir das peinlich. Hatte ich nicht lautstark verkündet, Klaas in Ruhe lassen zu wollen?

»Frauke«, er stöhnt vernehmlich, »es ist Sonntag, der einzige Tag in der Woche, an dem ich ausschlafen kann. Was soll das?«

»Oh, ja, stimmt, entschuldige. Es ist nur so …«

»Jaaa …?« Er spricht mit mir wie mit einer Dreijährigen. Frechheit. Dieser Mensch kann eine Arroganz entwickeln, die unglaublich ist.

»Wenn du es genau wissen willst«, mein Ton wird deutlich, »es geht um das Ladenlokal am Marktplatz, das zu vermieten ist. Hast du damit etwas zu tun?«

»Könnte sein.«

»Wie ›könnte sein‹? Hast du oder hast du nicht?«

»Warum interessiert dich das?«

Meine Güte, der Typ ist ausgeschlafen ja schon eine Herausforderung, als Morgenmuffel aber eine echte Zumutung.

»Klaas«, ich starte einen neuen Versuch, »ich stehe vor dem Laden und habe diese Telefonnummer auf einem Zu-vermieten-Schild gefunden. Und, ja, ich möchte es mieten, deshalb rufe ich an. Eigentlich ganz einfach.«

»A-ha.«

»Und?«

»Was, ›und‹?«

»Na, ist es noch zu haben?«

»Weißt du was, jetzt kann ich eh nicht mehr einschlafen.« Er gähnt vernehmlich. »Wenn du eh schon am Marktplatz stehst, dann schwing deinen hübschen Hintern doch noch mal aufs Rad und komm hier vorbei. Bis gleich.«

Er hat aufgehängt. Das gibt's doch gar nicht! Fassungslos lasse ich mein Handy sinken und starre auf das Display. Weg ist er. Na, der kann was erleben, so lasse ich nicht mit mir umgehen. Wutschnaubend greife ich zum Fahrradlenker, sitze auf und strampele rüber zur Bäckerei. Klaas scheint auf mich gewartet zu haben: Genau in dem Moment, in dem ich an seine Haustür herantrete, ertönt der Summer.

Auf der Hälfte der Treppe kommt mir Fichte entgegengeeilt. Ihre Krallen klappern aufgeregt auf den Holzstufen.

»Na, du Krümel.« Ich beuge mich zu der Kleinen hinab. Der Dackel setzt sich auf die Hinterbeine, schaufelt mit den Vorderläufen durch die Luft. Wie sehr sich dieses kleine Tier freuen kann, das geht einem ja richtig zu Herzen. Erst als ich Fichte ausgiebig liebkost habe, gibt sie den Weg nach oben frei. Zusammen nehmen wir jede einzelne Stufe, langsam, damit Fichte auch mitkommt, wobei mir auffällt, dass meine Wut ob ihrer Charmeoffensive fast verraucht ist. In der offenen Wohnungstür wartet bereits, in einen flauschigen Bademantel gehüllt, ihr Herrchen.

»Fichte ist mein Raubtierbändiger.« Sein Lächeln ist schelmisch. »Wusstest du das?«

Ich hebe drohend den Zeigefinger und trete, ohne ihn eines zweiten Blickes zu würdigen, hinein.

»Kaffee?« Seine Frage ist rein rhetorisch, ohne meine Antwort abzuwarten, verschwindet er in die Küche.

Ich schüttele nur noch leicht den Kopf, diesem Mann ist einfach nicht beizukommen, dann gehe ich geradeaus weiter ins Esszimmer. Fichte folgt mir und verdrückt sich unter dem Tisch. Wie beim letzten Mal verteilen sich auf ihm jede Menge Ordner, Lagepläne und Grundrisse. Unauffällig studiere ich die Adressen, die auf vielen Papieren unten rechts vermerkt sind. Außerdem lese ich da den immer gleichen Namen: Klaas Anderson, Bauherr. Wenn das stimmt, was ich mir gerade zusammenreime, dann steckt in dem »Bauherrn« ein bisschen mehr als ein herkömmlicher Bäckermeister. Neben dem Gebäude, in dem sich sein Laden und die Wohnung hier befinden, und dem angehenden Boardinghouse, in dem ich übergangsweise wohnen darf, gehört ihm in Lüneburg noch die eine oder andere hübsche Immobilie.

Schritte verraten mir, dass der Kaffee naht. Rasch ziehe ich mir einen Stuhl heran, nehme Platz. Klaas tritt herein, mit Schwung stellt er einen großen Pott Kaffee vor mir ab. Dann lässt auch er sich nieder.

»Was willst du mit dem Laden?« Ohne Umschweife kommt er zur Sache. Ich beschließe, es ihm gleichzutun.

»Ich suche nach einer Alternative für unseren Verkaufswagen. Für den Weihnachtsmarkt haben wir ganz neue Produkte entwickelt: Delikatessen, Präsente, superedel und wunderschön verpackt. Ich bin von unseren Kreationen absolut überzeugt, wir brauchen jetzt nur noch die richtige Location, das passende Ambiente. Außerdem …«, ich stocke.

»Ja?« Klaas ist hellhörig geworden. »Außerdem, was?«

»… ach, außerdem wird mir das langsam zu ungemütlich da draußen.«

Er griemelt in seinen Bart hinein.

»Haha, sehr witzig. Du ziehst das, was man dir erzählt, gerne ins Lächerliche. Das nervt! Ein bisschen Komfort schadet nicht. Unseren Kunden nicht, unseren Produkten nicht und mir auch nicht. Mein Gott!«

»Schau an, die Großstädterin, ts ts!«

»Ach komm, tu doch nicht so«, dieser Typ regt mich auf, »was ist denn mit dir? Du gibst den kleinen Bäcker aus Leidenschaft, aber was ist das denn hier alles?«

Mit ausladender Geste schwenkt mein Arm über die Tischplatte.

»Ganz schön fette Immobilien, möchte ich meinen, aber Gott und die Welt mit Sauerteig vollquatschen. Hör doch auf!«

Von jetzt auf gleich ist seine gute Laune verflogen, ich sehe es genau und: Ich sehe es mit Genugtuung. Mein kleiner Wutausbruch hat mir gutgetan.

»Der Weihnachtsmarkt beginnt in drei Wochen«, sein Tonfall ist sachlich geworden, »bis dahin hast du den Laden nicht eingerichtet. Er muss renoviert werden, wir hatten einen Wasserschaden. An zwei Wänden fehlt der Putz. Außerdem brauchst du Einbauten, so schnell hast du die aber nicht fertig.«

»Die brauche ich auch nicht. Pass auf«, ich beuge mich ein Stückchen vor, »ich habe eine Idee: Wir improvisieren! Wir stellen unseren Anhänger in den Laden. Er ist fix und fertig für den Verkauf eingerichtet und hat eine Kühltheke, die wir auch dringend brauchen. Der Clou ist nämlich: Unser Käseladen öffnet nur einen Monat, bis Weihnachten.«

»Du willst den Laden nur für einen Monat mieten?« Er blickt mich entgeistert an. »Das ist Unsinn.«

»Schon mal was von einem Pop-up-Store gehört?« So leicht entkommt Klaas mir nicht. »Ich weiß ja nicht, wie es hier in Lüneburg aussieht, aber in allen anderen Städten, die ich so kenne, hat der Einzelhandel gerade ein ziemliches Problem. Überall schließen die Geschäfte, weil die Leute online bestellen. Was übrig bleibt, ist Leerstand, und da, wo die Schaufenster tot und öde sind, da bleibt auch die Laufkundschaft für die anderen Einzelhändler aus. Landauf, landab reden die Leute von aussterbenden Innenstädten. Ziemlich doof, vor allem dann, wenn man ziemlich viele Immobilien besitzt.« Ich lasse meine Falle genussvoll zuschnappen. »Sei ehrlich, dein Geschäft am Marktplatz steht schon länger leer.«

Was in Klaas vorgeht, nachdem mein kleiner Vortrag zu Ende ist, vermag ich nicht zu sagen. Sein Gesicht ist ein einziges Pokerface.

»Mit unserem Pop-up-Store würdest du wieder Leben in den Laden bringen. Wie sieht das denn auch aus, wenn der ganze Weihnachtsmarkt voller Leute steht, direkt nebenan aber alles leer ist?« Ein Fünkchen Ironie darf schon sein. »Du machst quasi Werbung in eigener Sache und kannst ab Januar neu vermieten.«

»Und weil du dir das alles so hübsch ausgedacht hast«, greift er meinen Tonfall auf, »willst du wahrscheinlich einen wahnsinnig guten Preis von mir.«

»Exakt.«

Er nennt eine unanständige Summe.

Ich lache auf. »Das ist nicht dein Ernst.«

»Wieso nicht? Das ist der ganz normale Kurs. Wir haben es hier mit einer A-Lage zu tun. Premium! Genau genommen ist das sogar ein sehr guter Preis, du willst ja nur einen Monat mieten, so etwas kostet eigentlich extra, weil …«

»Klaas«, ich falle ihm ins Wort, »du weißt, dass wir uns das nicht leisten können.«

Er zuckt teilnahmslos mit den Schultern.

Und ich erinnere mich an meinen Kaffee, der schon etwas länger vor mir steht. Ich muss nachdenken. Ich greife nach der Tasse, nippe daran, nippe noch einmal, schinde Zeit. Irgendwas muss mir einfallen, irgendwas. Das Ladenlokal ist perfekt, wir haben das Publikum, die Stimmung vom Weihnachtsmarkt und sind dennoch vor dem Wetter geschützt. Wir könnten im Laden weitere Regale für unsere Produkte aufbauen, eine chillige Atmosphäre kreieren, so etwas wie eine Lounge, in der unsere Kunden …

»Ich hab's!« Ruckartig stelle ich meinen Kaffee ab.

»Was?«

»Eine geniale Idee.«

»Da bin ich aber gespannt.«

»Wir machen Käse und Brot, das passt perfekt!« Ich bin völlig begeistert von dem, was sich gerade vor meinem geistigen Auge auftut. »Pass auf, wir verkaufen unseren Ziegenkäse und du dein Brot, aus beidem zusammen kreieren wir Sandwiches, kleine Snacks, Naschereien. Jeder bekommt im Laden seinen eigenen Stand, dazwischen stellen wir Stehtische auf. Dazu gibt es Wein, ausgesucht, wenige Sorten. Ich habe Beziehungen in die Provence, den Wein besorge ich. Und du könntest«, ich muss noch einen Schluck Kaffee nehmen, weil mein Mund vor Aufregung ganz trocken ist, »du könntest neue Brotsorten entwickeln, vielleicht ein Winterbrot, das es nur im Advent gibt. Weißt du, was auch toll wäre?« Ich bin so begeistert, dass ich nach seiner Hand greifen muss. »Toll wäre eine Bonnette, ein herzhaftes Baguette, vielleicht aus Dinkelmehl mit Walnüssen und Rosinen. So etwas passt wunderbar zu unserem Ziegenkäse. Wir könnten erstklassige Stullen anbieten, verstehst du? Gourmet-Butterbrote! Wir wären die feine Alternative zu Glühwein und Currywurst! Uns fällt bestimmt noch mehr ein. Zum Beispiel haben Liv und ich diese neuen Ziegenkäsekugeln, eingelegt in Olivenöl mit Rosmarin und Thymian, die könnte man zusammen mit Brotkonfekt und …«

Zu dem, was nach meinem »Und« folgen sollte, komme ich nicht mehr. Klaas hat mich zu sich herangezogen.

»Weißt du, dass du wunderschön bist?«

Dann küsst er mich.

Filmriss. Der Ideenstrom in meinem Kopf bricht ab. Dafür sind da ein weicher Mund, ein flauschiger Bademantel und eine ziemlich gut proportionierte Schulterpartie, auf der meine Hände zum Liegen kommen.

»He«, als sich Klaas' Lippen lockern, ist meine Stimme brüchig, »was soll das?« Ich ziehe geziert meinen Kopf zurück, kann mir ein Lächeln aber nicht verkneifen.

»Wenn du so vor Ideen sprühst, dann bist du umwerfend.« Seine Stimme ist eine Tonlage tiefer gerutscht.

»Aha«, kommentiere ich, was Klaas anscheinend ermutigt, da weiterzumachen, wo wir gerade aufgehört haben. Womit er allerdings nicht gerechnet hat, ist Fichte. Mit einem Satz, den ich diesem winzigen Wesen gar nicht zugetraut hätte, springt sie auf meinen Schoß und schleckt einmal genüsslich über Klaas' Nase.

»Pah!« Angewidert fährt er zurück, was mich, zugegeben, ausgesprochen amüsiert.

»Jaja«, ich streiche der Dackeldame über ihren langen Rücken, »wir Frauen müssen zusammenhalten.«

Worauf sich Fichte gemütlich auf meinem Schoß einrichtet.

»Ein Irrenhaus ist das hier.« Klaas reibt sich mit beiden Händen über das Gesicht.

»Was hältst du also von meiner Idee? Machen wir einen Adventsladen?« Ich bemühe mich, cool zu bleiben. Nicht, dass mich Klaas' Charmeoffensive unbeeindruckt ließe, nein, beileibe nicht, aber jetzt geht es gerade um etwas anderes. Es geht um etwas viel Wichtigeres. Es geht ums Geschäft.

»Du schaffst mich, Frauke.« Er blickt theatralisch zur Zimmerdecke. »Aber dein Vorschlag ist gut.« Dann lächelt er. »Du bist verdammt gut, weißt du das?«

*Ja*, denke ich, *ja, das weiß ich*. Und ich lasse mir von nichts und niemandem auf dieser Welt jemals wieder etwas anderes erzählen.

»Dann machen wir also halbe-halbe?« Noch lasse ich Klaas nicht vom Haken.

Er hebt fragend eine Augenbraue.

»Ich meine, bei der Miete«, setze ich – zuckersüß – hinzu. »Halbe-halbe?«

# PILLEPALLE

Die Wildschweine haben Spuren hinterlassen. Am Wegesrand und auf dem Acker. Sie haben sich erst in die Erde gewühlt und die Grasnarbe dann auf links gedreht. Einige Klumpen sind bis auf den Feldweg geflogen, genüsslich fahre ich mit meinem Fahrrad hindurch, hinterlasse das Profil meines Reifens darin. Weich, wie ein gut aufgegangener Hefeteig, gibt die Erde nach. Und sie duftet. Ich inhaliere den Geruch. Die Erde duftet intensiv wie ein Korb voller Steinpilze. Satt, nahrhaft, unglaublich fruchtbar. Kein Wunder, dass die Schweine ihre Rüssel in sie hineinbohren mussten.

Während mir auffällt, dass sich meine Gedanken schon wieder um Kulinarik drehen, wenn auch in durchaus übertragenem Sinne, mustere ich den frisch aufgebrochenen Boden: Er sieht ganz schön frisch aus. Wer weiß, vielleicht war ja die Rotte von neulich diese Nacht wieder da? Ich schnuppere vorsichtig in die Luft. Riecht sie nach Maggi, so wie beim letzten Mal? Ich bin mir nicht sicher, vergewissere mich. Könnte sein. Ich muss unbedingt Liv fragen, wonach Wildschweine riechen.

Wobei, es ist schon erstaunlich, dass mich so etwas interessiert. Aber das tut es! Überhaupt erfahre ich hier ständig Neues, von dem ich bislang keinen Begriff hatte: Dass Bienen tanzen, dass Ziegen Vulkanausbrüche vorhersagen oder dass Dackel Möhren fressen – all das weiß ich erst, seit ich in Lüneburg lebe. Und ich finde es wahnsinnig spannend.

Ich trete fester in die Pedale, verlasse das offene Feld und tauche ein in den Wald. Ich bin auf dem Weg zu Liv. In meiner Schultertasche, die unter dem Gepäckträger klemmt, steckt der

Mietvertrag. Klaas und ich haben ihn, nachdem wir den Laden von innen besichtigt hatten, direkt heute Vormittag aufgesetzt, eine Vorlage, die ich nun mit Liv besprechen kann.

Wie sicher ich mir meiner Sache bin, überrascht mich selbst. Ich habe, was den Erfolg unseres Adventsladens anbelangt, keinen Zweifel. Null. Obschon das Konstrukt mit Klaas, bei genauerer Betrachtung, durchaus gewagt ist. Denn wenn es so kommt, wie ich möchte, dann wohne ich nicht nur in einer seiner Immobilien, sondern verdiene in einer zweiten, die ebenfalls ihm gehört, auch bald mein Geld. Gefällt mir das? Ist das nicht zu viel der Abhängigkeit? Zumal ich einen anderen Mann, nämlich meinen Mann, mitsamt Penthaus und Restaurantbetrieb gerade hinter mir gelassen habe. Sind das nicht ein bisschen viele Parallelen?

»Aber es ist ja nur bis Weihnachten«, sage ich laut zu mir selbst, um mich zu beruhigen.

Außerdem habe ich bei Klaas ein gutes Gefühl. Er bringt mich mit seiner selbstgefälligen Sturköpfigkeit zwar immer wieder auf die Palme, ist aber ein grundehrlicher Typ. Der, nebenbei bemerkt, ziemlich gut küssen kann. Ich muss lächeln. Eigentlich bedauerlich, dass ich diesen ärgerlichen Filmriss auf dem Hoffest hatte, da habe ich echt was verpasst.

Wie dem auch sei, ich schiebe den nächsten, durchaus verlockenden Gedanken an Klaas zur Seite, zu mehr wird es zwischen uns nicht kommen. Auf keinen Fall. Zumindest bis Weihnachten ist alles Private tabu. Wie um meinen Entschluss zu bekräftigen, richte ich mich auf, drücke meine Handballen gegen den Fahrradlenker. Keine Küsse! Und schon gar nicht weitergehende Intimitäten. Denn, erstens, muss ich mir noch über Justus klar werden, immerhin sind wir verheiratet, und, zweitens, sind Klaas und ich jetzt Geschäftspartner. Also keine weiteren Annäherungsversuche, bitte.

Ein intensiver Geruch dringt plötzlich in mein Hirn. Am Wegesrand liegen frisch geschlagene Nadelbäume. Ihr harziger Duft ist durchdringend. Betörend! Wald, Erde, Licht, Wind, Leben – all das schwingt darin mit. Gerade heute, wo die tief stehende Herbstsonne durch die Baumkronen schimmert. Ich hebe meinen Blick, blicke hinauf in das letzte bunte Laub. Wie wunderschön diese Welt doch ist!

Ich rolle einen kleinen Hang hinunter, lasse den Wald hinter mir, der Weg führt mich raus auf die offenen Weiden. Zu meiner Rechten sind sie weiß gesprenkelt von all den Ziegen, die auf ihnen grasen. Bei ihrem Anblick wird mein Herz groß und weit. Heute Abend wird Liv sie reinholen, melken, und wir bekommen jede Menge Milch für besten Käse. Auch wenn es nicht meine Herde ist, bin ich doch richtig stolz auf sie. Mir macht es helle Freude, an den Tieren vorbeizuradeln, mich an ihrem Anblick, an ihren stolzen Hörnern und gefüllten Bäuchen zu laben.

Hinter einer Baumreihe sehe ich bereits die Dächer vom Lohbekhof aufblitzen. Wie gut, dass ich den Wagen habe stehen lassen und mit dem Rad gefahren bin. Die herbstkühle, frische Luft, die Bewegung machen meine Gedanken klar und frei. Aufgeräumter Stimmung nehme ich kurz darauf die letzte Kurve zum Hof, lasse mein Rad mit viel Schwung in die Einfahrt rollen. Und wieder einmal schlägt mich das alte Anwesen unmittelbar in seinen Bann. Wie verträumt es hier ist: Die ausladenden Bäume, die Beete mit ihren altertümlichen Buchsbaumhecken, die feuerrot blühenden Dahlien direkt vor dem Haus. All dies berührt mich. Macht mir Gänsehaut.

Als ich mein Fahrrad abstelle, dringt Kinderlachen an mein Ohr, es kommt von der Wiese hinter dem Haus. Rasch ziehe ich meine Schultertasche vom Gepäckträger und folge ihm. Es ist Valerie, die mit einem anderen Mädchen über selbst zusammengeschusterte Hindernisse hopst. Offensichtlich spielen die beiden Kinder Pferd, denn Valerie trägt so etwas wie ein Geschirr über ihren Schultern, das andere Mädchen hält die Zügel in der Hand.

»Hallo!« Ich winke den beiden.

»Moin«, grüßen sie fröhlich zurück, und ich nehme mir zum einhundertsten Mal vor, mir endlich dieses Moin anzugewöhnen.

»Ist deine Mama auch da, Valerie?«

»Ja, die ist drinnen.«

»Prima«, ich mache kehrt, »dann geh ich mal rein.«

Die Kinder sind schon wieder in ihrem Spiel versunken, sie nehmen Kurs auf die nächste Hürde. Wie gut sie es hier haben, wie frei und unbefangen sie aufwachsen können. Ein bisschen davon habe auch ich erleben dürfen, damals, in meinen Sommerferien hier auf dem Lohbekhof.

»Moin, ich habe dich schon kommen hören.« Liv empfängt mich in der offenen Haustür.

»Moin«, kommt es prompt aus mir heraus, na endlich.

Ich folge Liv in die kühle Eingangshalle, wie groß sie ist! Mein Blick wandert hoch zur Galerie, zu ihrem Holzgeländer und den dunkel gestrichenen Balken. Wahnsinn.

Bei meinen letzten Besuchen auf dem Lohbekhof haben wir uns immer in der Käserei getroffen, dem perfekten Ort, um an neuen Produkten herumzutüfteln. Das Wohnhaus aber habe ich seit meinen Kindertagen nicht mehr betreten. Die Erinnerungen prasseln nur so auf mich ein.

Liv ist derweil weitergelaufen, hält eine kleinere Zimmertür, die seitlich abzweigt, für mich auf. Dahinter wird es direkt wärmer. Neugierig blicke ich mich um, mustere den uralten Steinboden, den mächtigen Türstock und, als wir Livs Küche erreichen, den brennenden Kaminofen.

»Such dir ein Plätzchen aus.« Liv weist auf den massiven Ecktisch. »Ich habe mir gerade eine Kanne Tee gekocht, möchtest du auch welchen?«

»Gerne.« Ich lege meinen Parka ab, hänge ihn über eine Stuhllehne, wickele meinen Schal vom Hals, dann klemme ich mir meine Tasche unter den Arm und rutsche auf die Eckbank.

Liv verteilt inzwischen Unterteller und Tassen, entzündet ein Stövchen, das auf dem Tisch bereitsteht, und stellt eine dickbauchige Kanne darauf ab.

Ich ergreife eine der Tassen, wende sie in der Hand, mustere das mir vertraute Dekor.

»Was überlegst du?« Liv setzt sich zu mir.

»Mir kommt das Service bekannt vor.« Ich stelle die Tasse ab. »Kann es sein, dass es deine Großeltern schon hatten?«

»Das kann sein, ja.« Liv greift nach der Teekanne, schenkt ein. »Ich habe das Geschirr schon als Kind geliebt.«

»Ich glaube, ich auch.«

Wir lächeln uns an und haben vermutlich beide in diesem Augenblick die Gesichter von Elfi und Peer vor uns. Wie lang das alles her ist.

»Es ist schön, dass du das Erbe deiner Großeltern weiterführst, den Hof und«, mit einem Mal bin ich seltsam gerührt, »und überhaupt. Mit Valerie und dir lebt das Haus weiter. Ich kann dir nicht sagen, warum, aber irgendwie beruhigt mich das.«

»Wir geben uns jedenfalls alle Mühe, Leben in die Bude zu bringen.« Livs Augen schweifen durch den Raum. »Es ist halt alles sehr groß hier. Wir beiden bewohnen nur den Wohntrakt hier unten, ansonsten steht alles leer.«

»Auch die Ferienwohnung?«

»Auch die.« Liv zuckt mit den Schultern. »Ich müsste sie modernisieren. Die Küche, das Bad, alles ist in die Jahre gekommen, so etwas will heute keiner mehr. Aber um sie zu renovieren, fehlen mir gerade die Euros.«

»Dann ist es doch gut«, ich strahle wie eine Zauberkünstlerin, deren Einsatz gekommen ist, »dass ich gekommen bin! Der Lohbekhof geht ab jetzt in die nächste Schaltstufe.«

Dazu ziehe ich – statt eines Kaninchens – den Entwurf des Mietvertrags aus meiner Tasche, lege ihn schwungvoll vor uns auf den Tisch.

»Hier ist er, unser Adventsladen.« Ich tippe auf das Papier, bevor ich losgeradelt bin, hatte ich Liv schon telefonisch vorgewarnt und im Groben eingeweiht.

»Ich bin gespannt«, sie zieht den Vertrag zu sich heran, liest, blättert langsam durch die Seiten.

»Und du meinst, das funktioniert?« Sie blickt fragend auf.

»Natürlich!«

»Und die Miete wird für uns kein Problem?«

»Pillepalle, Klaas hat sich ja glücklicherweise auf meinen Handel eingelassen, so halbiert sie sich. Außerdem sparen wir uns die Standgebühr für den Weihnachtsmarkt.«

Dann ziehe ich mein Handy aus der Tasche und öffne den Fotospeicher.

»Schau doch nur!« Ich halte ihr das Display hin, zeige ihr nacheinander die Bilder, die ich bei der Besichtigung aufgenommen habe. »Der Laden ist ideal für uns. I-d-e-a-l!« Ich bin restlos begeistert, auch jetzt wieder. »Ich kann es gar nicht erwarten, dass …«

»Pst!« Liv unterbricht mich, legt sich dann einen Finger an die Lippen. »Hörst du das?«

»Was denn?« Ich lausche. Was hat sie?

»Kraniche!« Liv steht auf, öffnet eines der Sprossenfenster weit.

Und da höre auch ich sie. Ich rutsche aus der Eckbank, stelle mich zu ihr ans offene Fenster, blicke in den Herbsthimmel hinauf. Und da kommt er: ein großer Schwarm, formatiert zu einer schlanken Eins. Die Luft ist erfüllt von Vogelrufen. Er paar einzelne Tiere haben den Anschluss verloren. Sie bemühen sich, die anderen einzuholen, wieder in Reih und Glied zu kommen.

»Wunderschön, nicht wahr?« Livs Stimme ist belegt.

»Ja, das ist es.«

»Wusstest du«, ihr Blick folgt weiter dem Flug der Vögel, »wusstest du, dass Kranich-Paare ein Leben lang zusammenbleiben? Ganz gleich, wohin es sie zieht. Sie sind die treuesten Vögel der Welt.«

Nein, das wusste ich nicht, ich dachte vielmehr, dies sei bei Waldkäuzchen der Fall. Gerne würde ich Liv danach fragen, sie wüsste bestimmt eine Antwort, aber jetzt ist nicht der richtige Zeitpunkt dafür. Jetzt befindet sich Liv in einer ganz eigentümlichen Stimmung. Was ist mit ihr?

»Wenn die Kraniche ziehen, befällt mich immer so eine Sehnsucht.« Sie streicht sich langsam über die Stirn. »Es ist seltsam, aber da ist etwas in mir, das mich rauszieht in die Welt, weit ins Land, ganz weit weg.«

Ich schaue sie an, mustere ihr ernstes Gesicht. Für meinen Geschmack ist sie ein bisschen zu blass heute – zu mager sowieso. Und ihre Stimmung ist wirklich eigenartig.

»Aber vermutlich«, mit einem Mal packt sie den Griff, schließt energisch das Fenster, »geht das mit den Kranichen allen Menschen so.«

»Ja«, ich räuspere mich, »vermutlich.«

»Komm«, ihre Stimme ist wieder fest geworden, »lass uns über unser Weihnachtsgeschäft sprechen.«

Wir nehmen wieder unsere Plätze ein.

»Ich vertraue dir in dieser Sache vollkommen.« Ihr Blick richtet sich auf den Vertrag. »Ich habe nur eine Bitte: klare Aufgabenteilung. Ich kümmere mich um den Stall und um die Käserei. Alles andere, die Einrichtung des Ladens, das Marketing, die

Weihnachtsdeko, auch das Administrative übernimmst du, das schaffe ich nicht zusätzlich.«

»Kein Problem, das habe ich mir auch schon so überlegt. Was ich allerdings gerne vom Lohbekhof hätte, wären die verglasten Kühlschränke aus deinem Gartencafé, die können wir im Laden gut gebrauchen. Meinst du, du kannst sie entbehren?«

»Natürlich, das Café hat im Winter ja eh geschlossen. Du kannst dir für den Laden auch gerne ein paar Tische und Stühle ausborgen oder Gerätschaften aus der Küche, schau einfach, was du brauchen kannst. Es ist ja alles da.«

»Genial, irgendwie greifen gerade alle Zahnrädchen ineinander, findest du nicht? Es ist, als sollte alles so sein.« Ich halte einen Moment inne, spüre meinen eigenen Sätzen nach. »Ich habe auch schon mit Klaas gesprochen, er will sich um das Offizielle kümmern. Zum Glück kennt er die verantwortlichen Leute in der Stadtverwaltung. Wir brauchen für unseren Pop-up-Store ja auch eine Genehmigung, den ganzen bürokratischen Aufwand übernimmt er.«

»Das ist gut, wir haben ja nicht mehr viel Zeit.« Liv nickt anerkennend. »Klaas kennt in Lüneburg Hinz und Kunz. Er ist für so etwas genau der Richtige, allein schon wegen seines Restaurants.«

»Wegen seines Restaurants?« Ich stutze.

»Ja, der Vietnamese im Marktviertel, der gehört ihm. Warst du noch nicht bei Nhi?«

»Doch«, antworte ich baff, »ganz am Anfang, mit Klaas zusammen. Das ist sein Laden?«

»Ja.« Für Liv scheint das eine Selbstverständlichkeit zu sein.

»Aha.« Ich lasse mich gegen die Rückenlehne der Bank fallen. »Klaas wirkt auf mich ja wie eine Wundertüte, ihm scheint halb Lüneburg zu gehören.«

»So ungefähr, die Immobilien hat er von seinem Vater geerbt«, sie verzieht den Mund. »Die beiden waren wohl nicht so dicke. Manch einer meint sogar, dass Lüneburg für beide zu klein war und Klaas deswegen so lange in der Weltgeschichte unterwegs gewesen ist.«

*Wenn sein Vater auch nur annähernd das Naturell des Sohnes gehabt hat,* überlege ich, *dann ist da gewiss was dran.*

»Für die Geschäfte des Alten hat sich Klaas wohl nie interessiert«, erzählt Liv weiter, »sein Ding war das Backen, womit er seinen Vater allerdings wenig beeindrucken konnte.« Sie lacht auf. »Das war ein hartgesottener Geschäftsmann vom alten Schlag, ich habe ihn mal kennengelernt. Der totale Patriarch mit marineblauem Jackett und Goldknöpfen. Stell dir einfach den Gegenentwurf zu Klaas vor, dann hast du ihn vor Augen.«

»Hm.« Ich ahne, von was für einer Art Mann die Rede ist. Mit so einem Vater hatte es Klaas gewiss nicht leicht, kein Wunder, dass er zum Raubein wurde.

»Na ja«, Liv atmet laut ein, »heute gehört die ganze Chose dem Sohnemann. Immobilien ohne Ende. In aller Herrgottsfrühe aufstehen, um seine Brötchen zu verdienen, bräuchte Klaas gewiss nicht mehr.«

Den Nachsatz »ganz im Gegensatz zu mir« spart sie sich, ich höre ihn trotzdem. Und wieder ist da diese eigentümliche Stimmung, die von ihr ausgeht. Da ist etwas Müdes, Erschöpftes in ihrem Tonfall, so kenne ich sie gar nicht. Willem, der Bienenprofessor, kommt mir in den Sinn. Sagte er nicht, dass Livs Arbeitspensum auf Dauer nicht durchzuhalten sei? Dass der Hof für eine einzelne Person einfach nicht zu schaffen wäre? Unruhe überkommt mich.

»Sag mal, Liv«, ich lehne mich vornüber über die Tischplatte, greife nach ihrer Hand, »geht es dir gut?«

Sie nickt, den Blick allerdings hält sie starr nach unten gerichtet.

»Aber irgendwas ist doch mit dir?«, hake ich nach. »Das spüre ich.«

»Tja, weißt du, es ist gerade etwas viel für mich …«

»… ich wundere mich eh, wie du das alles schaffst, das große Haus, die Käserei, die vielen Tiere, dazu Valerie.«

»Ne«, sie zieht ihre Hand zurück, »das meine ich nicht.«

Ihre Worte dehnen sich wie Kaugummi. Dann greift sie in ihre Hosentasche, zieht etwas Weißes mit einer pinkfarbenen Spitze heraus und legt es auf den Tisch. Im ersten Moment denke ich an einen Filzstift, aber das ist es nicht.

»Ein Schwangerschaftstest?« Mir bleibt die Spucke weg.

»Ich habe ihn heute Morgen gemacht. Er ist«, sie stockt, »positiv.«

»Du bist schwanger?« Eine Frage, die ich mir hätte sparen können. Die Streifen im Testfenster sind eindeutig.

Ich ermahne mich, die Ruhe zu bewahren, jetzt nur nichts Falsches zu sagen. Mit beiden Händen streiche ich mir die Haare aus dem Gesicht, richte mich auf.

»War das, ähm, geplant?«

Liv schüttelt stumm den Kopf. Das hatte ich mir gedacht.

»Willst du …«

»Ja«, unterbricht sie mich, »ich bekomme das Baby in jedem Fall.«

»Gut, damit wäre das geklärt. Und der Vater?«

»Der weiß noch nichts.«

»O-k-a-y«, ich ziehe dieses kleine Wort, so weit es geht, auseinander, ich brauche Bedenkzeit für den nächsten Satz, doch Liv ist schneller.

»Der Vater ist auch nicht wichtig.« Ihr Blick wird steinern. »Das schaffe ich allein.«

In diesem Moment überkommt mich eine Woge von Mitgefühl. Wie jung Liv ist, wie viel Willenskraft sie besitzt – und wie allein sie ist. Allein auf diesem großen Hof. Wo sie ohne Vater aufwuchs, genauso wie Valerie. Wie hart das alles ist.

»Noch ein Kind ohne Vater?« Diese Frage muss ich ihr einfach stellen, rührt sie doch viel zu sehr an meiner eigenen Geschichte.

Livs Augen, die mir jetzt entgegenblicken, füllen sich mit Tränen.

»Also«, sie schluchzt auf, »also, wenn dir das unter diesen Umständen zu heiß wird mit unserem Adventsladen, dann können wir das auch …«

»Quatsch!« Ich unterbreche sie harsch, werde dann aber sofort wieder sanft. »Meinst du denn, ich lasse dich hängen?«

Liv ist völlig durcheinander, sie beginnt immer lauter zu schluchzen. Ich rutsche eilig von der Bank, stelle mich hinter ihren Stuhl, beuge mich vor und umarme sie. Dabei lege ich meine Wange an ihre, flüstere: »Jetzt erst recht.« Immer wieder. »Jetzt machen wir unseren Laden erst recht.«

Als sich ihre Atemzüge beruhigen, richte ich mich auf, streiche ihr über das glatte Haar.

»Ich freue mich auf dein Baby.« Es wird höchste Zeit, dass dieser Satz gesagt wird. »Wann kommt es denn?«

»Ich denke, so in acht Monaten«, sie schluchzt noch einmal auf.

»Na, dann haben wir ja noch jede Menge Zeit. Das Weihnachtsgeschäft lassen wir uns auf keinen Fall durch die Lappen gehen.«

Die große Zuversicht, die in meinen Worten mitschwingt, muss ich nicht extra hineinlegen. Sie ist echt. Ich glaube an uns, an Liv und mich, an unsere Produkte, an unseren Erfolg. Und wie gesagt: Jetzt erst recht.

»Mach dir keine Sorgen.« Ich greife nach dem Vertrag, der immer noch auf der Tischplatte liegt. »Darum kümmere ich mich.

Ich kümmere mich ab jetzt überhaupt um so viel wie möglich. Vertrau mir.«

Ich greife nach meiner Schultertasche, stecke das Papier hinein.

»Und jetzt muss ich los. Ich habe noch einiges zu erledigen.«

Ich nehme mir meinen Parka vom Stuhl, winde meinen Schal um den Hals, dann umarme ich Liv und verlasse das Haus. Als ich auf meinem Rad sitze und vom Hof fahre, da kommen mir die beiden Kinder entgegengaloppiert. Sie spielen immer noch Pferd, haben eine große Pfütze zum Wassergraben erklärt. Ich winke ihnen zu, ihr Gelächter klingt mir nach. Wie gut das Leben auf dem Lohbekhof doch ist. Und wie gut, dass es davon bald noch mehr gibt.

Kurz bevor ich hinter den Weiden in den Wald eintauche, höre ich den nächsten Schwarm Kraniche heranziehen. Ich bremse ab, rutsche vom Sattel, richte meinen Blick gen Himmel. Und da sind sie, über den Baumkronen tauchen sie auf. Und mit ihnen ihr unnachahmlicher, sehnsuchtsvoller Ruf. Liv hat schon recht, er rührt etwas an in der menschlichen Seele.

Die Kraniche fliegen über mich hinweg. Ich lege den Kopf in den Nacken, bewundere ihre mächtigen und doch so schwerelosen Körper, ihre eleganten Schwingen. Ich schaue ihnen nach, und mein Blick fällt noch einmal auf die Weiden, hinüber zu den Dächern vom Lohbekhof. Ich liebe diesen Ort, mit einem Mal wird mir das klar. Sonnenklar. Das, was ich in meinem Herzen spüre, ist: pure, klare Liebe. Kein Zweifel. Null.

Und ich weiß noch etwas: Volle Kraft voraus. Ich werde jeden Cent, den ich in den letzten Jahren ansparen konnte, in unseren Adventsladen stecken. Er muss ein Erfolg werden. Er muss einfach. Außerdem werde ich uns so viel Unterstützung organisieren, wie wir überhaupt nur bekommen können. Geburtshelfer! Gut, dass Klaas schon an Bord ist, er ist in Lüneburg ein echtes

Pfund. Und ich habe noch einen Trumpf im Ärmel, ich kenne noch jemanden, der unserem Erfolg auf die Sprünge helfen wird: Ich greife hinter mich, ziehe meine Schultertasche vom Gepäckträger, wühle nach meinem Portemonnaie. Das, was ich suche, habe ich dort verstaut. Es ist aus festem hellgrauem Karton, und der aufgedruckte Name ist kanariengelb lackiert.

# TUCHFÜHLUNG

Superb!«

Mit erhobenen Händen, die Finger ausgestreckt wie eine Leuchtreklame, durchschreitet Katinka den Laden. Dann macht sie auf dem Absatz kehrt, blickt in Feldherrenmanier hinaus auf den Marktplatz, schreitet eine Wand ab, zählt dabei leise, geht zurück in die Mitte und dreht sich einmal um die eigene Achse.

»Weihnachten!« Sie hebt noch einmal beide Hände. »Das ganze Setting ist superb!«

Gerade eben habe ich Katinka, die von Hamburg angereist ist, vom Zug abgeholt und sie direkt zu unserem neuen Ladenlokal geführt. Da der Bahnhof nicht weit ist und die Herbstsonne heute warm und freundlich auf Lüneburg scheint, sind wir zu Fuß gelaufen. Eine ausgesprochen gute Gelegenheit, um sie in Tuchfühlung mit der Stadt zu bringen, sie in das »Look and feel«, wie sie es ausdrückte, hineinzuholen. Als wir am Laden ankamen, war sie davon überzeugt, in einer angehenden Weihnachtsstadt gelandet zu sein. Ein Eindruck, der sich in Gesellschaft von Katinka tatsächlich aufdrängte: Unser Rückweg führte uns am Fischmarkt vorbei und über die Brausebrücke, ein wirklich pittoresker Ort, an dem Fluss und historische Bausubstanz auf das Schönste zusammentreffen: Sprossenfenster, Fachwerk, Backsteine, dazu die verwinkelten Gassen und das Rauschen des Wassers. Katinka war »verzaubert« – und ich auch.

»Welche Farbe besitzt der Verkaufswagen, den Sie in den Laden stellen wollen, Frauke?« Katinka hat sich mit dem Rücken gegen eines der Fenster gelehnt.

»Weiß«, antworte ich.

»Weiß.« Sie spricht dieses Wort aus, als hätte sie eine seltene Spezies entdeckt. »Das ist gut. Weiß ist der Schnee, weiß ist die Milch …«, murmelt sie dann.

»… weiß ist unser Ziegenkäse!«, werfe ich ein.

»Ja, genau, weißer Ziegenkäse«, echot sie, nun vollständig in Gedanken versunken. Hinter ihrer Stirn scheint eine Leinwand heruntergefahren zu sein, auf der sich die unterschiedlichsten Szenerien abspielen. Dann hebt sie plötzlich den Blick, mustert die rohen Ziegelwände vor uns.

»Dort gab es einen Wasserschaden«, erkläre ich, »der Putz musste heruntergeschlagen werden. Wir müssen uns dafür eine einfache Lösung einfallen lassen, vielleicht dübeln wir ein paar Rigipsplatten davor.«

»Rigipsplatten?«, sie blickt mich an, als hätte ich etwas Unflätiges von mir gegeben. »Nein, nein, dieses Kaputte ist ganz wunderbar, dieser morbide Charme ist genau das, was wir brauchen.«

Katinka ist nach vorne gelaufen, streicht mit ihren Fingerspitzen beschützend über das Mauerwerk.

»Luxus und Verfall ergänzen sich.« Sie wendet sich zu mir um. »Zusammen erschaffen sie einen unnachahmlichen Reiz. Denken Sie an alte Herrenhäuser auf dem Land, erinnern Sie sich an Venedig! Diese Finesse! Wo könnte Weihnachten romantischer sein, stilvoller?«

Dann geht sie in sich, scheint einen Gedanken zu verfolgen und auszuarbeiten.

»Frauke, wissen Sie, was dieser Ort braucht? Wissen Sie es?« Sie legt ihren Kopf in den Nacken, dreht sich noch einmal im Kreis. »Opulenz! Dekadenz! Einen Kronleuchter! Mächtig, prächtig! Strahlend und funkelnd bis auf den Marktplatz hinaus. Stellen Sie sich das nur vor!«

Voller Glückseligkeit strahlt sie mich an. Dann schweift ihr

Blick ab, bleibt zwei Meter links neben mir hängen. Neugierig folge ich ihm.

»Moin.« Klaas steht breitschultrig in der offenen Eingangstür, flankiert von Fichte, die, als sie mich erkennt, in einen Freudentaumel ausbricht. Derweil mustert ihr Herrchen ohne jede Zurückhaltung Katinka: ihren begeisterten Gesichtsausdruck, ihre blendend weißen Haare, den hochtoupierten Pony, ihre grellgelbe Brille, den knöchellangen, bunt gestreiften Strickmantel aus flauschigem Mohair, ihre ebenfalls gelben Turnschuhe, die voluminöse Designertasche an ihrem Arm.

Während er das in aller ihm gegebenen Seelenruhe tut, breitet sich auf Katinkas Lippen ein feines Lächeln aus.

»Sie haben Geschmack, liebe Frauke«, sagt sie dann und mustert ihrerseits den Neuankömmling vom Scheitel bis zur Sohle.

»Ähm.« Ich lasse Fichte Fichte sein und wende mich jetzt besser der Menschheit zu. »Darf ich vorstellen: Katinka, das ist Klaas, mein *Geschäftspartner*. Klaas, ich habe dir von Katinka erzählt. Sie ist gerade aus Hamburg eingetroffen, um mir bei der Gestaltung unseres Adventsladens zu helfen.«

»Aha.« Klaas streckt seine Hand aus. »Aus Hamburg also.«

»Hamburg, genau«, bestätigt Katinka, dann ergreift sie die ihr dargebotene Hand. »Ich freue mich auf die gemeinsame Arbeit.«

»Hm«, lautet sein einziger Kommentar. In seiner bekannt »charmanten« Art wendet er sich von ihr ab, greift nach einem Schnellhefter, der zusammengerollt unter seinem Arm steckt.

»Hier«, er hält mir den Hefter vor die Nase, »ich komme gerade aus dem Bürgermeisterbüro. Es ist alles unter Dach und Fach, wir haben die Genehmigung. Jetzt bist du dran.«

Wie einen Staffelstab drückt er mir die Rolle in die Hand und verschwindet ohne viel Federlesens durch die offene Tür. Weg ist er wieder. Und Fichte mit ihm. Völlig unbeeindruckt blickt

Katinka beiden hinterher, sagt »interessant« und macht dann ohne Umschweife da weiter, wo wir aufgehört haben.

»Also, Frauke, ich kümmere mich um den Glamour, und die Backsteinwände bleiben, wie sie sind. Was wir außerdem brauchen, sind natürliche Materialien: kleine Heuballen und«, sie schaut noch mal nach oben, schätzt die Raumhöhe, »eine große Tanne, etwa drei Meter hoch. Dazu mehrere kleine, so, so und so.« Ihre Hand gibt die Größen vor. »Kommen Sie auch an rohe Baumstämme heran? Ihre Geschäftspartnerin, von der sie mir erzählten, hat doch einen Hof. Die Stämme müssen ganz gerade sein, sodass sie sich wie Stelen positionieren lassen.« Wieder gibt ihre Hand unterschiedliche Höhen vor.

»Ich glaube schon«, überlege ich und erinnere mich an den wunderbaren Duft, den die geschlagenen Fichten letztens im Wald von sich gegeben haben. Wenn wir nur ein bisschen davon in unseren Adventsladen bekommen könnten, wäre das großartig.

Ich zücke mein Handy, frage: »Was brauchen wir noch?«, und öffne einen neuen Notizzettel, um ein paar Stichpunkte festzuhalten.

»Wir haben alles!«

»Wie«, ich blicke überrascht auf, »das war es schon?«

»Alles andere besorge ich.« Katinka blickt sich sichtlich zufrieden um. »Tun Sie mir nur einen Gefallen, schicken Sie mir noch den Grundriss dieser Location und ein Foto von Ihrem Verkaufswagen.«

»Katinka«, ich mache mir eine rasche Notiz, »ich schätze Ihre Ideen, absolut, aber wir müssen auch noch einen Stand für das Brot unterbringen, Regale und Glaskühlschränke, um die Demo- und Verkaufsfläche für den Käse zu vergrößern. Außerdem hätte ich gerne Stehtische, vielleicht Bänke an den Seiten, wo unsere Kunden sitzen und etwas verzehren können. Wir haben Gartenmobiliar, vielleicht passt das, außerdem könnte ich sicher ein paar Schaffelle organisieren, die wir überall verteilen können.« Wobei ich an Sören, den Schäfer denke. »Denn, wissen Sie, das Ganze darf nicht zu teuer werden, deshalb sollten wir auch Bordmittel einsetzen. Es ist ja nur für einen Monat und …«

»Das habe ich schon verstanden«, unterbricht sie mich. »Machen Sie sich keine Sorgen wegen der Kosten, ich habe meine Quellen, und es gibt nichts, was man sich heute nicht leihen könnte. Das sind Peanuts, wichtig ist, dass die *Idee* stimmt – und das tut sie.«

»Gut«, ich fühle mich beruhigt, Katinka verströmt ein enormes Selbstbewusstsein. »Dann fotografiere ich einfach alles, was aus meiner Sicht in den Laden hineinmüsste, und Sie entscheiden, ob es passt.«

Katinka nickt zufrieden. »Im Gegenzug stelle ich für Sie alle Preise zusammen, die Sie für die Innenausstattung einkalkulieren müssen. Heute ist Mittwoch«, sie überlegt, »spätestens Freitag haben Sie alles von mir.«

»Perfekt!« Ich spüre, wie mir ein Stein vom Herzen fällt. Das geht schneller als gedacht.

»Wann muss der Adventsladen fertig sein?«

»Wir eröffnen am Vorabend des ersten Advents.« Ich tippe auf meine Kalender-App. »Das heißt, am 26. November. Ab achtzehn Uhr laden wir zur Einweihungsparty.«

»Wunderbar.« Katinka streckt mir ihre Hand entgegen. »Das Timing wird für uns kein Problem.«

»Wie?« Ich schlage automatisch ein. »Sie wollen sich schon verabschieden?«

»Oh ja, ich habe zu tun. Außerdem brauche ich noch mehr Feeling für diese Stadt und ihren Sound.«

»Okay«, ich versuche, ihr gedanklich zu folgen, »darf ich Sie denn noch zurück zum Bahnhof begleiten?«

»Nein«, sie hebt abwehrend beide Hände, »nein. Ich muss jetzt für mich sein. Ciao, ciao!«

Und damit ist sie raus aus der Tür und um die nächste Häuserecke verschwunden. Während ich mich fühle, als hätte mich soeben ein D-Zug überrollt, verstaue ich Klaas' Schnellhefter in meiner Schultertasche und krame meinen Ladenschlüssel hervor. Ich lasse die Eingangstür zufallen und verriegele das Schloss.

Katinka hat wirklich gute Ideen, sie ist aber auch echt crazy. Betty würde sagen, »voll der Künstlertyp«, in ihrem Büro betreut sie einige von dieser Sorte. Ich glaube ja, Katinka ist eine Art Trüffelschwein, genauso wie ich eines bin. Nur eben auf ihrem Feld, nicht in der Kulinarik, sondern im Interieur, in der Welt der Farben und des Designs. Der Spirit aber ist der gleiche. Vielleicht habe ich mich deshalb gleich zu ihr hingezogen gefühlt, als wir uns im September in der Heide kennenlernten. Unsere Begegnung konnte ich einfach nicht vergessen, irgendwie ahnte ich, dass wir beide uns wiedersehen würden. Ich habe bei Katinka jedenfalls ein gutes Gefühl. Wenn jemand aus unserem Laden einen Hingucker machen kann, dann sie.

Ich lasse meinen Schlüsselbund zurück in meine Schultertasche plumpsen, drehe mich um und lehne mich gegen die geschlossene Ladentür. Vor mir liegt der baumumstandene Marktplatz. *Diesen Blick werde ich in Zukunft wohl öfter haben,* überlege ich, *wie schön. Was für ein Geschenk!* Ein tiefer Atemzug durchströmt mich. Ich kann es gar nicht mehr abwarten, dass endlich der Weihnachtsmarkt beginnt und wir in unseren neuen Laden ziehen können. Heute Vormittag haben Liv und ich, wie an jedem Mittwoch, den Wochenmarkt bespielt. Und ja, das Verkaufen, die Gespräche mit unseren Kunden, das macht mir immer noch ungeheure Freude. Ihre Begeisterung für unseren Käse, ihre Bereitwilligkeit, etwas Neues auszuprobieren, die detailgenauen Berichte, die sie dann beim nächsten Markttag abliefern, all das erfüllt mich, beschwingt mich geradezu und lässt immer neue Produktideen in mir reifen. Aber trotzdem – oder auch genau deshalb – wird es Zeit, dass Liv und ich in die nächste Schaltstufe gehen. Höchste Zeit, dass wir unseren eigenen Laden bekommen.

Bis dahin gibt es allerdings noch jede Menge zu tun. Ich stoße mich schwungvoll von der Ladentür ab, denn jetzt muss ich mich sputen, um daheim an meinen Sekretär zu kommen: Als Erstes muss ich mich um die Einladungskarten für unsere Eröffnungsparty kümmern, danach meine Bestellung bei meinem Weinhändler in der Provence abgeben, außerdem muss ich dringend mit Helene von Mallinckroth telefonieren: Meine Arbeitswoche ist jetzt schon proppenvoll, aber sobald der Adventsladen öffnet, werde ich ein echtes Zeitproblem bekommen. Eigentlich wollten Liv und ich uns ja die Ladenöffnungszeiten teilen, sodass ich weiterhin drei Tage in der Woche zur Reederei fahren kann. Seit ich allerdings von Livs Schwangerschaft weiß, habe ich mit dieser Regelung kein gutes Gefühl. Sie braucht einfach mehr Ruhe, auch mal ein paar Stunden, in denen sie für sich sein oder einfach mit Valerie spielen kann. Nein, ich beschleunige meinen Schritt, ich werde mit Frau von Mallinckroth eine Lösung finden und dann in Lüneburg Vollgas geben. Für Liv, aber auch für mich und für den Adventsladen.

Mit Schwung biege ich um die nächste Hausecke, weiche zwei Passanten aus und probe bereits erste Sätze für mein Telefonat mit der Reederei, da sehe ich sie: Liv. Sie betritt gerade ein Café auf der anderen Straßenseite, mit ihren roten Haaren und ihrer hochgewachsenen Statur sticht sie überall heraus. Aber sie ist nicht allein, nein, da ist ein Typ bei ihr: Groß, schlank, fast ein bisschen hager, möchte ich meinen. Aber, Moment mal, den kenne ich doch. Das ist doch der junge Mann vom Hoffest, der mit dem Cidre. Gunnar, genau, jetzt erinnere ich mich wieder.

Gunnar hieß er, das stille Wasser, das dann tiefer blicken ließ. Auf dem Strohballen. Mit Liv.

Gunnar.

Aha, das ist ja interessant.

# SPINXEN

»Er hängt ganz oben am Balken.«

»Wer?« Vor lauter Schreck zucke ich zurück, stoße mir den Kopf am Dachvorsprung. Wer spricht denn da?

»Ich meine den Schlüssel zum Hofcafé, den suchst du doch.«

Ich reibe mir den Schädel, beuge den Kopf etwas tiefer und blicke vorsichtig unter dem Dach hervor: Der Bienenprofessor steht auf der Wiese hinter mir.

»Ach, Willem, du bist das!«, rufe ich ihm zu, dann verziehe ich mich wieder unter das tief gezogene Reetdach. Ich bin zum Lohbekhof geradelt, um einige von Livs Gartenmöbeln, die im Café überwintern, für Katinka und unseren Pop-up-Store zu fotografieren. Aber wo hängt jetzt dieser verflixte Schlüssel?

»Da ist er.« Ich erblicke etwas Glänzendes, taste mich empor, greife zu und robbe zurück ans Tageslicht. »Liv hat mir gesagt, wo ich den Schlüssel finde. Sie ist mit Valerie einkaufen gefahren«, erkläre ich und halte mein Beweisstück hoch.

»Schon in Ordnung.« Der Bienenprofessor kommt näher. »Ich habe mir schon gedacht, dass du hier nicht einbrechen willst.«

Willem trägt in jeder Hand einen Korb, die er abstellt, um mich zu begrüßen. Neugierig spinxe ich in sie hinein.

»Was hast du denn da Schönes drin?«

»Ein paar Vorräte für den Winter«, er zeigt auf den kleineren Korb, »Hagebutten zum Beispiel, die enthalten viel Vitamin C, genauso wie die Vogelbeeren hier.«

»Die isst du aber lieber nicht«, wende ich ein.

»Warum nicht? Die meisten Menschen denken, Vogelbeeren seien giftig. Das stimmt aber nicht, sie schmecken im rohen Zustand einfach nur bitter. Wenn man sie kocht, vergeht das. Ich mache Marmelade daraus.«

»Aha.« Das habe ich zwar noch nie gehört, aber mein Interesse ist geweckt. Denn vielleicht steckt in Willems offensichtlicher Liebe zur wilden Natur eine Inspiration für die nächste Käsekreation. Wer weiß?

»Und was hast du da gesammelt?« Ich zeige auf den zweiten Korb.

»Beeren vom Weißdorn, der wuchs hier früher überall. Auf dem Lohbekhof gibt es zum Glück noch ein paar alte Wildhecken«, sein Kinn weist zu einer nahen Einfriedung, »da kann ich mir welche pflücken.«

»Um was daraus zu machen?«

»Likör«, ein verschmitztes Lächeln huscht über sein faltiges Gesicht, »den mochte meine Frau immer so …«

Mein Handyklingeln unterbricht ihn.

»Oh, Willem«, ich öffne rasch meine Schultertasche, »entschuldige bitte, ich erwarte einen Rückruf.«

»Nimm ruhig ab.« Er beugt sich hinab zu seinen Körben. »Ich habe eh noch zu tun.«

Der von mir vermutete Name erscheint im Display.

»Frau von Mallinckroth, vielen Dank, dass Sie sich melden.«

»Gerne«, ihre Stimme klingt nach Eile, »was gibt es denn so Dringendes?«

»Termine. Wir müssen einige meiner Trainings verschieben.«

»Aha.« Im Hintergrund höre ich das nervöse Klicken einer Computermaus. »Über welche Tage reden wir denn da?«

Ich nehme kurz Anlauf, hole Luft und sage dann im Brustton der Überzeugung: »Über den kompletten Advent.«

»Wie bitte?« Jetzt ist die Computermaus still. Mucksmäuschenstill. Und ich beschließe, alle meine Karten auf den Tisch zu legen.

»Sehen Sie, Frau von Mallinckroth, es ist so«, hebe ich an und erzähle ihr von Liv und dem Lohbekhof, von meiner Arbeit im Verkaufswagen, von unseren neuen Produkten, von dem Pop-up-Laden, den wir gerade einrichten, und dem anstehenden Weihnachtsmarkt. Ich weiß nicht, wie all das in den Ohren einer ausgebufften Human-Resources-Managerin klingt, ich weiß nur, dass es die Wahrheit ist und dass genau diese jetzt auf den Tisch will.

»Wir eröffnen unseren Laden am ersten Adventswochenende, von da an, besser noch etwas früher, kann ich nicht mehr in die Reederei kommen. Ich stehe dann jeden Tag im Verkauf. Wir müssen die noch ausstehenden Trainings ins neue Jahr verschieben.«

»Du lieber Himmel!« Das Klicken der Computermaus beginnt erneut. »Sie kommen ja auf Ideen. Ihnen ist aber schon klar, dass Sie bei uns unter Vertrag stehen?«

»Natürlich, es geht ja auch nur darum, die Trainings zu *verschieben*, außerdem …«

»… ja?«

»Außerdem«, ich webe eine Kunstpause ein, sie ist exakt so lang, wie man braucht, um eine Mausefalle zu spannen, »habe ich noch etwas bei Ihnen gut.«

»Hm.«

»Ich spreche davon, dass *ich* in der Vergangenheit Flexibilität und auch Kulanz bewiesen habe. Erinnern *Sie* sich noch an meine Storno-Rechnung? Bislang ist auf meinem Konto kein Geld eingegangen, obwohl ich die Rechnung bereits im September gestellt habe. Ich könnte auf der Zahlung beharren, oder wir könnten die Sache einfach vergessen.«

Am anderen Ende ist es still geworden.

»Sie sagten damals, Frau von Mallinckroth, Sie würden sich erkenntlich zeigen, großzügig erkenntlich zeigen«, hake ich weiter nach.

»Ich weiß, ich weiß.« Sie stöhnt auf. »Wenn es denn sein muss, dann müssen wir eben bis Januar auf Sie verzichten. Ich weiß zwar noch nicht, wie ich das intern erklären soll, aber von mir aus: Meinen Segen haben Sie.«

Vor lauter Freude reiße ich einen Arm in die Luft und schiebe ein lautloses Yeah! hinterher.

»Ich glaube, damit ist jetzt erst mal alles geklärt.« Frau von Mallinckroth wird wieder eilig. »Es tut mir leid, aber der nächste Videocall ruft.«

Keine zehn Sekunden später ist unser Telefonat beendet – und ich bin der glücklichste Mensch der Welt: Jetzt steht unserem Adventsladen sogar Frau von Mallinckroth nicht mehr im Wege. Ich kann Liv entlasten und gleichzeitig unser Geschäft – mit voller Kraft – voranbringen.

Als ich mein Handy verstaue, fällt mein Blick auf einen von Willems Körben, der immer noch vor mir steht. Die Hagebutten, die ihn ihm liegen, glänzen wie Edelsteine. Ich bücke mich, nehme ein paar heraus, schnuppere daran und lasse sie dann wieder zurückkullern. *Hagebutten,* überlege ich, *was könnten wir denn mit Hagebutten anstellen?* Noch während ich darüber nachdenke, greife ich nach dem Korb und trage ihn Willem hinterher.

»Hier«, ich stelle mein Fundstück neben einem der Sträucher ab, an denen er sich gütlich tut, »den hast du stehen lassen.«

»Danke«, er blickt sich kurz um, »wie ich sehe, hattest du ein erfreuliches Telefonat.«

»Oh, bin ich so durchschaubar?«

»Na ja«, er reißt in bester Rockstar-Manier eine Hand in die Luft, was bei ihm wirklich lustig aussieht, »die Geste war eindeutig.«

»Du hast mich beobachtet.« Ich übe mich in Strenge.

»Sieh es mir nach«, er wendet sich wieder seinem Strauch zu, pflückt voller Gleichmut eine Beere nach der anderen. »Hast du denn gute Nachrichten?«

»Sehr gute«, platzt es aus mir heraus, ich freue mich richtig, meinen Erfolg mit jemandem teilen zu können. Rasch setze ich Willem ins Bild, der von unserem Adventsladen, wie ich höre, bereits von Liv erfahren hat.

»Dann ist das bei dir also so wie bei meinen Bienen«, meint er, als ich ende.

»Wenn du damit andeuten willst, dass ich im Moment ganz schön fleißig bin, dann könntest du recht behalten«, werfe ich gut gelaunt ein. »Liv und ich sausen tatsächlich wie kleine Fluginsekten von morgens bis abends hin und her.«

»Nein, das meine ich nicht«, er schmunzelt, »ich meine, dass auch Honigbienen in ihrem Leben eine Art Karriere machen, so wie wir Menschen auch.«

»Ach«, wieder einmal erstaunt mich Willem, »wie macht man denn als Biene Karriere?«

»Honigbienen sind soziale Tiere, genau wie wir, sie leben in einem Volk. Während ihres Lebens arbeiten sie, wenn du so willst, in verschiedenen Berufen: Sie beginnen mit der Versorgung von Königin und Brut, sammeln dann Nektar und Pollen, und ganz am Ende verteidigen sie ihren Stamm als Soldatinnen.«

»Was es nicht alles gibt.« Ich gehe in die Knie, denn Kluni, die Hofkatze, in die sich Betty schlagartig verliebt hat, gesellt sich zu uns. Voller Hingabe schlängelt sich der Kater um meine Beine. Sein glänzendes Fell scheint mir noch ein bisschen dichter geworden zu sein, ein satter Flor, der sich samtig in meine Hand schmiegt.

»Honigbienen durchlaufen einen fest vorgegebenen Plan, sie können gar nicht anders.« Der begeisterte Imker ist in Fahrt geraten. »Von einem Tag auf den anderen lassen sie ihre alte Aufgabe hinter sich und wenden sich einer neuen zu. Das ist einfach so … so wie …«, er sucht nach einem passenden Vergleich, »bei den Jahreszeiten. Es kommt der Tag, da tritt man morgens vor die Tür und weiß: Heute ist Herbst. Die Luft, der Geruch sind anders, da ist plötzlich dieser Nebel in den Senken, und das Licht schimmert ein bisschen wärmer. Genau genommen sind das alles nur Details, Erklärungsversuche, denn entscheidend ist dieses Gefühl, diese Gewissheit in uns drinnen. Wir wissen absolut sicher: Der Herbst ist da. Das Zahnrad ist einen Zacken weitergesprungen. Und das ist gut so. Alles ist gut so, wie es ist.«

Ich bin still geworden. Während ich bei Kluni hocke, ihn liebkose, mir von der Nachmittagssonne meinen Nacken wärmen lasse und Willem lausche, denke ich kurz, dass ich ewig so sitzen bleiben könnte. Vielleicht mache ich das auch einfach, ich bleibe einfach hier. Immer. Genauso wie jetzt.

»Die Honigbienen sind ein wahrlich interessantes Forschungsfeld.« Willem scheint genug Früchte gesammelt zu haben, er packt seine Körbe und richtet sich auf. »Wir Menschen können so viel von ihnen lernen. Meine Kollegen und ich haben beispielsweise herausgefunden, dass ein Bienenvolk dann am erfolgreichsten ist, wenn es sich aus intelligenten und, sagen wir, weniger intelligenten Tieren zusammensetzt. Das ist doch ausgesprochen interessant, nicht wahr?« Er schickt sich zum Gehen an. »Ein Volk, das aus sehr vielen intelligenten Bienen besteht, fällt dagegen ab. Die soziale Mischung scheint eine gute Strategie für Evolution zu sein.«

Jetzt richte auch ich mich auf, begleite Willem zu seinem Bauwagen, der mittlerweile am Rand von Livs Garten steht.

»Wie ich sehe, hast du einen neuen Platz für deinen Wagen gefunden. Gefällt es dir am Wald nicht mehr?«, frage ich nach.

»Doch, doch«, er stellt seine Körbe ab, »aber meine Honigbienen machen jetzt Winterpause, und ich habe es hier ein wenig bequemer.«

Dann verabschieden wir uns voneinander, mich rufen die Gartenmöbel und Willem die Marmeladengläser.

»Aber bevor ich dich verlasse«, mir fällt gerade etwas ein, »habe ich noch eine Frage: Riechen Wildschweine eigentlich nach Maggi?«

Überrascht blickt er auf, dann lächelt er: »Sie fallen zwar nicht in meinen Fachbereich, aber ja, Wildschweine riechen nach Maggi. Wonach denn sonst?«

# HAUTEVOLEE

Ruhelos wie eine Tigerin wandere ich vor unserem Schaufenster hin und her. Auf und ab. Der Lieferdienst müsste längst da sein. Zum gefühlt einhundertsten Mal ziehe ich mein Handy aus der Tasche, überprüfe die Bestätigungsmail, checke die Uhrzeit: achtzehn Uhr siebenundvierzig. Die Weinlieferung war bis achtzehn Uhr fest zugesagt. Noch einmal blicke ich die Straße hinauf, aber es tut sich nichts. Und das macht mich nervös. In vierundzwanzig Stunden startet die Eröffnungsparty in unserem Adventsladen. Die Hautevolee von Lüneburg hat sich dank Klaas und Liv, die wirklich die halbe Stadt kennen, angesagt. Und das Einzige, was noch fehlt, sind unsere Getränke. Das ist doch nicht zu fassen!

In Gedanken gehe ich noch einmal unsere Weinkarte durch: Es gibt einen spritzigen Winzersekt, einen trockenen Weiß- und als Alternative einen leichten Rotwein. Mehr nicht. Dazu bieten wir Wasser an – und fertig. Unsere Getränkeauswahl ist klein, aber fein. Ausgesucht! So wie all unsere Produkte. Deshalb habe ich auch beim Château Fabuleux, meinem Lieblingsweingut in der Provence, bestellt. Aber wo bleiben die bloß?

»Magst du mal probieren?«, ertönt ein Bariton neben mir. Klaas. Wo kommt der denn her? Seiner Kluft zufolge geradewegs aus der Backstube, weit entfernt liegt sie ja nicht. Er hatte es anscheinend so eilig, dass er nicht einmal mehr die Zeit gefunden hat, sich eine Jacke überzuwerfen. Dafür balanciert er auf drei Fingern ein winziges Tellerchen, auf dem sich wiederum ein kleiner Quader befindet.

»Was ist das?« Ich stutze. »Das sieht ja aus wie Kuchen.«

»So etwas in der Art.« Er lächelt, wie mir scheint, ein wenig verlegen. Kann das sein?

»Das ist Käsekuchen, eine Kreation aus Ziegenfrischkäse und Brombeeren«, erklärt er dann, »abgeschmeckt mit einem Spritzer Zitronensaft.«

»Und den hast …«, ich traue mich gar nicht, es auszusprechen, »… also, den Kuchen, den hast *du* … gebacken?«

»Jetzt probiere schon«, entgegnet er brüsk.

Es ist eindeutig: Klaas, der Bäcker, der nur Brot backen will, drückt sich vor der Antwort. So denke ich mir meinen Teil und greife nach der Kuchengabel, die er mir unmittelbar vor die Nase hält. Mit ihr kappe ich eine Spitze des quadratisch geschnittenen Küchleins und schiebe sie mir in den Mund. Dort zergeht sie wie ein Champagnertrüffel: zart, schmelzend, dazu überraschend frisch.

»Das ist unglaublich!« Ich bin ehrlich überrascht und starre voll Interesse auf das Tellerchen. »Warum bin ich nicht selbst darauf gekommen? Käsekuchen, ja klar!«

Ich schließe die Augen, um dem Geschmack noch einmal nachzugehen.

»Was meinst du, vielleicht ließe sich das Aroma mit etwas Minze komplettieren. Wir können zwei, drei Blätter an die Seite legen. Aber ansonsten ist der Kuchen, meiner Meinung nach, perfekt.«

Klaas nimmt mir prompt die Gabel aus der Hand, spießt das verbliebene Stück komplett auf und schiebt es sich in den Mund.

»Stimmt«, sagt er zwischen zwei Kaubewegungen, »Minze wäre gut.« Dann schluckt er. »Weißt du, ich habe mir überlegt, dass ein Ziegenkäsekuchen gut zu unserem Flying Buffet morgen Abend passen könnte. Deshalb habe ich heute mal herumprobiert, nur so, quasi zum Spaß.« Er streicht sich über seinen Bart. »Aber wenn du möchtest, dann könnte ich für morgen zwei Bleche backen.«

»Ich möchte!« Für diese Antwort muss ich nicht lang nachdenken. »Unser Flying Buffet wird wunderbar! Lass mich mal überlegen: Wir haben mediterran eingelegte Ziegenkäsekugeln, Frischkäse mit Pistazienfüllung auf Pfirsich, eine kleine Auswahl Camembert, dein neues Brotkonfekt und zur Krönung Ziegenkäsekuchen. Klingt das nicht fantastisch?«

In Klaas' Gesicht verschiebt sich etwas, es sieht aus wie ein Lächeln. Es sitzt nur im rechten Mundwinkel, aber es ist eindeutig da.

In diesem Augenblick fällt ein heller Lichtschein auf uns, ein Funkeln und Schimmern. Lang gezogene »Ahs« und »Ohs« dringen aus dem Laden, Katinkas Stimme ist bis zu uns auf die Straße zu hören. Passanten halten an, blicken neugierig durch unser Schaufenster. Klaas und mich zieht es durch die offen stehende Tür nach innen – und da hängt und glänzt er in voller Pracht: Katinkas Kronleuchter. Wow! Was für ein Schmuckstück. Der Leuchter ist riesig, mit seinen zwölf Armen geradezu imposant, und, da Katinka ihn recht tief aufhängen ließ, einfach unübersehbar. Seine funkelnden Glaskristalle beleben den kompletten Raum, sie werfen ihre Lichter an die Wände und, wie Katinka es vorhergesehen hat, bis auf den Gehweg hinaus. In diesem Glanz sieht selbst unser bescheidener Verkaufswagen aus wie ein Designerstück. Auf seinem weißen Lack, den Liv und ich gestern gewienert haben wie nichts Gutes, reflektieren die Lichter besonders stark.

Während die beiden Elektriker, die das Prunkstück installiert haben, laut klappernd ihre Leitern zusammenpacken, fasse ich Klaas' Ellbogen und führe ihn zum nächsten Highlight.

»Komm, das musst du dir auch noch anschauen.«

Die Brottheke ist heute fertig geworden. Dazu stapelten Katinka und ich in U-Form kleine Heuballen auf, die Liv mit ihrem Trecker vom Hof angekarrt hat, und fixierten passend geschnittene Eichenbohlen obenauf. Dahinter, an der rohen Backsteinwand, befestigten wir schlichte Weidenkörbe. Wir dübelten sie einfach mit ihren Böden an dem Mauerwerk fest, sodass sie zusammen so etwas wie ein Regal bilden, in das Klaas morgen seine Brote einsortieren kann.

»Da ist ja mal eine Idee.« Klaas mustert unsere Korbkonstruktion, dann streicht seine Hand über die glatten Eichenbohlen.

»Darf ich bitte kurz durch.« Katinka bahnt sich ihren Weg, rasch treten wir zur Seite. In ihren Händen trägt sie zwei Champagnerkühler, die sie jeweils an den beiden Ecken der Theke positioniert. Danach schlägt sie quadratische Leinentücher aus, drapiert sie in den silbrig glänzenden Kühlern. In üppigen Falten quillt der Stoff hervor.

»Der Clou liegt im Mix der Texturen.« Sie zupft die Tuchecken zurecht. »Holz, Heu und Backsteine wirken herrlich warm und natürlich, aber auch rau und etwas bieder. Sie brauchen einen Konterpart: hochglänzenden Edelstahl und glattes Leinen. Klaas«, sie wendet sich schwungvoll zu ihm um, »in diesen Champagnerkühlern präsentieren Sie morgen Ihre neuen Bonnettes. Die Baguettes sind lang genug, um darin zu stehen wie«, ihre Hand beschreibt einen Halbkreis, »die Blumenbuketts in einem Luxushotel. So – und jetzt fehlen hier noch die Windlichter.« Katinka eilt schon wieder davon.

»Also«, Klaas beugt seinen Kopf zu mir, er ist in einen Flüsterton übergegangen, »diese Hamburgerin ist ja ganz schön durchgeknallt«, er kommt noch etwas näher an mein Ohr heran, »aber auch ganz schön gut.«

*Sieh an,* denke ich und kann mir ein kleines Lächeln nicht verkneifen, die Katinka knackt sogar den Klaas.

»Also, wenn diese Hamburgerin mit unserem Adventsladen fertig ist«, sein Zeigefinger dreht sich einmal im Kreis, »dann könnte die ja mal bei mir in der Bäckerei vorbeischauen. Dazu fällt ihr bestimmt auch was ein.«

»Ganz bestimmt«, flüstere ich nun in sein Ohr zurück.

»Also, wenn ihr beiden Turteltäubchen ein bisschen Zeit übrig habt«, wieder unterbricht uns eine Stimme, »dann könntet ihr mir das hier abnehmen.«

Im nächsten Augenblick schiebt sich ein Stapel Schaffelle ins Bild und landet in Klaas' Armen. Sören, der Schäfer vom Hoffest, ist eingetroffen. Liv ist heute zu ihm gefahren, um uns mit Fellen zu versorgen.

»Im Kofferraum haben wir noch eine Fuhre.« Sören eilt schon wieder nach draußen, von wo ihm Liv entgegenkommt. Auch sie trägt einen Arm voller Felle. Rasch gehe ich ihr entgehen.

»Ich finde ja«, raune ich ihr zu, als ich ihr die Last abnehme, »du solltest nicht so schwer tragen.«

»Wo sollen die Felle hin?« Klaas ist mir hinterhergekommen.

»Auf die Bänke dort.« Ich weise mit dem Kinn nach vorne.

»Findet ihr nicht«, Sören ist mit dem letzten Stapel zurück, »dass das ein bisschen viele sind?«

»Überhaupt nicht!« Katinka ist neben ihm aufgetaucht, nimmt ihm einzelne Felle ab und polstert damit Sitzflächen, Arm- und Rückenlehnen der Bänke. »Man soll hier sitzen wie in der Kutsche eines russischen Zaren.«

Ich beobachte, wie Klaas seine Augen verdreht, aber in seinem rechten Mundwinkel sitzt wieder dieses Lächeln.

»Und, wie sieht es bei dir aus?« Ich spüre Livs Hand auf meiner Schulter. »Ist der Wein endlich angekommen?«

Ach ja, der Wein. Wie schön war es doch, dieses Problem zu vergessen.

»Nein«, ich schüttele traurig den Kopf, »irgendwas ist da schiefgelaufen. Ich weiß gerade nicht, was ich tun soll. Anrufen bringt nichts, um diese Uhrzeit ist da keiner mehr.«

»Also, ich hätte vielleicht eine Lösung.«

Ich horche auf.

»Du sagtest doch, dass sich Ziegenkäse und Cidre gut verstehen.« Liv druckst herum, und ich denke: *Nachtigall, ick hör dir trapsen.* Sage aber nichts.

»Also, Gunnar könnte uns mit ein paar Kisten versorgen. Ich habe mit ihm telefoniert, und wenn du möchtest …«

»Sag ihm bitte sofort Bescheid«, mir fällt ein Stein vom Herzen, »das ist die Lösung. Außerdem passt sie voll in unser Konzept: Cidre aus der Lüneburger Heide, das ist doch ideal.«

Liv strahlt über das ganze Gesicht, und wieder einmal fällt mir auf, wie jung sie noch ist. Meine Güte, blutjung. Sofort zieht sie ihr Handy aus der Hosentasche, geht raus, um zu telefonieren. *Eigentlich,* überlege ich mir, als ich ihr nachschaue, *hätte ich auf den Cidre auch selbst kommen können. Wie gut ist es doch, dass auch andere Ideen haben. Überhaupt, wie schön ist es, dass es Liv und Klaas, Katinka und Sören, Gunnar und all die anderen hilfreichen Geister hier in Lüneburg gibt. Ich bin erst so wenige Wochen hier, aber trotzdem möchte ich am liebsten für …*

»So, Kinder«, wie eine Dirigentin klatscht Katinka in beide Hände, »jetzt kommt das Finale! Alle bitte mal setzen.«

Widerspruchslos lassen wir uns auf die frisch aufgepolsterten Bänke fallen, auch Liv legt schnell auf und nimmt neben mir Platz.

»Hier sitzt man ja wirklich wie in der Kutsche des Zaren.« Voller Bewunderung streicht sie über das üppige Fell auf ihrer Armlehne. *Ja,* denke ich, *etwas dekadent – aber wunderschön.* Und am Ende überzeugt Katinka einfach alle.

Währenddessen hat sie den Kronleuchter heruntergedimmt und die winzigen Strahler angeknipst, die wir im Verkaufswagen und an der Brottheke für den Verkauf brauchen. Jetzt zückt sie ein langes Feuerzeug und entzündet die dicken Stumpenkerzen, die sich in den zahllosen Windlichtern auf der Theke, aber auch auf den dicken Holzstämmen verteilen, die als natürliche Stelen den Raum bespielen. Dabei umrundet sie die kleinen Tannenbäume, zwischen denen wir die Deichsel unseres Anhängers verstecken. Wir haben sie mitsamt ihren Wurzelballen in große, unterschiedlich hohe Zinkbottiche gesetzt. Ganz zu meinem Erstaunen wollte Katinka partout auf Lichterketten verzichten.

»Lichterketten kann jeder«, meinte sie. »Diese Tannen aber sind so schön, die glänzen von allein.«

Und, ja, jetzt wo immer mehr Kerzen brennen, muss ich ihr recht geben.

»Et voilà!« Katinka hat den letzten Docht entzündet. Wie ein Zirkusdirektor, der den Löwen springen lässt, streckt sie nun ihre Brust heraus und hebt beide Arme. Sie erntet begeisterten Applaus, wenn auch eigentlich ein Tusch einsetzen müsste, um ihr die Ehre zu erweisen, die ihr gebührt. Denn das, was Katinka, eine Meisterin ihres Faches, aus diesem Ort gemacht hat, in so kurzer Zeit, ist nichts anderes als ein Wunder. Das Wunder unseres Adventsladens. Er ist so einmalig und besonders wie all unsere schönen Waren, die Liv und ich in ihm verkaufen werden. Sie scheint meinen Gedanken erraten zu haben, denn ich spüre ihre Hand auf meiner, und als ich Liv anschaue, sehe ich in zwei überglückliche Augen.

»Wir zwei, wir rocken das hier, nicht wahr?« Das scheinen sie mich zu fragen.

Und ich nicke still. Ja, liebe kleine Liv, das tun wir.

Das tun wir.

# Tausendsassa

Gestern Abend traf im Lamberti eine Weinlieferung vom Château Fabuleux ein, die wir nicht zuordnen können. Du bist namentlich als Bestellerin aufgeführt. Die Rechnungsadresse auf dem Lieferschein lautet: Am Markt 12, Lüneburg. Bitte melde dich dazu. Justus

Na bravo, ich lasse mich auf einen meiner Küchenstühle fallen, jetzt weiß ich, wo mein Wein geblieben ist. Er ist in Frankfurt, so ein Mist. Bestimmt hat das Weingut meinen Namen immer noch unter »Lamberti« gelistet und die bestellten Kisten daher an meinen früheren Arbeitsplatz geliefert. Wie ärgerlich! Was mache ich denn jetzt?

»Ist was passiert?« Betty tritt in die Küche, klippst sich nebenbei einen langen, mit Strass besetzten Ohrring an. Sie ist heute extra aus Frankfurt angereist, um bei unserer Eröffnungsparty dabei zu sein.

Wortlos halte ich ihr mein Handy hin, sie liest und sagt »Oje«.

Ja, oje.

»Du hättest den Wein eigentlich aus Frankfurt mitbringen können, Betty. Justus hat mir schon heute Vormittag geschrieben.« Ich reibe mir die Stirn. »Aber bei all dem Trubel komme ich erst jetzt dazu, alle meine Nachrichten zu lesen. Was antworte ich ihm denn bloß?«

»Schreib ihm, wie es ist.« Sie hebt beide Schultern. »Irgendwann musst du ja eh mit der Wahrheit rausrücken und ihm sagen, was du in Lüneburg so treibst.«

Mein Magen krampft sich unwillkürlich zusammen, denn ich weiß, dass Betty recht hat. Ich weiß aber auch, dass ich mein altes Leben, das Leben mit Justus, noch länger wegschieben möchte. Immerhin haben wir bis Weihnachten gesagt. Bis Weihnachten haben wir Beziehungspause!

»Jetzt schau nicht so bedröppelt.« Betty legt sich den zweiten Ohrring an. »Sag mir lieber, wie du die hier findest.«

Sie schüttelt ihr Haupt und lässt den auffälligen Schmuck klimpern.

»Originell«, gebe ich zur Antwort, weil mir gerade nichts Besseres einfällt.

»Ach, du.« Betty rauscht ab, das war anscheinend nicht die Antwort, die sie hören wollte. »Ich brauche noch fünf Minuten, dann können wir los.«

Wir sind eigentlich im Aufbruch zum Adventsladen. Den ganzen Tag haben wir dort: Liv, Klaas und ich, später auch Betty, geschuftet, unsere Waren herbeigeschafft und eingeräumt, Gläser poliert und das Flying Buffet vorbereitet. Um uns für die Feier in Schale zu werfen, sind wir alle schnell nach Hause gegangen, sodass wir gleich, frisch geföhnt, unsere Gäste begrüßen können.

Aber erst mal muss ich noch Justus schreiben. Ich sammele mich kurz und beginne zu tippen:

> Der Wein sollte eigentlich nach Lüneburg, ich brauche ihn für eine Feier. Der Winzer hat ihn falsch ausgeliefert. Ich schaffe es leider nicht, mich heute um die Sache zu kümmern, melde mich aber in Kürze. Entschuldige bitte die Umstände. Lieben Gruß, Frauke

Vielleicht ist der Text ein bisschen förmlich, aber das ist unser »Beziehungsstatus« ja auch. Auf jeden Fall habe ich reagiert und kann mir morgen in Ruhe überlegen, wie ich mit der Sache weiter umgehe. Zum Glück haben wir ja den Cidre von Gunnar, beruhige ich mich, damit sind wir vorerst aus dem Schneider.

»So, ich bin fertig, wir können los.« Betty fegt – jetzt mit dezenterem Ohrschmuck – in die Küche, ihren Mantel trägt sie bereits über dem Arm.

»Schau mal, geht das so?« Ich halte ihr erneut mein Handy hin.

Sie liest meine vorbereitete Nachricht, nickt, sagt »Abschicken« und »Komm jetzt«.

Also los.

Dick in Mäntel, Mützen und Schals verpackt, machen wir uns auf den Weg zum Marktplatz. In den letzten Tagen ist es kalt in Lüneburg geworden, gestern hat es zum ersten Mal geschneit, genau das richtige Wetter, um den Advent zu begrüßen.

»Schau mal, wie reizend.« Betty zeigt auf eine Utluchte, einen dieser erkerartigen Hausvorsprünge, die so typisch für Lüneburgs Giebelhäuser sind. In ihren Sprossenfenstern hängen zwei Bünde aus Mistelzweigen an cremefarbenen Kordeln.

»Sehr geschmackvoll«, gebe ich Betty recht, »sieht fast aus wie bei Katinka.«

Fast alle Häuser, an denen wir vorbeikommen, sind festlich dekoriert. Überall haben sich die Bewohner etwas einfallen lassen: Türkränze mit dicken Schleifenbändern, weihnachtlich geschmücktes Tannengrün in Balkonkästen, Blumentöpfe mit Christrosen, Adventskalender in den Fenstern. An einem der Flaschenzüge, die aus so mancher Speicherluke herausragen, hängt ein hell leuchtender Herrnhuter Stern.

»Der gefällt mir besonders gut. Wenn ich ein Haus in Lüneburg hätte, würde ich auch so einen Stern aufhängen.« Gut gelaunt hake ich mich bei meiner Freundin unter.

»Wenn ich ein Haus in Lüneburg hätte«, echot Betty, »also, da klingt für mich etwas durch, das Justus gewiss nicht gefallen wird.«

»Ach, der«, winke ich ab.

»Nein, jetzt mal im Ernst.« Betty bleibt stehen, hält mich am Arm fest. »Planst du, ganz hierzubleiben?«

»Noch ist meine Auszeit nicht vorbei.« Ich grinse.

»Nein, aber du musst dir doch Gedanken machen, wie es danach mit dir weitergeht.« Sie geht weiter, drückt dabei meinen Arm an sich. »Vielleicht wird aus deiner Pop-up-Idee ja mehr und ganz nebenbei gibt es hier den schönen Bäcker. Läuft da jetzt eigentlich was zwischen euch?«

»Ne«, kontere ich im Brustton der Überzeugung, »wieso?«

»Weil ich so etwas rieche.«

»Nein, echt jetzt, da läuft nichts.«

»Nicht ein klitzekleines bisschen?« Betty lässt nicht locker.

»Na ja«, ich hole Luft, »wir haben ein bisschen geknutscht, in seiner Wohnung. Mehr aber nicht.«

»Und das sagst du mir erst jetzt?« Sie ist wieder stehen geblieben. »Warum weiß ich davon nichts?«

»Weil daraus nichts werden wird!« Ich löse mich aus ihrem Arm, gehe alleine weiter. »Ich muss erst mal mein Leben sortieren und meine Ehe und überhaupt. Außerdem ist Klaas jetzt mein Geschäftspartner. Genau genommen ist es ganz einfach: Mir können gerade alle, wirklich alle Männer gestohlen bleiben. Ich habe Wichtigeres zu tun.« Ich denke kurz an Liv und ihre Schwangerschaft. »Fertig, aus, basta.«

»Pah!« Sie läuft mir nach. »So wie Klaas dich anguckt, ist die Sache klar: Der will was von dir. Und zwar nicht erst nach Weihnachten.«

*Aha,* denke ich, *Bettys Röntgenblick hat zugeschlagen* – ein kleines Lächeln huscht über meine Lippen. Zum Glück hat sie das nicht mitbekommen, sie ist erneut stehen geblieben. Ein festlich geschmückter Tannenbaum, der in einem breiten Hauseingang steht, hat sie in Beschlag genommen.

»Lüneburg ist die reinste Weihnachtsstadt«, höre ich sie hinter mir sagen, »hier sieht es aus wie in einem Bilderbuch.«

Ich drehe mich um, lasse meinen Blick über all die schönen Fassaden schweifen. Heute, in der Kälte, sehen die Häuser ganz besonders hübsch und einladend aus, fast so, als seien sie ein wenig enger aneinandergerückt.

»In diesem Ort einen Adventsladen zu eröffnen, war jedenfalls eine geniale Idee.« Betty hat mich eingeholt, hakt sich wieder unter.

»Danke«, ich atme durch, »jetzt müssen wir ihn nur noch zum Laufen bringen.«

Kurz darauf haben wir den Marktplatz erreicht. Wir bahnen uns einen Weg durch die vielen mit Lichterketten geschmückten Holzbuden, die hier in den letzten Tagen aufgebaut worden sind, vorbei an den gut besuchten Glühweinständen, an denen die Menschen in Trauben hängen, bis dahinter unser Adventsladen auftaucht. Drinnen brennt Licht.

»Schau mal, Liv ist schon da.« Ich zeige auf unser großes Schaufenster, in dem sie steht. »Und die Kerzen hat sie auch schon angezündet.«

»Die Zusammenarbeit mit Liv läuft richtig gut, nicht wahr?« Bettys Frage ist eine rein rhetorische.

Trotzdem nicke ich heftig und lege noch einen Schritt zu. Denn Liv hat auch Valerie mitgebracht, was für ein schönes Bild, die beiden dort warten zu sehen.

»Liv und du, ihr seid aus dem gleichen Holz geschnitzt.« Betty bemüht sich, mit meinem Tempo mitzuhalten. »Das ist mir schon auf dem Wochenmarkt aufgefallen. Was für ein Zufall, dass ihr beide euch gerade hier über den Weg gelaufen seid.«

Und schon sind wir da.

»Hereinspaziert!« Liv öffnet uns weit die Tür.

Ein köstliches Duftgemisch aus Tannengrün, Heu und frischem Brot schlägt uns entgegen. Was für ein Genuss! Unseren Adventsladen kann man nicht nur sehen, man kann ihn sogar riechen.

»Mensch, wie das hier duftet!« Ich winde mich aus meinem Mantel. »Wir sind extra über den Weihnachtsmarkt gelaufen, von da aus sieht unser Laden richtig toll aus.«

»Nein«, Liv tritt einen Schritt zurück, »*du* siehst toll aus. Was für ein bezauberndes Kleid du trägst, dieses Grün steht dir fantastisch.«

»Findest du?« Ich streiche den Stoff an meinen Hüften glatt.

»Ganz schön siehst du aus«, meint auch Valerie, die sich an Livs Bein gekuschelt hat, »wie eine Prinzessin.«

Wie süß die Kleine ist. Zu ihrem Gefallen drehe ich mich einmal im Kreis, lasse meinen glockenförmigen Rock weit schwingen. Ich trage das Kleid, das ich in der Lüneburger Boutique meines Vertrauens erstanden habe, heute zum ersten Mal. Als ich es vor ein paar Tagen im Schaufenster hängen sah, musste ich es einfach haben: Wie ein Smaragd strahlte es mir entgegen. Sein Schnitt ist eher klassisch, die schmeichelnde Länge reicht bis zur Wade, ein zur Schleife gebundener Stoffgürtel hält das Kleid in der Taille zusammen. Den eigentlichen Clou verleiht ihm jedoch das Paisleymuster, das sich üppig auf den Ballonärmeln und der Brust ausbreitet. Am Rocksaum wiederholt es sich, rankt in Rosa, Orange, Türkis und Violett empor.

»Frauke sieht wirklich aus wie eine Prinzessin«, findet nun auch Betty, die sich wie eine Kommentatorin neben Valerie gestellt hat, »aber eine aus dem Orient. Eigentlich bist *du* die schönste Dekoration in eurem Adventsladen.«

»Mensch, jetzt hört aber auf«, beende ich das Thema energisch, »ich werde ja ganz rot. Und außerdem müssen wir Weihnachtsfrauen jetzt loslegen. Bevor die ersten Gäste kommen, ist noch einiges zu tun.«

»Okay«, Liv ist sofort bei der Sache, »dann alles wie besprochen: Du, Frauke, übernimmst den Empfang und begrüßt alle Gäste mit einem Cidre, Betty hilft beim Nachschenken, und Valerie räumt die leeren Gläser zusammen.« Sie zählt alle Namen unter Zuhilfenahme ihrer Finger auf. »Ich übernehme den Käseverkauf und Klaas das Flying Buffet. Er bringt noch Merle und Tim aus seiner Bäckerei mit, die die Brottheke machen und einspringen, wo Not am Mann ist, und, ja, der Gunnar kommt auch noch zum Helfen.«

*Ach, interessant,* denke ich, *der Gunnar kommt also auch noch.* Die Rauchzeichen, die Liv aussendet, werden ja immer eindeutiger.

Das ist dann auch so ziemlich das Letzte, was ich für den Rest des Abends denke, denn von nun an geht sie ab, die Post: Kaum habe ich die ersten Sektschalen vorbereitet, schneien auch schon unsere Gäste ins Haus. Ich komme mit dem Begrüßen, einander Vorstellen und Ausschenken kaum hinterher. So bin ich froh, als mir Klaas, der sich zur Feier des Tages eine Schürze aus weichem Wildleder umgebunden hat, zu Hilfe eilt. Er kennt fast jeden Neuankömmling mit Namen. Mit großem Hallo begrüßen sie einander, klopfen sich gegenseitig auf die Schultern und fachsimpeln über unseren Adventsladen.

»Ich glaube, die meisten sind jetzt da, irre, dass so viele gekommen sind«, raunt er mir in einer Atempause zu. »Ich schnapp mir jetzt meine Leute und fang mit dem Flying Buffet an. Kommst du hier vorne alleine klar?«

Ich nicke kurz und greife zu der nächsten Sektschale.

»Was ich dir übrigens noch sagen wollte«, er kommt mir jetzt so nah, dass sein Bart mein Ohr kitzelt, »du siehst heute Abend umwerfend aus.«

Dazu zieht er leicht an der Schleife, die meinen Stoffgürtel zusammenhält. Aus dem Augenwinkel heraus kann ich sehen, wie Betty, die mit einer Flasche umhergeht, um nachzuschenken, ihre Ohren spitzt. Ob ich will oder nicht: Ich werde rot. Ein Umstand, der weder Klaas noch Betty entgeht.

»Herr Rentrop«, ich drehe mich rasch zur Seite, ziehe Klaas unauffällig den Stoff aus der Hand, stürze mich geradezu auf den nächsten Gast, »wie schön, dass Sie kommen konnten. Wie ich mich freue, endlich auch Ihre Frau kennenzulernen.«

Shakehands – und weiter geht's. Auch Zora, die Frau mit dem Gin, Matthias, der Bierbrauer, Max und Carla, die als Mitbringsel eine riesige Schale voller Kartoffelchips dabeihaben, Gunnar, Sören, natürlich Willem und Frau Anderson, Klaas' Mutter, treffen jetzt ein. Sie sind alle ganz begeistert, schauen sich verzückt um und verbreiten im Nu die allerbeste Stimmung. Wie schön das ist. Selbst Helene von Mallinckroth, der ich selbstverständlich auch eine Einladungskarte geschickt habe, hat es sich nicht nehmen lassen, anzureisen.

»Frau Sander, Sie sind ja ein Tausendsassa«, entfährt es ihr unmittelbar, als sie eintritt, »*das* hatte ich jetzt wirklich nicht erwartet.«

Mit offenem Mund blickt sie sich um und drückt mir geistesabwesend einen Bund Amaryllis in den Arm.

»Wie lieb von Ihnen«, bedanke ich mich, »und was für schöne Blumen.«

»Darf ich die Ihnen direkt abnehmen?« Die immer umsichtige Katinka ist neben mich getreten. »Ich habe noch ein großes Windlicht übrig, das können wir als Vase zweckentfremden.«

»Ach, Katinka, das ist eine gute Idee!« Ich bin froh über ihre Hilfe. »Darf ich Ihnen bei dieser Gelegenheit gleich Frau von Mallinckroth vorstellen?« Ich bin mir sicher, dass die beiden Hamburgerinnen gemeinsame Gesprächsthemen finden werden. Und so ist es: Es dauert keine zehn Sekunden, da stecken sie schon ihre Köpfe zusammen und mischen sich unters Volk. Bestens, die beiden sind versorgt, also weiter.

Schwungvoll drehe ich mich um, um den nächsten Besucher, den ich schon kommen höre, in Empfang zu nehmen. Doch diesmal bleibt mir der Mund vor Erstaunen offen stehen. Denn was ich jetzt vor mir sehe, ist nichts anderes als: eine Fata Morgana.

Oder genauer: niemand anderes als mein Mann.

# TABU

Jesses.« Mir sitzt der Schock in allen Gliedern. »Justus!« Wie ein Krächzen dringt sein Name aus meinem Hals. Ich kann nicht glauben, wer da vor mir steht. Ein Teil von mir hofft immer noch inständig auf eine optische Täuschung, auf eine sensationelle Ähnlichkeit, auf Sätze wie »Sie müssen mich verwechseln, ich heiße nicht Justus« oder »Entschuldigung, kennen wir uns?«.

Aber diese Sätze kommen nicht. Was kommt, ist ein »Ähm«. Meine unverkennbare Bestürzung scheint meinen Mann aus dem Konzept gebracht zu haben, ein Zustand, den ich bislang nicht an ihm kannte.

»Ich dachte«, seine Stimme klingt belegt, »du könntest das hier brauchen.«

Er hebt einen Weinkarton an, den er vor seiner Brust trägt.

»Als ich den Aufdruck Château Fabuleux gelesen habe, meine liebe Frauke, musste ich an früher denken, an uns, an unsere Zeit in der Provence. War sie nicht schön? Weißt du noch, wie wir das Château Fabuleux besucht haben, auf diesen Weinkartons saßen und ich …«

»Hallo, Justus, das ist aber eine Überraschung.« Betty, die meine Not erkannt hat, springt mir bei, nimmt ihm den Karton aus den Händen. »Da ist er ja endlich, unser Wein.«

Justus ist erneut aus dem Konzept gebracht, mit meiner besten Freundin scheint er nun wirklich nicht gerechnet zu haben.

»Oh Betty, hallo, ja, der Wein.« Er räuspert sich. »Ich habe noch mehr davon.« Er zeigt raus auf die Straße. »Der ganze Bulli ist voll.«

Ich blicke an ihm vorbei und erkenne, halb auf dem Gehweg parkend, unseren Bus. Unseren hellblauen Bulli. Wie lange habe ich ihn schon nicht mehr gesehen. Irgendwann, vor Jahren, hat Justus ihn eingemottet. Die Zeiten, in denen wir mit ihm durch die Provence tingelten, sind – gefühlt – ewig vorbei. Unseren Bus hier und heute wiederzusehen, treibt mir die Tränen in die Augen. Genau genommen ist er der Tropfen, der mein Fass zum Überlaufen bringt.

»Auf dem Gehweg kannst du aber nicht stehen bleiben.« Betty zeigt sich betont pragmatisch, sie stellt die Kiste im Schaufenster ab, dem einzigen noch freien Platz. »Komm, wir beeilen uns mit dem Ausladen, dann kannst du den Wagen wegfahren.«

Sie fasst Justus beim Arm, zieht ihn durch die Tür nach draußen. Gott sei Dank.

»Kann ich helfen?« Derweil ist Klaas neben mich getreten, aufmerksam blickt er raus. »Ach, da ist ja endlich unser Wein. Na, der Typ hat sich aber Zeit gelassen.«

Kaum hat Klaas ausgesprochen, steht er auch schon am Bulli und lässt sich von Justus die nächste Weinkiste geben. Dieser Anblick gibt mir nun wirklich den Rest.

»Na, Prinzessin«, Betty ist vollbeladen zurück, »was machen wir denn jetzt mit den beiden Prinzen, die dir zugelaufen sind?«

Ich schließe die Augen für ein stilles Stoßgebet: *Herr, tu den Boden vor mir auf, damit ich darin verschwinden kann. Bitte, gib mir ein Versteck, in dem ich für den Rest des Abends untertauchen kann. Bitte!*

Ich blicke mich um, ein passendes Loch, das finde ich nicht, dafür aber: unseren Verkaufswagen. Vor Liv hat sich eine Schlange gebildet, das ist die Lösung. Sie heißt: jede Menge Arbeit und für alles andere keine Zeit.

»Du siehst aus«, drei Sekunden später quetsche ich mich durch die winzige Seitentür ins Wageninnere, »als könntest du Hilfe gebrauchen.«

Liv versendet einen dankbaren Blick und raunt mir dann ins Ohr: »Unsere Ziegenkäsepralinen sind der Renner.« Mein malträtiertes Herz vollführt einen kleinen Sprung, das ist genau der Satz, den ich gebraucht habe.

»Wer bekommt?« Es kann weitergehen. Ich greife nach einer frischen weißen Schürze, binde sie mir um und lege los.

Und meine Strategie geht auf: Denn wenn ich meinen Blick nicht weiter als einen Meter nach vorne richte, dann ist die Welt in bester Ordnung. Alles voller Kunden, überall gut gelaunte Gesichter und viel Interesse für unsere neuesten Produktkreationen.

Wenn ich allerdings meinen Blick hebe, dann wird mir übel. Nachdem Justus und Klaas gemeinsam den Wein ausgeladen hatten und mein Mann den Bulli umgeparkt hat, sind die beiden ins Gespräch gekommen. Mit jeder Minute, die ich sie aus dem Augenwinkel heraus beobachte, werden ihre Mienen finsterer. Jetzt verengen sich Justus' Augen zu schmalen Schlitzen, ich kenne diesen Ausdruck, er verheißt nichts Gutes. Klaas strafft die Schultern – und das ist der Moment, in dem auch Liv etwas auffällt.

»Wer ist denn der Typ in der knallgrünen Jacke?«

»Mein Mann«, antworte ich tonlos.

»Was?« Ihre Stimme klingt auf einmal schrill. »Na, dann ist ja alles klar.« Sie zieht spöttisch ihre Mundwinkel nach innen. »Er und Klaas gebärden sich wie unsere Ziegenböcke, wenn sie im Frühjahr auf die Weide dürfen. Alles Machos.«

Gunnar tritt zu uns an den Verkaufswagen.

»Irgendwas braut sich da zusammen.« Er zeigt mit seinem Daumen nach hinten. »Soll ich mich mal darum kümmern?«

Eine Antwort können wir uns sparen, denn Klaas bindet sich in diesem Moment seine Schürze ab, besser: Er reißt sie sich vom Leib, schleudert sie auf die Weinkisten im Schaufenster und verlässt mit hochrotem Kopf das Lokal. Showdown.

»Sagte ich's nicht gerade?« Liv schüttelt den Kopf. »Wie unsere Ziegenböcke.«

Während ich noch den Atem anhalte, scheint sie die Szene wenig beeindruckt zu haben. Gleiches gilt für unsere Gäste. Zwar hat sich der eine oder andere bei Klaas' Abgang umgedreht, war kurz darauf aber schon wieder im Gespräch vertieft. In Lüneburg kennt man sich eben – und Klaas' Temperament wohl auch.

Ziemlich allein steht Justus nun da. Während ich die Geschenkverpackung für einen Barrique-Käse heraussuche, beobachte ich ihn verstohlen: Seine überteuerte Funktionskleidung scheint er jetzt auch privat zu tragen. In seinem grellen Outfit wirkt er, als wolle er heute Abend noch einen Sechstausender besteigen. Vorsichtig mustere ich seinen Gesichtsausdruck, er hat etwas Abschätziges bekommen. Justus taxiert. Er lässt seinen Blick durch unseren Adventsladen schweifen, wobei ihm, wie ich genau weiß, kein Detail entgehen wird, und während er das tut, bildet sich hinter seiner Stirn eine Summe mit einem Eurozeichen.

Mein Magen krampft sich zusammen, ich beuge mich vor, drücke meine Hand auf ihn. Es tut mir weh, unser mit so viel Herzblut aufgebautes Geschäft seinem Kalkül ausgesetzt zu sehen. Zum Glück unterbricht ihn Betty. Mit zwei Gläsern Cidre und betont guter Laune gesellt sie sich zu ihm, doch Justus winkt mit beiden Händen ab. Dem Alkohol hat er anscheinend immer noch abgeschworen. Die zwei tauschen einige Sätze aus, dann macht Justus auf dem Absatz kehrt – und verschwindet. Endlich. Mit einem leisen Pfeifton richte ich mich auf, die Luft, die ich angehalten habe, entweicht aus mir wie aus einem prall gefüllten Ballon.

»Hier, ich habe noch ein Glas übrig.« Betty nutzt den kundenfreien Moment und reicht mir einen Cidre über die Theke. »Wir haben noch gar nicht angestoßen.«

Was, wie mir jetzt erst auffällt, stimmt. Außerdem habe ich seit Stunden nichts getrunken.

»Liv, soll ich dir auch ein Glas holen?«

»Lieber nicht, ich muss noch fahren«, sie zwinkert mir zu, greift dann zu ihrem Thermobecher, »außerdem habe ich immer meinen Tee dabei.«

»Also, meine Lieben, Cheers!« Betty hebt ihr Glas. »Auf euch und euren Erfolg.«

Das kühle, prickelnde Nass, das durch meine Kehle rinnt, tut irre gut. Danach stützt meine Freundin ihre Unterarme auf die Theke und legt ihre Stirn in Falten.

»Justus hat mir erzählt, dass er sich gleich auf den Weg gemacht hat, als er die Lüneburger Adresse auf dem Lieferschein fand. Er hat den VW-Bus aus seinem Depot geholt, hat ihn bis unters Dach vollgepackt und ist losgefahren. Man kann von ihm ja halten, was man will«, sie nimmt einen Schluck, »aber auf mich wirkt seine Aktion wie eine Liebeserklärung. Findest du nicht auch?«

Ich möchte lieber nichts dazu sagen, das brauche ich auch nicht, denn Betty redet schon weiter:

»Ich glaube, er hat sich seinen Auftritt bei dir irgendwie, wie soll ich sagen, irgendwie *romantisch* vorgestellt. Vielleicht wie einen Neuanfang.«

Mit einem Mal fühle ich mich schlecht. Sauschlecht.

»Aber jetzt, nachdem er Klaas kennengelernt hat und von dem Laden weiß, na ja, wie sagtest du vorhin so schön: ›Mir können alle Männer gestohlen bleiben.‹ Ich glaube, das wird dir ab jetzt gelingen.«

# PLUMEAU

Frau Anderson!« Ich schnappe nach Luft. »Jetzt habe ich mich aber erschrocken.«

»Ich mich aber auch.« Frau Anderson hat sich eine Hand auf die Brust geschlagen. »Ich wollte gerade bei Ihnen klopfen, da reißen Sie die Wohnungstür auf.«

Dann müssen wir beide lachen.

»So wie es aussieht, sind Sie im Aufbruch. Da habe ich ja Glück, dass ich Sie noch antreffe.«

»Möchten Sie nicht reinkommen?« Ich stoße die Tür zu meinem Nest weiter auf.

»Nein, nein«, sie wehrt ab, »es geht nur um eine Kleinigkeit. Mein Sohn hat mich gebeten, Ihnen etwas auszurichten.«

»Aha«, ich werde hellhörig. Von Klaas habe ich nämlich seit unserer Eröffnungsparty nichts mehr gehört. Und die ist mittlerweile zwei Wochen her.

»Klaas müsste am Montag um dreizehn Uhr mit dem Dachdecker in Ihre Wohnung. Nur von Ihrer Terrasse aus kommt man an das Dach heran, sagt er. Da oben gibt es irgendein Problem.«

Und warum sagt mir das Klaas nicht direkt? Er hat meine Telefonnummer, er weiß, wo ich Tag für Tag zu finden bin. Hat er es wirklich nötig, seine Mutter zu schicken?

»Um dreizehn Uhr bin ich immer im Laden«, überlege ich nun laut, »mittags ist bei uns besonders viel los. Wir haben bereits einige Stammkunden, die sich dann ihr Sandwich abholen – da kann ich schlecht weg.«

»Ach so, ja, wenn das so ist, dann muss ich noch mal mit meinem Sohn sprechen.«

»Nein, das müssen Sie nicht«, lenke ich ein und überlege, dass ich Stille Post spielen noch nie habe leiden mögen. »Ihr Sohn soll einfach in meine Wohnung gehen, er hat ja sicher noch einen Schlüssel.«

»Also, wenn Ihnen das nichts ausmacht …«

»… macht es nicht.« Ich lächle betont jovial.

»Gut, dann passt ja alles, ich danke Ihnen.« Frau Andersons Hand tastet nach dem Treppengeländer. »Was ich Ihnen aber noch sagen wollte, ich freue mich wirklich sehr, dass Ihr Geschäft so gut läuft. Mein Sohn hat mir gestern noch davon erzählt.«

»Ach, hat er das?«

»Ja, er war ganz begeistert. Also, wenn ich ehrlich bin«, fügt sie vorsichtig hinzu, »war ich von der Idee anfangs nicht so angetan. Einen Laden nur für einen Monat zu öffnen, was soll das denn, habe ich mir gedacht. Aber was Sie daraus gemacht habe, Frau Sander, Chapeau, das kann sich sehen lassen!«

»Danke, Frau Anderson!« Ich bin ganz gerührt. Klaas' Mutter ist zwar etwas betulich, aber auch sehr lieb. Kaum zu glauben, dass die beiden miteinander verwandt sind.

»So, nun muss ich aber los.« Ich greife nach meiner Schultertasche und ziehe die Wohnungstür hinter mir zu. »Ich fahre zum Lohbekhof und will mit dem Rad nicht in die Dunkelheit geraten.«

»Oh, ja, dann müssen Sie sich sputen.«

Zusammen nehmen wir die Treppe nach unten, verabschieden uns, da fällt mir noch etwas ein.

»Ach, sagen Sie, Frau Anderson, wann soll es denn hier mit dem Umbau losgehen?«

»Direkt nach Weihnachten. Hat Ihnen mein Sohn noch nichts davon erzählt? Er hat doch endlich seine Baugenehmigung.«

»Stimmt«, flunkere ich, da ich Frau Anderson aus meinem

Zwist mit Klaas heraushalten will, »so etwas in der Art erwähnte er.«

Direkt nach Weihnachten also, damit sind meine Tage hier wirklich gezählt. Stille Post mochte ich echt noch nie.

Frau Anderson verschwindet im Nebenhaus, wo ich kurz darauf ihre Küchenlampe angehen sehe. Beim Anblick ihrer hell erleuchteten Fenster wird mir plötzlich bang ums Herz. Ich fühle mich in »unserer« Straße so daheim, der Abschied wird mir schwerfallen. Vor allem, weil ich immer noch nicht weiß, wie und wo es mit mir weitergehen wird.

Ich entriegele schnell mein Fahrradschloss, verstaue meine Tasche auf dem Gepäckträger und schwinge mich auf den Sattel. Die frische Luft, die mir bis zum Lohbekhof um die Nase wehen wird, wird mir guttun. Heute ist mein freier Nachmittag, der erste seit frag-nicht-wie-lange. Eine von Livs Aushilfen, die uns häufiger im Verkauf unterstützt, vertritt mich für ein paar Stunden im Laden. Die letzten Wochen waren mehr als ausgefüllt, und die noch kommenden bis zu Heiligabend werden es ebenfalls sein. Unser Adventsladen ist in Lüneburg regelrecht eingeschlagen, und wir sind aus der Arbeit kaum herausgekommen. Trotzdem habe ich von Klaas, seit Justus in Lüneburg aufgetaucht ist, nichts mehr gehört – von meinem Mann, nebenbei bemerkt, auch nicht. Die Brottheke haben Tim und Merle, Klaas' Mitarbeiter, die auch bei der Eröffnungsparty ausgeholfen haben, geschmissen. Das hat bestens geklappt – und konnte mir letztlich nur recht sein. Denn ich habe Besseres zu tun, als mich um männliche Befindlichkeiten zu kümmern. Viel wichtiger ist der Erfolg unseres Adventsladens: Von ihm hängt ab, wie es mit dem Lohbekhof weitergehen kann. Seit wir den Store haben, wissen wir, dass unsere Idee, gute Grundprodukte weiterzuentwickeln – zu veredeln, zu variieren und optisch zu verschönern –, funktioniert. Uns ist in den letzten Wochen so viel Gegenliebe entgegengeschlagen, dass uns vollkommen klar wurde: Ein Lohbekhof-Laden hat in Lüneburg reelle Marktchancen – auch über unseren Pop-up-Store hinaus.

Dieser Erfolg ist für mich so unendlich viel spannender, motivierender und wichtiger geworden als die Frage, ob oder wie es in Beziehungsdingen bei mir weitergeht. Denn eines habe ich in dem Moment verstanden, in dem unser hellblauer Bulli vor unserem Adventsladen parkte: Auch zwischen Justus und mir gab es einst einen Zauber. Aber was ist davon übrig geblieben? Und werde ich in ein paar Jahren mit einem anderen Mann, vielleicht mit Klaas, nicht in einer vergleichbaren Situation stecken? Vielleicht sind sich die beiden ja viel ähnlicher, als ich ursprünglich dachte: Der eine macht in Immobilien, der andere in Investments.

»Alles die gleiche Chose«, murmele ich vor mich hin und lasse mich einen kleinen Hügel hinabrollen, »alles Macho-Kram.«

So leid es mir auch um mein kleines Nest tut, es ist eigentlich gut, wenn bald etwas Neues anbricht. Denn bei Licht betrachtet, lebe ich – bei Klaas – in Lüneburg nicht viel anders als – bei Justus – in Frankfurt. Ich wohne *bei* einem Mann. Ich will diese Konstellation, diese Abhängigkeit nicht mehr. Ich will etwas Eigenes. Privat wie beruflich. Das Konstrukt mit dem geteilten Ladenlokal war für den Anfang genau das Richtige, aber jetzt muss ich den nächsten Schritt wagen. Ansonsten stehe ich eines Tages genauso da wie einst mit Justus und dem Lamberti. An dem Tag, an dem ich das Restaurant verließ, verließ ich auch alles, was ich über *Jahre* hinweg aufgebaut habe. Diesen Fehler werde ich nicht noch einmal machen. Gewiss nicht.

Ich trete energisch in die Pedale und sehe zu, dass ich zum Lohbekhof komme. Die abgeernteten Maisfelder habe ich schon hinter mir, jetzt muss ich nur noch den Wald durchqueren. Liv wartet sicher schon. Sie hat mich gebeten, heute Abend auf

Valerie aufzupassen und auch »über Nacht« zu bleiben. Ich habe mir den kleinen Kommentar, der mir in diesem Moment auf der Zunge lag, verkniffen, mir aber meinen Teil gedacht. Gerne tue ich ihr den Gefallen, zumal ich ihre Tochter in den letzten Wochen immer mehr ins Herz geschlossen habe. Ich freue mich richtig auf die gemeinsamen Stunden mit ihr.

Ob Valerie schon weiß, dass sie im nächsten Jahr ein Geschwisterchen bekommen wird? Vielleicht sogar eine Schwester? Natürlich werde ich ihr nichts verraten, aber zu gerne würde ich ihr Gesichtchen sehen, wenn sie davon erfährt. Mein großer Wunsch, den ich als Kind hatte, geht dann wenigstens für sie in Erfüllung. Ich schlucke. Wie sehr habe ich mir früher eine Schwester, ein bisschen mehr Familie gewünscht, wie sehr. Plötzlich sitzt mir ein Kloß im Hals. Ich bin froh, dass ich gleich auf dem Lohbekhof bin.

Als mein Rad über das unebene Kopfsteinpflaster vor dem Haus rumpelt, ist es dunkel. Liv hat die großen Buchsbäume neben dem Eingang mit Lichterketten geschmückt. Freundlich leuchten sie mir entgegen. Ich lehne mein Fahrrad gegen den nächstbesten Baum und höre, wie sich die Haustür öffnet.

»Da bist du ja endlich.« Valerie blickt durch einen Spalt hinaus. »Bella und Lucy warten schon auf dich.«

»Aha, dann sag ihnen, dass ich jetzt da bin.« Ich lasse mein Fahrradschloss einrasten und laufe zur Tür.

»Das sehen sie doch selbst«, kontert Valerie, und ich kombiniere, dass es sich bei Bella und Lucy um die beiden Spielzeugpferde handelt, die unter ihrem Arm klemmen. Ich begrüße alle drei, dann folge ich der vorausgaloppierenden Valerie in die Küche.

»Moin, Frauke!« Liv steht an der Spüle und trocknet eine große Schüssel ab. »Das nennt sich perfektes Timing, ich bin gerade mit dem Aufräumen fertig.«

»Wie hübsch du heute aussiehst.« Ich nehme sie zur Begrüßung in den Arm.

Zu Feier des Tages hat Liv ihre abgetragenen Jeans gegen ein kurzes Kleid aus feinem, dunkelrotem Cord getauscht. Dazu trägt sie eine Wollstrumpfhose und halbhohe Schnürstiefel. Ihr Haar trägt sie offen, wie glänzendes Kupfer fließt es ihr über die Schultern.

»Gibt es für diese Verwandlung«, ich lasse meine Hand wie ein Zauberkünstler durch die Luft kreisen, »einen Anlass?«

Sie nickt – und auf ihr Gesicht tritt ein Ausdruck von Vorfreude.

»Könnte es sein, dass dieser Anlass mit G anfängt?«, wage ich mich weiter vor.

»Könnte sein«, Liv öffnet eine Schranktür und lässt die Schüssel dahinter verschwinden, »aber mehr wird nicht verraten.«

»Was wird nicht verraten?« Valerie schaltet sich ein, was ihre Mutter prompt zu einem Themenwechsel veranlasst.

»Bist du tatsächlich mit dem Rad gekommen? Es ist ja schon finster draußen.«

»Ja, ich bin aufgehalten worden«, erzähle ich, während ich meinen Parka ausziehe und neben meiner Tasche auf der Küchenbank deponiere. »Frau Anderson hat mir eine Botschaft von Klaas übermittelt.«

»Na, das hört sich ja spannend an.« Liv stützt ihre Ellbogen erwartungsvoll auf eine Stuhllehne. »Was will er denn?«

»Irgendwas ist mit dem Dach, nicht wichtig«, ich winke ab. »Aber bei der Gelegenheit habe ich erfahren, dass Klaas seine Baugenehmigung bekommen hat und der Umbau direkt nach Weihnachten starten soll.« Ich reibe mir mit beiden Händen übers Gesicht. »Insgeheim habe ich wohl gehofft, dass sich das ganze Verfahren noch ein etwas hinzieht, ich muss im Januar ja wieder zur Reederei nach Hamburg.«

Liv stößt sich von der Stuhllehne ab.

»Also, bevor du auf der Straße landest, kommst du zu uns …«

»Au ja!« Valerie beginnt zu hüpfen.

»… unsere alte Ferienwohnung ist doch frei. Sie ist vielleicht nicht ganz so hübsch wie deine Wohnung bei Klaas, aber für ein paar Wochen reicht sie dir bestimmt.«

Jetzt bin ich wirklich baff. An diese Möglichkeit hatte ich noch gar nicht gedacht.

»Du kannst es dir ja mal überlegen.« Liv rudert dezent zurück, wahrscheinlich gucke ich derart verdattert, dass sie mich nicht überfordern will. »Heute Nacht schläfst du auf jeden Fall hier unten. Schau mal, wir haben dir im Wohnzimmer ein Bett hergerichtet.« Sie geht nach nebenan. »Auf der Couch mache ich ab und an ein Nickerchen, ich finde sie sehr gemütlich. Meinst du, du kommst damit zurecht?«

»Kein Problem!« Ich strecke meinen Kopf durch die Tür, werfe einen Blick auf das fein säuberlich bezogene Plumeau und denke, dass es für eine Nacht gewiss gehen wird.

»Dein Gepäck ist ganz leicht. Hast du nicht mehr mitgebracht?« Valerie kommt uns nach, sie trägt meine Schultertasche vor sich her und stellt sie neben der Couch ab.

»Nein, in meine Tasche passen ein Pyjama, mein Kulturbeutel und etwas Unterwäsche hinein«, antworte ich ihr, »brauche ich denn sonst noch was?«

»Eigentlich nicht«, die Kleine zuckt mit den Schultern, »und wenn doch, können wir es dir ja leihen. Das mache ich bei meinen Freundinnen auch immer so.«

»Genau.« Liv legt mir eine Hand auf die Schulter. »Nimm dir bitte, was du brauchst. Dass du heute auf meine Kleine aufpasst, ist echt lieb von dir. Vielen Dank.«

»Kein Ding.« Ich zwinkere Valerie zu. »Wir beide machen es uns heute Abend richtig nett.«

Die Kleine nickt heftig und läuft zurück in die Küche.

»Wir haben auch was Leckeres zum Abendbrot gemacht!«, ruft sie von dort. »Guck mal.«

Ich folge ihr und blicke über ihren Schopf hinweg in den geöffneten Kühlschrank hinein.

»Verhungern werden wir definitiv nicht.« Neben dem ein oder anderen mir wohlbekannten Stück Käse erkenne ich eine Schüssel Kartoffelsalat, ein Glas eingelegte Gurken, ein Schälchen mit Kräuterquark und ein Brettchen mit Sörens handgemachter Heidschnucken-Salami.

»Ich bin gespannt, was du zu dem Kräuterquark sagst, den habe ich heute neu ausprobiert. Er könnte auch etwas für unseren Laden sein«, wirft Liv ein, die uns hinterhergekommen ist. »Auf den Tisch habe ich schon Rotwein, ich hoffe, du magst ihn, Brot und Butter gestellt.« Dann bückt sie sich hinunter zum Kaminofen, öffnet seine Glastür und wirft routiniert zwei Scheite Holz hinein. »So, das reicht erst mal. Wenn ihr nichts dagegen habt«, sie richtet sich wieder auf, »dann mache ich mich jetzt auf den Weg. Zur Stallzeit morgen früh bin ich wieder da.«

Keine fünf Minuten später höre ich, wie Livs Wagen über das Kopfsteinpflaster und dann vom Hof rollt. Valerie hat derweil begonnen, den Tisch zu decken. Das scheint die Kleine öfter zu erledigen, völlig selbstständig schafft sie Besteck, Teller und Gläser herbei.

»Zur Feier des Tages«, sage ich zu ihr, »machen wir es uns gemütlich.«

Im Korb mit dem Feuerholz habe ich eine Schachtel Streichhölzer entdeckt. Mit einem entzünde ich die Kerzen auf dem Adventskranz, der die Mitte des großen Esstischs ausfüllt. Drei Kerzen sind es schon, in wenigen Tagen ist Weihnachten.

»Hast du dem Christkind schon einen Wunschzettel geschrieben, Valerie?« Ich puste das Streichholz aus. »Als ich klein war, habe ich das immer getan. Ich habe meinen Wunschzettel am Abend auf die Fensterbank gelegt, und am nächsten Morgen war er weg. Das Christkind kam in der Nacht vorbeigeflogen und hat ihn mitgenommen.«

»Aber ich kann doch noch gar nicht so gut schreiben.« Prompt blicken mich zwei entsetzte Augen an. Oje, das habe ich nicht bedacht, die Kleine ist ja erst dieses Jahr in die Schule gekommen.

»Kein Problem«, improvisiere ich, »dann malst du einfach ein Bild mit all den Geschenken, die du dir wünschst. Damit kommt das Christkind auch zurecht.«

Meine Antwort scheint sie zu überzeugen, jedenfalls will sie sofort nach dem Essen mit ihrem Wunschzettel beginnen. Schon jetzt, zwischen Kartoffelsalat und Kräuterquark, ersinnt sie die wundersamsten Geschenke. Auch eine kleine Schwester ist dabei. Und kaum dass wir aufgegessen und den Abendbrottisch abgeräumt haben, läuft sie los und sucht ihre Malsachen zusammen.

»Du musst auch einen Wunschzettel machen«, fordert sie mich auf, als sie ihre Utensilien auf dem Küchentisch ausbreitet.

»Das ist gar keine schlechte Idee«, gebe ich zu, öffne derweil die Weinflasche und schenke mir ein Glas ein. »Ich habe in diesem Jahr nämlich ganz schön viele Wünsche. Ich fürchte, das Christkind muss Überstunden machen.«

Zufrieden reißt Valerie ein Blatt von ihrem Malblock und schiebt es über den Tisch. Ich ziehe den Zettel zu mir heran, wähle ein schönes Rot aus ihren Buntstiften aus und schreibe in Großbuchstaben »Fraukes Wunschzettel« darauf. Dann lege ich los:

Ich wünsche mir

1. ein eigenes Feinkostgeschäft zusammen mit Liv in Lüneburg
2. ein größeres, aber immer noch ausgesucht regionales Pro-

duktsortiment (Heidschnucken-Salami, Gunnars Cidre, Gin aus Heide-Wacholder …)

3. eine kleine Wohnung nur für mich
4. ein Leben auf dem Land, Zugehörigkeit, meinesgleichen, ein Nest, in das ich hineingehöre

# Dafürhalten

Unglaublich hell scheint der Mond durch mein Fenster. Aber es war nicht sein Licht, das mich aufgeweckt hat, es war ein Waldkäuzchen. »Huu-hu-huhuhuhuu«, schallt es erneut über den Hof, es muss direkt hier in einem der alten Bäume sitzen. Wie laut doch ein einzelner Vogel rufen kann, wenn die Nacht so unendlich still ist. Ich rappele mich vom Sofa auf und schließe das Fenster. So ein Ärger. Wieder einschlafen kann ich vergessen, so wach, wie ich mich jetzt fühle.

Etwas unschlüssig greife ich nach meinem Handy: sechs Uhr fünfzehn. Für einen Sonntagmorgen ist das reichlich früh. Die Eule ruft erneut, und ich google, einfach um mich abzulenken, die beiden Worte »Waldkäuzchen« und »treu«. Direkt der erste Eintrag ist ein Treffer:

> Waldkäuzchen sind monogame Vögel, sie verpaaren sich auf Lebenszeit und sind einander treu. Ihr lang gezogener Ruf erklingt vor allem im Herbst und im Winter, dann balzen die Tiere und markieren ihr Revier.

Aha, da draußen ist also jemand auf Brautschau. Außerdem hat sich die Frage geklärt, ob die Eulen einander wirklich treu sind. Ich habe Valerie heute Abend die Gutenachtgeschichte von den zwei Käuzchen erzählt, die nach gemeinsam bestandenen Abenteuern in eine gemütliche Baumhöhle ziehen und ein Leben lang beieinanderbleiben.

»Und immer, wenn ein Käuzchen ›Huu-hu-huhuhuhuu‹ ruft, dann sagt es dem anderen: ›Ich bin da, ich bin immer für dich da‹.«

Ich habe ihr die Geschichte genau so erzählt wie meine Mutter früher mir. Ihre Stimme, die Melodie der Worte sind mir immer noch im Ohr.

Aber jetzt bloß nicht sentimental werden. Ich rappele mich auf, nehme mein Handy und gehe hinüber in die Küche, um einen Schluck Wasser zu trinken. Mein Glas steht noch auf dem Tisch, ich fülle es auf und überfliege beim Trinken noch einmal meinen Wunschzettel – am letzten Punkt bleibe ich hängen: »Ein Leben auf dem Land, Zugehörigkeit, meinesgleichen, ein Nest, in das ich hineingehöre«, lese ich mir laut vor.

*Und ja,* denke ich, *das stimmt. Alles.* Aber was suche ich genau? Der Begriff »Familie« fällt mir ein. Oder besser: »Wahlverwandtschaften.« Ein Mann, eine Beziehung? Vielleicht. Im Gegensatz zu früher bin ich mir da nicht mehr so sicher. Ich schließe die Augen und spüre dem nach, was sich in mir tut und wonach ich mich sehne. Und plötzlich weiß ich es. Ich nehme mir einen Buntstift, diesmal in Violett, und notiere noch einen weiteren Punkt, den letzten:

5. Heimat

Genau das ist es, was ich suche. Heimat. So schlicht und so bedeutend. Puh. Jetzt stütze ich mich mit beiden Händen auf die Tischplatte, lese noch einmal von vorne. Punkt für Punkt. Dann stoße ich mich ab und strecke mein Rückgrat, auf Livs Couch hat es ein wenig gelitten.

Wenn das wirklich meine, meine ganz eigenen Wünsche sind, überlege ich, dann sollte ich anfangen, sie umzusetzen. Denn Christkinder und Prinzen auf weißen Pferden sind mir mit Abstand zu unsicher – und wach ist nun mal wach.

»Okay, dann mal los.« Ich lasse mich mit meinem Handy auf die Eckbank sinken, öffne den Internetbrowser und dann eine

Immobilienplattform. Das Erste, was ich für mein Glück brauche, ist eine neue Wohnung. Mal sehen, was der Lüneburger Immobilienmarkt hergibt. Aber schon nach ein paar Minuten des Suchens lasse ich meine Hand sinken. Alle Inserate, alle Fotos, die ich öffne, wirken auf mich abschreckend und deprimierend. Oder liegt es daran, dass es Nacht ist? Sieht bei Tageslicht vielleicht alles viel freundlicher aus? Keine Ahnung. Jedenfalls zieht sich allein beim Gedanken, in eine dieser anonymen Buden ziehen zu müssen, alles in mir zusammen. So geht das nicht.

Mit einem ärgerlichen Knall landet mein Handy auf der Tischplatte. Ich blicke erschrocken auf. Habe ich Valerie geweckt? War da nicht ein Geräusch? Ich lausche in die Stille der Wohnung hinein. Nein, da ist nichts, die Kleine schläft tief und fest.

Sehr gut. Denn wenn das so ist, dann stört es sie auch nicht, wenn ich mich auf eine kleine Entdeckungstour begebe. Mit meinen nackten Füßen, die Steinplatten in diesem alten Haus sind doch ziemlich kalt, schlüpfe ich in Livs Filzpantoffeln, die neben der Tür stehen, und schleiche mich aus der Wohnung hinaus in die Eingangshalle. Von dort aus nehme ich die Treppe nach oben – vorsichtig, denn sie knarzt –, hoch zur Galerie.

Dort angekommen, taste ich nach dem Lichtschalter, finde ihn, eine Wandlampe leuchtet auf. Ich blicke mich um, drei schwere Holztüren gehen von hier aus ab, die ganz links führt in unsere alte Ferienwohnung, ich erinnere mich genau. Ich drücke die Klinke hinunter, und tatsächlich, die Tür ist unverschlossen. Ich trete ein, mache Licht – und staune.

Es hat sich nichts verändert. Alles ist noch so wie früher: die schmiedeeiserne Garderobe, das Schuhregal, nur die Wanduhr ist stehen geblieben. Vorsichtig trete ich in den kleinen Flur, stoße die Tür gegenüber auf. Wenn mich nicht alles täuscht, führt sie, genau, zur Küche: Ein Achtzigerjahre-Wohntraum öffnet sich mir. Die senfgelbe Einbauküche, die ich direkt wiedererkenne, ist ja so was von retro: die breiten Griffmulden in den Türen, die typische Edelstahlspüle, der braun melierte Fliesenspiegel, an dessen Muster ich mich noch genau erinnere. Liv hat recht, hier gibt es reichlich Sanierungsbedarf. Aber, ich öffne den Wasserhahn, die Küche funktioniert. Und sie ist, ich blicke in den Backofen, blitzsauber.

Ich gehe weiter, laufe durch meine real gewordene Erinnerung, erst ins Wohnzimmer mit seiner ledernen Couchgarnitur, dann in die beiden Schlafstuben. Wie groß mag die Wohnung wohl sein? Siebzig Quadratmeter? Vielleicht auch achtzig? Jedenfalls ist Platz genug. Und das Ganze hat Potenzial: Es gibt einen Kamin, der abgenutzte Dielenboden ließe sich aufarbeiten, und die alten Holztüren sind einfach wunderschön. Möglicherweise, ich laufe zurück in die kleine Küche, ließe sich auch die Wand zum Wohnzimmer rausnehmen, dann käme mehr Licht hinein, und das Bad, ich öffne die schmale Tür in der Diele, muss sowieso neu gemacht werden. Aber dann, ich drehe mich einmal im Kreis, wäre die Wohnung doch ideal für mich. Also, für immer. Ich gehe zurück ins Wohnzimmer, stütze meine Hände auf die schmale Fensterbank und blicke hinaus. Hinaus auf den mondbeschienenen Hof, auf den Lohbekhof, auf die mächtigen Bäume im Garten.

Könnte das wirklich wahr werden? Ich auf dem Lohbekhof, ein Leben in der Lüneburger Heide? Hier bei Liv und ihren Kindern? Wir eröffnen unseren eigenen Feinkostladen und erfinden für unsere Kunden immer, immer neue Produkte? Könnte all das Wahrheit werden? Wäre das nicht genau die Heimat, nach der ich mich sehne?

Die Vorstellung rührt mich, ich muss schlucken – und reiße mich zusammen. Denn jetzt gilt es, einen kühlen Kopf zu bewahren. Ein neuer Laden und eine frisch renovierte Wohnung werden eine hübsche Stange Geld kosten. Ich überschlage, welcher

Gewinn vom Adventsladen übrig bleiben wird, addiere ihn mit dem verbliebenen Geld auf meinem Sparkonto. Die Summe, die dabei herauskommt, wird bei Weitem nicht reichen. Natürlich, ich könnte einen Kredit aufnehmen, zumindest für das Geschäft. Für mein Dafürhalten müssten wir einen bekommen, immerhin haben wir den Erfolg des Adventsladens als Referenz. Aber was mache ich mit der Wohnung? Wie lässt sich die finanzieren? Theoretisch könnte Liv sie sanieren und dann an mich vermieten, das könnte sich über eine höhere Miete sogar für sie rechnen, aber so, wie ich Willem verstanden habe, steht sie finanziell mit dem Rücken zur Wand.

Ein Frösteln durchläuft meinen Körper. Brrr. Ich bin so in Gedanken, dass ich gar nicht gemerkt habe, wie kalt es hier oben ist. Gewiss werden die unbewohnten Räume nicht geheizt. Ich reibe mir meine Oberarme, die nur in einem dünnen Pyjama stecken. Es wird Zeit, dass ich wieder in Livs warme Küche komme, da lässt es sich besser denken.

Ich werfe noch einen letzten Blick in alle Räume, lösche das Licht und ziehe die Wohnungstür hinter mir zu. Und als ich wieder auf der Galerie stehe, da sehe ich es: Es hängt mir direkt gegenüber, in einer Blickachse, die sich erst jetzt auftut. Das Motiv ist mir neu. Dafür kenne ich alles andere: Pinselstriche, die über eine Leinwand tanzen, federleicht, als hätte jemand ein Kissen aufgeschüttelt. Eigentlich impressionistisch, aber die Farben sind viel zu üppig, zu barock.

An der Wand gegenüber hängt ein Bild meines Vaters.

# HUNDSERBÄRMLICH

Marie, meine Liebe, du kennst den Ort,
an dem ich mein Herz verlor. Hüte es gut.
*Im Sommer 1986*

Unter der Widmung auf der Rückseite: seine Signatur. Sie ist es unverkennbar, zweifelsohne. Er hat in dem Sommer, in dem er starb, dieses Bild gemalt.

Ich drehe die Leinwand wieder herum. Sie ist nicht groß, leicht lässt sie sich abhängen und nach unten in Livs Küche tragen. Meine Augen wandern noch einmal über die wild tanzenden Pinselstriche, sie zeigen den alten Schafstall, den Ort, an dem er bewusstlos aufgefunden wurde. Vor über dreißig Jahren. Eindeutig.

Ich schiebe das Bild von mir weg, mitten auf die Tischplatte. Alles an ihm ist eindeutig. Auch diese – schmalzige – Widmung. Denn meine Mutter hieß nicht Marie. Aber wer ist sie, diese Frau, an die mein Vater sein Herz verlor?

In meinem Mund entsteht ein schaler Geschmack, ich kenne ihn, er bildet sich meistens, wenn mir übel wird. Zudem ist mir immer noch kalt. Hundserbärmlich kalt.

Ich nehme einen großen Schluck Wasser und wende mich zu Livs Ofen um. Hinter seiner Glastür glimmt ein kleiner Rest Glut. Ich verlasse meinen Platz am Küchentisch, suche aus dem Feuerkorb ein paar kleinere Scheite heraus, die leicht Feuer fangen, und lege sie auf die glimmende Kohle. Wenn ich Glück habe, brennt der Ofen gleich wieder. Dann gehe ich hinüber ins Wohnzimmer, lege meinen Pyjama ab, kleide mich an. Ich schlage das Bettzeug auf und höre draußen das Käuzchen schreien. Pah!

»Käuzchen sind die treuesten Vögel der Welt«, ich äffe meine Mutter nach. Eure Treue war ein Witz, möchte ich ihr zurufen, dein Mann hat dich betrogen. Und mich noch dazu. Wut lodert in mir auf. *Was hätte er mit uns beiden wohl gemacht, wenn er in diesem Sommer nicht gestorben wäre,* setze ich das Zwiegespräch mit meiner Mutter fort, *für wen hätte er sich entschieden? Für uns – oder für die andere? Für Marie.*

Dieser Name spukt durch mein Hirn, auch als ich meine Tasche packe, als ich zurück in die Küche gehe, um weiter auf sein Bild zu starren. Und damit auf das Unbekannte. Das unbekannte Leben meines Vaters. Marie, Marie, Marie.

Der lange Flur in unserem Penthaus kommt mir in den Sinn, all die Bilder, mit denen ich mich so sehr verbunden fühlte, die mich seit so langer Zeit begleiten. Meine Heiligtümer. Aber ein Puzzlestein fehlte, fehlte immer: die Leinwand, die mein Vater im Sommer 1986 mit zum alten Schafstall nahm, die nie gefunden wurde. Jetzt weiß ich, wo sie all die Jahre steckte: auf dem Lohbekhof. Aber wer hat sie hergebracht? Marie? Wer, verdammt, ist das?

Das Holz in Livs Küchenofen hat Feuer gefangen. Ich blicke auf, in die Flammen hinein, verliere mich in Gedanken, in Gefühlen, in Erinnerungen. Betrinke mich an ihnen, gebe mich dem Rausch hin. Nach einer gefühlten Ewigkeit, als das lodernde Feuer heruntergebrannt ist, fällt mir eine Lichtveränderung auf. Ich blicke hinaus, raus auf den Hof. Der frühe Morgen kündigt sich an, es wird hell.

Gut. Gut, dass diese Nacht zu Ende geht. Ich greife zu meinem Parka, ziehe meine Mütze aus seiner Seitentasche, streife beides über und gehe raus. Raus in die Kälte, in die Luft, nach hinten in den Garten. Von hier aus habe ich das Fenster von

Valeries Kinderzimmer im Blick, wenn sich dahinter etwas tut, dann bekomme ich das auf jeden Fall mit.

Was ich jetzt schon mitbekomme, ist, dass ich nicht allein bin. Kluni, Livs Kater, vagabundiert durch die Beete. Als er mich auftauchen sieht, ändert er seine Richtung und beschleunigt seinen Schritt.

»Na, du Räuber«, begrüße ich ihn, als er um meine Beine streicht. Ich bücke mich zu ihm hinunter, lasse meine Hand über sein samtiges Fell gleiten. Als ich mich wieder aufrichte, sehe ich, dass noch mehr Leben im Garten ist: Willem tritt aus seinem Bauwagen, der am Rand des Gartens steht, hebt die Hand und ruft:

»Moin, du bist aber ein früher Vogel!«

Sein fröhlicher Tonfall versetzt mir einen Stich, mir ist so gar nicht nach Heiterkeit zumute. Sofort verändert sich seine Mimik.

»Ist alles in Ordnung mit dir, Frauke?« Fast so rasch wie Kluni kommt auch er angelaufen, legt mir vorsichtig eine Hand auf die Schulter.

»Ach, Willem«, ist alles, was ich sagen kann. Dann nimmt er mich in den Arm, ich muss furchtbar aussehen, und hält mich fest. Gut ist das.

»Besser?«, fragt er, als ich mich irgendwann von ihm löse.

Ich nicke.

»Wer ist Marie?«, frage ich ihn dann völlig unvermittelt.

»Livs Mutter hieß Marie.« Er mustert mich aufmerksam.

Ein Stöhnen bricht aus mir heraus.

»Ich habe es geahnt. Und wann wurde Liv geboren?«

»Lass mich mal überlegen.« Er legt seine Stirn in Falten. »1987 muss das gewesen sein, im Mai.« Er überlegt noch einmal. »Ja, das stimmt, Liv ist in diesem Jahr zweiunddreißig geworden.«

Ich überschlage die Zahlen im Kopf.

»Dann ist es also wahr«, murmele ich.

»Was denn, Frauke, was ist wahr?«

»Es ist wahr, dass Liv meine Schwester ist. Mein verstorbener Vater hatte eine Affäre mit ihrer Mutter.« Jetzt ist es raus. Die Wahrheit ist gesagt und in der Welt.

»Komm.« Willem nimmt mich vorsichtig am Arm. »Setzen wir uns in meinen Bauwagen, hier draußen ist es einfach zu kalt, und dann erzählst du mir alles.«

Und genauso machen wir es. Ich hocke mich an Willems winzigen Klapptisch und erzähle. Alles. Schonungslos. Die ganze elendige Geschichte. Als ich damit fertig bin, da ist mein Vater, mein Heiligtum, von seinem Sockel gefallen. Einfach so.

Und Willem? Er sitzt nur da, hört zu, ein freundliches Gesicht, in das ich blicken darf, dem ich all mein Leid klage, bis alles gesagt ist. Nach einer Pause, in der es so still ist, dass ich im nahen Stall die Ziegen meckern höre, legt er mir eine Hand auf den Unterarm.

»Liebe Frauke, ich möchte dir schrecklich gerne etwas von meinen Bienen erzählen«, hebt er mit fragenden Augen an. »Darf ich?«

*Eigentlich*, denke ich, *ist mir danach nun wirklich nicht zumute*, aber da er so schrecklich lieb schaut, nicke ich kurz.

»Von Zeit zu Zeit geschieht es, dass eine neue Königin einen Bienenstock übernimmt. Die alte Königin sucht sich dann mit einem Schwarm Getreuer eine andere Bleibe. Sie gründet ein neues Volk – und damit vollzieht sich etwas Wundersames, von dem ich dir erzählen möchte.« Er lächelt mir aufmunternd zu. »Erinnerst du dich an die Karriereleiter, von der ich dir erzählt habe? An die festgelegten Aufgaben, die alle Honigbienen im Laufe ihres Lebens absolvieren? Die Bienen, die mit der Königin ein neues Volk gründen, fallen in eine Art Jungbrunnen. Sie erinnern sich plötzlich an die Aufgaben, die sie ganz zu Beginn ihrer Karriere ausgeübt haben. Auf diese Weise kann, was ansonsten unmöglich wäre, aus einer Soldatin erneut eine Brutpflegerin werden. Zudem steigt ihre Lernfähigkeit. Weißt du, Frauke, das Leben von Honigbienen währt nicht sehr lang. Dreißig bis sechzig Tage im Normalfall. Wenn sie aber ein neues Volk begründen, verlängert es sich ganz erheblich. Das liegt daran, dass jetzt jede Biene gebraucht wird. Jede einzelne. Das Leben selbst, das endet nie. Und dieses Leben, das braucht auch dich. Lass die Vergangenheit ruhen, beginn etwas Neues. Liv braucht dich. Fangt zusammen etwas Neues an.«

Das ist der Moment, in dem endlich meine Tränen fließen. Ich stütze meine Ellbogen auf den niedrigen Klapptisch, verstecke mein Gesicht hinter meinen Händen und schluchze drauflos. Haltlos. Dazu ruht Willems stille Hand auf meinem Rücken, so lange, bis ich wieder regelmäßig atme und langsam zu mir komme.

»Hör mal«, Willems Kinn weist nach draußen, ein nahendes Motorengeräusch, »Liv kommt nach Haus. Die Ziegen haben Hunger und wollen gemolken werden. Geh zu ihr, geh mit ihr in den Stall. Tiere helfen immer – Stallarbeit übrigens auch. Und danach sprecht miteinander.«

Ich schluchze noch einmal auf, dann wische ich mir die Tränen aus dem Gesicht.

»Willem, ich …«

»Nein, sag jetzt nichts, geh zu Liv. Deine Schwester sucht bestimmt schon nach dir«, ermuntert er mich – und in meinem Kopf explodiert etwas: *meine Schwester?* Ein Lächeln huscht über mein Gesicht.

Meine Schwester.

# HOLTERDIEPOLTER

»Frau Anderson, wenn Sie noch ein kleines bisschen schieben, dann haben wir das Bild drin.«

Ich knie rücklings auf dem Fahrersitz und ziehe die Teufelsbrücke zu mir heran, gleichzeitig drückt Frau Anderson von hinten.

»Stopp, das genügt!« Ich rutsche vom Sitz nach draußen, schlage die Fahrertür und danach den Kofferraumdeckel zu. »Vielen Dank, dass Sie mir mit dem Bild geholfen haben, jetzt habe ich wirklich alles im Auto.«

»Das ist doch nicht der Rede wert. Viel schwerer wiegt doch, dass ich mich jetzt von Ihnen verabschieden muss.« Frau Anderson reicht mir ihre Hand. »Ich habe Sie so gerne als Nachbarin gehabt.«

Ich blicke sie gerührt an, sage: »Ich Sie auch«, und nehme die alte Dame spontan in den Arm. Als ich dann unsere Straße hinunterlaufe, mich umblicke, da sehe ich sie immer noch, ganz klein, neben meinem Auto auf dem Gehweg stehen und mir winken. Was für eine reizende Frau. Sie wird mir fehlen.

Ich laufe durch die Straßen Lüneburgs, vorbei an all den malerischen Fassaden, die mir so sehr ans Herz gewachsen sind. Wenn ich in die Fenster der Häuser blicke, dann sehe ich Christbäume, an denen Kerzen brennen, Familien und Freunde, die mit großem Hallo zu Besuch gekommen sind, Kinder, die aufgeregt umherspringen. Heute ist Weihnachten.

Und gestern, an Heiligabend, war der letzte Verkaufstag in unserem Adventsladen. Ich glaube, ich habe noch nie in meinem Leben so viel gearbeitet. Als wir endlich die Ladentür verriegelten, da hatten Liv und ich gerade noch genug Kraft, um auf den Lohbekhof zu fahren, Valerie zu beschenken, mit Willem, der kurz vorbeischaute, anzustoßen und eine große Portion Kartoffelsalat zu vertilgen. Danach bin ich heimgefahren, um die letzte Nacht – geschlagene zwölf Stunden habe ich durchgeschlafen – in meinem Nest zu verbringen. Am Weihnachtsmorgen habe ich dann all meine Habseligkeiten zusammengeräumt und in mein Auto verfrachtet, um mit ihnen später zum Lohbekhof zu fahren. Liv und ich wollen die freien Weihnachtstage nutzen, um die alte Ferienwohnung auf Vordermann zu bringen, sie, na ja, zumindest in einen Zustand zu versetzen, dass ich erst mal darin wohnen kann. Denn direkt nach den Feiertagen müssen wir unseren Pop-up-Store ausräumen, Silvester endet der Mietvertrag. Es wird ein Abschied ohne Reue, denn wir werden uns nach etwas Neuem umschauen: nach einem hübschen, schnuckeligen Ladenlokal irgendwo in Lüneburg. Dort wollen Liv und ich einen Feinkostladen eröffnen, genau so, wie ich es mir gewünscht habe. In ihm soll es unseren Käse geben, aber auch andere Produkte, die aus der Lüneburger Heide stammen. Und dann? Dann sehen wir, meine Schwester und ich, weiter.

»Meine Schwester und ich« ist immer noch ein Gedanke, der mein Herz in freudige Aufregung versetzt. Ich fühle mich wie ein Kind an Weihnachten, wie ein kleines Mädchen, dessen größter Wunsch just in Erfüllung ging. Liv und ich haben in den letzten Tagen unendlich viel miteinander geredet. Ich habe ihr lange von unserem Vater erzählt, von dem sie kaum etwas wusste, und dadurch ist in mir etwas zur Ruhe gekommen. Ich glaube, das war der Moment, in dem ich wirklich und endlich in meinem neuen Leben angekommen bin.

Ein Handyklingeln reißt mich aus meinen Gedanken, ich klappe meine Schultertasche auf und suche nach meinem Telefon. Betty ist dran.

»Frauke, du glaubst nicht, was heute Morgen passiert ist.« Ihre Stimme überschlägt sich beinahe vor Aufregung. »Ich bin Großmutter geworden!«

»Was du nicht sagst«, ich jubele begeistert auf. »Das ist ja wunderbar!«

Auch Betty und ich haben in den letzten Tagen viel miteinander gesprochen, es ist nicht nur bei mir viel passiert, und so wird auch dieses Telefonat ein langes. Als wir zum Ende kommen, habe ich mein Ziel erreicht.

»Betty, ich bin jetzt da. Bevor wir auflegen, habe ich noch eine Bitte.« Ich nehme innerlich Anlauf. »Ich möchte die Bilder meines Vaters verkaufen und brauche dazu deine Hilfe.«

»Was möchtest du?«

Ihre Reaktion fällt ausgesprochen laut aus. Ich nehme das Handy vom Ohr und führe es ans andere.

»Ich möchte deinen Mann bitten, dass er alle Bilder, die im Penthaus hängen, abholt und in seiner Galerie verkauft. Ich habe Frau Helmstedt, unserer Putzfrau, schon Bescheid gegeben. Sie hat einen Schlüssel und lässt Viktor in die Wohnung. Justus ist in irgendeinem Fitness-Camp auf Mallorca, jedenfalls hat er mir von dort Weihnachtsgrüße geschickt. Ich selbst komme erst im neuen Jahr dazu, nach Frankfurt zu fahren und meine Sachen zu holen.«

»Das kann ich alles nicht glauben.«

»Doch, das kannst du.« Die ruhige Festigkeit in meiner Stimme verwundert mich selbst. »Ich brauche die Bilder nicht mehr. Sie sind Vergangenheit. Was ich aber brauche, ist Geld. Schlicht und ergreifend: Geld. Ich brauche es für unseren Feinkostladen und für den Umbau meiner Wohnung. Der Lohbekhof braucht Kapital. Liv hat mir gestern Abend angeboten, bei ihr auf dem Hof einzusteigen. Und genau das habe ich vor.«

»Frauke, du bist unglaublich.«

Jetzt muss ich grinsen, genauso, wie es ausgewachsene Honigkuchenpferde eben so tun.

»Also, genau genommen gibt mein Vater seinen beiden Töchtern ein Startkapital. Worüber wir reden, ist also – eigentlich – das Normalste von der Welt.«

»So kann man das natürlich auch sehen.« Betty lacht auf. »Wie sehr ich mich für dich freue und dich zu dieser Entscheidung beglückwünsche. Und ganz nebenbei«, ihr Tonfall bekommt etwas Verschwörerisches, »bereitet mir *ein* Gedanke ganz besondere Freude: Justus, der alte Spürhund, der immer ein Näschen für das große Geschäft hatte, hat all die Jahre neben den Bildern deines Vaters gelebt, ohne ihren Wert zu erkennen. Wenn er erfährt, welcher Schatz in seinen vier Wänden hing, ärgert der sich schwarz.«

Nachdem wir endlich aufgelegt haben und mein Handy wieder in meiner Tasche verstaut ist, klappe ich sie noch ein bisschen weiter auf: Zwei Geschenke wollen raus ans Tageslicht. Das erste ist eine schöne große Möhre, um die ich ein rotes Schleifenband gewunden habe, das zweite eine weihnachtlich gemusterte Schachtel. In ihr stecken Klaas' Tweedmütze, die seit dem Hoffest vergessen in meiner Kommode lag, und ein farblich passender Wollschal, den ich in meiner Lieblingsboutique entdeckt habe. Außerdem muss ich meinem »Vermieter« noch seinen Wohnungsschlüssel zurückbringen. Natürlich hätte ich den auch Klaas' Mutter überlassen können, aber das will ich nicht. Nicht heute. Denn heute ist Weihnachten.

Also drücke ich jetzt die beiden Geschenke gegen meine Brust und: klingele. Nur wenige Sekunden, nachdem ich die summende Haustür aufgedrückt habe, kommt mir ein schnelles Trappeln entgegen. Kleine Krallen, die holterdiepolter die Holztreppe herunterwetzen. Und da ist sie schon: Fichte. Sie wedelt und hüpft, wie es fröhlicher nicht sein kann.

»Fröhliche Weihnachten, liebe Fichte.« Ich beuge mich zu ihr hinab, streichle über ihren langen Rücken. »Sag mal, Kleines, wo hast du denn dein Herrchen gelassen?«